Les Chapeaux d'Amélie

Du même auteur
Aux Éditions du Rouergue

Romans

Les Feux de la liberté, 1988.
La Cloche volée, 1989.
Les Neiges rouges de l'an II, 1991.
Le Pain blanc, 1994. Prix Mémoire d'oc 1994. Pocket, 1997.
Le Café de Camille (avec Danielle Magne), 1995. Le Livre de Poche, 2003.
La Gantière, 1997. Prix Lucien-Gachon, 1998.
Prix des Inter-CE (comités d'entreprises) des Pays de Loire, 1998.
Le Livre de Poche, 1999.
La Fille de La Ramière, 1998. Le Livre de Poche, 2000.
Julie, 1999. Le Livre de Poche, 2001.
La Montagne sacrée, 2000. Le Livre de Poche, 2002.
Le Bal des gueules noires, 2001. Prix du salon d'Hermillon, 2002.
Le Livre de Poche, 2004.
Ces gens du beau monde, 2002. Le Livre de Poche, 2005.
Monsieur le Gouverneur, 2003. Le Livre de Poche, 2005.
L'Alouette, 2004.
Mademoiselle Laguiole, 2005.
La Kermesse des célibataires, 2006.

Albums et essais

La Bête noire. L'aventure du rail en Aveyron depuis 1858, 1986.
Douze métiers, treize coutumes, 1987.
De corne et d'acier. L'épopée du couteau de Laguiole, 1990.
Raymond Lacombe. Un combat pour la terre, 1992.
Les Aveyronnais. L'esprit des conquérants
(avec Danielle Magne), 1993.
Daniel Crozes vous guide en Aveyron, 1994 ;
nouvelles éditions revues et actualisées sous le titre :
Le Guide de l'Aveyron, 2000 et 2004.
Métiers de tradition, coutumes en fête, 1995.
L'Année des treize lunes, almanach perpétuel, 1996.
Le Laguiole. Une lame de légende, 1996.
Ces objets qui nous habitent, 1999.
Le Laguiole. Éloge du couteau, 2005.
L'Aubrac. La Belle aux yeux noirs, 2006.

Illustration de couverture : W. S. Bylityllis, affiche publicitaire pour le *Golden Arrow*
(lithographie couleur, détail) vers 1920.

Parc Saint-Joseph – BP 3522 – 12035 Rodez cedex 9
Tél. : 05 65 77 73 70 – Fax : 05 65 77 73 71
www.lerouergue.com – info@lerouergue.com

Daniel Crozes

Les Chapeaux d'Amélie

roman

EDITIONS
DU
ROUERGUE

1

La locomotive s'était éloignée de Toulouse en pleine chaleur. Dans les faubourgs, au moment de son passage, il n'y avait personne aux fenêtres ni devant les maisons. C'était inhabituel, mais la température était devenue tellement étouffante depuis l'heure du déjeuner que le mécanicien et le chauffeur ne s'en étaient pas étonnés. Il n'y avait pas un souffle de vent. Le soleil écrasait tout. En traversant les champs de céréales qui s'étendaient autour de Saint-Sulpice, on pouvait entendre les craquements des grains malgré le vacarme. Dès le départ de la machine, les cheminots avaient ruisselé dans la fournaise que le chauffeur entretenait en la bourrant de charbon. En ce dimanche 29 juillet 1917, maintenant qu'ils étaient parvenus à Tessonnières, ils pouvaient se reposer à l'ombre en attendant l'arrivée de l'express Carmaux-Toulouse, avant de poursuivre leur chemin en direction des gorges de l'Aveyron. Réfugiés sous un marronnier près du portillon d'entrée, ils fumaient une cigarette tout en surveillant leur locomotive qui crachotait des volutes de fumée et des nuages de vapeur. Quelques passagers avaient déserté leurs compartiments pour rallumer un mégot, bavarder à l'ombre des wagons, contempler les pistons et les bielles de la machine, se dégourdir les jambes sur les quais malgré le soleil de plomb. D'autres avaient poussé jusqu'à la borne-fontaine installée près de la lampisterie pour étancher leur soif.

Un jeune homme d'une vingtaine d'années y avait rempli deux fois son bidon. Grand et maigre, le visage émacié et le regard absent, les cheveux courts sous le calot, il flottait dans son uniforme de « poilu » dont la toile bleue avait verdi sous le soleil. Il avait depuis longtemps ôté sa vareuse. En chemise largement déboutonnée, les manches remontées, il transpirait encore.

Des profondeurs de sa musette, Julien Soubrié exhuma une feuille de papier gommé et un paquet de « perlot ». Il s'appliqua à ne pas gaspiller un seul brin de gris, même s'il était de piètre qualité. Le papier collé, il entreprit sans succès de battre le briquet qu'il avait fabriqué dans les tranchées et qui ne l'avait pas quitté depuis sa première offensive. Comme les deux cheminots fumaient toujours près du portillon, il s'approcha du marronnier et leur demanda du feu. Spontanément, ils engagèrent la conversation sur la sécheresse qui sévissait en Albigeois depuis quelques semaines. Puis le mécanicien, un homme d'une cinquantaine d'années aux joues rondes, à la trogne rouge et à la moustache gauloise, le dévisagea.

– Tu viens d'où ?

La propreté de son uniforme l'intriguait. Depuis que l'état-major accordait des permissions aux soldats, ils revenaient tous hirsutes et barbus dans des vêtements pouilleux et crasseux.

– De Marseille.

– C'est une bonne planque. Tu n'as pas pris de marmites allemandes sur la figure comme tes copains de la Somme ! rétorqua le chauffeur, un échalas d'une quarantaine d'années aux mâchoires saillantes. C'est pépère !

En l'entendant, le jeune soldat fut pris de colère.

– Un planqué ? Répète ! Tu veux mon poing sur la gueule ? s'insurgea-t-il en bandant ses muscles.

Le mécanicien s'interposa aussitôt.

– Ne te braque pas ! Étienne plaisante. Comme tu arrives tout propre de Marseille, il s'imaginait que…

– Si vous saviez d'où je viens…

– Justement ! Tu pourrais nous le raconter. Ça nous intéresse. Depuis le début de la guerre, on a le sentiment que les journaux nous cachent certaines choses… On n'arrête pas de transporter des cercueils. À lire les journaux, y'aurait pas tant de pertes que ça. Alors, qu'est-ce qui se passe dans ton secteur ? Tu te battais où ?

– À Salonique, contre les Bulgares.

– À Salonique ? s'étonnèrent les deux cheminots. C'est où ?

– C'est très loin de chez nous, en Grèce.

Ce port du nord de la Grèce constituait le principal débouché méditerranéen des Balkans et de l'Europe centrale. Occupé par les armées alliées depuis deux ans, il était devenu le centre du front balkanique. Dans cette région, la France avait engagé des troupes aux côtés des Anglais pour combattre les Bulgares qui opposaient une farouche résistance à toutes les offensives.

– Les Bulgares sont coriaces ! expliqua Julien. Ils connaissent très bien le terrain, ils attaquent sans cesse, mais ils restent invisibles. On n'arrive pas à les coincer ! Ils disparaissent comme des fantômes. Certains jours, les balles pleuvent de partout et il y a beaucoup de morts…

– Les journaux n'en ont pas parlé ! l'interrompit le chauffeur.

– Salonique et les Balkans ? C'est au diable ! répondit Julien. Ça ne les intéresse pas ! Ce matin, j'ai acheté un journal en arrivant à Toulouse et il n'y avait pas une seule ligne sur l'armée d'Orient… C'est lamentable ! Les journalistes pourraient penser aux poilus qui crapahutent dans la chaleur, le froid, la neige, des champs de bataille des Balkans… C'est différent des tranchées de Verdun et je suis bien placé pour comparer. On m'a envoyé dans le secteur de Verdun en décembre 1915 alors que je n'avais pas vingt ans. C'était une boucherie que je n'oublierai jamais. Dans les Balkans, c'est peut-être une autre guerre, mais c'est toujours la guerre.

Il s'écoula ensuite un moment de silence que le mécanicien, le premier, décida de rompre.

– La guerre est ignoble ! On sacrifie la jeunesse et on bousille des familles. Mon gamin a ton âge. Et, en ce moment, il déguste dans l'Artois. Ça mitraille de partout ! C'est un miracle qu'il soit encore vivant. Et même qu'il n'ait pas été blessé…

Il s'efforça de refouler ses larmes en serrant les poings tandis que le chauffeur s'excusait auprès du soldat.

– Je ne cherchais pas à te froisser. Ni même à te reprocher un manque de courage. C'est ton uniforme qui m'a abusé... Et aussi tes cheveux, qui sont rasibus ! Et pas de barbe. Tout me laissait penser que tu étais un planqué... En traînant sur le quai autour de la machine avant le départ, on en repère souvent. Certains claironnent qu'ils sont bien tranquilles dans les bureaux des casernes ou les services de l'intendance. C'est pour cette raison que...

– Tu ne pouvais pas savoir que je débarquais de Salonique. Pendant une semaine, j'ai été consigné au dépôt du 54e colonial à Marseille comme tous les soldats qui reviennent des Balkans en bateau. Les médecins redoutent qu'on ramène une pneumonie, le typhus, les fièvres ou même la tuberculose. Et puis, on s'est occupé de nous...

À leur arrivée, les infirmiers les avaient débarrassés de leurs poux tandis que le fourrier leur avait distribué des tenues neuves pour remplacer leurs guenilles remplies de vermine.

– Changés, coiffés et rasés, nous sommes redevenus des hommes.

– Prends ces deux paquets de bergerac ! insista le chauffeur. C'est meilleur que le « perlot » de l'armée. On devrait vous en distribuer dans les régiments. Vous le méritez bien...

Soudain, ils entendirent des sifflets répétés dans les lointains. L'express Carmaux-Toulouse les rejoindrait bientôt.

– La récréation est terminée ! s'exclama le mécanicien tout en remettant sa casquette bleue.

Tandis que les cheminots se pressaient de regagner la locomotive, Julien se roula une cigarette. Du bergerac ? C'était tellement inespéré qu'il retrouva son sourire.

Remontant dans son wagon de troisième classe à la peinture défraîchie, Julien songea à son départ en 1915 pour Perpignan. Le 54e régiment d'infanterie coloniale l'attendait, comme des dizaines d'hommes du Sud-Ouest et d'Afrique, pour renforcer les troupes dans les tranchées. C'était une journée lumineuse. Le printemps s'imposait après de longues semaines hivernales. La campagne reverdissait, les bourgeons éclataient aux branches, les violettes tapissaient les clairières et les oiseaux chantaient dès l'aube près des maisons. Toutefois, cette quiétude n'était qu'une apparence. Certains affirmaient que l'on entendait les canonnades depuis les hauteurs de Villefranche dès que soufflait le vent de nord-est, et que les positions allemandes s'approchaient du Massif central. La guerre continuait à frapper les familles. Des enfants pleuraient la mort d'un père. Des femmes portaient le deuil d'un frère, d'un époux, d'un fiancé, d'un neveu ou d'un cousin. Par dizaines, des blessés s'entassaient dans les hôpitaux de Sainte-Claire et de la Chartreuse. La victoire rapide que les journaux et les officiers de l'état-major avaient annoncée après la mobilisation d'août 1914, n'avait été qu'une amère illusion. Depuis l'automne, de sévères défaites avaient affecté les divisions françaises et les offensives se succédaient sans que personne ne puisse prédire qui réussirait dans les prochaines semaines à prendre l'avantage. Dans ces conditions, comment Julien n'aurait-il pas éprouvé une profonde angoisse en embrassant ses parents avant de monter dans l'express de Toulouse ? Ses deux frères se battaient déjà en Artois. Ils n'étaient pas bavards dans leurs lettres. Julien s'en inquiétait beaucoup. Que cachaient-ils sur les combats et les dangers qu'ils affrontaient ? Des réalités horribles ? C'était à craindre. Son wagon était occupé par de très jeunes gens en partance pour le front. Le visage grave, ils restaient silencieux. Résignés. L'armée appelait tous les hommes valides dès l'âge de dix-neuf ans. L'économie souffrait de plus en plus de ces départs massifs. Il manquait du personnel dans tous les domaines d'activités. À Villefranche, l'entreprise de salaisons qui avait embauché Julien comme apprenti-comptable après son brevet supérieur, employait une majorité de femmes. Des hommes continuaient à y travailler, mais ils avaient dépassé la cinquantaine. C'était la France en guerre.

Pendant les sept mois de son instruction à Perpignan, il avait côtoyé des Toulousains, des Pyrénéens et des Languedociens, mais également des Sénégalais que l'état-major avait arrachés à leurs familles et à leurs villages pour défendre la « mère patrie ». Ils n'étaient pas les moins vaillants lorsqu'il s'agissait d'apprendre le maniement des armes, d'effectuer des marches nocturnes, de pratiquer le combat à l'exercice. Ils supportaient sans se plaindre les ampoules aux mains et aux pieds, les moustiques, le cagnard du Midi, les corvées et même les brimades de quelques sous-officiers qui en abusaient. Julien admirait leur résistance, leur courage, leur sentiment « du devoir à accomplir ». Le 8 décembre 1915, toute leur compagnie s'était entassée dans des wagons. Après un voyage interminable vers le nord puis l'est, les soldats du 54e régiment d'infanterie coloniale avaient découvert les paysages enneigés de Verdun. Ils étaient montés jusqu'en première ligne pour relever des camarades qui y croupissaient depuis la Toussaint. Ils s'étaient installés dans les tranchées que leurs premiers occupants s'étaient échinés à creuser à hauteur d'homme, les équipant de parapets, de boyaux et de refuges, puis les recouvrant d'une toiture de branchages pour les protéger des averses. Pendant la première semaine, les alertes, les corvées et les tours de garde avaient rythmé le quotidien de la compagnie. Comme ses copains, Julien avait affronté les rats, la peur, la faim, la soif et le vent du nord qui soulevait la neige en tourbillons pour l'entasser contre les rangées de barbelés. Mais le secteur était calme. Chacun espérait que les armes se tairaient jusqu'à Noël puis que les Allemands observeraient une trêve au moment de la Saint-Sylvestre. Soudain, un ordre était arrivé. Un sergent les avait réveillés en pleine nuit.

– On attaque à trois heures !

Un lieutenant était passé dans chaque refuge pour répéter les consignes qu'il rabâchait depuis une semaine.

– Rappelez-vous ! Les meilleures armes contre l'ennemi sont la discipline et l'intrépidité. Pas de quartier ! Tapez dedans sans hésiter ! Tapez dedans !

Cette première offensive, Julien ne l'oublierait jamais. La veille, les cuistots avaient amélioré l'ordinaire et distribué une double ration de gnôle, mais personne n'y avait accordé d'attention. On approchait de Noël. Les soldats s'étaient imaginé que l'état-major bichonnait les « bleus ». C'était une nuit sans étoiles. Soudain, les batteries des canons de 75 et de 155 avaient entrepris un pilonnage du terrain pour détruire les barrières métalliques et les barbelés avant l'attaque. Une fumée blanche s'était répandue de tranchée en tranchée. Les soldats avaient toussé à s'en déchirer la poitrine. L'attaque était imminente. Ils transpiraient et claquaient des dents. La panique les tenaillait. Julien avait mouillé son pantalon comme ses camarades qui s'apprêtaient à affronter la mitraille. Ses mains s'étaient crispées sur le Lebel. Son regard s'était tendu. Puis un sergent avait gueulé :

– À l'assaut ! À l'assaut !

Mais personne ne s'était précipité au dehors pour conquérir la tranchée ennemie. Julien avait éprouvé le sentiment qu'une force étrange les avait tous paralysés. C'était la peur de la mort. Leurs jambes s'étaient amollies. Leurs doigts tremblaient au point qu'ils étaient prêts à lâcher leurs armes. Furieux, le sergent franchit le parapet pour les entraîner à sa suite en hurlant au milieu du déluge d'obus et de la fumée :

– En avant, nom de Dieu, en avant ! Allez-y ! Tapez dedans, tapez dedans ! Bougez-vous ! Sortez de vos niches ! Allez-y ! En avant, nom de Dieu ! Ou c'est le conseil de guerre et on vous fusillera.

Alors les poilus s'élancèrent au-dehors dans un crépitement de balles. Certains faillirent tomber dans la neige en désertant leur boyau. Pour s'encourager, ils poussèrent des hurlements en brandissant leur baïonnette dans la direction de l'ennemi dont on ne distinguait pas les positions. On n'y voyait pas à trois mètres. De temps à autre, des explosions illuminaient le paysage d'une lumière presque orangée avant de le plonger dans l'obscurité. Rampant sur la neige gelée pour se protéger de la fusillade allemande, Julien suffoquait dans la fumée opaque des obus. Il respirait par saccades, comme si des tenailles comprimaient ses poumons et le privaient d'oxygène. Un soldat appela au secours à quelques mètres seulement.

– Qui est blessé ? hurla Julien.

Son camarade ne répondit pas. L'avait-il entendu au milieu de ce vacarme ? Alors que les marmites éclataient, le soldat ressassait le prénom de son épouse et sanglotait comme si sa dernière heure était arrivée. Julien reconnut enfin la voix de Clément, l'un de ses camarades. Il supposa qu'il n'était pas atteint mais incapable d'avancer. Tétanisé. Comme Youssouf, le Sénégalais, qui appartenait à la même escouade depuis leurs premières journées d'instruction à Perpignan. Les sifflements de la mitraille le terrorisaient. Refusant de lâcher Julien, il s'efforçait de progresser à la même vitesse. Soudain, Youssouf s'était arrêté. À genoux dans la neige et enlevant son casque, il déclamait des incantations où revenait sans cesse le nom d'Allah. Quand Julien constata qu'il ne le suivait plus, il se retourna :

– Courage ! Ce n'est pas le moment de flancher ! Relève-toi. On s'en sortira. Remets ton casque et fonce ! En avant ! Sinon les Allemands te descendront. Grouille-toi !

Mais Youssouf ne l'écouta pas. Ses prières terminées, il essaya de courir à l'arrière, vers les boyaux de sa tranchée. Les balles l'atteignirent alors qu'il s'écriait :

« La illaha illa Allah
Mahomet raçoul Allah ! »

C'était la prière des mourants. Julien hurla pour demander du secours.

– Un brancardier ! Un brancardier ! Vite ! Pour Youssouf !

Quelqu'un répondit :

– On arrive ! On arrive !

Julien avait avancé lentement dans la neige craquelée par le froid, en repoussant de la pointe de sa baïonnette tous les morceaux de barbelés que les marmites avaient déchiquetés. Les Allemands ripostaient sans relâche. Leurs mitrailleuses crépitaient à un rythme soutenu. Des balles ricochaient contre le casque de Julien qui transpirait malgré le vent du nord. Il s'arrêtait une poignée de secondes et attendait que les rafales faiblissent d'intensité pour repartir. Bientôt, il hésita à continuer.

À intervalles réguliers, sur sa droite et sur sa gauche, la mitraille fauchait les soldats, dont les gémissements de douleur et les appels au secours résonnaient dans la nuit. D'autres zigzaguaient avant de tomber dans la neige qui rougissait. En un éclair, Julien comprit que s'il progressait, il prenait le risque d'être tué par des tirs de plus en plus nourris et que s'il cherchait à revenir dans sa tranchée, il connaîtrait la même infortune que le Sénégalais. Par chance, il dénicha un fossé et s'y pelotonna dans l'espoir que le déluge s'atténue bientôt. Puis, fatigué, il s'assoupit.

Lorsque Julien se réveilla, la fusillade s'était arrêtée. La fumée piquante s'était dissipée, mais le paysage était jonché désormais de dizaines de cadavres. Il rejoignit son boyau en redoublant de discrétion pour tromper l'ennemi. Il y avait aussi le risque que ses camarades le prennent pour un Allemand. Franchissant le parapet, il s'écroula dans la tranchée. Exténué. Lorsqu'il retrouva ses esprits, dans le courant de la matinée, l'escouade comptait ses morts. Clément, Youssouf, Étienne, Gustave avaient disparu. Le sergent pestait après le manque de courage de certains soldats de la section, ce qui avait entraîné de lourdes pertes et de nombreux blessés.

– Ces imbéciles reculaient quand c'était le moment de foncer ! Quelle équipe de couards ! Ils appelaient leur femme au secours au lieu d'avancer ! Le résultat ? C'est un carnage !

Julien bouillait de colère, mais ne répliqua pas. Son escouade n'avait aucune expérience et on ne pouvait imposer à de jeunes recrues un comportement de fantassins aguerris dès la première offensive. Les officiers avaient contribué lourdement à cette catastrophe en les exposant à des dangers auxquels ils n'étaient pas habitués. Hélas ! ils n'étaient pas disposés à l'admettre. Au lendemain de cette attaque meurtrière, Julien découvrit qu'ils avaient le droit de vie et de mort sur leurs hommes. Il y avait de quoi se révolter. Pourtant, il n'avait pas d'autre choix que de se résigner. Et lui, s'était-il bien comporté ? Devait-il se reprocher d'avoir attendu dans sa cachette que la fusillade s'achève en oubliant les appels des blessés et des mourants ?

Échaudé par cet échec, leur commandant n'avait pas essayé dans les semaines suivantes de partir à l'assaut de ces mêmes positions. Il avait préféré former les jeunes soldats à des « coups de main » à la grenade dans les secondes lignes, les préparant d'une manière plus efficace à l'offensive allemande de février 1916 qui avait déclenché la « bataille » de Verdun. Si Julien avait résisté au déluge d'obus, à l'angoisse de la mort et au découragement jusqu'à son départ en juillet 1916 pour Salonique, il le devait surtout à Amélie. Ils se connaissaient depuis l'enfance. Quelques mois seulement les séparaient. La jeune femme habitait Bellegarde, un village de l'Aveyron, où Julien séjournait souvent chez un oncle. Ils avaient partagé leurs jeux sur le Causse, échangé des serments à l'adolescence, et Amélie avait proposé de devenir sa marraine de guerre en 1915.

Depuis, elle avait manifesté des attentions et un dévouement précieux pour Julien. Elle était dans ses pensées au moment où les marmites éclataient en soulevant des gerbes de terre et des morceaux de cadavres, lorsqu'il redoutait d'être enseveli vivant dans les boyaux et espérait le miracle. Quand les idées noires l'assaillaient, il l'imaginait dans la boutique familiale surveillant tous les matins le passage du facteur, attendant ses lettres, l'annonce de sa première permission et son retour. Le cafard était l'un des ennemis des soldats. Il les prenait tout à coup dans leur refuge, dans un village de l'arrière où ils se reposaient pour huit jours après des assauts difficiles et jusque dans les bordels militaires où l'ambiance n'était pourtant pas à la mélancolie. Soudain, ils ne plaisantaient plus, leur regard se brouillait et leur visage se fermait. Comme beaucoup, Julien avait abusé de l'alcool et fréquenté les bordels, mais il n'avait jamais pensé à se mutiler pour obtenir sa réforme. Ni même à se suicider pour échapper à la folie et à l'enfer. Certains dérobaient un pistolet pour se le braquer sur la tempe, abréger leur souffrance. Lorsque le courrier tardait à leur parvenir, il guettait impatiemment son arrivée, ne cessant alors de relire dans sa cagna les précédentes lettres. Il portait fièrement les chaussettes, les chandails et les écharpes qu'elle avait tricotés. Il savourait toutes les provisions qu'elle y joignait. Dès son départ de Villeneuve, Amélie s'était révélée plus qu'une marraine. Des sentiments encore confus s'étaient affirmés au fil des lettres. Et puis, ils avaient fini par s'avouer l'amour qui les liait et avaient décidé de se fiancer dès sa première permission. Mais les officiers avaient longtemps rechigné à l'accorder. Qu'importe ! Maintenant que l'express approchait de Villeneuve, c'était encore et toujours Amélie qui occupait les pensées de Julien.

2

Penché à la fenêtre, Julien essaya de repérer Amélie parmi la foule, bien avant que la machine ne s'arrête le long du quai. Bientôt, grâce aux jumelles ramenées de Grèce, il remarqua une jeune femme au chapeau de paille blonde décoré de dentelles, de feuillages et de fleurs fraîches. Il la reconnut aussitôt ! Sa toilette estivale la transformait. Amélie avait tout juste vingt et un ans, mais elle en paraissait davantage dans cette robe à l'étoffe légère de couleur crème. Les parents de Julien, Odette et Eugène Soubrié, l'entouraient tandis que ceux de la jeune femme, Émilie et Henri Delmas, s'étaient également déplacés pour l'accueillir. Impatients de le revoir, tous le cherchaient des yeux parmi les soldats massés aux portières et aux fenêtres. Mais l'inquiétude apparaissait sur leurs visages. Ils se demandaient comment ils le retrouveraient après ses deux années d'absence. La locomotive ne tarda pas à s'arrêter dans des grincements d'essieux, mais des dizaines d'hommes, de femmes et d'enfants, agglutinés devant les portières, empêchèrent Julien de se précipiter à la rencontre d'Amélie. En ce dimanche caniculaire, malgré les trois kilomètres qui séparaient le bourg de la station, de nombreux habitants avaient accouru pour recevoir dignement les militaires en permission. Les femmes avaient fabriqué une banderole « Honneur à nos poilus » qu'elles avaient déployée dès l'arrivée de l'express tout en agitant des drapeaux tricolores. Dans les champs, les enfants avaient ramassé des marguerites, des coquelicots et des bleuets pour confectionner des bouquets aux couleurs de la France qu'ils offriraient aux soldats. Quant aux musiciens de l'harmonie, ils exécutaient les premières mesures de *La Marseillaise*. Ensuite, ils les escorteraient en chanson jusqu'à Villeneuve.

Malgré la bousculade, Julien réussit bientôt à rejoindre Amélie qui s'était haussée sur la pointe de ses souliers pour pouvoir l'apercevoir parmi les jeunes poilus descendus de l'express. Elle manqua ne pas le reconnaître.

– Julien ? s'exclama-t-elle.

– C'est bien Julien qui revient ! répondit-il en souriant.

Elle l'observa dans la lumière éclatante de cette journée.

– Comme tu as changé…

Il n'avait plus le physique de sportif qu'il arborait fièrement au moment de son départ à Perpignan. Ses épaules s'étaient affaissées, ses muscles avaient fondu et son visage allongé. Quelques cheveux grisonnants sur les tempes le vieillissaient. Deux ans qu'il n'était pas revenu ! Dans ses lettres, Julien ne s'était pas plaint de la boue, de la pluie et du froid à Verdun, de la chaleur à Salonique et de la férocité des batailles. Comme tous les soldats, il avait le sentiment d'accomplir au mieux son devoir et il ne s'était jamais étendu sur les victoires auxquelles il avait participé. Ce printemps, il avait accompagné sa demande en mariage d'une lettre d'amour, d'une très grande tendresse, dont elle conservait en mémoire chacune des phrases. « Pour l'amour que j'ai pour toi, je me sens plus fort, je me sens meilleur et je me sens plus joyeux. Et puis je sais, et je sens, que tu m'aimes autant que je pouvais le désirer. Même si tu es très loin de moi, je suis un homme heureux ! Tu es ma vie et ma joie. Tu illumines chacune de mes journées. Tu les remplis d'un parfum qui me fait aimer la vie et qui la rend belle même quand elle est difficile… » En le retrouvant aujourd'hui amaigri et anxieux, elle prenait brutalement conscience de ce que les soldats enduraient. Mais elle n'osa pas le questionner sur la guerre. Julien n'avait pas été blessé. Il revenait sans une égratignure. C'était presque un miracle ! D'une main douce, elle caressa ses joues émaciées, brûlées par le soleil.

– Julien, c'est toi, enfin… Tu verras, dans quelques jours, tout ira mieux…

Il haussa les épaules puis esquissa un sourire ; il n'avait guère l'habitude de se plaindre. Il écourta la discussion pour embrasser ses parents. Odette Soubrié pleurait de joie en le serrant contre sa poitrine. C'était une petite boulotte qui trottinait à longueur de journée dans la quincaillerie familiale. Depuis le début de la guerre, à tous les passages du maire ou de son adjoint dans les rues du bourg, lorsqu'ils distribuaient les mortuaires aux familles frappées par le malheur, Odette Soubrié tremblait pour ses trois enfants soldats. Étaient-ils toujours vivants ? Depuis leur départ, elle passait des heures en prière et déposait trois cierges chaque dimanche à la collégiale de la paroisse. Maintenant, heureuse et soulagée, elle pleurait à chaudes larmes.

– La Vierge m'a exaucée, mon Julien ! murmura-t-elle. Elle t'a protégé comme elle a protégé tes frères. C'est miraculeux. Il y a tellement d'invalides, de blessés, de gueules cassées dans les familles et les villages…

Puis il embrassa son père. Eugène Soubrié avait enlevé son veston du dimanche et tortillait son chapeau de feutre entre ses doigts. Julien lui ressemblait beaucoup. Le corps tout en muscles, il avait également les cheveux bruns, les mains larges et les yeux très bleus. Ils s'étreignirent longuement, frissonnant d'émotion, incapables de s'exprimer. Soudain, les musiciens de l'harmonie abrégèrent leurs retrouvailles. Comme l'express s'était éloigné à grand renfort de coups de sifflet, ils s'étaient rassemblés autour des drapeaux et de la banderole « Honneur à nos poilus » Dès qu'ils commencèrent à interpréter *La Marseillaise*, les discussions cessèrent. Dans une ambiance recueillie, l'assistance en entonna les paroles d'une seule et même voix. Puis les fillettes offrirent les bouquets tricolores aux poilus. Il y avait une solennité dans cette cérémonie improvisée qui bouleversa Julien.

À l'invitation de la famille d'Amélie, ils s'installèrent à la terrasse d'une auberge pour se rafraîchir. Depuis le passage des premiers express à l'époque de Napoléon III, des activités s'étaient développées autour des bâtiments de la Compagnie du Midi. On y avait construit des entrepôts pour les négociants de Villeneuve, des remises pour les attelages, trois auberges et deux hôtels, et même des fours à chaux. Devant une limonade, les visages se décrispèrent. Tous étaient heureux d'entourer Julien. Ils ne cherchaient pas à dissimuler leur bonheur, mais on devinait également leur angoisse. Le danger n'était pas écarté, même si Julien était revenu sans aucune blessure. La guerre n'était pas encore terminée et personne ne pouvait prédire, aujourd'hui, quand elle s'achèverait. Après quelques semaines de permission, le jeune soldat repartirait pour Salonique. Mais Julien n'y pensait pas. Il n'avait d'yeux que pour Amélie. Elle avait enlevé son chapeau et les épingles qui retenaient son chignon. Ses cheveux châtains retombaient sur ses épaules d'une manière élégante. Il la regarda tendrement. Souriante, détendue, elle savourait sa limonade en se laissant entraîner par ses rêveries. Indifférente au brouhaha, elle songeait aux promenades sur le Causse qu'ils allaient pouvoir faire, à la préparation de leurs fiançailles et aux moments d'intimité dont ils profiteraient. Elle était tellement soulagée de le retrouver après cette longue absence qu'elle ne cherchait pas à cacher ses sentiments. Julien l'avait compris ! Il était heureux. Baignant dans cette atmosphère champêtre qui entourait l'auberge, il essayait d'oublier la guerre…

Puis, tous ensemble, ils prirent le chemin de Villeneuve dans la Bébé Peugeot d'Henri Delmas. Ce dernier possédait une automobile depuis l'avant-guerre. C'était rarissime dans le pays. Les restrictions l'obligeaient désormais à ne la conduire que dans les grandes occasions, comme aujourd'hui.

Mariette guettait leur arrivée au premier étage de la demeure ancienne que les Soubrié habitaient sur la place des Conques. Elle avait terminé de mettre le couvert dans la salle à manger après avoir consacré son après-midi devant le fourneau à préparer quelques spécialités dont elle régalerait Julien. Elle l'avait vu grandir. Elle s'occupait de la cuisine, du ménage et de la lessive depuis le mariage des parents Soubrié. À cette heure, tout était prêt pour recevoir le jeune soldat. En entendant le moteur de la Peugeot ronronner devant le magasin puis les portières se refermer, Mariette descendit. Elle avait à peine ouvert la porte que Julien accourait aussitôt pour la prendre dans ses bras. En larmes, elle balbutia :

– Mon petit Julien ! Mon petit Julien ! Tu reviens enfin et sans avoir été blessé. Merci, mon Dieu…

Ils montèrent. Julien se débarrassa de son uniforme. Dans sa chambre, il dénicha une chemise et un pantalon qu'il portait avant son départ. Ces vêtements étaient trop amples pour son corps amaigri, mais qu'importe ! Il avait l'impression de renaître.

Les Delmas ne rentrèrent à Bellegarde que bien après minuit. Cinq kilomètres seulement les séparaient de Villeneuve, mais ils ne se pressèrent pas. Ils baissèrent les vitres de la voiture pour pouvoir profiter du souffle de fraîcheur qui avait chassé la chaleur. Dès qu'ils franchirent les anciennes fortifications de Villeneuve, ils évoquèrent l'organisation des fiançailles d'Amélie avec Julien. Les deux familles avaient convenu de se rassembler le dimanche 8 septembre à Bellegarde autour de leurs plus proches parents. Julien devait regagner Marseille et la caserne du 54e régiment d'infanterie coloniale trois jours plus tard. Émilie et Henri Delmas n'avaient pas d'autres enfants qu'Amélie, leur fille chérie. Les circonstances interdisaient la présence de musiciens, mais les Delmas comptaient recevoir les invités dans le verger attenant à leur maison pour un apéritif après la messe de onze heures. Puis ils déjeuneraient à l'auberge des Quatre-Chemins qui passait pour l'une des plus réputées du Causse. Émilie et Henri y songeaient depuis cette matinée de printemps où Amélie leur avait annoncé joyeusement : « J'aime Julien et il m'aime ! Nous nous fiancerons à Bellegarde dès qu'il obtiendra une première permission… » Ils avaient manifesté beaucoup de joie à cette nouvelle. Ils n'ignoraient rien des relations qui les unissaient depuis l'enfance et ils s'en réjouissaient.

Grossiste en liqueurs et en vins, Henri appréciait Julien au point qu'il projetait désormais de l'associer à ses affaires, après le retour de la paix. Mais il préférait attendre encore pour l'entretenir de ses intentions qu'il n'avait même pas révélées à ses proches…

À l'arrière de la voiture, Amélie n'écoutait ses parents que d'une oreille distraite. Elle ne cessait de penser à Julien. Leurs retrouvailles, qu'elle avait tellement espérées pendant des semaines, l'avaient plongée dans une exaltation qu'elle n'aurait pas imaginée, mais également dans l'angoisse comme toutes les fiancées et les femmes de soldats. Elle avait conscience que les dangers encourus à Salonique n'étaient pas moindres qu'à Verdun, même si Julien avait cherché à la rassurer en affirmant le contraire. Mais que pouvaient-ils contre cette guerre ? Ils la subissaient depuis trois ans, comme des millions de femmes et d'hommes en Europe. Dans sa chambre surchauffée dont elle avait grand ouvert la fenêtre en rentrant, elle ressassa encore ses pensées et ne s'endormit qu'à une heure avancée.

Le lendemain, la jeune femme ne modifia pas ses habitudes. Même si elle manquait de sommeil, elle descendit dès sept heures pour prendre son petit-déjeuner dans la cuisine. Les Delmas habitaient une demeure de deux étages que les grands-parents paternels d'Amélie avaient construite sous Napoléon III. Édifiée en pierres calcaires du Causse qui reflétaient la lumière en toute saison, elle occupait une position centrale au croisement de quatre routes qui avaient contribué à la prospérité de cette bourgade de trois cents habitants. Une nationale la traversait, conduisant de Villefranche à Figeac puis à Aurillac dans le Cantal. Depuis Bellegarde, on pouvait accéder également à Septfonds, à Montsalès et à des villages de la vallée du Lot, à Peyrusse et à Salles-Courbatiers que desservaient les express de la ligne Capdenac-Toulouse. La proximité du chemin de fer, le passage des diligences et la présence d'un maillage de chemins à travers le Causse entraînaient de nombreux échanges qui s'intensifiaient à l'occasion de la foire mensuelle. Les grands-parents d'Amélie l'avaient compris. Négociant en liqueurs et en vins, Gabriel avait cherché à accroître sa clientèle en organisant des livraisons dans les villages des environs, tandis que son épouse, Charlotte, était devenue mercière en vendant des bobines, des aiguilles et des rubans au rez-de-chaussée de la maison. Elle avait accepté que la mère d'Amélie, sa belle-fille, expose des chapeaux dans la boutique après son mariage. Émilie Viguier avait grandi dans un hameau de la vallée du Lot où les paysans cultivaient du seigle. On l'utilisait au paillage des châssis de chaises, à la fabrication des chalumeaux pour les brasseries parisiennes et des tresses à chapeaux destinées aux industriels de Caussade. Depuis l'enfance, le monde du chapeau fascinait Émilie. À l'adolescence, elle avait obtenu de ses parents d'être présentée à un chapelier de Caussade, qui l'avait engagée comme apprentie, puis comme ouvrière qualifiée. Elle n'avait pas renoncé à sa passion après son mariage, persuadant son époux et surtout ses beaux-parents que les familles de Bellegarde méritaient les services d'une chapelière. Aujourd'hui, elle fabriquait toujours des chapeaux, mais elle était secondée désormais par Amélie et leur ouvrière, Justine.

Pénétrant dans l'arrière-boutique, Amélie déclencha aussitôt la curiosité de Justine qui attendait son arrivée en époussetant les moules à chapeaux, qu'on appelait les « formes ». Cette jeune femme d'une trentaine d'années au regard espiègle, aux cheveux frisottants, aux doigts souples, était l'unique ouvrière de la maison. Originaire de Limogne dans le Quercy, elle y travaillait depuis le départ d'Amélie en apprentissage. Elle s'était tellement bien adaptée à Bellegarde qu'elle avait épousé le receveur des postes.

– Comment avez-vous trouvé Julien ? Il est revenu en bonne santé ? Il n'a pas été blessé avant son retour ? Il n'a pas trop souffert de la chaleur en Grèce ? Et les fièvres ? C'est important. Il n'est pas atteint ? Non ! C'est bien ! Vous me rassurez… On prétend dans les journaux que des soldats en meurent.

Elle l'accabla de questions auxquelles Amélie ne pouvait pas se soustraire. Elle partageait leur quotidien depuis sept années, les satisfactions, les bonheurs et les difficultés de la maisonnée.

Les Delmas l'estimaient beaucoup au point qu'ils la considéraient comme une cousine.

– Et les fiançailles ? s'inquiéta-t-elle ensuite. C'est prévu pour quand ? Vous y avez sûrement réfléchi en famille... Maintenant que Julien a décroché sa permission, c'est le plus important.

Amélie s'accorda du temps avant de répondre, comme si elle cherchait ses mots. Ses yeux verts s'agrandirent en amande. Un immense sourire illumina soudain son visage en creusant une fossette sur chaque joue.

– Nos fiançailles ? C'est pour le 8 septembre. J'attends cette journée depuis des semaines. Souvent, je n'en dormais pas la nuit en me demandant s'il reviendrait. C'étaient des cauchemars qui n'en finissaient pas. Je m'imaginais que Julien avait attrapé les fièvres à Salonique et qu'il agonisait dans un hôpital, qu'il était blessé et qu'on l'amputait des deux jambes, que les Allemands torpillaient son paquebot en Méditerranée...

– N'y pensez plus ! Il est de retour... Et pour cette journée de fiançailles, vous devez être très élégante !

Sans se départir de son sourire, Amélie se planta devant l'un des meubles dans lesquels elle rangeait les plumes, les fleurs et les rubans qui décoraient les chapeaux. Elle y enfermait tous ses dessins, ses projets et ses trésors. Elle en exhuma des croquis qu'elle entreprit de montrer à Justine. Elles s'installèrent autour de la table octogonale où elles terminaient les finitions d'une cloche, d'une capeline, d'un canotier. Amélie avait essayé de trouver ce qui pourrait le mieux convenir à cette journée. Depuis des jours, elle avait crayonné une dizaine de chapeaux de paille qu'elle avait essayé d'embellir de fleurs de soie, de plumes, de dentelles festonnées, de nœuds en ruban. Justine reconnut qu'ils ne manquaient pas de qualités. Toutefois, l'une de ses esquisses avait sa préférence. Elle représentait une capeline en paille blonde qu'Amélie avait garnie d'un large ruban de soie bleu lavande et de fleurs de soie roses.

– C'est très élégant mais sans chercher à épater ou à éblouir ! s'enthousiasma-t-elle. On vous remarquera... C'est une évidence !

Une modiste ne laisserait jamais passer une occasion pareille pour se distinguer… Mais je vous rassure ! Vous ne choquerez pas vos familles. Ni même les habitants de Bellegarde. C'est important à notre époque. Ils ne comprendraient pas que vous portiez des toilettes bizarres. Nous sommes toujours en guerre…

Émilie, à son arrivée, les découvrit en discussion autour de la création d'Amélie. Cette femme de quarante-cinq ans au chignon austère, au regard sévère et aux toilettes simples avait du caractère. Elle manifesta de l'étonnement.

– Tu crayonnais différents chapeaux pour tes fiançailles après la fermeture de la boutique ? Quelle cachottière ! Je m'en doutais. Soi-disant tu traînaillais après le départ de Justine pour « bichonner » ou « reformer » des feutres alors que personne ne t'y obligeait. Et tu n'étais jamais disposée à nous rejoindre…

Lorsque Julien l'avait demandée en mariage, la jeune modiste avait imaginé ces modèles. Elle s'était dépêchée d'y travailler comme si son temps était compté. Une frénésie s'était emparée d'elle tant et si bien qu'elle avait terminé ces esquisses en une semaine. Quoiqu'elle préférât sans hésiter la capeline, elle n'avait pas souhaité la mettre en chantier avant d'obtenir la certitude qu'il reviendrait.

– Si tu m'avais demandé mon opinion avant de dessiner, je ne t'aurais pas mieux conseillée ! avoua Émilie. Comme toujours, tes croquis sont originaux, et puis il y a tant d'harmonie dans le mariage des matières et ton choix des garnitures me surprend toujours !

Sa mère admirait son talent. « Elle a de la magie dans les doigts ! observait-elle. Elle maîtrise bien les techniques, elle a de l'ingéniosité. » Elle regrettait simplement qu'elle ne puisse s'épanouir pleinement dans cette passion. Depuis le début de la guerre, l'époque était à la sobriété et à la gravité. Frappées par la disparition tragique d'un proche dans les tranchées, beaucoup de femmes ne pouvaient porter que des voilettes de deuil, des chapeaux de couleur sombre et sans ornements. « Dès le retour de la paix, Amélie pourra les rendre à nouveau élégantes grâce à ses modèles ! » pensait-elle. Elle la revoyait dans son enfance lorsque, après la classe, elle s'appliquait à embellir des chapeaux en y ajoutant des fleurs, des plumes, des nœuds, des rubans qu'elle dénichait dans les réserves. Pour une gamine d'une dizaine d'années, elle réussissait à les transformer de manière étonnante. Comme sa mère était abonnée à *L'Officiel de la mode* et à *L'Art de la mode*, Amélie feuilletait souvent ces deux magazines parisiens pour y découvrir les nouvelles tendances. Elle dévorait les chroniques de *Fémina* qui apprenaient aux lectrices à fabriquer les fleurs des chapeaux. À l'occasion de son anniversaire, elle demandait toujours en cadeau un ouvrage de mode, dont elle avait remarqué la publicité dans ces revues. À douze ans, elle avait obtenu une mallette de modiste. Grâce à une pratique soutenue et à l'expérience de sa mère, elle avait progressé rapidement, au point de déconcerter la contremaîtresse de la manufacture de Caussade où elle avait commencé son apprentissage. Cette femme, dont le personnel craignait les exigences, l'avait recommandée à la meilleure modiste de Montauban pour qu'elle se perfectionne. « Amélie mérite de devenir modiste ! avait-elle indiqué à Émilie. Elle est délicate et élégante… Surtout, elle a du goût ! » Ces trois années avaient transformé la jeune fille. Au printemps 1914, elle était revenue de Montauban débordant d'idées et de projets. Alors qu'elle n'avait que dix-huit ans, elle prévoyait déjà de s'installer bientôt à Villefranche pour proposer à la clientèle de cette sous-préfecture des modèles originaux que les femmes de Bellegarde n'oseraient pas acheter. Puis la guerre avait éclaté. Amélie n'avait pas renoncé pour autant à ses ambitions.

Justine l'arracha soudain à ses réflexions :

– Et votre toilette ? Vous y avez pensé ?

– Quelle question ! répondit Émilie avec une pointe d'humour. Si elle a dessiné son chapeau, elle a également préparé quelques ébauches pour la couturière… Ou je me trompe ?

Elle avait crayonné une robe mi-longue de coton rayé, mauve et crème, qui était assortie à une veste prune.

– C'est l'ensemble que j'aimerais bien commander pour cette journée ! souligna-t-elle. Je le voudrais élégant mais, surtout, pas tapageur. Quand la guerre sera terminée, je voudrais en profiter ensuite pour mes sorties.

Envieuse, Justine regarda son esquisse avant de soupirer :

– Vous avez de la chance, Amélie ! Une femme gracieuse et tout en finesse comme vous s'habille facilement...

Amélie et sa mère se rendirent chez l'une des couturières après le déjeuner. Dès le lendemain, elles consacrèrent leur après-midi à chercher les bonnes étoffes dans les magasins de Villefranche. Puis les journées s'écoulèrent très rapidement, rythmées par les essayages de la veste et de la robe, la confection du chapeau, les préparatifs des fiançailles et surtout le passage de Julien. Il rejoignait souvent Bellegarde au moment de l'angélus lorsque les Delmas fermaient leur magasin. Il empruntait la patache les après-midi de fournaise, mais il préférait parcourir à bicyclette les cinq kilomètres le séparant d'Amélie lorsqu'une averse était parvenue à rafraîchir l'atmosphère. Il éprouvait de l'ivresse et une sensation de liberté à pédaler sur le plateau, d'autant plus qu'il reprenait des forces de jour en jour. Julien changeait grâce aux attentions redoublées de ses proches. Odette et Mariette le traitaient comme un coq en pâte. Il avait un visage plus reposé et un regard moins anxieux au point qu'Amélie l'avait même surpris à siffloter. Dès son arrivée, elle l'emmenait en promenade à proximité de Bellegarde où les bois de chênes et de hêtres abondaient. Ils ne parlaient pas de la guerre et de son prochain retour à Salonique mais de leur avenir. Tous deux dessinaient des perspectives auxquelles ils avaient l'intention de s'accrocher désormais et qui leur permettraient de résister jusqu'à l'avènement de la paix. Ils se marieraient à Bellegarde dès que les généraux le libéreraient de ses obligations. Julien s'installerait à Villefranche-de-Rouergue où il travaillerait à nouveau comme comptable dans son entreprise de salaisons et Amélie ouvrirait une boutique de modiste. Ils se rendraient peut-être à Paris pour leur voyage de noces s'ils en avaient le temps et surtout l'argent. C'était un souhait d'Amélie.

Elle brûlait d'envie de découvrir les modèles des meilleures maisons et les nouvelles tendances, de ramener des affiches pour la décoration de son magasin, de rencontrer les fleuristes et les plumassiers les plus renommés. Ces projets pouvaient paraître lointains. Mais la paix reviendrait. Ils n'en doutaient pas.

Leurs fiançailles rassemblèrent, à Bellegarde, une trentaine de convives sous un soleil de plomb qui persistait depuis quelques semaines. Personne ne manqua la grand-messe à laquelle assistèrent en majorité des vieillards, des femmes et des enfants dans une ambiance recueillie. Beaucoup portaient des voilettes, brassards et chapeaux de deuil. Dans les rangs, on entendit des fidèles pleurer au moment où le prêtre associa dans ses prières les victimes et les blessés des tranchées aux jeunes fiancés de ce dimanche étouffant. La même retenue présida la réception qui regroupa ensuite les deux familles dans le verger des Delmas, à l'ombre des arbres. La guerre occupait les esprits. On échangea des nouvelles des absents. On s'inquiétait pour Julien. Certains demandaient d'une manière discrète à ses parents s'il retournerait à Salonique après sa permission ou si les officiers le renverraient à Verdun. Que Julien retourne à la guerre dans trois jours gâchait cette journée que tous les convives auraient préférée joyeuse et insouciante. On devinait les tensions et la gravité sur les visages que l'excellent déjeuner ne parvint pas à chasser. Il y avait de la mesure dans les discussions. Personne n'avait le cœur à plaisanter, ni à s'amuser. Rompant avec les traditions, les Delmas n'avaient pas souhaité la présence de musiciens pour animer l'après-midi à l'auberge et il n'y eut pas de chansons au cours du repas. Après le dessert, tous les regards se concentrèrent sur la boîte à bijou que Julien sortit de la poche de sa veste avant de l'ouvrir avec une grande précaution. Elle contenait une bague rehaussée de trois pierres de couleur verte qui symbolisaient la prospérité, le bonheur et la fécondité. C'était un héritage de sa grand-mère. Lorsqu'il la glissa au doigt d'Amélie, dans un silence lourd, les convives songèrent aux incertitudes du lendemain. À leur amour si fragile.

Trois jours plus tard, la Peugeot d'Henri Delmas ramena Julien à la gare. Sa permission se terminait. Il devait regagner le dépôt de son régiment à Marseille. Odette et Eugène Soubrié l'avaient accompagné ainsi qu'Amélie. La tristesse les accablait. Quand le reverrait-il ? Et même le reverrait-il ? La gorge nouée, ils s'étaient enfermés dans leurs pensées.

Ils l'embrassèrent en entendant des coups de sifflet répétés dans les lointains. La locomotive s'approchait.

– Que la Vierge te protège pour que tu reviennes bientôt et sans blessure ! murmura sa mère.

Eugène Soubrié enleva son chapeau pour étreindre son fils, mais les deux hommes n'échangèrent pas une parole. Les mains d'Eugène tremblaient.

Quant à Amélie, elle bredouilla à son oreille :

– Julien… Je voulais te dire… Je… Je t'aime !

Elle avait les yeux et les joues mouillés de larmes.

– Je t'aime aussi ! souffla-t-il. Et je t'aimerai bien plus encore si on m'envoie au diable.

Elle ne lâcha sa main qu'au moment où il grimpa à bord du train. Puis il s'installa à la fenêtre pour un dernier adieu.

Amélie le regarda s'éloigner en pleurant tandis que l'express prenait péniblement de la vitesse.

3

L'attente débuta pour Amélie. Interminable. Éprouvante. Elle ne supporta bientôt plus de guetter le passage du préposé qui pourrait apporter une lettre de Julien. À neuf heures, elle se précipitait dès l'ouverture de la poste pour prendre le journal et le courrier de la famille. Elle y retrouvait des femmes et des fiancées de soldats que la même impatience dévorait. Elles partageaient le même sentiment d'exaspération les matins où le receveur n'avait à leur remettre aucune enveloppe oblitérée par les services postaux des Armées. Elles se soutenaient pour ne pas flancher dès que l'absence de nouvelles se prolongeait trop longtemps. Amélie appréciait toujours ces discussions matinales qui tempéraient son angoisse après un sommeil entrecoupé de cauchemars. Germaine ne manquait jamais de la réconforter dès qu'elle les rejoignait devant le bureau de poste si elle remarquait sa tristesse, sa fatigue et ses yeux rougis. Cette couturière avait épousé un menuisier qui combattait à Salonique, comme Julien. Énergique au point de travailler dans les fermes au moment des grands travaux pour pouvoir élever ses enfants, elle comprenait ses tourments.

– Ne te décourage surtout pas ! répétait-elle tous les matins à Amélie, toujours dans l'attente d'un message de Julien. Les lettres finissent par arriver, mais elles mettent du temps. Prends patience ! Entre Salonique et Bellegarde, ça demande plusieurs semaines. Ne l'oublie jamais ! Il y a des milliers de kilomètres. Et ça lambine ! Elles se perdent parfois dans un fourgon, puis on les retrouve. Patience !

À défaut de lettres de son fiancé, Amélie consacrait du temps à rechercher des détails sur l'armée d'Orient et ses combats, dans le journal que recevaient ses parents. Elle n'y trouvait le plus souvent que des informations décevantes. Aussi interrogea-t-elle l'instituteur du bourg. Mais il ne la renseigna guère, même s'il occupait également la fonction de secrétaire de mairie. Elle frappa également chez maître Maffre, le notaire et maire de Bellegarde. Elle ne recueillit pas plus d'indications. Maître Maffre s'attacha à la convaincre de ne pas s'entêter : « Ne vous acharnez pas ! Vous gaspillez votre temps. Personne n'est bavard dans les bureaux. On le comprendra ! » Ces réponses négatives accentuaient son impatience. Des questions l'assaillaient qui l'enlevaient soudain à son sommeil. Où était Julien ? Était-il sain et sauf ? Souffrait-il de la pluie et du froid ?

Une matinée maussade de novembre, juste après la Toussaint, alors que l'automne s'était imposé avec ses brumes, ses averses et ses rafales de vent, Amélie découvrit une lettre de Julien, glissée entre des factures. La première depuis son départ pour Salonique ! Vite, elle partagea sa joie avec les autres femmes, épouses et fiancées de soldats qui se retrouvaient devant la poste chaque matin.

– Des nouvelles de Salonique ! s'exclama-t-elle, triomphante. Ce sont les premières depuis nos fiançailles... Depuis le temps que je les attendais !

Germaine l'entoura aussitôt pour partager son bonheur :

– Qu'est-ce que je te répétais depuis des jours et des jours ? « Ne désespère pas et prends patience. »

– Tu avais raison ! reconnut-elle. Mais c'était plus fort que moi. Je ne dormais plus... Je ne pouvais pas admettre que le courrier puisse mettre autant de temps à arriver.

Les yeux brouillés par les larmes, elle la décacheta en traversant le carrefour. « Au milieu de la bouillasse du champ de bataille, des explosions et des blessés, je pense sans cesse à toi ! Tous les jours, tu me donnes la force de résister. Je t'aime pour la vie… » Pleine d'espoir, elle songea soudain à l'avenir. La guerre se terminerait bientôt, elle en était maintenant sûre : peut-être au printemps ? Dans *La Dépêche du Midi*, on saluait l'arrivée des Américains et de leur armement moderne, tout en rappelant que la France n'était pas au bout de ses sacrifices. Même si les journalistes ne s'étendaient pas dessus, les batailles restaient toujours aussi meurtrières et les troupes n'avançaient que lentement. Dans sa lettre, Julien racontait qu'on fabriquait aujourd'hui des matériels nouveaux comme les avions et les tanks pour gagner cette guerre.

En retournant à sa boutique, Amélie croisa plusieurs groupes d'écoliers. C'était un jeudi, ils n'avaient pas classe. Par quatre ou cinq, ils sillonnaient la bourgade en s'égosillant :

– Les Italiens sont là ! Les Italiens sont là !

Des gamins s'approchèrent d'elle.

– Mademoiselle ! Les Italiens sont de retour. Ils passeront cet après-midi dans les maisons. Préparez vos chaises à rempailler, vos casseroles à rapiécer, vos couverts à étamer, vos couteaux et vos ciseaux à aiguiser, vos assiettes à rafistoler et même vos parapluies à réparer. La maison Grassani ? C'est du solide !

Ces élèves de la classe des grands débitaient les boniments que leur avait appris Vittorio Grassani. Avant-guerre, il effectuait sa tournée dans la bourgade en musique pour annoncer son installation dans l'une des remises du forgeron Calmels. Dès qu'il avait dételé son cheval, il enfilait les bretelles de son accordéon pour parcourir les quartiers en déclamant la même ritournelle :

« Je suis le raccommodeur de faïences et de porcelaines.

Je raccommode les objets de valeur et je raccommode aussi tous les cœurs ! »

Depuis que la guerre frappait les familles, Vittorio rechignait à pousser la chansonnette devant les portes des maisons. Les gamins le remplaçaient en échange de quelques bonbons que son épouse, Gianna, achetait à l'épicerie.

Après le déjeuner, Amélie et sa mère rejoignirent donc les remises du forgeron pour remettre comme chaque année aux Grassani des parapluies à réparer et des couverts à étamer. À leur arrivée, elles ne trouvèrent que leur fille Giuliana. Ses parents avaient déjà disparu pour leur premier passage dans les familles du bourg. Les Grassani s'étaient installés dans un bâtiment spacieux où le forgeron Calmels entreposait avant-guerre les pièces détachées des machines agricoles, avant de procéder à leur montage. Mais depuis que les paysans étaient mobilisés, personne ne commandait du matériel. La remise était inoccupée comme les deux chambres pour apprentis, aménagées à l'étage. Partout dans les villages, la main-d'œuvre manquait.

Dans ce capharnaüm qui servait de cuisine, d'atelier et d'écurie, Giuliana rempaillait un châssis de chaise devant un pauvre brasero. Une fumée piquante s'en dégageait. Malgré la forte odeur de crottin, elle travaillait en fredonnant une chanson dans la lumière grisâtre que diffusaient deux fenêtres aux carreaux opaques de salissures. Dès que les portes de la remise s'ouvrirent, Giuliana s'arrêta de chanter pour dévisager les visiteuses qu'elle reconnut aussitôt. Une chevelure exubérante, en désordre sur ses épaules, des épaisseurs de vêtements dépareillés pour se protéger de la froidure, un regard sombre et tranchant, elle ressemblait à une sauvageonne. Cette jeune femme à la silhouette élancée, aux muscles saillants, au visage anguleux et hâlé, dégageait toutefois un certain charme. Elle le devait aux mouvements de ses lèvres lorsqu'elle s'exprimait, mais plus sûrement à son sourire. Il l'illuminait soudain d'une beauté étrange que bien des hommes remarquaient déjà. Giuliana n'avait que dix-huit ans, mais elle en paraissait bien plus. Son visage dénotait un caractère réfléchi et marqué d'une certaine gravité, comme si les rudesses de l'existence nomade l'avaient aguerrie. Amélie l'avait surprise à plusieurs reprises devant leur boutique à observer longuement les chapeaux et elle avait été intriguée de la voir souvent chapeautée.

Émilie et sa fille étaient à peine entrées dans la remise qu'elle abandonna son châssis, ses pailles de seigle et de marais pour les recevoir d'une voix douce.

– Qu'est-ce que vous nous apportez, cette année ?

– Des couverts à étamer, comme chaque automne, répondit Émilie.

– Et des parapluies à réparer ! compléta Amélie.

– C'est pressé ? demanda-t-elle, soucieuse de les satisfaire. Des clients sont déjà venus ce matin et…

– Nous attendrons ! la rassura Émilie.

– Mes parents vous les ramèneront dans deux ou trois jours.

– Ou bien vous nous les rapporterez vous-même ! suggéra Amélie. Vous découvrirez les nouveaux chapeaux que nous présentons dans notre devanture… Les chapeaux, ça vous plaît, je crois…

Comme Giuliana demeurait silencieuse, elle poursuivit :

– Vous portez toujours des jolis feutres lorsque vous vous promenez dans Bellegarde. Vous les apprêtez vous-même ?

Les bras croisés, Giuliana se contenta de sourire.

Devant son mutisme, Amélie continua :

– Ou c'est peut-être votre mère. C'est du beau travail en tout cas…

Elle ne répondit pas à son compliment, mais se précipita en direction des chambres. S'arrêtant sur la première marche de l'échelle, elle précisa :

– Ne partez surtout pas !

Elle redescendit très vite, avec, dans les mains, deux chapeaux joliment agrémentés de fleurs.

– C'est pour mes tantes, un cadeau pour les fêtes de Noël…

À Bellegarde, certains habitants s'étaient souvent étonnés que cette gamine traîne dans les rues chapeautée comme une femme de notable. Amélie avait entendu des femmes l'accuser sans preuves : « Elle ne peut que les avoir volés ! Les Grassani n'ont pas d'argent à gaspiller pour lui acheter des chapeaux ! Le canasson est maigrichon, la roulotte est pitoyable et les parents s'habillent de guenilles. Tous les ambulants sont des traîne-misère ! »

Des traîne-misère ? Peut-être. Mais c'étaient des gens honnêtes. La jeune modiste avait supposé que Giuliana récupérait des modèles défraîchis à l'occasion de leurs tournées puis qu'elle s'ingéniait à les rafraîchir et à les embellir pour son plaisir. Habituée à tresser de la paille à longueur d'année pour seconder ses parents, Giuliana avait des doigts souples et habiles. Mais ce qu'Amélie ne pouvait pas deviner et ce que Giuliana ne voulait pas avouer, c'est qu'elle les revendait le plus souvent sur les foires. Ses clientes appréciaient le système d'échanges qu'elle pratiquait. Elles ne déboursaient pas un centime, emportant ses chapeaux en contrepartie de légumes et de volailles. Ce que des modistes n'acceptaient jamais ou rarement.

Examinant les chapeaux près d'une fenêtre, Amélie apprécia la propreté du travail et la sûreté du goût. Giuliana s'approcha des deux modistes, elle cherchait ses mots.

– Mon rêve, quand j'étais petite, c'était de devenir chapelière… Je passais devant votre boutique, après je m'amusais à décorer des chapeaux à la veillée dans la roulotte. Je vous imitais… Et je… Je vous enviais surtout !

La confidence émut Amélie. Elle regarda sa mère, qui elle aussi était troublée.

– Vous aimeriez tant que ça apprendre le métier ? demanda Émilie. Il vous faudrait entrer en apprentissage… C'est long, difficile, et puis vos parents ne seraient peut-être pas d'accord…

Sur la réserve depuis leur arrivée, Giuliana s'enflamma soudain.

– Vous croyez que quelqu'un accepterait de me prendre dans sa boutique ?

Soudain, une idée traversa l'esprit d'Amélie. Pourquoi ne pas lui donner sa chance ? Il y avait toujours du travail pour une apprentie, dans une boutique. Et puis la guerre allait bientôt finir. Elle se marierait, s'installerait à Villefranche, ouvrirait une nouvelle boutique… À plusieurs reprises, elle avait discuté avec sa mère de l'intérêt d'accueillir une jeune fille des alentours qui aimerait apprendre à fabriquer des chapeaux.

– Vous avez du goût et vous êtes habile, vous y arriverez si vous le voulez ! répondit Amélie. Mais on ne devient pas chapelière ou modiste sans des sacrifices... Les journées sont longues et pénibles.

Elle s'arrêta soudain, et se tournant vers sa mère, lui demanda :

– Et si elle venait faire son apprentissage chez nous ? Qu'en penses-tu, maman ?

– Il faudrait d'abord en discuter avec ses parents... Mais je trouve ton idée plutôt bonne, Amélie. Je crois que nous avons besoin d'aide, dans cette boutique.

Giuliana était muette. De stupéfaction. De joie.

– Vous me prendriez ? osa-t-elle enfin demander.

– Nous pourrions peut-être vous engager quand vos parents quitteront le bourg pour continuer leur tournée ! répondit Amélie.

Giuliana se rembrunit aussitôt.

– Ils refuseront sûrement...

– Pourquoi ?

– Qui me remplacera pour rempailler les chaises, fabriquer les corbeilles et les paniers ? Mes parents ne trouveront personne. C'est un métier difficile. Les clients sont pressés et exigeants. Ils pinaillent sur les défauts et ils discutent les prix ! Mes parents ne peuvent pas se passer de moi. Ils perdront une partie de leur clientèle si je ne les aide plus...

– Nous comprenons votre situation, mais nous essaierons de les convaincre que vous pourriez devenir une bonne chapelière, promirent en chœur les deux modistes.

– Je pourrais vraiment ? insista Giuliana, qui doutait encore de ses capacités.

– Mais bien sûr !

Cette proposition était d'autant plus inespérée pour Giuliana que ses parents préparaient à l'évidence son mariage. Elle avait remarqué qu'ils la poussaient à fréquenter Lorenzo, un chiffonnier d'origine italienne, qu'ils avaient l'occasion de côtoyer dans les tournées. C'était un homme d'une trentaine d'années aux épaules de bûcheron, à la tignasse et à la barbe épaisses dont elle détestait le langage et les gestes grossiers. À certaines allusions, elle avait compris que son mariage permettrait aux deux familles de s'associer. Giuliana n'acceptait pas cette odieuse tractation où elle était une simple marchandise, soupesée et échangée sur un champ de foire. Comment s'y soustraire ? Elle y réfléchissait depuis des semaines sans trouver de solution. Si elle s'enfuyait, que deviendrait-elle ? La boniche d'un paysan, qui la forcerait de temps en temps dans sa grange ? Une mendiante sur les chemins ? Grâce aux modistes de Bellegarde, Giuliana pourrait peut-être gagner sa liberté.

Dès le lendemain, ses parents se pressaient de ramener aux Delmas les couverts qu'ils avaient étamés et les parapluies qu'ils avaient réparés. « Déjà ? Quelle diligence ! » songea Amélie en les accueillant dans la boutique au moment où l'horloge égrenait les douze coups de midi. Mais elle ne s'y trompa pas. « Ils sont impatients de connaître les conditions de l'embauche de Giuliana ! supposa-t-elle. Dans la mesure où ils ne sont pas demandeurs, ils essaieront d'obtenir quelques avantages. Ce n'est pas gagné ! » Vittorio et Gianna ne révélèrent pas la discussion orageuse qui les avait dressés contre Giuliana. Même si les intentions des Delmas contrariaient leurs desseins, ils ne le laissèrent point paraître. En revanche, ils exposèrent longuement toutes les difficultés que les ambulants rencontraient dans leurs tournées depuis le début de la guerre. Avant de pouvoir s'exprimer, Amélie et sa mère se résolurent à entendre le discours plaintif que leur asséna Vittorio :

– Rafistoler des parapluies, des casseroles, de la vaisselle et des chaudrons ne rapporte plus aujourd'hui. On nous trouve trop chers ! La clientèle a diminué dans les campagnes, où beaucoup se débrouillent sans les ambulants. Ils « bricolent » eux-mêmes en récupérant de la ferraille, de la tôle, du fil de fer et même de vieilles épingles à cheveux. Avant la guerre, ils nous regardaient travailler. Maintenant, ils réparent à notre place ! Et nous n'avons plus qu'à passer notre chemin en espérant que les habitants des environs ne lâcheront pas leurs chiens dès que nous arrivons quelque part... Comprenez notre situation ! Nous en crèverions si Giuliana ne rempaillait pas de chaises, si elle ne fabriquait pas les paillasses et les corbeilles que nous vendons sur les marchés.

Leurs vêtements plus démodés, bigarrés et rapetassés qu'à l'ordinaire témoignaient de leur pauvreté.

Amélie leur expliqua qu'elle n'engagerait pas Giuliana comme n'importe quelle apprentie. Outre la nourriture et le logement, elle disposerait d'une garde-robe neuve.

– Je lui donnerai même un salaire !

Leur regard s'alluma soudain.

– Vous donneriez un salaire à Giuliana ? s'exclama Vittorio, incrédule.

À l'exception de quelques avantages comme le logement et la nourriture, les apprenties ne percevaient pas de rémunération. Toutefois, certaines patronnes gratifiaient les plus talentueuses et les plus assidues d'un cadeau à l'occasion des fêtes de Noël. Amélie se souviendrait toujours des douze mouchoirs de Cholet dont l'avait récompensée la modiste de Montauban où elle avait été placée à l'âge de quinze ans.

– Si Giuliana nous prouve rapidement qu'elle est capable de confectionner et d'apprêter des chapeaux, je vous assure qu'elle ne regrettera pas de travailler dans notre maison ! souligna-t-elle. Si elle s'accroche, nous la payerons et elle touchera sa quinzaine comme une ouvrière.

– Si vous l'embauchiez maintenant, elle gagnerait de l'argent à Pâques ? demanda Gianna en enlevant le foulard qui dissimulait sa chevelure bouclée.

– Peut-être ! répondit Amélie, évasive. Ou dans le courant de l'année seulement. Tout dépendra de Giuliana.

– Vous avez remarqué la manière dont elle embellit de fleurs et de rubans ses chapeaux ? enchaîna Vittorio. Si elle cherchait à les vendre, elle trouverait partout des femmes pour les acheter. C'est une artiste. Elle a des doigts d'artiste comme beaucoup d'ambulants et elle ne vous décevra pas !

– Alors, c'est d'accord ? demanda Amélie, soucieuse de mettre fin à cette conversation pénible.

– Nous y réfléchirons ! rétorqua Gianna qui semblait pressée, soudain. Et nous reviendrons.

Elle bredouilla ensuite quelques excuses :

– On nous attend…

Depuis la boutique, Amélie les regarda s'éloigner en direction de l'auberge du carrefour. Deux jours plus tard, les Grassani dirent oui.

4

Les Grassani désertèrent Bellegarde le lendemain du marché du 9 décembre après avoir écoulé leurs corbeilles et paillasses. Dès le milieu de la matinée, lorsque ses parents et leur attelage s'engagèrent sur la nationale pour rejoindre Villeneuve, Giuliana se présenta chez ses patronnes. Le cœur lourd, elle refoulait ses larmes pour masquer son chagrin. Elle ne s'était jamais séparée de sa famille et elle ignorait si elle les reverrait avant leur prochain passage. Certes, elle pourrait leur envoyer des courriers à certaines étapes pour leur raconter ses journées d'apprentie et la manière dont elle s'adaptait à son existence sédentaire mais, de leur côté, ses parents ne se manifesteraient sûrement pas. Ils refuseraient de demander à un desservant de paroisse ou à un instituteur de rédiger deux feuillets, même s'ils les comptaient parmi leurs clients depuis des années. Vittorio et Gianna avaient appris à parler français, mais ils ne l'écrivaient pas. C'était Giuliana qui répondait aux lettres de la famille et aux courriers de l'administration.

Amélie l'accueillit à la boutique avant de la précéder jusqu'à sa chambre du second.

– C'est désormais ta chambre, Giuliana ! Prends le temps de t'installer.

Plantée au milieu de la pièce, Giuliana promena son regard du parquet au plafond. Tout respirait la propreté. Elle déposa son maigre baluchon sur une chaise avant de découvrir dans son armoire des vêtements d'Amélie. Ses patronnes souhaitaient que Giuliana puisse s'habiller de manière correcte. Malgré sa sveltesse, Giuliana porterait à merveille les robes, les chemises et les corsages de la jeune modiste. Jeanne, qui s'occupait de la cuisine, du ménage et de la lessive, les avait repassés avant son arrivée et rangés dans l'armoire qui exhalait maintenant un parfum de lavande. Giuliana les décrocha pour les regarder à la lumière de la fenêtre tout en mesurant son privilège. Elle n'aurait plus à rougir de ses tenues.

Soudain, on frappa. C'était Jeanne, qu'elle avait croisée tout à l'heure dans la cuisine :

– L'eau est prête pour ton bain !

– Un bain ? Mais je n'en ai jamais pris !

Elle descendit aussitôt en emportant des vêtements. Dans la souillarde où un fourneau répandait une douce chaleur, le baquet de la lessive l'attendait. On la laissa seule. Giuliana se débarrassa de ses guenilles avant de se plonger avec délice dans l'eau. Elle se savonna et elle se décrassa de manière minutieuse au point d'épuiser les réserves d'eau chaude de la maison. Dès qu'elle remonta dans sa chambre, elle était transformée. En se regardant dans la glace, Giuliana se sentit une femme différente. Ce changement, elle le devait avant tout à Amélie.

Lorsqu'elle les rejoignit au premier pour le déjeuner, les deux modistes manquèrent ne pas la reconnaître. Elle avait tressé ses cheveux soyeux et portait une robe claire qui mettait en valeur la finesse de sa silhouette. La métamorphose était étonnante. Ses patronnes et Jeanne la complimentèrent. Giuliana ne s'exprima que rarement pendant le déjeuner. Elle observait les meubles et les cuivres de la cuisine où les trois femmes s'étaient installées en l'absence d'Henri Delmas. Ils reflétaient l'aisance de la famille. Elle n'écouta les propos d'Amélie que d'une oreille distraite pour se représenter ses parents cheminant près de leur roulotte dans le brouillard. Dans ce monde qui n'était pas le sien, elle se sentait gênée d'occuper désormais cette place.

Sous la conduite d'Amélie, elle découvrit l'intérieur de la boutique. Jamais auparavant elle n'aurait osé en pousser la porte. C'était le moment que Giuliana attendait fébrilement depuis que les Grassani avaient accepté la proposition des Delmas. Elle s'était jusqu'à présent contentée d'admirer les chapeaux exposés dans la devanture. Elle y passerait ses journées désormais. Les deux femmes consacrèrent leur après-midi à en explorer les richesses : les dizaines de chapeaux qui s'alignaient sur les étagères, les aiguilles à tricoter et les cartons de bobines en passant par les pelotes de laine, les rubans et les boutons. Sans oublier tous les galons… Ces centaines d'articles pouvaient à l'évidence répondre aux exigences de la clientèle même si les frivolités de la Belle Époque étaient révolues. Un rayonnage l'impressionna particulièrement : il exposait des articles de deuil, des brassards et des cravates, des coiffes noires et de grands voiles en crêpe anglais, des voilettes, des châles en étamine de laine noire.

– Depuis le début de la guerre, nous les vendons mieux que les chapeaux de cérémonie ! reconnut Amélie. Hélas ! Bien des familles sont en deuil. Tout le monde ou presque est frappé par la guerre. Et il y a tellement de disparus dans les villages que les mariages sont reportés…

L'arrière-boutique passionna Giuliana. Elle regorgeait de formes, de cônes de paille et de feutre, de fleurs, de plumes et de rubans. L'équipement de ses patronnes et de leur ouvrière était bien modeste. Elles travaillaient à l'ancienne en employant des petits ciseaux, un marteau, des pinces pour couper le laiton, des fers à repasser, de longues épingles, une bouilloire pour humidifier les plumes, les fleurs et les feutres. Les chapelières utilisaient de l'outillage de couturière, notamment une machine à coudre pour les coutures et les piqûres des modèles. Les marottes l'intriguèrent et elle interrogea aussitôt Amélie à leur propos. C'étaient des poupées qui avaient l'apparence et les dimensions d'une tête humaine. Couvertes d'une toile de tailleur pour faciliter la pose d'épingles, elles permettaient aux modistes de peaufiner la bordure des feutres mais également d'apprécier leur volume ou leur coiffant. Jusqu'à la fermeture de la boutique, Giuliana s'attacha à satisfaire sa curiosité en infligeant à sa patronne une succession de questions dont la précision et la pertinence n'échappèrent à personne. Comme Henri Delmas était absent pour deux jours, les deux jeunes femmes continuèrent leur discussion en compagnie d'Émilie pendant le dîner. Giuliana était déjà plus détendue et plus loquace qu'à son arrivée.

Les journées suivantes confirmèrent les capacités de Giuliana à apprendre rapidement les rudiments de la chapellerie. Elle se montra très appliquée, opiniâtre et volontaire, rassemblant toute son énergie pour progresser. Elle ne comptait jamais ses heures au point de s'échapper toujours la dernière de l'arrière-boutique après plusieurs rappels de Jeanne au moment des repas. Bientôt, sa vivacité d'esprit et sa dextérité agacèrent Justine. Sa présence bousculait ses habitudes et elle s'en plaignit auprès de ses patronnes.

– Cette apprentie n'est qu'une prétentieuse, une hypocrite et une sauvageonne ! s'emportait-elle en l'accablant de reproches. Elle débute à peine, mais elle se prendrait déjà pour une grande modiste. Elle joue les filles fières. Pourtant, on sait d'où elle vient. Vous l'avez sortie du ruisseau ! C'est une sournoise dont vous devriez vous méfier.

En apprenant son arrivée dans la maison, Justine avait décidé déjà de mettre en garde Amélie et sa mère.

– Cette Italienne vous a trompées ! leur avait-elle affirmé. Elle vous a joliment embobinées comme toutes les femmes de son espèce. C'est une chapardeuse ! Des bobines, des aiguilles et des fournitures disparaîtront en quantité. Elle vous en dépouillera pour les revendre à ses parents, à ses cousins, à des ambulants de passage. Bientôt, elle vous prendra des provisions dans les placards et même de la lingerie.

Comme Giuliana avait démenti sa prédiction, en ne dérobant ni fournitures ni provisions depuis son installation, elle la dénigrait maintenant d'une manière différente mais tout aussi mordante en contestant ses capacités à devenir une chapelière. Même si elle s'en défendait devant ses patronnes, elle voyait dans cette apprentie une concurrente. Dès qu'elle la regardait travailler dans l'arrière-boutique, elle la jalousait pour son habileté et son esprit créatif. Comme elle n'aurait jamais ces qualités, elle redoutait que Giuliana la supplante bientôt dans la maison.

La nouvelle de son embauche s'était répandue dans le bourg comme une traînée de poudre. Certains habitants félicitèrent les Delmas pour leur décision de l'engager.

– C'est courageux ! observa Marinette Mouysset, l'institutrice. Giuliana est étrangère à Bellegarde, on la considère comme une romanichelle... On vous le reprochera certainement ! Pourtant, toutes les familles sans exception devraient vous approuver. Si vous croyez qu'elle a des talents, vous avez raison de donner à cette gamine une chance de réussir.

Toutes les femmes ne partageaient pas cette opinion.

– Pourquoi embaucher une Italienne ? s'étonna Émeline, l'une des aubergistes de la bourgade dès qu'elle rencontra Amélie et sa mère. Ce n'est qu'une bohémienne et une pouilleuse. À Bellegarde ou dans les environs, il ne manque pas de gamines qui aimeraient devenir apprenties.

À la poste, Amélie affrontait souvent les critiques de certaines épouses ou fiancées de mobilisés qu'elle côtoyait pourtant tous les matins depuis des semaines. Elles traitaient les ambulants de parasites et regrettaient que des hommes comme Vittorio Grassani échappent à la mobilisation.

– C'est vraiment une injustice ! claironna Marcelle, dont l'époux combattait dans les tranchées depuis la moisson de 1914 et qu'elle remplaçait avec courage pour les travaux des champs tout en s'occupant de leurs trois fillettes. On devrait les obliger à défendre la France qui leur fournit du pain. Depuis le début de la guerre, ils continuent tranquillement leurs rapines dans les villages pendant que nos hommes se battent dans la merde. C'est scandaleux ! Ces étrangers ne manifestent pas la moindre reconnaissance à la France qui les accueille.

Germaine, la couturière qui besognait également aux champs pendant les grands travaux, soutenait les propos de Marcelle, à l'étonnement d'Amélie qui en ressentit une grande déception. Jusqu'à présent, elle avait eu de l'estime pour cette femme. Germaine la réconfortait les jours où les lettres de Julien n'arrivaient pas de Salonique. Mieux, Amélie l'admirait pour son tempérament de battante. Toutefois, elle ne pouvait l'approuver quand elle suspectait son apprentie d'avoir dérobé les beaux chapeaux qu'elle avait souvent exhibés dans le bourg.

– Cette Italienne est une voleuse ! affirma-t-elle à Amélie. Elle n'a jamais fabriqué un chapeau, elle les a toujours chapardés. Tu le constateras ! C'est une petite roublarde. Elle vous a bernées et vous vous en mordrez les doigts.

« Ces femmes reviennent toujours à l'attaque pour m'amener à répondre et entretenir la polémique sur l'embauche de Giuliana, mais je ne réplique pas ! racontait Amélie dans les lettres qu'elle envoyait à Julien. J'enrage et je serre les poings pour ne pas les gifler… Au bout d'un moment, je ne les écoute plus et je pense à toi pour m'obliger à sourire. Elles deviennent haineuses. Je ne supporte plus de les entendre autour du guichet, le matin. Ce qui m'inquiète, c'est que notre ouvrière raisonne de la même manière. Justine la déteste parce qu'elle n'a pas autant de talent et d'idées. Surtout, elle ne l'accepte pas d'une petite de dix-huit ans ! J'espère seulement que Giuliana ne nous décevra pas… »

Cette année-là, le 25 décembre tombait un mercredi. Les deux modistes et leurs ouvrières s'affairèrent jusqu'à une heure tardive, la veille de Noël, pour contenter les retardataires qui avaient apporté dans le milieu de l'après-midi des chapeaux à reformer en prévision des offices. C'était toujours une journée de presse, y compris depuis le début de la guerre.

– Chaque année, les mêmes clientes accourent à la boutique à quelques heures de Noël ! observa Amélie.

Dans la soirée, elle entraîna Giuliana à la messe de minuit que le prêtre de la paroisse célébra d'une voix de laboureur devant des paroissiens nombreux et recueillis. Émilie et Henri Delmas y assistèrent également, puis la maisonnée partagea le souper de Jeanne. Une surprise attendait Giuliana au moment de l'échange des cadeaux ! Elle découvrit à son prénom un paquet contenant deux ouvrages consacrés à la chapellerie, illustrés de dessins et de gravures, qu'Amélie avait achetés dans l'une des librairies de Villefranche.

– Tu pourras connaître l'histoire du chapeau et les caprices de la mode à travers les siècles, voir toutes les techniques de fabrication mais également te perfectionner ! expliqua-t-elle à Giuliana avant de les feuilleter en sa compagnie. Une chapelière a beaucoup à apprendre…

Cette attention la bouleversa. Sous le coup de l'émotion, ses yeux se brouillèrent. Retenant ses larmes, elle l'embrassa.

Dès qu'elle rejoignit sa chambre, des souvenirs remontèrent à sa mémoire. Elle n'oublierait jamais le Noël de ses huit ans, passé à Maleville. Ils avaient quitté le hameau de Farrou dès le début de la matinée et ils avaient déjà affronté une averse dans la demi-heure suivante. Tous les muscles tendus, la jument souffrait pour avancer au milieu des cailloux et de la boue dans la longue montée que les charretiers redoutaient. Vittorio, Gianna et Giuliana, qui marchaient près de l'animal, essayaient de le stimuler tout en pataugeant dans les ornières :

– Hue ! Hue, Fanny ! Hue ! Hue, Fanny !

Efflanquée, rongée de plaques rouges qui ne cicatrisaient pas et les jambes maigres, la jument était misérable. On pouvait en compter chaque vertèbre de la carcasse comme les grains d'un chapelet. Résignée, elle chancelait dans les rafales de nordet qui balayaient la route et cinglaient les visages. La roulotte geignait à chaque tour de roue, menaçant de se disloquer et de s'éparpiller comme un château de cartes dès que l'attelage s'enfonçait dans une ornière plus profonde.

Cette carriole, des cousins de Vittorio l'avaient fabriquée dans leur campement de Cahors grâce à des planches récupérées auprès d'un entrepreneur en bâtiment. Elle demeurait d'une résistance étonnante malgré les intempéries, les kilomètres et les fondrières des chemins. La bâche qui recouvrait les cerceaux de la toiture avait changé de couleur sous les effets conjoints du soleil et de la pluie, mais elle continuait à protéger de manière efficace l'outillage de Vittorio, les ustensiles de cuisine et les vêtements de la maisonnée qui s'entassaient à l'intérieur. Les Grassani n'y dormaient pas. À chacune de leurs étapes dans les bourgs, ils cherchaient une remise ou une grange pour s'y installer. Une matinée de janvier, Gianna avait accouché de Giuliana dans un pigeonnier d'un hameau de la commune de Monteils près de Villefranche. Sans la générosité du ménage de paysans qui les avait accueillis, Giuliana n'aurait pas survécu dans la froidure de ce logement de fortune. Les trois enfants que Gianna avait ensuite portés avaient succombé, nourrissons, aux rudesses hivernales. Dans cette roulotte, Giuliana s'était souvent endormie malgré les cahots du chemin lorsque Fanny l'emmenait à leur nouvelle étape. À huit ans, elle s'y réfugiait encore lorsqu'elle ressentait de la fatigue avant de reprendre la marche près de ses parents.

Ce jour-là, Giuliana s'était équipée dès le départ de Farrou de chandails chauds, de chaussures à la semelle épaisse et d'un imperméable dont les rafales de nordet ne cessaient de rabattre le capuchon tandis que les averses mouillaient son visage et ses cheveux. Comme leur jument, elle éprouvait bien des difficultés à progresser. De la glaise s'était collée à ses souliers, l'obligeant à multiplier ses efforts pour les décoller puis avancer. La gamine était épuisée, mais elle ne voulait pas renoncer et s'installer sur la roulotte pour ne pas trop alourdir la charge de l'animal qui soufflait bruyamment. Mais ses parents l'obligèrent à y grimper et s'attelèrent eux-mêmes à leur carriole comme des bêtes. À leurs épaules, tous deux avaient passé des courroies dont les frottements leur infligèrent bientôt des douleurs lancinantes que, très stoïquement, ils supportèrent. Les mâchoires crispées, ils ne laissèrent échapper aucune plainte. Agrippant la chaussée de leurs godillots, ils s'évertuaient à cheminer malgré les averses qui redoublaient d'intensité, tout en encourageant la jument :

– Hue ! Hue, Fanny ! Hue ! Hue, Fanny !

Allongée entre le brasero et les marmites, Giuliana s'endormit pendant que la pluie crépitait sur la bâche et que les essieux ne cessaient de grincer. Lorsqu'elle se réveilla, dans l'après-midi, ils pénétraient dans le village de Maleville. Elle se sentait fiévreuse et courbaturée. D'ordinaire, ils ne s'y arrêtaient jamais et préféraient poursuivre dans la direction de Lanuéjouls, bourgade plus importante en bordure de la nationale conduisant à Rodez. On approchait du crépuscule. Ils frappèrent à toutes les maisons pour demander un logement. Des portes ne s'ouvrirent pas. On détacha les chiens de garde pour les faire déguerpir et on les accabla d'insultes. Des paysans acceptèrent toutefois de les recevoir dans leur grange, mais ils les fouillèrent pour leur enlever les deux briquets qui ne quittaient jamais les poches de Vittorio. La jument trouva sa place près des vaches avant de s'effondrer sur les galets de rivière qui constituaient le pavement de l'étable. Le regard éteint, elle n'avait plus la force de rester debout. La famille Grassani mangea en silence dans l'obscurité et les courants d'air de la grange. Des surmulots grassouillets aux yeux brillants dansaient la sarabande dans le fourrage pendant que les matous essayaient de les capturer. Giuliana toucha à peine aux rogatons que ses parents avaient déballés. Le front brûlant de fièvre, elle toussait à se déchirer la poitrine, mais ses parents ne disposaient d'aucun médicament pour la soulager. Soucieux pour leur enfant, ils craignaient de dormir dans cette grange glaciale. Le maître des lieux leur permit de s'installer dans l'étable où régnait une douce chaleur. Sa femme leur proposa du bouillon et, pour Giuliana, une infusion de bourrache. Exténués, Vittorio et Gianna luttèrent toutefois contre le sommeil pour surveiller la malade qui gémissait à intervalles réguliers, enroulée dans des couvertures et allongée sur une litière de paille. Lorsque les cloches brisèrent la quiétude pour appeler les fidèles à la messe de minuit, Gianna ressentit le besoin de les rejoindre malgré son inquiétude et son extrême fatigue. Elle fréquentait souvent les églises des bourgs où ils s'arrêtaient, s'y recueillant en dehors des offices et implorant la protection de Dieu pour sa famille. Chaudement emmitouflée, elle disparut en direction de l'église que les lampes des villageois indiquaient en dessinant comme un chemin de lumière. Elle avait à peine franchi le porche qu'on la reléguait près de l'escalier accédant à la tribune, là où les étrangers à la paroisse pouvaient assister à la messe sur des chaises à la paille rongée. Même si on la considérait comme une misérable, elle ne s'en offusqua pas. À cet instant, il n'y avait que son enfant pour occuper ses pensées. Elle pria…

Le lendemain, Giuliana avait moins de fièvre, mais elle toussait encore quand l'éleveur retrouva les Grassani dans son étable au moment de soigner son troupeau. Il demanda à son épouse de préparer des bols de vin chaud, bien sucré, pour les réconforter. C'était le remède que les familles de paysans utilisaient pour les enfants lorsqu'ils avaient de la fièvre ou la grippe. Il permettait de se réchauffer et de transpirer. Indifférente aux meuglements, aux raclements des sabots sur le pavage et aux bruits des chaînes, Giuliana sombra dans un profond et paisible sommeil.

Lorsqu'elle se réveilla dans le courant de l'après-midi, elle ne frissonnait plus et son visage était reposé. Elle découvrit les cadeaux que l'institutrice avait apportés après le déjeuner. Cette femme avait appris la présence d'une famille de « nomades » par les parents de l'une de ses élèves. Elle ne manquait jamais de proposer des vêtements et des provisions aux ambulants ou aux chemineaux qui s'arrêtaient à Maleville. Dans le paquet de la maîtresse d'école, il y avait de beaux livres de classe que Giuliana feuilleta aussitôt malgré la faiblesse de la lumière. Les images et les couleurs l'éblouirent. La fillette ne fréquentait que d'une manière irrégulière les écoles des bourgs où ils marquaient une étape. À huit ans, elle apprenait déjà le tressage de la paille. Un ouvrage l'intéressa particulièrement. C'était *Le Tour de France par deux enfants* que l'institutrice de Maleville employait pour la lecture dans sa classe. Elle dévora le premier chapitre avant que ses parents ne l'arrêtent. Il y avait un cadeau plus inhabituel que la maîtresse destinait également à Giuliana. Il avait une forme ronde sous le papier crissant qui l'entourait et il arrivait d'un pays chaud. C'était une orange. La fillette en avait admirées la semaine précédente à l'étalage d'un marchand de primeurs de Villefranche où les Grassani s'étaient installés à la Toussaint. Elle ne s'imaginait pas qu'elle pourrait y goûter un jour. Soudain, c'était un parfum d'exotisme qui pénétrait en ce jour de Noël dans cette étable où montaient des relents de purin. Giuliana ne la dégusta qu'à l'approche du printemps, lentement, pour apprécier cette saveur inconnue.

5

Comme en 1916, Julien avait célébré Noël dans le froid et la neige. Pendant le réveillon, il avait savouré les cerneaux du Causse, les « pérails » de brebis, les barrettes de chocolat et les friandises qu'Amélie avait envoyés dans son dernier paquet. Assisterait-elle à la messe de minuit dans le bourg ? Souperait-elle en famille à la maison ? Avait-elle l'intention de rendre visite à ses parents le lendemain ? Le Causse avait-il blanchi depuis la Toussaint ? Il espérait retrouver Amélie à Bellegarde dès le printemps et il avait déjà transmis sa demande de permission, mais l'incertitude demeurait. L'armée d'Orient affrontait encore les Bulgares pour s'assurer le contrôle de Salonique. À l'image de ses camarades, il ne comprenait pas pourquoi les Français et les Anglais s'obstinaient à combattre dans cette région où les deux empires n'avaient aucune influence. Quand les batailles leur accordaient un moment de relâche, certains officiers leur expliquaient les raisons qui avaient poussé la France à voler au secours de la Serbie en 1914, mais ils n'arrivaient pas à les convaincre. La situation des peuples dans les Balkans, les alliances militaires, les subtilités de la diplomatie et les velléités de conquête s'enchevêtraient d'une manière tellement complexe qu'elles les dépassaient. Dans l'armée d'Orient, les « poilus » ne savaient qu'une seule chose : ils risquaient leur peau à chaque instant.

Au printemps, ils ne comprirent pas davantage le recrutement de volontaires que le gouvernement prévoyait d'expédier dans les ports de la mer Blanche. Il fallait soi-disant renforcer les contingents britanniques dans leur croisade contre les bolcheviks. En Russie, les communistes s'étaient emparés du pouvoir depuis 1917. Ils avaient renoncé à la guerre, perdant du même coup la Finlande, les pays baltes et la Pologne. Toutefois, leurs partisans s'activaient à préparer des révolutions en dehors de la Russie. On s'en inquiétait à travers l'Europe. Pour prévenir toute contagion, les Britanniques occupaient désormais des territoires mitoyens de la Finlande, comme la région de Mourmansk et des ports de la mer Blanche. D'où l'initiative française de les soutenir.

– Les ministres et les généraux veulent se battre en Russie ? tempêtait Julien. Quelle connerie ! Combien de copains morflent toujours dans les tranchées et ces messieurs les lâcheraient pour envoyer là-bas des troupes ? C'est impensable. L'expédition à Salonique est une catastrophe. Nous y avons perdu des milliers d'hommes, mais nous n'avons toujours pas gagné la guerre contre les Bulgares... Les généraux se trompent de stratégie. Ce sont des incapables ! Regroupons nos divisions en Champagne, sur la Somme, au chemin des Dames où les Allemands s'acharnent aujourd'hui à nous attaquer. Produisons plus de canons, de tanks et d'avions dans nos usines. Et libérons d'abord la France !

Il explosa de colère en apprenant qu'il ne bénéficierait pas de la permission demandée et rejoindrait bientôt la mer Blanche. Comme les volontaires n'étaient pas suffisamment nombreux, les supérieurs avaient procédé à des désignations arbitraires. Julien enrageait ! Non seulement il ne pourrait pas retrouver sa fiancée à l'occasion de son passage en France puisqu'il ne resterait que deux jours à Toulon, mais il pressentait qu'il ne reviendrait pas dans l'Aveyron avant longtemps. « Il est probable que je ne te reverrai pas avant que la guerre se termine ! confessa-t-il à sa fiancée dans un courrier qu'il rédigea avant son départ pour Toulon. Tes lettres, ton portrait ne me quitteront pas. Quel que soit l'endroit où l'on m'enverra ensuite, y compris jusque dans les steppes de la Sibérie, je t'aimerai toujours. Même si je n'avais plus de nouvelles pendant des semaines, je pourrais supporter ton absence et cette séparation en pensant à tous les bonheurs qui nous attendent dès que je reviendrai pour t'épouser… » Une promotion accompagnait son affectation dans les régiments en partance pour Arkhangelsk. Jusqu'alors caporal, il devenait sergent. Mais il ne le précisa même pas à sa fiancée. Il s'en moquait ! Les « sardines » de sous-officier, les honneurs et les médailles ne l'attiraient nullement. Depuis qu'il était mobilisé, il se contentait d'exécuter les instructions de ses officiers et n'avait jamais cherché à se distinguer en participant à des « coups de main » dans lesquels les camarades téméraires comptaient décrocher des médailles. « Si les officiers espèrent me pousser à prendre des risques en me nommant sergent, ils se trompent lourdement ! pensait-il. Je ne changerai pas… »

Le 1er juillet 1918, un cuirassé le conduisait jusqu'à Toulon où le 7e régiment d'infanterie coloniale rassemblait deux compagnies à destination d'Arkhangelsk. Des wagons les acheminèrent ensuite à Dunkerque avant que les hommes embarquent pour Dundee, en Écosse, où des soldats anglais grossirent leurs rangs. Puis ils contournèrent la Norvège pour pénétrer dans la mer de Barentz qui permettait d'accéder aux portes de la mer Blanche. Pendant leur traversée, le sergent Julien Soubrié s'appliqua à apercevoir le Groenland dans les lointains lorsqu'ils passèrent à proximité du territoire norvégien de Bjornaya. Il consacra des heures à observer l'horizon à la jumelle depuis le bastingage, tout en endurant des températures qui descendaient au-dessous de moins quinze degrés. Malgré ses efforts, il ne distingua que des ondulations où l'écume de l'océan et les murailles neigeuses semblaient se confondre. Ils ne débarquèrent à Arkhangelsk qu'à l'approche du 15 août après un mois et demi de voyage. La belle saison s'achevait déjà dans cette contrée de la Russie dont les habitants se préparaient à affronter l'hiver. Bientôt, les glaces ourleraient les bordures côtières et figeraient le fleuve, la Dvina. Jusqu'au moment de la débâcle, on ne se déplacerait plus qu'en traîneau autour de la ville.

Les officiers du 7e régiment d'infanterie coloniale avaient prévenu leurs hommes. Après la fournaise de Salonique, ils souffriraient de températures glaciales. Quand ils s'installeraient dans les bâtiments de leur garnison, l'intendance leur remettrait des chapeaux de fourrure, des canadiennes, des chaussures épaisses et fourrées pour y résister. « Dès la semaine prochaine, le capitaine nous enverra patrouiller dans les environs d'Arkhangelsk ! expliqua Julien à Amélie dans le premier courrier qu'il expédia depuis la Russie. Il est probable que nous croiserons une quantité d'animaux sauvages, inconnus dans l'Aveyron, comme des renards au pelage bleuté dont la fourrure est très recherchée... Finalement, c'est l'occasion de découvrir les richesses de la Russie ! »

Construite au XVIe siècle à l'embouchure de la Dvina et en bordure de la mer Blanche, la ville d'Arkhangelsk abritait 50 000 habitants. Les échanges commerciaux à destination de Moscou, de la Sibérie et de l'Europe, l'exploitation des forêts et la pêche au hareng constituaient comme autrefois ses principales activités. Mais on y distillait également du seigle et de l'orge pour produire de la vodka, on y préparait les fourrures collectées dans la région pour le compte des pelletiers de Saint-Pétersbourg et Moscou. Dès leur arrivée, les hommes du 7e régiment d'infanterie coloniale emménagèrent dans un séminaire désaffecté dont les bâtiments s'élevaient à proximité d'une fabrique de goudron qui empestait. Le lendemain de la distribution des équipements, ils embarquaient dans des wagons à bestiaux. On les transporta dans la campagne où ils eurent pour mission de surveiller en permanence les installations ferroviaires. L'une des voies ferrées conduisait d'Arkhangelsk à Yaroslav. Elle permettait d'accéder aux deux grandes villes du pays, Saint-Pétersbourg et Moscou.

Les hommes les plus chanceux logèrent chez l'habitant dans des villages qui regroupaient une quinzaine de maisons construites en rondins. Après leur patrouille, ils pouvaient se réchauffer autour d'un fourneau et partager quelques provisions. Beaucoup eurent comme seul refuge les wagons à bestiaux qui les avaient amenés. Ils y mangeaient, s'y reposaient et s'y distrayaient dans les moments de relâche en y disputant des parties de cartes. Julien avait appris à jouer dans les cagnas des boyaux de Verdun. Depuis, il emportait toujours dans sa musette un jeu, pour la belote et le poker. Pendant les cinq semaines où il crapahuta dans la campagne à la recherche de bolcheviks et d'ennemis fantômes, il souffrit en silence. Certes, il était habitué à l'inconfort, mais il n'avait jamais affronté des froids aussi intenses. Ils ne pouvaient même pas allumer un brasero devant leur wagon dès le crépuscule ! C'était la plus élémentaire prudence pour ne pas attirer l'attention. Ils entouraient leurs pieds de lainages, mais ce n'était pas suffisant. Pour chasser le froid, Julien et ses copains buvaient de la vodka qu'ils se procuraient auprès des habitants. Après quelques rasades, ils maudissaient les hommes politiques qui les expédiaient ainsi dans des chausse-trappes.

– Salonique et la Russie ? Des casse-gueule ! s'indignait le sergent Soubrié. Nous ne trouverons jamais de bolcheviks dans la cambrousse, mais nous nous gèlerons à les attendre jusqu'à la Saint-Jean. Lorsque le thermomètre descendra jusqu'à moins quarante ou cinquante degrés, nous crèverons dans les neiges glacées ! Comme les grognards de Napoléon…

Même si ses camarades partageaient son opinion et ressentaient une extrême lassitude, ils n'avaient pas l'intention de déclencher une rébellion. C'était trop dangereux ! Ils redoutaient les mesures disciplinaires que les généraux leur infligeraient s'ils s'opposaient à poursuivre leurs patrouilles. Au printemps 1917, des mouvements de protestation étaient survenus sur le plateau de Craonne et au chemin des Dames dans quelques régiments que le grand quartier général avait engagés sur des positions stratégiques. Des milliers d'hommes, qui n'avaient plus confiance en leurs généraux, s'étaient révoltés contre les conditions effroyables qu'ils subissaient depuis le début de la guerre, les inégalités qu'ils ne cessaient de constater dans l'attribution des permissions et la stupidité de certaines décisions de l'état-major qui multipliait les offensives inutilement meurtrières. Pour prévenir la contagion, le général Pétain avait répondu aux reproches de ces fantassins par des jugements impitoyables. Les tribunaux avaient envoyé des hommes devant le peloton d'exécution, dans les bagnes et les prisons. Certes, le grand quartier général avait minimisé ces mutineries pour tromper ses adversaires et ne pas trop inquiéter les généraux de la coalition. Mais des publications clandestines et quelques permissionnaires n'avaient pas manqué de souligner la répression excessive qu'elles avaient déclenchée. Les hommes du 7e régiment d'infanterie coloniale n'en ignoraient pas la férocité même s'ils ne possédaient que des informations imparfaites sur ces mouvements du printemps 1917. Leurs supérieurs n'hésiteraient pas à appliquer les instructions du grand quartier général pour empêcher toute contestation.

Le sergent Soubrié ne nourrissait guère d'illusions à ce propos. « Nous nous soulèverions qu'ils nous materaient ! Ils me casseraient de mes fonctions... » Il se contentait de protester seulement en dehors de la présence des adjudants, devant ses compagnons d'escouade après des patrouilles nocturnes qui les avaient frigorifiés. Malgré la prudence avec laquelle ils exprimaient leurs critiques, la hiérarchie ne s'y trompa pas. Elle avait deviné que la révolte sourdait dans les deux compagnies, même si les « poilus » ne combattaient pas à la baïonnette contre les Allemands et ne comptaient pas de disparus. Comment pouvait-il en être autrement ? Ces soldats étaient exténués après quatre années de batailles qui les avaient diminués physiquement, désorientés par ces expéditions désastreuses et désespérés par la manière dont les généraux menaient cette guerre. Comment désamorcer le mécontentement ? Les officiers décidèrent de manifester davantage de souplesse dans la discipline quotidienne pendant les périodes où les escouades se reposeraient à Arkhangelsk, persuadés que les hommes apprécieraient cette compensation.

Dès qu'ils rentrèrent à Arkhangelsk, le sergent Soubrié et ses camarades profitèrent largement de la semaine de relâche qu'on leur avait accordée. Des roubles en poche puisqu'on leur avait distribué les soldes après leur arrivée, ils goûtèrent aux plaisirs de la ville. On les retrouva dans les tavernes où ils passaient des heures à disputer des parties de cartes devant des chopines de bière ou une bouteille de vodka. C'était une aubaine pour les patrons qui accueillaient de leur mieux cette nouvelle clientèle en demandant aux serveuses de redoubler d'amabilité à l'égard des Français et des Britanniques. Souvent, des chanteuses et des musiciens s'y produisaient. Dans la chaleur du poêle, les hommes s'incrustaient jusqu'à une heure tardive, puis ils regagnaient leur garnison en entonnant des chansons paillardes qu'ils rythmaient volontiers des deux mots russes qu'ils avaient appris : *dasvidanya* et *spassiba** !

Dans l'une de ces tavernes, Julien avait rencontré un adjudant d'un bataillon écossais qui aimait la vodka et le poker. Tous deux avaient sympathisé malgré l'obstacle de la langue, au point qu'ils festoyaient ensemble. Stephen avait l'avantage de connaître les meilleures adresses puisque son détachement avait débarqué à Arkhangelsk dès le printemps. Il l'entraîna dans les restaurants où on pouvait manger du saumon et du hareng fumés mais, surtout, le célèbre bortsch, potage à la viande de bœuf, au chou et à la betterave. Il l'emmena également dans des lupanars, dont le nombre s'expliquait par la présence de matelots et de militaires. Au terme d'une soirée où il l'avait dépouillé de ses roubles au poker, Stephen lui fit découvrir l'une de ces maisons de passe. Se comportant comme un gentleman, il n'hésita pas à restituer à Julien son argent perdu dès qu'ils quittèrent la taverne pour rejoindre *La Reine de cœur*. Il souhaitait faire partager au sergent Soubrié les charmes des Russes. On approchait de minuit. Devant le bordel, une femme arpentait le trottoir en aguichant les passants. Équipée de bottes et d'une toque, elle entrouvrait son grand manteau de fourrure lorsqu'elle apercevait un homme, l'interpellait d'une manière obscène en ondulant des hanches, en redressant la poitrine, en multipliant les sourires, les gestes et les propos.

* « Au revoir » et « merci ».

Elle exécuta son numéro habituel dès qu'elle remarqua les deux sous-officiers qui remontaient le boulevard.

– Elle se promène sans vêtements sous son manteau par un temps pareil ? s'étonna aussitôt Julien.

– La tenancière l'impose à toutes les femmes de *La Reine de cœur* ! expliqua un lieutenant du 7e d'infanterie coloniale qui les rejoignait au moment où elle s'exhibait à la lumière jaunâtre d'un réverbère. Comme elles n'ont nullement l'intention de poireauter trop longtemps sur le boulevard, elles allument les hommes qui traînaillent dans le quartier, même s'ils sont moches, éméchés ou crasseux. La patronne ne les accepte dans la maison que si elles reviennent avec un micheton…

– Comment résistent-elles dans de telles conditions ? demanda-t-il au lieutenant. Elles doivent attraper une bronchite après deux ou trois nuits. Ou, alors, elles ne craignent pas le froid… Elles y sont peut-être habituées. Dans les tavernes, on prétend que des habitants d'Arkhangelsk se baignent à cette saison dans les eaux glacées ! Ils se rouleraient même dans la neige en hiver comme dans les pays nordiques…

– Certains habitants peut-être. On m'a affirmé également que c'est une coutume… Mais je ne pense pas que les petites de *La Reine de cœur* prennent du plaisir à descendre et à remonter le boulevard nues sous leur manteau pour montrer leurs petites rondeurs aux passants…

– Mais comment ces femmes peuvent-elles résister ? demanda à nouveau le sergent Soubrié.

– C'est très simple ! En revenant du boulevard, elles trouvent toujours dans la maison une compagne pour les frictionner avant de rejoindre les hommes au comptoir ou à une table ! souligna le lieutenant qui, à l'évidence, fréquentait souvent *La Reine de cœur* tellement ses réponses étaient précises. Elles avalent le contenu de théières entières pour se réchauffer, mais également de la vodka. C'est la tentation dans les bordels. Je ne vous l'apprends pas !

– Pourquoi est-ce qu'elles ne nous attendraient pas autour du poêle ?

– C'est impossible. Les lupanars se disputent la clientèle. Il y a de la concurrence dans le quartier et leurs souteneurs ne sont pas des tendres. À Arkhangelsk comme à Salonique, toutes ces femmes doivent rapporter le maximum. La guerre est une affaire juteuse pour les julots…

Ils sonnèrent à trois reprises. La maquerelle se précipita à leur rencontre, mais elle n'accepta de les recevoir qu'au moment où ils entendirent la prostituée révéler son prénom. C'était le sésame pour accéder à *La Reine de cœur*. D'origine finlandaise, la jeune femme s'appelait Pirkko. L'instant d'après, la tenancière accueillait les trois hommes d'un grand sourire édenté. Elle félicita Pirkko qui s'éclipsa aussitôt. Le lupanar empestait les odeurs de cigarette, de bière et d'alcool, la transpiration et les parfums de pacotille. Dans cette taverne enfumée et bruyante, la patronne plastronnait derrière son comptoir pour surveiller ses protégées et encourager les hommes à consommer. Les lampes se reflétaient dans des glaces plaquées contre les murs blancs qui projetaient un éclairage dont la violence déconcertait. Les lueurs jaunes aveuglèrent Julien, puis il s'y habitua. La tenancière les installa près du comptoir, à distance de trois couples qui se pelotaient. Bientôt, sur la table, elle déposa d'autorité de grandes chopes de bière pour leur permettre d'attendre que sa pensionnaire finlandaise revienne. Dans un angle de la pièce, un musicien au physique de bûcheron interprétait au violon des chansons d'amour et de marins. Julien s'imagina qu'il se chargeait d'expulser les clients indésirables et les ivrognes à l'heure de la fermeture. Observant ensuite la décoration du comptoir dont les sculptures aux couleurs bigarrées l'intriguaient, il constata qu'elles représentaient une douzaine de positions érotiques comme s'il s'agissait de confirmer que les hôtesses de *La Reine de cœur* pouvaient les exécuter à la demande pour répondre aux souhaits de leur clientèle. Il s'amusait à les détailler lorsque Pirkko les rejoignit. Elle se confondit en excuses :

– *Izvinitye* ! *Izvinitye** !

* « Excusez-moi ».

Grande et élancée, elle respirait la fraîcheur et la jeunesse que les soirées passées à arpenter le trottoir dans le froid n'avaient pas encore altérées. « Elle a à peine vingt ans ! » supposa Julien. Une toilette fuschia et fendue jusqu'en haut des cuisses pour dévoiler des jambes fuselées, un décolleté vertigineux qui ne cachait pas grand-chose, des lèvres carmin et un maquillage qui rehaussait la couleur diaphane du visage, elle s'était efforcée de séduire. Ses cheveux tressés fascinèrent Julien par leur blondeur inhabituelle. Dans les bordels de Verdun où « travaillaient » notamment des Lorraines et des Alsaciennes, il n'avait pas rencontré de femmes à la chevelure aussi abondante, soyeuse et éclatante, tandis qu'à Salonique, il n'avait fréquenté que des brunes à la peau cuivrée. Il la dévora du regard sans prêter attention aux deux femmes qui l'accompagnaient, mais dont il enregistra cependant les prénoms lorsqu'elles s'installèrent : Héléna et Tatiana. D'origine polonaise, la première était très grande et blonde comme Pirkko, mais d'une moindre beauté. Elle était surtout très potelée, ce qui convenait à quelques habitués comme l'adjudant écossais qui paraissait bien la connaître puisqu'il l'accueillit sur ses genoux en s'autorisant des familiarités qui traduisaient son impatience à la rejoindre dans une chambre. Quant à Tatiana, elle ne manquait pas de charme et le lieutenant du 7e régiment d'infanterie coloniale l'avait repérée dès sa première incursion à *La Reine de cœur*. Des yeux en amande d'un bleu délavé, de longs cheveux blonds qui coulaient en flots sur ses épaules, solidement charpentée comme une paysanne, des taches de rousseur que le maquillage atténuait à peine, cette femme d'une trentaine d'années avait grandi dans un village des plaines d'Ukraine. Sa poitrine opulente qu'elle exhibait fièrement devant la clientèle et, surtout, ses tatouages attiraient l'officier. On prétendait que ces marques dans la peau, même si elles étaient artistiques, témoignaient d'une aptitude particulière à pratiquer la prostitution. Les tatouées passaient pour les plus ardentes dans les lupanars. Même s'il n'avait d'yeux que pour Pirkko, le sergent Soubrié remarqua les étoiles, les anneaux et les cœurs décorant les épaules de Tatiana largement dénudées.

Comme la vodka était servie dans des petits verres appelés *rioumki*, ils ne cessèrent d'interpeller la tenancière pour les remplir, mais ne s'éternisèrent pas en papotages. Incapables d'engager une discussion, ils entamèrent aussitôt les préliminaires. Sous les lumières violentes de cette taverne, des couples se formaient. Ils se frottaient, s'embrassaient vaillamment dans l'attente d'une chambre. Les femmes se dégrafaient, montrant leurs chairs blanches, molles ou fermes. Lorsque Pirkko enleva son corsage, Julien constata qu'elle portait des traces fraîches de coups sur la poitrine. Il n'en manifesta que davantage de délicatesse dans ses caresses. À sa surprise, elle l'encouragea à ne pas la ménager, mais il n'en avait pas l'intention. Elle le comprit et son regard s'alluma d'une tendresse qui le bouleversa. Il y devina également une énergie étonnante. Comment pouvait-elle conserver autant de flamme pour répéter à longueur de journée les mêmes gestes devant des hommes qui recherchaient seulement à assouvir leurs désirs et dont elle supportait souvent les exigences les plus avilissantes ? Il avait l'impression que du feu coulait dans son sang ! Emporté par ses découvertes, le sergent Soubrié ne songeait plus à la guerre qui embrasait encore l'Europe, aux soirées glaciales qu'il endurerait encore de longs mois, à ses proches qui guettaient ses courriers. Ni à sa fiancée. Julien n'avait pas le sentiment de la tromper entre les bras de Pirkko…

Le lieutenant disparut le premier en compagnie de Tatiana. Ils montèrent quatre à quatre l'escalier avant de se précipiter jusqu'à leur chambre dans une galopade que Julien et Pirkko entendirent malgré la musique. Puis l'adjudant écossais s'éclipsa en emmenant la Polonaise et une bouteille de bière. La pendule indiquait une heure du matin. Depuis son comptoir, la tenancière ne la quittait pas des yeux. La soirée n'était pas encore terminée à *La Reine de cœur*. Des hommes frapperaient sûrement avant la fermeture. Ce qui poussa la patronne à presser Julien. Elle ne souhaitait pas qu'il prenne son temps même s'il avait déjà payé. Son attitude déplaisante l'amena à demander quelle somme il aurait à débourser pour que personne ne les dérange jusqu'au lendemain. La somme annoncée, il exhuma de ses poches les pièces et billets qui s'y trouvaient encore. Puis il entraîna Pirkko au premier étage. Ils ne s'assoupirent qu'au moment où retentirent les sirènes des bateaux quittant le port.

6

Dans son arrière-boutique, Amélie ne songeait qu'à l'armistice en ces journées pluvieuses et sombres d'octobre 1918. Depuis que les offensives victorieuses des troupes franco-anglaises se succédaient, les journalistes manifestaient de l'optimisme dans leurs éditoriaux. Ils affirmaient désormais que le cauchemar des années de guerre s'achèverait dans les prochaines semaines. Peut-être même à Noël ! Amélie s'accrochait à leurs prédictions. Dès que les généraux auraient signé l'armistice, la présence de Julien en Russie ne se justifierait plus. Elle en avait la conviction, s'imaginant qu'il reviendrait bientôt en Aveyron. Ils se marieraient au printemps avant de s'installer à Villefranche où elle prévoyait toujours d'aménager sa boutique… Toutefois, en ce moment, c'était surtout la santé de sa mère qui l'inquiétait. Depuis le dernier marché, Émilie Delmas ressentait des courbatures, des étourdissements et une profonde lassitude physique dont elle ne souffrait pas d'ordinaire. Elle avait manqué tomber sur le parquet de l'arrière-boutique à deux reprises. Sentant soudain ses jambes flageoler, elle ne s'était raccrochée que de justesse à une étagère. Le malaise n'avait pas échappé à Justine, qui s'était précipitée à son secours. Il s'était reproduit le lendemain après le déjeuner, mais Émilie Delmas n'avait pas souhaité qu'on appelle le médecin de famille, le docteur Marchant, même si elle toussait et se mouchait souvent.

– Prévenir le médecin ? Sûrement pas ! avait-elle répliqué. Sa réponse, je la connais. C'est de la fatigue, des douleurs et un rhume de saison ! Comme chaque année. Je m'affaiblis souvent à l'automne, mais je m'en relève toujours grâce à mes remèdes… Ne vous tracassez pas ! Je me soignerai.

Inquiets, son époux et Amélie insistèrent pour que le docteur Marchant se déplace, mais elle s'y opposa fermement.

– Je me soignerai à ma manière !

Elle ingurgita des décoctions de bourrache, puis s'imposa des inhalations avant de s'endormir. Mais son entourage ne remarqua pas d'amélioration significative. Émilie s'était installée dans une chambre réservée aux invités pour ne pas perturber le sommeil de son époux par ses expectorations, ses quintes de toux, ses raclements de gorge de plus en plus fréquents. Elle avait consenti à prendre un sirop contre la toux qu'Henri avait rapporté d'une pharmacie de Villefranche à l'occasion de l'une de ses tournées, mais il ne semblait pas très efficace. Cette situation préoccupait la maisonnée.

À la mi-octobre, lorsqu'elle accepta de consulter le médecin de Villeneuve, Émilie grelottait de fièvre dans son lit malgré des couvertures épaisses, une bouillotte et un édredon de plume. Plus alarmant, elle crachait du sang. Le docteur Marchant l'examina longuement. Mais il réserva son diagnostic à son époux et à Amélie qui l'attendaient dans la salle à manger. La malade présentait tous les symptômes de l'influenza espagnole, l'épidémie redoutable qui se propageait à travers la France après une première apparition bénigne au printemps. Les médecins la qualifiaient d'espagnole parce qu'elle avait affecté, en premier, les Bourbons d'Espagne. C'était une forme de grippe à laquelle Henri Delmas et Amélie n'avaient pas songé. On prétendait qu'elle n'atteignait que les adolescents et les jeunes adultes. Et jusqu'à présent, ils ne connaissaient pas dans la région d'hommes et de femmes mûrs que la maladie aurait frappés. L'influenza espagnole s'accompagnait de courbatures douloureuses qui handicapaient le malade dans ses mouvements mais, surtout, de complications pulmonaires qui se révélaient souvent meurtrières. En France, on relevait déjà des dizaines de milliers de victimes. L'Aveyron n'était pas épargné, à tel point que la préfecture conseillait aux habitants de renoncer à leurs déplacements habituels pour limiter la contagion. Les écoles avaient la consigne de ne plus recevoir d'élèves depuis le début du mois d'octobre.

– L'influenza espagnole ? Vous en êtes bien sûr ?

– Il n'y a pas de doute, hélas ! Je ne pense pas me tromper. Mme Delmas crache le sang, elle a une forte fièvre. J'ai bien peur que la maladie soit déjà avancée…

Henri et Amélie, effondrés par cette nouvelle, ne voulaient pas y croire.

– Ce n'est pas possible, docteur ! Depuis des semaines, les journaux racontent que l'influenza espagnole s'attaque seulement aux jeunes. C'est peut-être une bronchite…

– Je ne pense pas me tromper ! répéta d'une voix douce le docteur Marchant. Contrairement à ce que les journaux affirment, cette maladie ne s'acharne pas que sur les jeunes. Elle touche également des vieillards, des hommes et des femmes de quarante à cinquante ans dont l'organisme est vulnérable. Les restrictions de ces dernières années ont diminué les capacités de résistance aux épidémies, y compris dans les campagnes de l'Aveyron, même si tous les habitants n'en ont pas souffert… Mme Delmas était sûrement très fatiguée pour contracter cette maladie. Elle a peut-être trop travaillé ces derniers temps… Comme elle tousse et s'enrhume souvent à l'automne, elle s'imaginait qu'elle pourrait se passer de son médecin, mais elle se trompait. Cette influenza est dangereuse…

Le docteur Marchant demanda à Henri Delmas de la conduire immédiatement à l'hôpital de Villefranche, où les médecins la soigneraient malgré la présence, dans les services de la Chartreuse, de dizaines de blessés de guerre.

– N'attendez pas ! souligna-t-il en rédigeant le courrier qu'il leur destinait. Le temps presse…

La pendule indiquait dix heures.

– Jeanne m'aidera à l'habiller ! répondit aussitôt Amélie. Nous l'emmènerons à la Chartreuse avant le déjeuner…

Comme elle se précipitait en direction de sa chambre, le docteur Marchant l'arrêta.

– Méfiez-vous de ses crachats et de ses quintes de toux ! Ils regorgent de microbes.

Il redoutait maintenant que cette épidémie se répande dans la maisonnée.

– Désinfectez dès aujourd'hui sa chambre, sa vaisselle et ses vêtements ! indiqua-t-il à Amélie. Que toutes ses chemises, ses mouchoirs, ses serviettes et ses draps trempent dans de l'eau javellisée avant que vous les mettiez à bouillir. Et ne lésinez pas sur la quantité d'eau de Javel. C'est important de se débarrasser des microbes qui grouillent dans les linges de la malade. Ils sont résistants. Redoublez de précaution ! Si vous vous enrhumez, si vous toussez, si vous vous plaignez de douleurs musculaires ou de migraines, dépêchez-vous de me prévenir.

– Les journaux prétendent que c'est terrible comme le choléra et la peste. C'est vrai, docteur ?

– C'est une maladie redoutable pour laquelle il n'existe pas de vaccin. Nous soignons les malades de notre mieux, mais ils nous appellent parfois trop tard et nous n'avons pas beaucoup de remèdes pour les soulager.

– Vous pensez, docteur, que vous pourrez sauver maman ? insista-t-elle. Ce n'est pas trop tard pour elle ?

– Les médecins de l'hôpital feront tout leur possible !

Puis il renouvela ses conseils :

– En attendant, protégez-vous ! Utilisez du crésyl et de l'eau de Javel. Et ne prenez pas de risques ! N'hésitez pas à brûler ses vêtements, ses serviettes et ses draps si vous pensez ne pas pouvoir les désinfecter complètement... Débarrassez-vous également de ses couvertures et même de son matelas. On n'est jamais assez prudent.

La cuisinière approuva ces précautions, mais elle craignait les racontars de Justine.

– C'est une bavarde ! Elle ne tiendra pas sa langue. Toute la population l'apprendra dans la journée.

– Nous ne la mettrons pas dans le secret...

– Et Giuliana ?

– C'est différent ! Comme vous, elle a le droit de savoir... Elle a une chambre dans la maison, elle mange à notre table et vous vous occupez de sa lessive. Elle s'expose aux mêmes risques. Je l'informerai dès que nous rentrerons...

Une relation de confiance s'était établie entre les deux jeunes femmes semaine après semaine. La passion des chapeaux les avait rapprochées. Malgré son caractère emporté de sauvageonne, Giuliana s'était imposé une discipline quotidienne grâce à laquelle elle avait progressé de manière surprenante. Elle acceptait sans rechigner les exigences de sa patronne, ne ménageant pas son énergie et son temps pour les satisfaire. Giuliana était animée de la volonté de réussir. Amélie l'appréciait.

– J'aimerais que Giuliana se ménage ! indiqua-t-elle à Jeanne. Elle a les bronches fragiles...

Elles rejoignirent aussitôt la chambre d'Émilie pour la préparer. Des odeurs mêlées de transpiration et d'onguents flottaient dans la pièce, qu'une lumière grisâtre éclairait à travers la fenêtre. Affaiblie et amaigrie, ses cheveux en désordre sur l'oreiller, les mains jointes sur le drap qui égrenaient son chapelet depuis le départ du docteur, Émilie les attendait. D'un regard fiévreux et angoissé, elle interrogea Amélie à propos de sa maladie. Quoique sous le coup de l'émotion, la jeune modiste ne pouvait se dérober. Elle se contenta de préciser :

– On te soignera mieux à l'hôpital qu'à la maison. Le médecin en est persuadé... On t'emmène à Villefranche.

Amélie avait sorti quelques vêtements de l'armoire de sa chambre et les avait déposés sur une chaise.

– Nous partons tout de suite...

Avant de l'habiller, Amélie et Jeanne masquèrent son visage d'un mouchoir pour se protéger des postillons.

– Tu resteras avec moi à l'hôpital ? demanda-t-elle, anxieuse, à Amélie.

– Oui. Bien sûr. On ne te laissera pas seule...

Soulagée et rassurée, elle se détendit.

Le cœur lourd, Amélie constata qu'en une semaine, la maladie l'avait diminuée. Elle flageolait sur ses jambes, courbée comme une vieille percluse de douleurs. Le visage crispé et terreux, elle ne ressemblait plus à la femme pimpante qui rayonnait de bonheur en accueillant les invités aux fiançailles d'Amélie. Sa fille en avait la gorge nouée.

À onze heures, elles l'installèrent à l'arrière de la Bébé Peugeot qu'Henri Delmas continuait de réserver à de grandes occasions et à des situations d'urgence puisque les restrictions perduraient. Secouée par les quintes de toux, respirant par saccades, Émilie grelottait toujours malgré l'épaisseur de ses vêtements, auxquels Amélie et Jeanne avaient rajouté deux couvertures. Le voyage se déroula dans des conditions difficiles. Ils avancèrent lentement dans le brouillard qui enveloppait la campagne et n'évitèrent pas certaines ornières qui parsemaient la chaussée. Elles arrachèrent des gémissements à la malade. Une quinzaine de kilomètres les séparaient de Villefranche, mais ils n'arrivèrent à l'hôpital qu'après une heure de trajet. Le temps de présenter le courrier du docteur Marchant à une religieuse à cornette qui contrôlait les entrées et d'expliquer l'urgence de la situation, des brancardiers accoururent pour transporter Émilie à travers de longs couloirs jusque dans le bâtiment où étaient rassemblés les patients atteints de l'influenza espagnole. Ils étaient environ une douzaine, regroupés dans une salle commune où une infirmière interdit à Henri et à Amélie de pénétrer.

– On n'autorise personne à rencontrer ces malades même pour une urgence ! leur précisa-t-elle. Ils sont très contagieux. Si leurs proches défilaient toute la journée, ils contamineraient l'ensemble des familles de Villefranche et des campagnes environnantes.

Elle leur conseilla de revenir dans l'après-midi pour s'entretenir avec le médecin. Comme tous deux s'incrustaient, elle demanda à Amélie les affaires de la malade, qu'elle emporta dans le grand dortoir. Puis la porte se referma lourdement avant que le silence ne retombe dans le couloir.

Ils rejoignirent un restaurant de l'avenue que la maison Delmas fournissait en spiritueux. Mais ils se contentèrent d'un bouillon et ils n'échangèrent que des banalités pour se retrancher derrière leurs pensées. Même si l'entêtement d'Émilie à ne pas consulter un médecin avait aggravé sa situation, ils se reprochaient aujourd'hui leur négligence et leur manque de persuasion. « Nous n'en serions pas là si elle avait accepté que le médecin l'examine dès son premier malaise. C'était à nous de l'obliger à se soigner ! » ruminait Amélie que les remords assaillaient. Son père devait éprouver le même sentiment de culpabilité. Le visage fermé, il essayait de tromper sa nervosité en tortillant sa serviette.

Le brouillard s'était dissipé lorsqu'ils quittèrent le restaurant. Ils se promenèrent longuement sur le Guiraudet et sur le Villeneuve avant de se présenter à nouveau à l'hôpital. Dans les couloirs, ils rencontrèrent une religieuse qui les accompagna jusqu'au bureau du médecin de service. Cet homme aux cheveux grisonnants et à la silhouette empâtée n'était guère bavard. Réservé quant aux chances de guérison d'Émilie, il ne les autorisa pas à rejoindre le grand dortoir où elle se reposait.

– Vous pensez tout de même, docteur, qu'elle a des chances de s'en remettre ? s'inquiéta Amélie.

– Si sa température tombait dans les vingt-quatre heures, elle pourrait reprendre le dessus. Mais ses poumons sont atteints. Il nous est impossible aujourd'hui de nous prononcer... Patientez !

– Vous la sauverez, docteur ?

– Je ne sais pas ! Soyez certaine que nous tenterons tout ce qui est en notre pouvoir... Mais Mme Delmas est gravement malade ! Elle a une forte fièvre, elle ne s'alimente pas, elle crache toujours du sang...

– Mais que peut-on faire pour elle ?

– Attendre ! Seulement attendre...

– Ne la laissez pas mourir ! le supplia-t-elle.

– Nous ne la laisserons pas mourir si nous pouvons la sauver ! répondit-il. Mais je vous le répète : il n'y a pas de médicaments qui guérissent cette maladie… C'est à l'organisme qu'il appartient de la combattre avec ses propres moyens et nous essayons d'y contribuer de notre mieux…

La même religieuse les reconduisit jusqu'à l'entrée de l'hôpital. Elle leur demanda de ne pas désespérer.

– Nous la soignerons, nous la veillerons, nous la confierons à Dieu… Lorsque les médecins sont impuissants à intervenir, il y a toujours ce recours.

Ils rentrèrent silencieux dans le brouillard et sous les averses. À leur arrivée, ils ne répondirent que d'une manière évasive aux questions de Giuliana et de Jeanne. Ils ne mangèrent que du bout des lèvres et ils ne s'attardèrent pas au premier. Henri et Amélie s'enfermèrent chacun dans sa chambre, mais ne trouvèrent pas pour autant le sommeil. Les paroles pessimistes du médecin, la fragilité d'Émilie et la gravité de sa maladie les inquiétaient au-delà de tout. Ils ne parvinrent à s'assoupir qu'à une heure tardive, se débattant dans des cauchemars.

Le lendemain, lorsqu'elle les accueillit à l'entrée de l'hôpital, la religieuse paraissait plus souriante et détendue.

– Mme Delmas a moins de fièvre ! s'empressa-t-elle aussitôt de leur annoncer pour les rassurer.

– Elle est sauvée ?

– Peut-être. Mais elle continue à tousser, elle est encore très fatiguée. Les médecins sont prudents. Ils ne souhaitent pas trop s'avancer…

– On nous interdit encore les visites ?

La religieuse confirma.

– Mme Delmas est affaiblie. Elle a besoin de repos…

– Je suis certaine qu'elle nous réclame ! rétorqua Amélie sous le coup de la déception. Cela lui ferait du bien de nous voir…

– Nous appliquons strictement les consignes des médecins. Ils n'acceptent personne auprès des malades à l'exception des infirmières et elles doivent être toutes équipées d'un masque… Je vous répète que cette épidémie est d'une extrême gravité.

Ils n'insistèrent pas.

Chaque après-midi, ils rejoignaient Villefranche par la patache de Bellegarde à Salles-Courbatiers, où ils prenaient un express pour constater tristement que les nouvelles d'Émilie n'étaient pas meilleures. Le médecin n'observait aucune amélioration notable. L'infection pulmonaire ne régressait pas, tandis que ses chances de guérison s'amenuisaient.

Une matinée d'octobre, une semaine après l'entrée d'Émilie à l'hôpital, la situation empira rapidement. Dès leur arrivée, Amélie et Henri rencontrèrent la religieuse habituelle dans le grand cloître de la Chartreuse. Malgré la fraîcheur, elle arpentait la galerie tout en feuilletant le bréviaire qu'elle referma.

– Je vous attendais !

Elle leur demanda de redoubler de courage.

– Mme Delmas s'est éteinte doucement au moment où nous nous apprêtions à distribuer le bouillon à nos malades… Elle ne souffrira plus maintenant…

Amélie essaya de contenir sa douleur en serrant les poings et en fermant les yeux, puis poussa une longue plainte qui résonna sous les voûtes de la galerie en déchirant sa gorge.

– Maman !

Elle se précipita contre la poitrine de son père que la nouvelle avait abattu à tel point qu'il demeurait paralysé au milieu du grand cloître. Il l'entoura de ses bras comme s'il cherchait à la protéger du malheur qui les frappait et à trouver également auprès d'elle l'énergie pour pouvoir l'affronter. Soudain, Henri Delmas trembla d'émotion, des larmes coulèrent sur ses joues tandis qu'elle continuait à sangloter. En l'espace de quelques secondes, le décès d'Émilie les avait anéantis. Tous deux perdaient l'être qui leur était le plus cher.

Lorsque Amélie se détacha de son père, la religieuse proposa de les conduire à la morgue, où reposait la défunte. Revêtue de ses vêtements du dimanche, elle avait les mains jointes et le visage reposé. Mais ils manquèrent ne pas la reconnaître parmi les dépouilles qui s'alignaient dans cette pièce glaciale où flottaient des odeurs de formol et de crésyl, tellement elle paraissait amaigrie. Surtout, ils éprouvèrent l'impression que la maladie l'avait dépouillée de sa jeunesse et de sa fraîcheur. Ils récitèrent des prières en compagnie de la religieuse, qui disparut discrètement après le *De profondis*. Lorsque le silence retomba, Amélie s'agenouilla à même les dalles de pierre devant le corps de sa mère et plongea son visage au creux de ses mains avant de sangloter. Des scènes de son enfance défilèrent bientôt dans sa mémoire. Elle se revoyait dans leur arrière-boutique sollicitant son jugement lorsqu'elle avait embelli un chapeau de rubans, de plumes ou de nœuds, mais également dans cet autobus qui les avait amenées de Villefranche à Montauban. C'était une journée printanière qu'elle n'oublierait jamais. L'adolescente s'installait à Montauban auprès d'une modiste. Elles avaient ressenti cette séparation comme un déchirement au point qu'Émilie n'avait pas dissimulé ses sentiments au moment de reprendre l'autobus de Villefranche. La chapelière s'était effondrée en larmes devant les voyageurs ! Dès son enfance, les absences répétées d'Henri et leur passion commune les avaient intimement rapprochées. Amélie avait largement bénéficié de ses conseils et de son savoir-faire avant de se perfectionner à Montauban. Dès son retour à Bellegarde, sa mère n'avait pas hésité à la soutenir dans ses ambitions. Elle comptait l'épauler pour l'ouverture de sa boutique à Villefranche. Tout s'effondrait soudain. Le désarroi s'emparait d'Amélie. Pourquoi la maladie avait-elle arraché Émilie à l'affection de ses proches d'une manière aussi brutale ?

Les médecins ne leur permirent pas d'emporter la dépouille. Comme Émilie Delmas était décédée de l'influenza espagnole, le fourgon de l'hôpital assurerait au dernier moment le transport du cercueil de Villefranche à l'église de Bellegarde, seulement pour les obsèques. Les Delmas et leurs parents en ressentirent de l'humiliation. Cette disposition préfectorale les empêchait de respecter la tradition. Depuis des générations, les familles avaient l'habitude de veiller les défunts en compagnie de leurs proches et de leurs voisins, mais également de recevoir les habitants qui désiraient se recueillir devant le disparu.

Comme lors de la dernière épidémie de choléra, à l'époque de Napoléon III, dont des familles conservaient encore le souvenir, les coutumes étaient bafouées. Certains s'en émurent. Ils estimèrent que ces précautions étaient exagérées et nourrissaient inutilement une psychose de l'isolement. Ils ne modifièrent pas leurs pratiques en se présentant chez les Delmas aussitôt la nouvelle divulguée, pour les soutenir dans cette épreuve. Mais la plupart des habitants gardèrent leurs distances. Ils ne se rendirent pas auprès des Delmas. Ils n'assistèrent pas davantage à la cérémonie. Les instructions préfectorales limitaient dorénavant les offices funèbres au strict minimum, ordonnant aux paroisses la désinfection du pavement ou du parquet de l'église après l'enlèvement de la dépouille. Dans ces conditions, comment ne pas succomber à l'affolement ?

Comme Amélie l'avait imaginé en revenant de la Chartreuse, une ambiance détestable s'était instaurée à Bellegarde dès que la nouvelle du décès d'Émilie s'était répandue à travers le bourg. Certains les considéraient désormais comme des pestiférés, ce qui rajoutait une flétrissure à leur douleur. C'était difficile à supporter, surtout pour Amélie qui n'avait jamais traversé d'épreuve jusqu'à présent. Élevée dans une famille assez cossue, elle n'avait pas manqué d'amour et d'argent. Elle n'avait pas ressenti la moindre souffrance dans sa jeunesse. Surtout, c'était la première fois qu'elle affrontait la mort dans son entourage. Ses grands-parents paternels, Charlotte et Gabriel Delmas, étaient décédés dans sa plus tendre enfance et elle n'en conservait que peu de souvenirs. Quant à ses grands-parents maternels, elle ne les avait jamais connus. Ils avaient disparu à quelques semaines d'intervalle, l'année du mariage de ses parents. Pour ces raisons, Amélie ne savait pas encore ce qu'étaient le chagrin et la douleur après la perte d'un être cher. Le décès de sa mère la frappait très durement. Il la désarmait et elle se demandait comment parvenir à surmonter cette épreuve. Elle sollicita Giuliana d'une manière naturelle pour la soutenir. Son apprentie l'entoura d'attentions, qu'elle apprécia. Confrontée à la méchanceté et à la mesquinerie de certaines familles quand elle accompagnait ses parents dans leurs tournées, Giuliana s'était endurcie au fil des années. Dans ses errances, elle avait souvent côtoyé la maladie, la mort, le danger. Les deux femmes s'épanchèrent en toute confiance pendant les heures difficiles qui suivirent le décès d'Émilie. Découvrant des épisodes attristants de son existence que Giuliana évoqua sans chercher pour autant la compassion, Amélie constata combien les médisances et les infortunes de la vie l'avaient marquée. Giuliana la réconforta grâce à des paroles sensibles qui attestaient d'une étonnante maturité.

Ils n'étaient qu'une vingtaine devant le caveau de la famille, dans le cimetière de Bellegarde, lorsque les fossoyeurs descendirent le cercueil. Émilie n'avait pas mérité cet affront. Les obsèques se déroulèrent devant une assistance clairsemée alors que la réputation de la famille Delmas s'étendait jusqu'à une vingtaine de kilomètres. De nombreux habitants de la commune se signalèrent par leur absence, y compris parmi les voisins très proches. Quelques conseillers municipaux ne s'étaient même pas hasardés à témoigner leur solidarité envers Henri Delmas qui occupait les fonctions d'adjoint. Quant à la parentèle des deux familles, elle manifesta également de la discrétion. Beaucoup ne se dérangèrent pas en prétextant l'éloignement, les travaux des champs, le mauvais temps. En revanche, les trois frères d'Émilie et deux de ses cousines se déplacèrent. Leur présence réconforta Henri Delmas et Amélie devant toutes ces défections. Ils avaient l'impression que tout le monde les abandonnait dans l'épreuve, même leurs parents. C'était horrible ! Heureusement, des cousins éloignés de la famille Delmas les rejoignirent depuis des hameaux disséminés sur le Causse. Mais la manière dont le desservant de la paroisse expédia cette cérémonie accentua leur douleur. Ils assistèrent à un simulacre d'enterrement sans requiem ni chant des morts. Les chantres habituels s'étaient dérobés, tout comme les enfants de chœur. Seul le sacristain répondit aux prières marmonnées à toute vitesse par le prêtre, qui voulait terminer son office dans les temps impartis par la préfecture : une demi-heure. Pas d'offrande en cortège ni de baisement de croix. Le temps de réciter le *Deo gratias*, le desservant et son acolyte avaient déguerpi. En cette matinée pluvieuse d'octobre, une étrange ambiance planait dans cette église où un parfum d'encens se mêlait à l'odeur tenace du crésyl répandu sur le dallage. Henri et Amélie n'en éprouvèrent qu'une douleur plus intense, devant leur tombe au cimetière, en recouvrant d'une pelletée de terre le cercueil d'Émilie. La jeune modiste ressentit soudain une douleur violente à travers la poitrine comme si on l'avait poignardée.

7

Deux jours après l'enterrement de sa mère, Amélie toussait à s'en déchirer la gorge. Ce matin-là, courbatue et fiévreuse, elle manqua tomber dans sa chambre au moment où elle entreprit de s'habiller pour rejoindre la cuisine et préparer une infusion. C'était un dimanche. Contrairement aux habitudes, elle ne recevrait pas leur clientèle à la boutique. Depuis le décès d'Émilie, le panneau « Fermé jusqu'à nouvel ordre » indiquait que la maison Delmas n'accueillerait pas les habitués pendant quelque temps. Constatant que la psychose de l'influenza espagnole s'emparait de la population, elle considérait que la fermeture s'imposait et son père l'approuvait. En revanche, ce matin-là, elle comptait assister à la messe qui serait célébrée à la mémoire d'Émilie. Mais Henri Delmas et Jeanne s'y opposèrent lorsqu'ils la découvrirent chancelante.

– Tu te recouches et tu te reposes, Amélie ! ordonna Jeanne, très maternelle.

– J'appelle tout de suite le médecin ! compléta son père.

Dans la seconde, l'affolement s'empara de la maisonnée ! On craignait que cette funeste influenza espagnole ne s'attaque dorénavant à Amélie et poursuive ses ravages dans la famille. Son père s'en alarma aussitôt. Il se reprochait toujours sa négligence à l'égard de sa femme et il redoutait désormais de perdre sa fille. Il courut à la poste pour expédier un message au médecin de Villeneuve. Le bureau était ouvert chaque dimanche en matinée. Le docteur Marchant se déplaça après le déjeuner. Il examina longuement la jeune femme, puis confirma ses craintes : elle avait contracté l'influenza. Sans s'en étonner, il ne se montra cependant pas alarmant. La maladie n'en était qu'à ses débuts…

– Je vous demande de respecter mes consignes et de ne pas commettre d'imprudence ! C'est bien compris, Amélie ?

– Rassurez-vous, docteur ! répondit-elle d'une voix faible. Je ne quitterai pas ma chambre et je me soignerai.

Dès son départ, Giuliana proposa de s'occuper de la malade puisqu'elle ne travaillerait pas à la boutique.

– Comme ça, vous vous ménagerez ! expliqua-t-elle à Jeanne, car elle redoutait que les allées et venues répétées entre les étages ne la fatiguent.

– Je monterai ses infusions et ses bouillottes, précisa Giuliana.

La cuisinière rechigna à accepter devant les risques auxquels elle s'exposait.

– Comme les infirmières, je m'équiperai d'un masque pour me protéger ! expliqua Giuliana en balayant ses réticences. J'en fabriquerai dès aujourd'hui…

Elle n'oublierait jamais que ses patronnes l'avaient engagée à l'automne 1917 sans se préoccuper de la franche hostilité que certains habitants manifestaient à l'encontre des ambulants. Elles n'avaient pas cherché à l'exploiter, au point de récompenser ses qualités et ses progrès en la rémunérant dès le printemps. Au moment de Pâques, Giuliana avait adressé fièrement un mandat à ses parents. Ses patronnes la respectaient. Aujourd'hui, elle souhaitait les remercier à sa manière.

Le dévouement de Giuliana provoqua de l'admiration. Elle ne comptait pas les heures passées dans la chambre de la malade pour recharger la cheminée, apporter du bouillon et des infusions à intervalles réguliers, renouveler sa provision de mouchoirs. Elle la surveillait également pendant son sommeil depuis la chambre attenante où elle s'était installée dès son arrivée, essayant de ne pas s'endormir avant une heure tardive pour demeurer attentive à sa respiration, à ses quintes de toux et à ses plaintes. Si elle l'appelait, Giuliana la rejoignait aussitôt à son chevet. Amélie se débattait dans des cauchemars où elle croisait sa mère dans les couloirs de l'hôpital et où Julien était toujours en danger dans les neiges russes. Elle poussait souvent un hurlement pour réclamer une intervention de sa compagnie pour le délivrer des bolcheviks. Giuliana s'efforçait de la rassurer. Amélie appréciait beaucoup sa présence. La maison était devenue tellement silencieuse, pendant la journée, depuis la fermeture de la boutique, qu'elle éprouvait la sensation d'être ailleurs. Elle entendait seulement, mais d'une manière confuse, les casseroles s'entrechoquer dans la souillarde lorsque Jeanne s'y affairait. Son père effectuait à nouveau ses tournées dans la région grâce aux pataches et à l'express, malgré l'épidémie qui réduisait toujours les échanges.

Dès qu'elle reprit des forces, Amélie trouva auprès de Giuliana une confidente précieuse. La douleur et le chagrin qui l'habitaient depuis le décès d'Émilie étaient toujours aussi vifs. Elle ressentait tellement l'absence de sa mère que des images de son enfance se succédaient sans relâche dans sa mémoire. Devant Giuliana, elle enchaîna pendant des heures les souvenirs de cette femme dont la sévérité apparente dissimulait de la générosité et une véritable sensibilité artistique. Amélie n'avait pas éprouvé que de l'amour pour sa mère, elle l'avait admirée pour ses qualités de modiste. Émilie crayonnait quantité de modèles dès qu'elle disposait d'un moment de liberté. C'était sa passion ! Cela attirait peu les habituées de son magasin, mais elle ne s'en préoccupait guère. S'ils avaient habité à Cahors ou à Rodez, des femmes auraient certainement apprécié ses créations et sa boutique n'aurait pas désempli… Amélie avait entassé des dizaines de ses dessins dans des boîtes à chaussures qu'elle avait rangées tout en haut de son armoire. Un après-midi, elle demanda à Giuliana de les descendre de leur étagère et elles étalèrent tous ces croquis sur la couverture pour les regarder, les comparer, les commenter. Ils alimentèrent des discussions passionnées jusqu'au crépuscule. Amélie envisageait de s'en inspirer pour concevoir les chapeaux de cérémonie qu'elle proposerait à sa nouvelle clientèle après son installation à Villefranche. Le lendemain, Giuliana s'enhardit à apporter des dessins qu'elle avait réalisés depuis la fermeture de la boutique. Elle consultait souvent les magazines que ses patronnes recevaient. Son imagination vagabondait ! Maintenant qu'elle avait progressé, elle considérait qu'elle avait les capacités d'esquisser ses premiers modèles. Elle entendait les soumettre désormais au jugement d'Amélie.

– J'aimerais que vous puissiez me conseiller ! insista-t-elle en les déballant. Vous avez des idées, du goût et de l'expérience. Mes esquisses sont encore maladroites... Aidez-moi !

Encore fatiguée, Amélie préférait attendre sa parfaite guérison avant de les examiner.

– Nous en reparlerons dès que je serai tout à fait sur pied. En attendant, ne te décourage surtout pas ! Continue à travailler.

Dès que le médecin encouragea Amélie à se promener pour reprendre des couleurs, Giuliana l'entraîna dans les bosquets qui s'étendaient à proximité de Bellegarde. Le soleil et la douceur s'étaient installés depuis la Toussaint. Elles en profitèrent pleinement pendant les après-midi. Des commères les observaient toujours derrière leurs fenêtres au moment où elles traversaient la bourgade, mais elles s'en moquaient. La psychose de l'isolement perdurait à Bellegarde, où la grippe espagnole avait touché cinq jeunes filles dans cinq familles différentes. Certes, la communauté n'avait pas à déplorer d'hospitalisation et de disparition prématurée, mais elle redoublait de méfiance puisque la préfecture maintenait ses mesures de précaution. L'école était toujours fermée. Le desservant de la paroisse escamotait toujours les cérémonies funèbres célébrées à la mémoire des hommes tombés dans les tranchées, qui se révélèrent nombreux en cet automne 1918. Les proches de ces disparus enrageaient de constater qu'il expédiait ses messes. À la douleur s'ajoutait la hantise que leurs soldats échouent dans les flammes de la géhenne. Quant aux couturières, aux aubergistes, aux forgerons, aux menuisiers et aux cordonniers, ils se plaignaient d'une baisse de leurs recettes. Bien des hommes étaient encore absents tandis que la clientèle les boudait pour cause de grippe espagnole. Ils espéraient qu'elle reprendrait ses habitudes dès que cette épidémie s'achèverait, d'autant que la suppression du marché de novembre frapperait également leurs affaires. Malgré des temps incertains depuis le début de la guerre, cette journée d'échanges connaissait une excellente affluence, ce qui leur procurait toujours des commandes. Le boulanger et les deux épiciers se lamentaient également. Quelques habitants fabriquaient à nouveau de grosses tourtes en prétendant que des « microbes » envahissaient les pétrins de certains fournils à la propreté douteuse. Des histoires aussi stupides, Jeanne en rapportait souvent de sa visite aux magasins du bourg.

Les promenades quotidiennes sous une lumière éclatante et les remontants préparés par la cuisinière stimulèrent Amélie qui retrouva bientôt quelques forces. Bien qu'elle ressentît toujours l'absence de sa mère, la douleur semblait un peu moins vive et elle décida de préparer la prochaine réouverture de la boutique. Elle sollicita Giuliana pour inventorier les garnitures manquantes dans les réserves et les modèles de chapeaux que leur maison commandait à ses fournisseurs en prévision des offices de Noël. Amélie entendait satisfaire au mieux sa clientèle. D'autant que l'espoir de paix renaissait. Dans ses éditions, *La Dépêche de Toulouse* mentionnait dorénavant la progression des divisions alliées. La victoire était proche. Elle n'en doutait plus. L'après-midi du 11 novembre, elle se promenait dans des bosquets de chênes en compagnie de Giuliana lorsqu'elles entendirent des sonneries joyeuses résonner au clocher comme pour annoncer un mariage ou un baptême. C'était inhabituel en ce triste automne. Elles s'arrêtèrent aussitôt pour les écouter avant de constater bientôt que des cloches sonnaient également dans les lointains.

– Pourquoi sonnent-elles aujourd'hui dans tous les villages du Causse ? s'interrogea Amélie, qui conservait encore en mémoire le souvenir de ce dimanche de 1914 où elles avaient appelé les hommes à rejoindre les casernes. Mais que se passe-t-il encore dans le pays ?

Soudain, elle frissonna malgré son manteau.

– La France a peut-être gagné la guerre ! répondit Giuliana.

– Tu le penses ?

– Bien sûr ! Ces sonneries de village en village me rappellent les carillons que j'écoutais dans les bourgs à Noël. Écoutez-les ! Elles sont joyeuses ! Elles annoncent sûrement une bonne nouvelle…

Même si *La Dépêche de Toulouse* prétendait que l'armistice interviendrait cet automne, les événements l'avaient si souvent repoussé depuis des semaines qu'Amélie demeurait prudente.

– Vous n'y croyez pas ? l'interrogea Giuliana.

– J'aimerais que des « officiels » nous le confirment avant que la population se réjouisse. On nous a tellement trompés que c'est peut-être une rumeur. Au moment de la mobilisation, les généraux affirmaient que nous écraserions l'adversaire en quelques semaines. Quelle foutaise ! Ils mentaient pour ne pas nous alarmer ! Il y a maintenant cinquante et un mois que les régiments combattent…

– Rentrons vite et nous saurons…

Quand elles rejoignirent le carrefour, les cloches ne sonnaient plus. Devant l'auberge du Causse, des dizaines d'habitants s'étaient rassemblés autour du maire. Ils avaient soudain déserté les champs, les remises, les ateliers, les maisons et les boutiques. La même question les taraudait en cet après-midi ensoleillé où les femmes et les vieillards terminaient les semailles. Célébrait-on aujourd'hui la victoire de la France ? Les poilus seraient-ils bientôt de retour dans les fermes ? Pour qu'on l'entende, maître Maffre avait grimpé sur une grande table que les patrons avaient installée sur la terrasse comme les dimanches d'avant 1914 où les couples tournaient la bourrée et dansaient la mazurka à l'ombre de la glycine.

– Oui, mes amis ! La France a gagné la guerre ! déclamait-il au moment où elles rejoignirent l'auberge. Nous pouvons remercier nos militaires qui ont accompli leur devoir dans la douleur, le sang et les larmes ! Ils rentreront bientôt… Nous pensons également à ces hommes que nous ne reverrons jamais... Baptiste, Clément, Honoré, Charles, Gabriel et bien d'autres... Ils sont tombés sous la mitraille pour défendre la Nation. La liberté de la France ! Notre liberté de citoyens ! Leurs femmes, leurs enfants, leurs fiancées et leurs parents ne s'en consoleront jamais... En cette journée du 11 novembre où nous nous félicitons de la victoire de la France, ne les oublions pas. Ces familles sont dans la peine ! Essayons de les soutenir... N'oublions pas encore les invalides et les blessés que nous croisons souvent dans le bourg. Ils seront marqués pour toujours par cette terrible guerre...

Il répondit ensuite à des questions sur le cessez-le-feu grâce à des informations obtenues auprès du secrétaire général de la sous-préfecture qui l'avait prévenu dès le début de l'après-midi. En apprenant que les soldats ne se battaient plus, maître Maffre s'était précipité au presbytère pour demander au desservant d'actionner les cloches de son église. Il expliquait maintenant aux habitants que l'empereur Guillaume II avait abdiqué, que les clairons avaient sonné le cessez-le-feu à onze heures, que les officiers allemands avaient capitulé. Il termina son intervention par les paroles de *La Marseillaise* que l'assistance entonna avec une émotion dont l'intensité frappa Giuliana. Il y avait une ferveur à laquelle elle n'était guère habituée. Cette nouvelle avait rallumé une flamme ! Des larmes coulaient sans retenue sur les visages. Fatiguée par leur marche, Amélie s'appuyait sur Giuliana pour ne pas tomber. Incapable de chanter, elle pleurait en pensant à ses cauchemars et à ses angoisses qui s'achevaient, à son fiancé qui rentrerait bientôt de Russie. C'étaient des larmes de soulagement et de bonheur qui inondaient ses yeux.

Une fois le dernier couplet de *La Marseillaise* fini, des hommes rompirent cette ambiance recueillie en scandant :

– Vive nos soldats ! Vive la France !

Les habitants les acclamèrent longuement et s'embrassèrent d'une manière spontanée. Ils en oublièrent les risques de contagion. Leur métamorphose était déconcertante. Depuis trois semaines, taraudés par la hantise de contracter la maladie, beaucoup ne se fréquentaient plus. Grâce à cette nouvelle tellement espérée par les familles, d'invisibles barrières tombaient comme si l'armistice rétablissait la confiance en les arrachant à tous les malheurs subis depuis 1914. Dorénavant, on ne déplorerait plus de nouveaux disparus, invalides et blessés dans les villages. La prospérité et la tranquillité reviendraient dans les campagnes. Et l'épidémie ? Dans l'euphorie, on pouvait espérer qu'elle s'achèverait bientôt.

Les deux jeunes femmes ne demeurèrent pas en dehors du mouvement. Les habitants de Bellegarde connaissaient Giuliana depuis son enfance. Ils l'associèrent sans hésitation à toutes les marques d'allégresse qui ressoudèrent la communauté villageoise devant l'auberge du Causse. Dès que les serveuses apportèrent des carafons à la demande du premier magistrat, ils l'invitèrent à célébrer l'armistice en trinquant. Quand les musiciens s'installèrent dans l'auberge où les patrons avaient allumé toutes les lampes comme à l'occasion des banquets, ils la convièrent à enchaîner des polkas et des valses. Giuliana ne se déroba pas. Très sollicitée, elle changea souvent de cavalier. Leur gentillesse et leur galanterie la réconfortèrent. Même si elle cristallisait encore la curiosité de nombreux villageois et si certains la considéraient toujours comme une étrangère, Giuliana avait désormais le sentiment qu'ils l'acceptaient. L'ambiance détendue et les circonstances avaient contribué à ce changement inattendu, mais elle était persuadée que les prochaines semaines le confirmeraient. Quant à Amélie, elle retrouva les fiancées et les femmes de mobilisés qu'elle avait l'habitude de côtoyer devant la poste avant l'épidémie, mais qu'elle ne rencontrait plus depuis sa maladie. L'annonce de l'armistice les avait comme régénérées depuis le milieu de l'après-midi. Dans l'auberge où elles s'étaient rassemblées pour prolonger leurs discussions et se protéger de la fraîcheur, elles souriaient en regardant les amateurs de bourrée qui leur rappelaient les dimanches de l'avant-guerre, le temps du bonheur. Elles échangèrent des nouvelles de leurs époux ou de leurs fiancés qui pataugeaient dans les tranchées. Elles ignoraient s'ils pourraient célébrer la Nativité entourés de leurs proches mais, comme Amélie, une certitude les habitait. Des champs de bataille où ils avaient combattu, ils rentreraient à jamais différents.

8

La menace de l'épidémie s'éloigna. Mais la psychose de l'isolement ne disparut réellement qu'au moment où les deux instituteurs accueillirent à nouveau leurs élèves. Les garnements s'affrontaient à nouveau sur la place lorsque les maîtres les libéraient. Ils se mesuraient dans une forme de tournoi où les chevaux étaient de grands gaillards qui préparaient leur certificat d'études, tandis que les cavaliers étaient de plus jeunes élèves grimpés sur leurs épaules. Amélie les regardait en terminant ses rangements dans le crépuscule, après le passage des habitués qui venaient acheter des aiguilles, des boutons et des bobines, apporter des chapeaux à rafraîchir ou à reformer, commander des modèles. Le magasin connaissait une excellente affluence après les quatre semaines de fermeture. Les observant depuis la devanture, Amélie craignait toujours que des galopins ne se blessent en tombant dans les ornières remplies de la caillasse du Causse. Ils ne comptaient plus les entorses aux chevilles et aux poignets, les écorchures aux mains et au visage, les déchirures aux vêtements. La modiste frissonnait au moment où ils s'attaquaient à leur adversaire en poussant des hurlements. Il y avait dans ces tournois des accents guerriers et une violence déconcertante qui s'atténuèrent rapidement lorsque les premiers démobilisés retrouvèrent Bellegarde, comme si ces garnements souhaitaient respecter leurs souffrances de combattants, en ne leur imposant pas des brutalités en spectacle.

Les premiers soldats arrivèrent le 15 décembre, en même temps que la roulotte des Grassani. L'influenza espagnole avait amené les parents de Giuliana à modifier leur tournée, les obligeant à séjourner plus longtemps que d'ordinaire dans le faubourg de La Madeleine à Villefranche en attendant que l'épidémie se termine. Ils emménagèrent dans l'une des remises du forgeron Calmels où Giuliana les rejoignait souvent. Même si des groupes de gamins les annoncèrent, leur installation et leur passage dans le bourg ne soulevèrent pas la même curiosité que d'habitude. Les habitants ne s'intéressaient désormais qu'aux démobilisés, les considérant comme des miraculés lorsqu'ils revenaient des tranchées sans la moindre blessure. Ils les accablaient de questions à propos des dernières batailles et de leur quotidien de fantassins. Mais ils ne répondaient pas, ou d'une manière sibylline. Lorsqu'on les rencontrait, ces hommes paraissaient ténébreux et tourmentés. Amélie s'en alarmait. Elle se demandait si son fiancé ressemblerait à ces combattants de la Somme, des Éparges ou du Chemin des Dames lorsqu'il rentrerait. Même si elle recevait régulièrement des nouvelles d'Arkhangelsk, la modiste de Bellegarde s'impatientait. Quand Julien reviendrait-il en Aveyron ? Tous les jours, elle attendait un télégramme qui la préviendrait du débarquement, à Dunkerque, du 7e régiment d'infanterie coloniale. Mais le receveur des Postes ne se manifestait pas. Elle supplia maître Maffre d'intervenir auprès du député de Villefranche et du secrétaire général de la sous-préfecture pour qu'ils obtiennent sa démobilisation, mais elle s'entendit répondre :

– Intervenir ? C'est du temps perdu !

Il rabâcha les arguments qu'il opposait à toutes les familles le sollicitant pour les mêmes raisons :

– Le ministère de la Guerre considère que la Nation a toujours besoin de ses soldats ! exposa-t-il à Amélie. Dans l'immédiat, les généraux ne libéreront leurs hommes qu'au compte-gouttes…

Des soldats avaient pris leurs quartiers dans les régions reconquises de l'Est, d'autres étaient toujours cantonnés dans les Balkans et en Russie. Des régiments devaient s'installer bientôt en Rhénanie... Beaucoup d'hommes ne reviendraient pas avant le printemps ou même le courant de l'année suivante. Pour les retours, le ministère de la Guerre n'accorderait des priorités qu'aux paysans et aux ouvriers. On manquait de main-d'œuvre dans l'agriculture et l'industrie. Le gouvernement souhaitait reconstruire les régions endommagées par les combats, remettre en marche l'économie et ravitailler les familles.

– Même si la guerre est terminée, on nous impose encore de nouveaux sacrifices pour relancer « la machine » ! insista-t-il. Je suppose que vous le comprenez. Votre fiancé ne possède pas d'exploitation agricole et ne travaille pas pour l'industrie. C'est un comptable ! Et comme il est célibataire...

– Julien va croupir encore longtemps dans le froid et la neige, en pleura Amélie.

Elle s'insurgea contre la décision des hommes politiques et des militaires de maintenir un contingent en Russie.

– Pourquoi la France s'incruste-t-elle là-bas maintenant que les Allemands ont capitulé sur tous les fronts ? C'est stupide. Il n'y a plus aucun danger... Aujourd'hui, qui pourrait s'attaquer aux ports de la mer Blanche ?

En réponse, il se contenta de sourire comme s'il cherchait à se moquer de sa naïveté.

– Pourquoi s'incruste-t-on là-bas ? répéta-t-elle, agacée.

– C'est compliqué à vous expliquer ! Les communistes sont dangereux. Ils pourraient menacer l'Europe s'ils organisaient des révolutions dans les pays voisins ! En Russie, les Français et les Anglais soutiendraient leurs opposants pour qu'ils ne créent pas de soviets ailleurs. C'est ce que j'ai découvert dans les journaux, le secrétaire général de la sous-préfecture me l'a confirmé. Nos troupes n'en partiront sûrement pas avant que les traités de paix ne soient signés. Mais quand le seront-ils ? Nous ne le savons pas. Les discussions n'ont pas encore débuté... Ils ne déménageront peut-être pas avant l'automne 1919 ou le printemps 1920.

Son entourage essayait également de la raisonner lorsqu'elle ne décolérait pas après Clémenceau, son gouvernement et ses généraux.

– Mesure ta chance ! martelait Henri Delmas. Ton fiancé n'est pas blessé. Il a traversé ces années de guerre sans qu'une balle le touche… Même s'il patrouille dans les neiges et s'il bivouaque dans des wagons à bestiaux, il n'est pas exposé à des dangers comme à Verdun. C'est bien le plus important ! Des femmes de Bellegarde te jalouseront de le retrouver sans une égratignure et d'épouser un homme en pleine forme. Elles… Leurs époux sont aveugles, manchots et invalides. Ils souffrent le martyre… Même si Julien te manque, tu ne connaîtras jamais la détresse de ces familles. C'est un privilège après cette terrible guerre.

– Je suis bien d'accord, mais…

– Ne désespère pas ! Il reviendra…

Amélie se résigna à l'attendre. Pour tromper le temps, elle se plongeait dans ses lettres qu'elle avait rangées dans des boîtes depuis son départ, en 1915, pour la caserne de Perpignan. Elle en possédait des dizaines dont elle connaissait par cœur les passages les plus émouvants. « En quelque endroit du monde où l'on pourrait encore m'expédier avant que je regagne l'Aveyron, je t'aimerai toujours sans relâche ! s'enflammait-il. Et personne ne nous séparera… »

Les semaines d'Amélie s'enchaînèrent dans une atmosphère mélancolique que la lumière pâlichonne et la froidure hivernale ne manquèrent pas d'accentuer. Malgré la présence de Giuliana qui persistait à l'entourer de ses attentions, elle ressentait la solitude. La disparition de sa mère, l'éloignement de Julien, les absences répétées de son père pour ses affaires devenaient difficilement supportables pendant les périodes où des pensées sombres l'assaillaient. Giuliana cherchait à apaiser ses tourments. Dans la maisonnée, c'était sûrement la personne qui la comprenait le mieux et s'accordait du temps pour l'écouter. Henri Delmas négligeait sa fille. Il ne songeait qu'à son négoce et à sa clientèle pour ne pas affronter les souvenirs de sa femme dans cette demeure où il avait connu le bonheur. Malgré sa gentillesse, Jeanne se contentait d'effectuer ses activités ménagères. Même si elle consultait Amélie pour prendre certaines décisions, elle ne cherchait pas à instaurer des relations d'un caractère plus intime. Certes, la famille Delmas l'estimait et la cuisinière ne s'en plaignait pas. Mais elle rechignait à conseiller sa patronne qu'elle ne tutoyait plus depuis ses quinze ans. Sa condition d'employée et sa situation de célibataire dressaient comme des frontières infranchissables, malgré toute son affection pour Amélie. L'arrivée de Pâques l'arracha soudain à cette asthénie. Depuis toujours, les familles du Causse avaient l'habitude d'étrenner des costumes, des manteaux et des chapeaux pour les célébrations de la semaine pascale. Elles rivalisaient d'élégance à l'occasion de la grand-messe. Par décence, elles avaient délaissé cette coutume depuis Pâques 1915. Maintenant que la guerre était terminée et que les hommes revenaient, il ne leur paraissait pas inconvenant que la tradition reprenne ses droits. La boutique d'Amélie bourdonna d'effervescence comme tous les printemps d'avant la mobilisation. Elle accueillait à nouveau des familles entières qui apportaient des chapeaux à reformer et achetaient de nouveaux modèles. Les femmes choisissaient des garnitures originales qui les distingueraient à la grand-messe de Pâques dans les églises de Bellegarde, de Villeneuve et de ses environs. Amélie et ses employées s'efforcèrent de les satisfaire de leur mieux pendant ces journées laborieuses. La jeune modiste retrouva son sourire malgré la fatigue et même une certaine flamme que la routine des derniers temps avaient affaiblie.

Le dimanche des Rameaux, un homme se présenta à la boutique au moment où les habitants du bourg assistaient à la grand-messe. Depuis son comptoir, Amélie l'observa traverser la place en fredonnant une chanson. En complet trois-pièces, le chapeau élégant et la moustache en brosse, ce devait être un notable. Il s'attarda devant la devanture avant de pénétrer dans la boutique dont la clochette tintinnabula. Amélie abandonna ses rangements et se précipita à sa rencontre.

– Que pouvons-nous pour votre service, monsieur ?

Enlevant son chapeau qui dissimulait des cheveux châtains, il répondit en souriant :

— On m'a conseillé votre maison.

Le visage d'Amélie s'éclaira.

– Maître Maffre, votre voisin et votre maire, est également mon oncle.

– Enchanté, monsieur !

– Je m'appelle Octave Fournier.

Comme maître Maffre qui l'avait adopté depuis une vingtaine d'années, il avait l'intention d'acheter un Betson.

– Vous comptiez l'étrenner pour Pâques ?

– C'est mon intention. Si c'est possible…

Elle s'accorda un moment de réflexion avant de répondre :

– Si nous télégraphons dès demain à notre fournisseur, nous pourrions le recevoir sûrement avant dimanche.

– Vous ne fabriquez pas les Betson ? s'exclama-t-il.

– Non ! Nous le pourrions, mais c'est l'une des spécialités des chapeliers d'Espéraza. Ce sont les meilleurs ! Malgré nos efforts, nous n'arriverions jamais à la perfection que demandent les acheteurs mais que ces industriels atteignent toujours…

Installée à Espéraza près de Quillan dans l'Aude, la maison Chambert produisait ces chapeaux luxueux, aux finitions soignées, très recherchés en Amérique par les bourgeois et les hommes d'affaires. Les amateurs de Betson s'adressaient depuis longtemps à la maison Delmas, qui comptait parmi ses acheteurs un conseiller d'arrondissement, un pharmacien, deux notaires, un lieutenant-colonel dans la cavalerie et un directeur des impôts qui possédaient des domaines sur le Causse, un médecin, des châtelains. À la boutique, ils côtoyaient souvent des paysans et des artisans qui se coiffaient de bérets en semaine et de simples feutres le dimanche.

Grâce à la « mesureuse » en cuivre qui paradait toujours sur le comptoir près d'une lampe Pigeon et des registres, Amélie détermina la pointure d'Octave Fournier en vantant les qualités des ouvrages de la maison Chambert. Après son apprentissage, à l'occasion d'un déplacement de son père dans les vignobles du Minervois, elle avait rencontré la patronne à Espéraza.

– Les Chambert sont intraitables sur la matière première qu'ils commandent ! C'est tellement important pour pouvoir obtenir de la souplesse, du brillant et de la finesse… Même s'ils n'achètent leurs poils qu'aux meilleures couperies de Belgique et de France, ils contrôlent tous les arrivages. C'est un principe de la maison… Puis ils mélangent eux-mêmes les poils de lapins domestiques, de lapins de garenne et de lièvres pour fabriquer les feutres. Ils tiennent compte de la couleur et du soyeux. C'est fascinant de les regarder travailler lorsqu'ils choisissent ces poils. L'habileté, l'assurance et la précision des gestes demandent une expérience que de modestes chapelières ne possèdent pas… Nous ne sommes pas spécialisées comme certaines modistes. Nous fabriquons bien des chapeaux, mais nous les reformons et nous les rafraîchissons également. C'est un autre métier !

Ses explications captivèrent Octave Fournier, qui n'hésita pas à la presser de questions à propos de la teinture et des finitions. Ils interrompirent brusquement leur conversation en entendant les sonneries des cloches qui libéraient l'assistance après le *Deo gratias* du prêtre. Dans un instant, les habitants envahiraient le carrefour. Les hommes entreraient à l'auberge pour partager une chopine, mais quelques femmes viendraient sûrement demander à Amélie des boutons, des aiguilles ou des rubans. Les Delmas ne fermaient pas avant treize heures le dimanche. La jeune modiste bredouilla des excuses.

– Les dernières clientes de la matinée arriveront bientôt et les rangements ne sont pas terminés…

Octave Fournier la remercia chaudement pour ses précisions, sa disponibilité et son obligeance avant de disparaître.

Le dimanche d'après, il rejoignit à nouveau la boutique au moment de la grand-messe. Il était impatient d'emporter son chapeau.

– Vous l'a-t-on expédié ? s'inquiéta-t-il après leur échange de politesses.

– De justesse ! La maison est débordée en ce moment.

Comme convenu, elle avait télégraphié aux Chambert dès le lendemain de sa visite, mais la livraison du paquet n'était intervenue que dans l'après-midi du samedi. La jeune femme était soulagée de pouvoir honorer sa parole.

Octave Fournier essaya son Betson, observa les finitions et contrôla le soyeux des poils.

– Ce chapeau est superbe et élégant. Quelle brillance ! On a réellement l'impression que c'est une fourrure.

Il ne manqua pas de féliciter Amélie pour ses conseils :

– Vous aimez les belles choses et vous avez du goût. C'est ce que les amateurs recherchent chez un chapelier ou une modiste. C'est un bonheur de vous entendre ! Il y a tellement de passion dans ce que vous racontez...

La semaine suivante, il lui rendit visite à nouveau pour acheter cette fois-ci un canotier de paille. Le printemps s'installait. Octave avait l'intention de découvrir les villages du Causse le dimanche après-midi, mais il considérait que le Betson ne conviendrait pas à ces escapades champêtres. C'était un chapeau hivernal.

– Je fondrais sous le soleil ! plaisanta-t-il. Et je passerais pour un prétentieux. C'est bien trop habillé pour se promener dans la campagne à cette saison...

Ce printemps, Amélie proposait aux amateurs de canotiers le modèle Bewell, produit par la maison Bonnet de Montbrison. Son concepteur le présentait comme un chapeau « élastique », affirmant que les hommes apprécieraient son indéformabilité, sa légèreté et sa souplesse. Espérant les convaincre de l'acheter, il n'avait pas hésité depuis Pâques à multiplier des annonces dans les journaux, où Maurice Chevalier ne tarissait pas d'éloges à son propos. Entre-temps, la maison Bonnet avait adressé un Bewell à Amélie pour qu'elle l'expose, mais il ne semblait pas séduire ses clients. Octave Fournier l'examina sous tous les angles, puis l'essaya. Même s'il en reconnut les qualités, il ne manifesta pas d'enthousiasme.

– C'est effectivement « élastique » et confortable ! indiqua-t-il. Mais je préfère un canotier plus traditionnel en paille de seigle...

– En paille de seigle ? s'étonna-t-elle. Pourquoi ? Elle est très grossière. Souvent cassante… Le chapeau ne se déforme pas, nous en conviendrons ! Mais il manque justement de souplesse dans les périodes de grande chaleur. Certains s'en plaignent. Cette rigidité les blesse s'ils transpirent…

Les habitués réclamaient surtout des modèles fabriqués dans des tresses flexibles et cousues, comme cette paille cultivée en Toscane qu'elle employait couramment.

– Je vous la conseille ! Notre clientèle en est satisfaite.

Mais Octave Fournier s'obstina :

– Je voudrais un canotier en paille de seigle qui ressemblerait aux chapeaux de mon enfance. Il me rappellerait mes vacances dans le domaine que possède ma famille au milieu des vignes à Douelle, dans la vallée du Lot. Nous y passions trois semaines à l'époque des vendanges. On grappillait des raisins dans les rangs et on se barbouillait le visage entre cousins. C'était une fête !

Puis il poursuivit dans l'évocation de souvenirs. Les Fournier étaient installés à Cahors comme pharmaciens depuis quatre générations et il perpétuerait bientôt la tradition. Ses études achevées, il avait l'obligation de travailler désormais pendant trois années chez un confrère avant de pouvoir prendre la direction de l'officine familiale. Grâce aux relations de son oncle, un pharmacien villefranchois l'avait accepté parmi son personnel. Ce qui expliquait sa présence tous les dimanches à Bellegarde. Comme les semaines antérieures, les sonneries des cloches les ramenèrent à la réalité.

– Que préféreriez-vous comme ornement de votre canotier ? s'inquiéta-t-elle. Un gros-grain ceinturant la calotte d'une couleur marine ? Ou bien un ruban large ? Pour la couleur du ruban, nous vous proposons des rayures jaunes et blanches. Il est possible d'ajouter un nœud sur le côté si vous avez l'intention de porter un chapeau élégant. Vous pouvez nous demander également des rayures blanches et turquoise. Ou un gros-grain rouge, même si cette couleur n'est pas encore revenue à la mode.

– Un gros-grain rouge ? Oui ! Pourquoi pas ! répondit-il.

Nous avons bien besoin de gaieté pour effacer tous les malheurs des années de guerre...

Puis il disparut en glissant :

– À dimanche !

Après son départ, Amélie demeura songeuse. Que penser des visites de cet homme ? Il arrivait toujours à une heure creuse de la matinée, il prolongeait la conversation aussi longtemps que possible et il la poussait à s'exprimer sur son métier, sa passion, comme pour mieux la connaître. Il n'hésitait pas à évoquer des souvenirs personnels dans son domaine du Quercy et même l'histoire de sa famille comme s'il cherchait à instaurer peu à peu des relations moins formelles. Amélie n'y était pas opposée. Elle n'avait pas souvent l'occasion de rencontrer dans sa boutique de campagne des hommes aussi charmants. Elle recevait parfois des notables qui se montraient cassants et très exigeants. À l'inverse, Octave n'affichait aucune prétention malgré ses origines et elle appréciait sa simplicité. Toutefois, Amélie se demandait quelles étaient ses intentions. Comptait-il renouveler ses chapeaux auprès d'elle de semaine en semaine ? Recherchait-il une compagnie parce qu'il s'ennuyait le dimanche à Bellegarde ? Après ses trois visites, elle s'interrogeait.

La semaine suivante, dès qu'il découvrit son canotier, Octave Fournier ne cacha pas sa satisfaction.

– C'est exactement ce que je voulais !

– Vous féliciterez Giuliana. C'est une ouvrière très habile qui a l'habitude de tresser de la paille de seigle.

Giuliana abandonna aussitôt l'arrière-boutique pour recevoir ses compliments et un pourboire, à son grand étonnement. Elle n'avait jamais empoché un centime de la clientèle, y compris des notables qu'elle accueillait parfois dans la boutique quand sa patronne et Justine étaient occupées. Elle en déduisit qu'Octave Fournier était un homme raffiné.

Ensuite, il regarda les modèles pour femmes présentés dans la devanture et demanda à Amélie où elle avait effectué son apprentissage de chapelière.

– Mon apprentissage ? s'exclama-t-elle tout en refermant ses registres. C'est très simple ! Je l'ai commencé dans cette maison quand j'avais quatre ou cinq ans... À force de regarder travailler ma mère dans l'arrière-boutique, j'ai ressenti le besoin de piquer de fleurs et de nœuds tous les chapeaux qui me tombaient sous la main... Ah ! ma mère ! C'était une modiste. Elle ne se contentait pas de vendre les modèles qu'on produisait à Caussade et Espéraza. À la veillée, elle en dessinait. Des dizaines. Et par passion. Mais elle ne les proposait pas à sa clientèle qui ne les aurait sûrement pas achetés... Vous ne connaissez peut-être pas, monsieur, les femmes du Causse : elles ne réclament que du classique. Elles n'aiment pas trop la fantaisie ! Et ses esquisses n'en manquaient pas... Quand je les regarde encore aujourd'hui, je les trouve très modernes. Elle avait des idées ! C'est ma mère qui m'a transmis l'envie de fabriquer des chapeaux. Je lui dois beaucoup... Puis je me suis perfectionnée à Montauban...

Elle évoqua longuement la mémoire se sa mère. Elle ne s'était jamais épanchée d'une manière aussi personnelle devant des habitués de la maison, y compris devant les clientes les plus assidues qui la fréquentaient depuis longtemps. Occupée dans l'arrière-boutique, Giuliana ne manqua pas de le constater. À l'évidence, Amélie avait confiance en cet homme. Accoudé au comptoir, il l'écouta avec attention. Il y avait dans ses propos de l'émotion, de l'admiration et de l'amour pour sa mère, qui le touchèrent.

Ils poursuivirent leur conversation l'après-midi même, d'une manière très fortuite. En ce dimanche printanier, Amélie rencontra Octave Fournier aux environs de Bellegarde dans les bosquets où elle se promenait. Giuliana ne l'avait pas accompagnée dans cette balade sous les chênes du Causse. Elle terminait une lettre qu'elle souhaitait envoyer à ses parents dès le lendemain. Sur le chemin encadré de deux murets de pierres, qui serpentait sous les arbres, la jeune modiste le reconnut à bonne distance grâce à son canotier de paille qu'il avait acheté le matin même et, surtout, au gros-grain rouge qui l'ornait.

– Monsieur Fournier ? s'exclama Amélie dès qu'il s'approcha. C'est une surprise ! Je ne m'attendais pas à vous retrouver cet après-midi. Vous seriez-vous égaré sur le Causse ?

Octave la rassura aussitôt.

– M'égarer sur ces chemins ? Pensez-vous ! On ne s'y égare jamais. Et puis, je les connais. Enfin… Je ne les connais pas aussi bien que vous. Mais mon oncle m'y a emmené la semaine dernière pour me montrer les endroits où il chasse.

– Et vous y êtes revenu…

– Je n'aime pas la chasse, mais j'aime la nature. Aujourd'hui, je voulais profiter du soleil… Et je m'ennuyais chez mon oncle. Les discussions du déjeuner m'avaient assommé. Il y avait quelques propriétaires de la région. Des relations de mon oncle…

– Ils ne s'intéressent qu'aux fermages, à leurs domaines et à leurs fermiers ! l'interrompit-elle. Et aux élections de l'automne…

– Comment avez-vous deviné ?

– Ils sont incorrigibles ! répondit-elle. Ils n'ont pas de passion en dehors de leurs terres et de la chasse ! Je les entends quand ils se rencontrent à la boutique.

– C'est fatigant à la longue ! reconnut Octave. Je n'avais plus assez de patience pour les écouter et je me suis échappé de la maison. Tout est tellement reposant sur le Causse…

– Comme dans votre domaine du Quercy ?

– À Douelle, c'est très différent. Le village est dans une vallée où passe le Lot. Le pays est vert et riant… Des rideaux d'arbres bordent la rivière. On peut se baigner dans le Lot. On y pêche. On peut s'y promener en barque. On peut aussi grimper sur les collines au milieu des vignes. Le paysage est assez contrasté. C'est moins austère que le Causse.

– Vous braconniez pendant ces vacances ?

– Braconner ? Non ! Ça ne m'intéresse pas… Je m'installais des après-midi entiers sous les arbres pour attendre le passage des gabarres qui circulaient encore. Elles arrivaient de Cahors, on les chargeait de tonneaux et de merrains… Elles continuaient leur voyage en direction de Bordeaux. Dès qu'elles avaient disparu, je les imaginais là-bas. Mes parents m'y avaient emmené. La ville m'avait emballé ! C'est une grande porte qui s'ouvre sur l'aventure, l'inconnu…

– Douelle vous manque ?

– Je n'y suis pas revenu depuis l'été 14, mais j'espère que je pourrai m'y rendre cet été. Ça m'a manqué pendant la guerre…

– Vous vous êtes battu ?

– Non. On m'avait mobilisé dans les hôpitaux militaires.

– Mais vous étiez alors tout près des champs de bataille !

Octave la regarda fixement avant de se rembrunir.

– Je vous en supplie, ne me parlez pas de la guerre !

9

Lorsque Octave retrouva la demeure de maître Maffre plus tard dans l'après-midi, tous les hommes s'étaient regroupés dans la bibliothèque pour évoquer autour d'une vieille prune les prochaines élections, les premières depuis l'armistice. Comme il n'avait pas l'intention de participer à leur conversation, il prétexta des lettres à terminer pour rejoindre Villefranche. Il avait à peine démarré le moteur de sa voiture que les années de guerre remontèrent à nouveau à sa mémoire. Les questions de la jeune modiste avaient réveillé des souvenirs accablants. Comme les oublierait-il ? En traversant le Causse, il songea à cette journée du 2 août 1914 qui avait rassemblé les Fournier dans leur domaine de Douelle comme chaque année, à pareille époque. Ses grands-parents avaient instauré la tradition. Dans la parentèle, personne ne manquait ce rendez-vous estival qui permettait toujours d'échanger des nouvelles, d'apprécier les meilleurs produits de la propriété et de découvrir les promesses des prochaines vendanges en compagnie du régisseur. En cette année 1914, les parents d'Octave n'avaient pas souhaité y renoncer malgré l'inquiétude que tous ressentaient depuis des semaines. Mais cette initiative n'avait pas recueilli l'unanimité en ces temps de veillée d'armes. Certains ne s'étaient pas déplacés jusqu'à Douelle et leur pique-nique n'avait regroupé finalement qu'une trentaine de convives.

Après la messe, ils s'étaient installés à l'ombre des tilleuls. Le régisseur y avait dressé des tables comme pour le banquet des vendanges. Ils avaient déjeuné sans se presser. La promenade dans les vignes n'était pas prévue avant la fin de l'après-midi en raison de la chaleur qui écrasait les collines. Dans l'enthousiasme des retrouvailles, les conversations avaient délaissé l'incertitude du lendemain pour s'intéresser à Octave. On s'était étonné qu'il demeurât célibataire à vingt-cinq ans ! Ses cousins étaient déjà fiancés. Ses sœurs, âgées de vingt-deux et vingt-trois ans, étaient mariées. Les convives avaient suspecté Octave d'entretenir une relation secrète à Toulouse où il terminait ses études. Dans le courant de l'automne, il obtiendrait certainement son diplôme de pharmacien. Certains supposaient qu'il annoncerait son prochain mariage à cette occasion tellement il leur paraissait inconcevable qu'un homme intelligent, distingué et séduisant ne convolât pas. Il s'était amusé à les écouter sans les contredire en savourant les meilleures bouteilles du domaine. En plein après-midi, les cloches avaient sonné le tocsin. Dans l'instant, les invités avaient imaginé un incendie dans un bâtiment du bourg ou même sur les collines où les broussailles proliféraient dans des vignes laissées à l'abandon. Le régisseur avait dépêché l'un de ses enfants chez les plus proches voisins. Le gamin était revenu à toutes jambes pour annoncer à la cantonade :

– On mobilise ! C'est la guerre ! C'est la guerre !

Sous les ombrages, les conversations s'étaient brusquement interrompues. Les hommes s'étaient regardés gravement avant de commenter la nouvelle. Des femmes s'étaient effondrées en songeant à leurs époux qui les quitteraient bientôt pour rejoindre les casernes. L'affolement s'était aussitôt emparé des convives. Ils ne pensaient qu'à réintégrer leur maison pour préparer les baluchons des soldats. Certains convives venus en automobile avaient regagné Cahors, Fumel et Puy-l'Évêque sans attendre la fraîche. D'autres avaient repris l'express. Les deux sœurs d'Octave n'avaient pas modifié, en revanche, leur intention de séjourner au domaine pendant une semaine. Quant à leurs époux, ils avaient patienté jusqu'au lendemain avant de boucler leurs bagages. Le premier était ingénieur à la Société des poudres et explosifs de Toulouse. Il n'endosserait pas l'uniforme malgré la mobilisation et occuperait toujours les mêmes fonctions dans cette manufacture dont les activités étaient stratégiques en temps de guerre. Le deuxième travaillait comme notaire associé à Montauban. Le fascicule militaire, qu'il avait encore consulté avant son départ pour Douelle tellement la menace de guerre s'était renforcée depuis quelques jours, précisait son affectation. Il retrouverait, comme lieutenant de réserve, le 78e régiment d'infanterie à Limoges où il avait effectué ses classes. Encore étudiant, Octave n'avait pas accompli son devoir de citoyen. Mais le ministère de la Guerre l'avait déjà informé qu'il relèverait des effectifs du 17e régiment d'infirmiers, à Toulouse, si les événements l'imposaient.

Après seulement une semaine d'instruction à Toulouse où les médecins-généraux s'étaient ingéniés à leur inculquer l'obligation de respecter la discipline plutôt que de leur expliquer la manière dont pouvaient fonctionner les hôpitaux de campagne, les étudiants en médecine et en pharmacie avaient rassemblé leurs affaires. À Matabiau, ils s'étaient entassés parmi des centaines de réservistes dans des wagons bondés à destination de la capitale, puis de la Lorraine « annexée ». On les avait affectés à la IIe armée du général de Castelnau, qui commandait depuis Château-Salins, au nord-est de Nancy, une offensive d'envergure en direction de Sarrebrück. En l'apprenant, ils s'en étaient glorifiés. La IIe armée était brillante. Elle regroupait le 20e corps de Nancy, dirigé par le général Foch, qui associait la cavalerie de Lunéville, la meilleure de France, et la « division de fer » que les stratèges estimaient invincible. Toutefois, Octave Fournier et ses camarades ignoraient que le service du recrutement y avait incorporé des divisions de réservistes. Débarqués de Marseille, Montpellier et Bordeaux, ils n'avaient pas l'habitude du combat. Cela avait provoqué depuis le 7 août des carnages injustifiés que des médecins avaient condamnés sans indulgence dès leur arrivée au cantonnement. L'un d'eux, un lieutenant, n'avait pas décoléré :

– Pas d'éclaireurs avant l'attaque, pas de patrouille de combat et aucune préparation ! On a massacré inutilement des centaines d'hommes. Les *Feldgrau* les ont abattus comme des lapins. Les réservistes combattaient à découvert. Le commandant de la cavalerie de Lunéville leur a demandé de prendre une position à la baïonnette pour dégager un « obstacle » qui l'embarrassait pour continuer à avancer. C'est impensable. Les généraux sont des incapables. Attendez-vous à une nouvelle catastrophe...

C'était l'après-midi du 14 août. Les tripes nouées, Octave et ses camarades avaient déballé leurs affaires en silence dans le bâtiment qu'ils occuperaient à quelques kilomètres des combats. L' « ambulance chirurgicale » était toute proche. Dans ce hameau que les habitants avaient désertés depuis une semaine, les médecins avaient réquisitionné l'église et la sacristie. Des sommiers accueillaient les blessés, et l'équipement chirurgical permettait d'effectuer des interventions avant les évacuations vers les hôpitaux de l'arrière. Les infirmiers l'appelaient la « baraque », même si on y trifouillait les cerveaux, si on y sectionnait des jambes et si on y recousait des boyaux sous le regard de la Vierge.

Le lendemain, les généraux avaient ordonné au 15ᵉ corps de s'emparer à la baïonnette de la position de Montcourt, à deux kilomètres. Octave n'oublierait jamais sa première journée à la baraque. On les réveilla à cinq heures. Il n'avait pas fermé l'œil dans ce dortoir où certains ronflaient et d'autres discutaient. Les cuistots de la roulante leur distribuèrent du bouillon de légumes où flottaient des morceaux de pain. Mais il n'y toucha pas. Il était incapable d'en avaler la moindre gorgée ! Nerveux, il redoutait le moment où il devrait assister les infirmiers et les chirurgiens après l'arrivée de nouveaux blessés. Dans sa blouse blanche, Octave transpirait même si les averses nocturnes avaient rafraîchi l'atmosphère. Comme ses camarades enfermés dans des pensées sombres, il entendait dans les lointains le roulement des canonnades qui leur parvenait à intervalles réguliers. Soudain, une sonnerie leur rappela qu'on les attendait pour la relève. Les médecins dévisagèrent longuement les nouveaux lorsqu'ils entrèrent dans la baraque. Aussitôt, ils les désignèrent pour les assister dans la première inspection de la journée pendant laquelle ils décidaient des urgences de la matinée. Une quarantaine de poilus gémissaient, pleuraient, appelaient au secours au milieu des odeurs d'éther, de formol et de pourriture. Octave Fournier et Étienne Lombet, un étudiant de Toulouse comme lui, accompagnèrent un chirurgien aux cheveux grisonnants qui examinait les malades sans précaution au point de leur arracher des cris. Il les choisissait comme des bœufs et des chevaux sur un champ de foire en évaluant leurs chances de survivre. Il n'aurait pas le temps de les opérer tous avant que les brancardiers amènent les premiers blessés de la nouvelle offensive. Devant un sergent dont la jambe droite était sectionnée, il marmonna :

– Je prends !

Il prévoyait de cautériser avant de le transférer dans un hôpital de l'arrière dès l'après-midi.

Devant un lieutenant dont les hurlements résonnaient à travers le bâtiment, il apparut en revanche inflexible :

– Condamné !

La froideur du médecin révolta Octave. Frissonnant malgré la moiteur qui baignait déjà l'édifice à cette heure matinale, il affronta le regard suppliant de l'officier qui ne voulait pas mourir. Il s'agitait sur son matelas, transpirant dans sa chemise maculée de sang, recrachant des caillots, implorant qu'on soulageât ses douleurs et appelant sa femme au secours. Octave ne supporta pas que le chirurgien refusât de le soigner. Même si ce dernier poursuivait déjà son inspection en compagnie de son camarade Étienne, il le rejoignit en espérant le persuader de changer d'opinion.

– Pourquoi ne vous occuperiez-vous pas de ce lieutenant ? Il a sûrement un poumon perforé, mais il s'en sortira peut-être. Cet homme est robuste. Il résistera si vous l'opérez tout de suite…

Les deux mains enfoncées dans les poches de sa blouse et les cheveux en bataille, le chirurgien le foudroya du regard avant de répondre sèchement :

– Depuis quand des étudiants sans deux sous de jugeote et sans expérience contestent les décisions des médecins ? Nous ne sommes pas dans les hôpitaux de Toulouse ou de Marseille ! C'est la guerre. On vous a demandé de respecter la discipline. Obéissez comme les militaires même si on vous exempte de l'uniforme et ne m'interrompez plus !

– Ce lieutenant…

Son impertinence provoqua l'agacement du chirurgien que les remarques des bleusailles exaspéraient :

– Pourquoi insistez-vous ? s'emporta-t-il. Je vous répète qu'il ne passera pas la journée. Ses poumons sont perforés par des morceaux de marmite. Nous ne le sauverons pas ! Il y a d'autres urgences à satisfaire. Nous nous battons contre les hémorragies, les staphylocoques, les phlegmons, les infections, les bacilles, la gangrène et tout le bataclan. Ces ennemis sont très sournois. Ils grouillent partout ! Nous ne pouvons pas gaspiller notre temps à nous occuper des blessés qui agonisent ou qui mourront dans la journée. Nous sommes débordés ! Il y a des priorités qui ne se discutent pas. Par dizaines, les brancardiers nous apportent des hommes amochés, dont certains ont attendu pendant des heures dans les postes de secours avant de nous parvenir. Souvent, ils trépassent avant même qu'un médecin les examine. Dans cette ambulance, il n'y a pas de miracle, même si nous nous sommes installés dans une église. Je vous conseille de vous y habituer…

Octave encaissa.

Ils s'arrêtèrent ensuite devant un capitaine dont les blessures l'horrifièrent. Cet homme avait la moitié du visage arraché, les maxillaires fracassés, une partie de la langue emportée et les yeux crevés. Il n'avait plus de nez, tandis que des lambeaux de paupières pendaient d'une manière effrayante. L'aumônier lui avait déjà donné l'extrême-onction. Le chirurgien, Octave et Étienne ne s'attardèrent pas.

Ils terminèrent l'inspection à neuf heures pour rejoindre la sacristie où les médecins opéraient. Jusqu'à trois heures de l'après-midi, les deux infirmiers assistèrent le chirurgien et son collègue.

Dans des odeurs d'éther et d'alcool qui se mélangeaient à la pestilence de certaines blessures, ils exécutèrent les consignes sans sourciller. Énucléation, amputation de jambe, trachéotomie et extraction de morceaux de projectile, ils participèrent à toutes les interventions de la matinée. L'anesthésie sommaire ne permettait pas toujours d'empêcher les hommes de se débattre malgré les sangles qui les entravaient. Octave et Étienne les maintenaient de leur mieux pour faciliter les gestes des chirurgiens, tandis que deux infirmiers renouvelaient les compresses et désinfectaient les blessures. Les bistouris tranchaient sans hésitation. Les égoïnes grinçaient en découpant des jambes. Le sang gargouillait. Les matières purulentes se répandaient sur le corps lorsque les scalpels incisaient. Les malades souffraient le martyre. C'était un spectacle effroyable qui bouleversa Octave. À Toulouse, il avait fréquenté les hôpitaux durant ses périodes d'études pratiques, mais il n'avait encore jamais pénétré dans une salle d'opération.

Le dernier blessé ramené, il enleva sa blouse rouge de sang pour se précipiter aussitôt à l'extérieur. Il n'eut même pas le temps de se nettoyer sous le porche où ses camarades avaient installé de grands baquets. Secoué par des nausées, il s'appuya contre le contrefort du bâtiment pour rendre tripes et boyaux. La bouche pâteuse, il courut à la fontaine pour se rafraîchir. L'eau était claire. Il y plongea son visage avant de s'effondrer dans l'herbe. Alors, des larmes coulèrent sur ses joues. Il ne chercha pas à les cacher. Soudain, une femme apparut, alors qu'il était toujours allongé par terre. C'était une infirmière d'une trentaine d'années dont les cheveux blonds dépassaient de son grand voile. Il remarqua ses fossettes dans des joues bien pleines, ses paroles douces, la limpidité de son regard. Elle s'appliqua à le réconforter. Béatrice était lorraine. Elle travaillait dans un hôpital de Nancy depuis une douzaine d'années. Mais elle avait demandé à des officiers de l'état-major de la IIe armée de pouvoir rejoindre, dès la mobilisation, l'une de ces ambulances chirurgicales. Devant leurs réticences, elle les avait persuadés de l'accepter.

– C'était courageux de vous proposer comme infirmière dans une ambulance ! souligna Octave. Personne ne vous y obligeait. À Nancy, il y avait moins de risques pour vous... Même dans ce hameau, les bombes peuvent nous atteindre... Nous sommes à quelques kilomètres seulement des combats.

– Une femme essaiera de trouver des paroles et des gestes qui réussiront peut-être à les rassurer. Je l'espère..., répondit-elle. Ils traversent des moments de désespoir et de souffrance qui réclament notre attention... Certains sont devenus aveugles, borgnes, manchots. Ou alors on les a amputés d'une jambe... Dans ces moments, les infirmières cherchent à les soutenir même si le temps leur manque. Elles n'oublieront pas les mourants lorsqu'ils s'éteindront sans aucun proche pour les entourer... Une infirmière s'efforcera de les assister comme une épouse ou une maman qu'ils ne reverront pas. Notre présence est indispensable, même si nous ne sommes que deux femmes dans cette ambulance...

Ils interrompirent leur conversation pour rejoindre les blessés. Le lieutenant aux poumons perforés agonisait. Béatrice accourut aussitôt à son chevet pour s'en occuper jusqu'à son dernier souffle. En changeant les pansements d'un malade à proximité, Octave l'observa de temps à autre pour essayer de se préparer à cette épreuve à laquelle il n'échapperait pas.

Plus tard, dans la soirée, il retrouva Béatrice dans le réfectoire, autour des gamelles que les cuisiniers avaient déposées sur les tables. Puis le lendemain, sous les voûtes de l'église auprès des blessés. Dès lors, ils ne se quittèrent plus. Elle habitait avec sa collègue dans une maison qu'on leur avait attribuée à leur arrivée. Elle y accueillit Octave un soir, après une journée épuisante : quatre poilus avaient trépassé et les brancardiers avaient amené une dizaine de soldats grièvement atteints. L'église et la sacristie bondées, les infirmiers avaient installé une deuxième ambulance dans le presbytère. Même s'il était exténué, Octave n'avait pas regagné la chambrée après le repas. Dans la moiteur de cette soirée, il s'était éloigné de l'église pour pleurer au milieu d'un champ. Il enrageait de ne pouvoir sauver tous ces hommes qui mouraient. En traversant au retour le hameau pour rejoindre ses camarades, il s'était arrêté devant la maison de Béatrice et avait remarqué qu'une lampe restait encore allumée à l'étage. Octave avait hésité, puis s'était décidé. Il avait frappé. Béatrice lui avait ouvert. La jeune infirmière n'avait pas manifesté de surprise en le découvrant à la lumière blanche de la lune. Comme si elle l'attendait. Un simple regard échangé dans la demi-pénombre et ils s'enlacèrent d'une manière naturelle. Ils oublièrent les invalides et les agonisants, la pestilence des blessures et les menaces de la guerre. Indifférents aux explosions qu'ils entendaient résonner en cascade dans les lointains, ils s'aimèrent tendrement.

Leur relation s'installa. Ils ne cherchèrent pas à l'enfermer dans la clandestinité et personne ne le leur reprocha. Les médecins ne pouvaient pas les blâmer. Tous deux s'épuisaient, comme leurs camarades, à appliquer les consignes. Grâce à Béatrice, Octave supporta les horreurs de la guerre. Puis il fut affecté dans la région de Verdun, au mois de février 1916, après le déclenchement de l'offensive allemande si meurtrière. Il songeait souvent à elle dans le déluge d'obus qui s'abattit sur le secteur pendant trois cents jours. Souvent, les brancardiers leur rapportaient l'extrême violence des combats pour expliquer les blessures. Il se souviendrait à jamais d'un témoignage qui l'avait retourné : « L'attaque terminée, nous n'avons retrouvé dans une mare rouge de sang qu'une tête, des restes de bras au fond du trou d'obus et quelques lambeaux de corps plaqués au parapet de la tranchée... »

Les deux amants s'écrivirent d'une manière régulière pendant quelques semaines, puis leurs lettres s'espacèrent. À Pâques 1918, une nouvelle affectation emmena Octave dans un hôpital militaire de la capitale où il pourrait pratiquer sa profession de pharmacien. Deux mois après son arrivée à Paris, son supérieur le dépêchait à l'École normale supérieure pour réorganiser la pharmacie d'un établissement hospitalier que la Croix-Rouge avait aménagé en 1916. Il bénéficia de la collaboration de la secrétaire générale dont il apprécia l'élégance, l'intelligence et l'efficacité. La trentaine, Blandine avait grandi dans une famille de médecins. Elle était devenue, à vingt-deux ans, la femme d'un chirurgien-dentiste que la mitraille avait fauché dès 1914 à la bataille de la Marne. En réaction, elle s'était engagée à la Société de secours aux blessés militaires qui adhérait à la Croix-Rouge, où elle continuait aujourd'hui à occuper des fonctions de direction. Blandine ne ressemblait pas aux femmes qu'il avait fréquentées ces dernières années et elle-même n'était pas insensible à ses qualités. Le caractère d'Octave, sa distinction et même les sentiments qu'il semblait ressentir à son égard correspondaient à ses espérances. Bientôt, elle lui proposa de le présenter à ses parents ainsi qu'à ses proches, puis de l'épouser. Octave refusa, mais il ne se résolut à prendre cette décision qu'à contrecœur. Quoique très attaché à Blandine, il ne souhaitait pas s'engager. Avant guerre, il s'estimait trop jeune pour le mariage. Aujourd'hui, il considérait qu'il n'y était toujours pas préparé. Les horreurs des hôpitaux l'avaient marqué à jamais. Elles l'avaient fragilisé. Ébranlé.

10

Chaque dimanche, Octave rejoignait désormais la boutique d'Amélie au moment de la messe de onze heures. S'installant dans un fauteuil, il feuilletait les journaux qu'il avait ramenés de Villefranche avant de commenter les nouvelles de la semaine. Dans l'arrière-boutique, Giuliana n'en perdait pas une miette en s'affairant autour de ses chapeaux. Les hommes politiques occupaient les colonnes des quotidiens depuis que la guerre était terminée. Ils y débattaient notamment de la possibilité d'accorder aux femmes les mêmes pouvoirs civiques qu'aux hommes.

– Les femmes pourraient participer aux élections si la réforme était adoptée ! souligna Octave, un dimanche. Et s'y présenter ! Elles auraient les mêmes droits qu'en Finlande, en Norvège, en Australie, au Danemark, en Islande, aux États-Unis et en Grande-Bretagne. Le mouvement s'accélère aujourd'hui dans le monde, mais nous sommes à la traîne… Même les bolcheviks reconnaissent les capacités des femmes à prendre une décision politique. Elles ont le droit de vote en Russie… Cette semaine, les journalistes de *L'Intransigeant* ont ranimé la polémique. Ils ne ménagent pas nos hommes politiques, qu'ils soient de droite ou de gauche. Écoutez, Amélie !

Octave entreprit la lecture d'un éditorial qu'il avait repéré dans *L'Intransigeant* :

– « Nos hésitations sont de plus en plus inacceptables ! Les socialistes s'imaginent que les femmes se rangeront derrière la bannière des patrons et de l'Église pour apporter leurs suffrages à la droite. Leurs adversaires, conservateurs, prétendent qu'elles favoriseront les communistes et les socialistes. Qui a raison ? La gauche ou la droite ? Une chose est certaine : tous ces hommes s'accrochent à leurs privilèges et ils n'entendent pas partager leur pouvoir ! Surtout, ils redoutent le jugement de "caméléon" des femmes qu'ils considèrent comme des "girouettes". C'est très décevant... Pourtant, la France avait bien montré l'exemple sous la Révolution en adoptant la Déclaration des droits de l'homme et du citoyen. C'était une avancée formidable. On nous admirait partout dans le monde et on nous félicitait... Aujourd'hui, on nous ridiculise. Mais nous le méritons ! Nous manquons de courage et d'audace pour engager cette réforme... »

Reposant son journal, il s'adressa à Amélie :

– Les éditorialistes de *L'Intransigeant* sont toujours excessifs. Mais ils pointent souvent des vérités ! Il est peut-être temps que nous évoluions. Qu'en pensez-vous ?

Derrière son comptoir, Amélie emballait un chapeau pour une habitante de Bellegarde.

– Ce que j'en pense ?

Un sourire aux lèvres, elle regarda fixement Octave avant de répondre en toute franchise.

– On a bien demandé aux femmes de remplacer les hommes pendant la guerre ! C'est le principe de l'égalité. Il est logique que les sénateurs, les députés et les ministres le respectent aujourd'hui... Personne n'a rechigné à l'époque ! Elles ont labouré les champs, elles ont conduit des autobus, elles ont fabriqué des munitions. Pendant ce temps, elles continuaient à s'occuper de leur ménage et de leurs enfants sans se plaindre...

Depuis l'arrière-boutique, Giuliana l'interrompit.

– Vous oubliez encore les infirmières dans les hôpitaux et les femmes de la Croix-Rouge. Elles se dévouaient au service des blessés et des invalides... Dans les journaux que vous receviez au moment de mon arrivée dans la maison, elles étaient souvent montrées en exemple.

Octave le confirma en songeant soudain à Béatrice et à leurs compagnes des ambulances. Mais il ne s'étendit pas.

Déjà, la jeune modiste reprenait :

– Sans les femmes, la France n'aurait pas gagné cette guerre. Je ne l'invente pas ! C'est le maréchal Joffre qui l'expliquait dans *La Dépêche* après l'armistice. Le gouvernement et les hommes politiques pourraient s'en souvenir...

– S'en rappelleront-ils ? enchaîna Octave. Certainement pas. Les hommes cherchent à retrouver la place qu'ils avaient avant la guerre dans la société et la famille. Ils ne la partageront pas avec les femmes ! Jamais...

Certes, le cabinet Viviani entendait soutenir la réforme lorsqu'il la présenterait aux députés. Mais les journalistes soulignaient qu'il employait ce subterfuge pour désamorcer les revendications du mouvement des suffragettes. Les ministres n'ignoraient pas que les sénateurs ne la voteraient jamais.

– Si les hommes refusent ces droits aux femmes, c'est parce qu'ils craignent une révolution ! rétorqua-t-elle. Ils s'imaginent que les femmes profiteront des élections pour manifester et réclamer de nouveaux droits. Ils supposent même qu'elles pourraient se présenter aux municipales...

– Il n'empêche, Amélie, que votre situation ne changerait pas dans l'immédiat si la réforme était adoptée ! Pour les législatives de l'automne, on ne vous accepterait pas comme électrice.

– Pourquoi ?

– Vous n'avez pas trente ans...

– On considère qu'une femme de moins de trente ans n'est pas capable de réfléchir et de décider au moment des élections alors qu'un homme peut voter dès vingt et un ans ? s'indigna-t-elle.

Octave confirma. Elle ne décoléra pas.

Toujours installé dans le fauteuil de la boutique où il l'écoutait débattre derrière son comptoir, Octave l'observa. Même si elle n'était pas l'une de ces militantes féministes qui faisaient scandale dans la capitale, Amélie partageait à l'évidence certaines de leurs doléances. Il ne s'en étonna pas. Qui ne connaissait la réputation des modistes ? En province comme à Paris, elles avaient la réputation d'être des femmes modernes et affranchies. Amélie n'y échappait pas. Elle ne manquait pas de mordant pour défendre ses opinions, et ses ambitions pointaient souvent sous ses propos. C'était inhabituel dans une bourgade comme Bellegarde où les femmes demeuraient dépendantes des hommes, même si elles avaient démontré leur capacité à les remplacer pendant la guerre. Octave Fournier supposait que son apprentissage à Montauban l'avait transformée dès l'adolescence.

Un dimanche, Amélie s'enhardit à lui demander si elle pouvait l'accompagner en promenade après le déjeuner. Ce passionné d'histoire effectuait souvent des excursions dans les environs de Bellegarde pour découvrir des chapelles et des châteaux. Comme son père était de plus en plus absent pour ses affaires, la modiste s'ennuyait à la maison. Elle enviait le jeune homme de pouvoir se déplacer librement sur le Causse. Octave conduisait une Bébé Peugeot d'avant-guerre comme Henri Delmas. Cet après-midi-là, il l'emmena à Septfonds, à Montsalès, à Rinhodes et à Mayrinhagues. Ils s'arrêtèrent souvent pour admirer une gentilhommière, une chapelle romane, des croix de pierre et des pigeonniers. Octave était un homme joyeux qui ne manquait ni d'humour ni de charme. Il fredonna des chansons d'amour entre deux étapes, rapporta des plaisanteries dont les étudiants en pharmacie étaient coutumiers dans les couloirs de la faculté de Toulouse, interrogea Amélie sur les nouvelles tendances de la coiffure féminine que des magazines audacieux essayaient d'imposer, ce qui provoquait des réactions violentes.

– Vous couperiez vos beaux cheveux ?

– Ah ! Non ! protesta-t-elle en souriant.

Ils terminèrent leur escapade devant le château de Saint-Igest dont les péripéties à travers les siècles nourrissaient l'imagination d'Octave. L'édifice avait appartenu à la famille de La Tour et une certaine Virginie de La Tour y avait grandi avant que ses parents ne s'installent dans l'océan Indien pour devenir planteurs. Virginie y avait rencontré Bernardin de Saint-Pierre qui l'avait transformée en l'héroïne de son roman d'amour, *Paul et Virginie*.

– Vous connaissez cet ouvrage ? demanda-t-il à Amélie.

Confuse, elle ne répondit pas.

– C'est dommage ! Je vous le conseille. C'est romantique et dépaysant ! Ah ! L'océan Indien ! Ses plages, ses palmiers, ses plantations de canne à sucre... Le roman se passe à l'île Maurice. On prétend que c'est un petit paradis. Je voudrais bien y aller un jour pour me rendre compte si c'est toujours aussi sauvage qu'à l'époque de Paul et de Virginie... Ce roman raconte l'histoire d'un amour naissant entre deux adolescents au cœur de la nature. Je pense que ça devrait vous plaire...

Leurs discussions n'étaient pas toujours aussi livresques ou politiques. Passionné par l'aviation, Octave évoquait souvent les tentatives de traversée de l'Atlantique et de la Méditerranée que les journaux rapportaient. Il s'y intéressait depuis qu'il avait assisté en 1910 à son premier meeting à Toulouse. Jeune étudiant, il y avait découvert une aviatrice élégante et intrépide de vingt-quatre ans qui s'était déplacée de la capitale pour affronter des pilotes aguerris. La malchance avait poursuivi Jeanne Herveux, dont le monoplan Blériot n'avait pas résisté aux humeurs de l'autan. L'hélice de son moteur cassée, elle avait renoncé à participer à la compétition en atterrissant brutalement et en remportant la sympathie de milliers de spectateurs qui l'avaient applaudie. Octave se souvenait que cette femme n'avait pas démérité, puisque le vainqueur de cette journée n'était pas resté aux manettes de son appareil plus de sept minutes. Il se félicitait aujourd'hui de l'exploit de Roget et Coli, qui s'étaient adjugés cette année le record du monde des vols sans escales en ralliant Paris à Rabat en douze heures, pour une distance de 2 200 kilomètres. Octave s'enflammait toujours en exposant les aventures de ces hommes qui essayaient de repousser les frontières du possible. Amélie et Giuliana, captivées, s'arrêtaient souvent de travailler pour demander une précision à propos des prouesses que ces aviateurs effectuaient au départ de l'Afrique, de l'Angleterre et de l'Amérique. Il décrivait la statue de la Liberté et les buildings de New York, les rivages marocains et leurs maisons blanches, les glaces de Terre-Neuve et les morutiers comme s'il les avait survolés à leur place. Il y avait comme de la magie dans tout ce qu'il racontait. Du mystère. Un parfum d'ailleurs. Soudain, les portes du monde s'ouvraient !

Dans une bourgade comme Bellegarde, ces rencontres fréquentes ne pouvaient pas échapper longtemps à la vigilance. Certains habitants consacraient leurs journées à surveiller leurs voisins derrière les fenêtres et à observer les mouvements du carrefour. Ils remarquèrent qu'Amélie et Octave se donnaient rendez-vous le dimanche sans discrétion. Souvent, ils se retrouvaient devant la boutique après le déjeuner, puis ils disparaissaient dans la campagne jusqu'au crépuscule. « Quelle indécence ! » pensaient-ils. Comme Amélie était fiancée, ils considéraient qu'elle n'avait pas à s'afficher ainsi en compagnie d'un homme célibataire même s'ils n'en contestaient pas la réputation. Leur comportement n'engendrait que des équivoques. Il était de notoriété publique que des femmes du Causse s'étaient permis quelques libertés pendant la guerre en trompant leurs fiancés ou même leurs époux. Des fiancées avaient souvent renoncé à leur promesse de mariage pour épouser leur nouvelle conquête, tandis que certaines de ces aventures avaient provoqué des naissances illégitimes. C'est ce qui poussait aujourd'hui les habitants à s'interroger. Amélie s'était-elle amourachée d'Octave Fournier et avait-elle l'intention de rompre avec Julien toujours en Russie ? Bientôt, tout cela alimenta les discussions villageoises. Dans les commerces qu'elle avait l'habitude de fréquenter, des commères essayaient d'assouvir leur curiosité en s'adressant directement à la cuisinière de la famille Delmas. Sans le moindre scrupule, elles l'accablaient de questions indiscrètes qui hérissaient Jeanne mais auxquelles elle ne répondait jamais. Le dimanche, au comptoir des auberges, des villageois commentaient d'une manière grossière cette situation cocasse. Ils accusaient la jeune modiste de mœurs légères en affirmant qu'elle retrouvait d'autres soupirants dans une *gariotte** des environs. Des bergers l'auraient rencontrée dans cette cabane de pierre où ils se réfugiaient

* Cabane de berger.

pour se protéger des averses tout en surveillant les troupeaux. Mieux ! Ils avaient précisé qu'ils l'avaient surprise débraillée et décoiffée.

Jeanne souffrait de ces racontars qui salissaient la famille, mais elle ne les rapporta jamais à Amélie. Campant sur des positions inchangées depuis la disparition d'Émilie Delmas, elle considérait que ses fréquentations ne la regardaient pas. Depuis quand une employée pourrait-elle se permettre de reprocher à sa patronne une conduite discutable ? Elle s'y refusait. « C'est à son père de la ramener à plus de retenue et de décence ! » songeait-elle tout en déplorant les absences d'Henri Delmas. Amélie s'accorda des libertés qu'Émilie Delmas n'aurait jamais tolérées. Elle demeurait persuadée de l'honnêteté de sa patronne malgré les rumeurs. Elle ne pensait pas une seconde qu'Amélie puisse tromper son fiancé dans les bras d'Octave ou d'autres hommes comme on le prétendait. Toutefois, elle redoutait que les parents de Julien ne s'en inquiètent s'ils l'apprenaient et que cette confusion détériore leurs relations. S'ils décidaient de rompre le mariage, elle le regretterait amèrement…

Malgré ses déplacements, Henri Delmas ne put ignorer longtemps ces médisances. Ses employés, les aubergistes de Bellegarde se chargèrent de l'en informer. Quant à maître Maffre, il l'aborda en toute franchise un soir sur la place.

– À écouter certains, on a l'impression que votre Amélie se comporte comme une *goudimelle** et mon Octave comme un godelureau ! C'est très regrettable pour la réputation de nos deux familles…

– Ne les écoutez pas ! s'insurgea Henri Delmas, que ces attaques avaient offusqué. Ce ne sont que des ragots de bistrot et des racontars de commères. Amélie est une jeune fille sérieuse, honnête. Elle ne s'abaisserait jamais à se comporter comme une *goudimelle* ! J'en réponds, maître. Elle a toute ma confiance…

* Prostituée.

– Ouvrez les yeux, Henri ! Amélie n'est peut-être pas aussi sérieuse et honnête que vous l'affirmez… Vous ne pouvez pas contester qu'elle devrait refuser ces sorties. Elle est fiancée ! Elle pouvait bien penser que des habitants jaseraient en la regardant s'installer dans la voiture d'Octave chaque dimanche après-midi. Quelle naïveté ! Ou alors…

Hésitant à continuer, il ne termina pas sa phrase.

– Qu'en déduisez-vous encore ? demanda Henri Delmas qui souhaitait connaître ses sentiments.

– Je n'oserais pas affirmer qu'elle ne supporte plus l'absence de son fiancé et…

– Vous exagérez !

Les insinuations de maître Maffre agacèrent Henri Delmas, qui interrompit cette discussion sèchement.

– Vous vous débrouillerez, monsieur Delmas, pour qu'elle ne retrouve plus Octave ! répondit le notaire.

– Et vous éloignerez également votre neveu ! rétorqua-t-il.

De retour à la maison, Henri Delmas ne décoléra pas. La famille d'Octave paraissait partager l'impression de nombreux habitants de Bellegarde et suspectait Amélie de se comporter en femme légère. « Ou même en allumeuse qui aguicherait les hommes ! » pensait-il. Le négociant ne pouvait pas accepter ces sous-entendus. Malgré la confiance qu'il témoignait à Amélie, des éclaircissements s'imposaient. Elle s'expliqua sans réticence à propos de ses relations avec Octave en persistant à souligner qu'elles demeuraient purement amicales, malgré les apparences et certaines accusations.

– Pourquoi te mentirais-je ? Même si Octave est séduisant et distingué, je n'éprouve pas de sentiments pour cet homme.

Il espérait cette réponse qui le conforta dans son opinion.

– Octave s'intéresse à l'automobile, à l'aviation, à l'histoire des châteaux du Causse. C'est un homme cultivé, et qui a de l'humour. Il a beaucoup de mémoire. Il s'ennuyait chez son oncle le dimanche après-midi. Les Maffre invitent des notables toutes les semaines ou presque. Leurs conversations ne sont pas très amusantes. En revanche, il trouve beaucoup de plaisir à discuter librement avec moi de tout ce qui le passionne… À sa manière, c'est un aventurier et un voyageur…

Sa fascination n'échappa pas à Henri Delmas.

– C'est pour cette raison que tu…

Le regardant fixement, elle rétorqua aussitôt :

– Moi aussi, je m'ennuyais le dimanche et j'étais contente de le retrouver. Je ne pouvais pas toujours emmener Giuliana en promenade dans les bosquets de Bellegarde. Même si elle m'a soutenue dans les moments difficiles, j'éprouve des scrupules à demander davantage. Elle est généreuse et très agréable, mais elle a besoin de solitude. Le dimanche après-midi, elle s'installe souvent sous les cerisiers du potager pour dévorer des romans qu'elle emprunte à l'institutrice. Pendant ce temps, je m'embêtais dans la maison lorsque j'avais terminé mon courrier pour Julien. Maman me manque. C'était ma confidente… Mon fiancé me manque. Je l'attends toujours… Mais tu me manques aussi ! Tu t'absentes de plus en plus souvent, y compris le dimanche. On a l'impression qu'il n'y a plus que tes affaires qui comptent. Au printemps, si tu m'avais conduite en balade sur le Causse, peut-être que je n'y serais jamais allée avec Octave.

Henri Delmas encaissa les reproches, bredouilla des excuses et s'engagea à ne plus la négliger.

– Tu me promets d'être là plus souvent ? demanda-t-elle, incrédule.

En réponse, il proposa d'organiser désormais des excursions chaque dimanche après-midi. Amélie ne rencontrait pas souvent ses cousins, ses oncles et ses tantes Viguier qui habitaient dans des hameaux de la vallée du Lot, disséminés entre Balaguier et Montbrun-en-Quercy. C'était l'occasion de restaurer des relations qui s'étaient distendues depuis la disparition d'Émilie.

– Et surtout, tu cherches à m'éloigner d'Octave ! souligna-t-elle, amusée.

– Maître Maffre ne souhaite pas que vous vous retrouviez à Bellegarde. Ou à Villefranche. Ou même ailleurs. Je l'approuve. Tous ces racontars finiraient par détruire ton mariage.

– Comme beaucoup, maître Maffre est persuadé que l'amitié entre un homme et une femme n'existe pas. Il s'imagine que les chapelières sont des femmes légères et que je débauche Octave. Mais, surtout, il ne supporte pas qu'une chapelière fréquente un pharmacien, un bourgeois. Il s'en étrangle !

Henri Delmas essaya de la raisonner :

– Ne t'entête pas ! Ne cherchez pas à vous revoir. Ni même à vous écrire. Même si vos relations ne sont qu'amicales... C'est préférable. Songe à ton fiancé et à vos projets ! Julien reviendra bientôt de Russie. C'est seulement une question de semaines. La France ne s'incrustera pas là-bas... Dès qu'il reviendra, vous vous occuperez de votre prochain mariage, de votre installation, de l'ouverture de ta boutique à Villefranche. Comme les affaires reprennent, le magasin de Bellegarde t'accaparera également et tes journées seront bien remplies.

Amélie ne répondit pas. Mais elle n'oublierait pas facilement Octave. « Il me manquera... À la boutique et pendant nos balades sur le Causse, il m'entraînait dans des conversations passionnantes, pensait-elle. Il me respectait. Je le regretterai... » Octave et Julien étaient tellement différents.

En apprenant qu'Octave ne les retrouverait plus le dimanche, Giuliana en éprouva du soulagement. Certes, elle appréciait son comportement d'homme distingué et ses connaissances qui l'émerveillaient toujours. Mais elle avait remarqué, depuis la première semaine, qu'il cherchait à séduire sa patronne.

– Depuis le fauteuil où il s'installait pour feuilleter ses journaux, il vous dévorait des yeux ! C'était évident qu'il avait l'intention de vous courtiser. Ses amabilités n'étaient pas innocentes...

– Tu te trompes ! protesta Amélie. Jamais un geste déplacé. Ni de paroles ambiguës. Ni même d'invites discrètes... Pendant nos promenades, il n'a jamais profité de la situation. Pourtant, s'il l'avait souhaité, il pouvait multiplier les occasions... Il suffisait qu'il s'engage sur un chemin éloigné des maisons et qu'il s'arrête au milieu du Causse pour me prendre dans ses bras. Ou bien qu'il m'embrasse dans un bosquet lorsque nous marchions. Nous étions souvent seuls. C'était simple…

Ses confidences laissèrent Giuliana sceptique. Qu'il demeurât célibataire à l'approche de la trentaine l'intriguait.

– C'est très bizarre quand on est pharmacien et d'une grande famille. Vous ne trouvez pas ? Il a du charme et de l'argent. Il n'a pas été blessé à la guerre. C'est le meilleur prétendant pour une jeune femme de la bourgeoisie de Montauban ou de Toulouse. Ou même pour l'héritière d'une grande propriété… Il manque tellement d'hommes depuis la guerre.

Nombre d'officiers, souvent enfants de notables, étaient en effet tombés sur les champs de bataille.

– Dans ces conditions, pourquoi n'est-il pas marié ? demanda Giuliana. C'est peut-être un cavaleur…

Même si cette question ne l'avait pas effleurée depuis qu'elle le connaissait, Amélie répondit à son apprentie :

– Un cavaleur ? Je ne le crois pas. C'est un homme qui me semble honnête. Mais je pense que la guerre l'a marqué. Elle l'a peut-être changé à jamais…

11

La semaine suivante, au moment de la messe de onze heures, Amélie surveilla l'animation du carrefour dans l'espoir de repérer la Peugeot d'Octave parmi les quelques voitures qui traversaient Bellegarde. Quoique persuadée qu'il respecterait l'interdiction de la retrouver, elle ne pouvait s'empêcher d'imaginer qu'il essaierait peut-être de l'apercevoir derrière ses étalages tout en remontant la chaussée. Soucieuse de ne pas manquer son passage, elle s'installa devant l'entrée qu'elle laissait ouverte en cette saison. Pour ne pas éveiller de soupçons auprès de ses plus proches voisins et des quelques passants, elle regardait de temps en temps les modèles exposés dans sa devanture, dont les vitrages reflétaient les allées et venues du carrefour. Le cœur battant, Amélie se retournait dès qu'elle entendait des pétarades, pour découvrir bientôt un véhicule qui ne ressemblait nullement à la Peugeot d'Octave. Elle demeura devant la boutique jusqu'au moment où les cloches sonnèrent l'angélus et où le prêtre libéra ses ouailles. Dès que les enfants sortirent en courant de l'église pour traverser le carrefour, elle retrouva son comptoir pour recevoir les dernières clientes de la matinée. Son apprentie remarqua qu'elle était désemparée. Elle ne répondit pas à ses questions – ou bien d'une manière évasive – à propos des modèles retenus par des habitués de la maison qui allaient venir les retirer ce dimanche après la grand-messe. Elle accumula également les étourderies dans les rangements.

Après le déjeuner, respectant sa promesse, Henri Delmas la conduisit dans la vallée du Lot, chez l'un de ses oncles qui cultivait du seigle pour les tresses à chapeau des fabriques de Caussade et les chalumeaux de brasserie. Ils empruntèrent des chemins qui serpentaient à travers le Causse, soulevant des nuages de poussière blanche sur leur passage et l'enthousiasme des enfants dans les villages. C'était une journée splendide que baignaient des odeurs d'herbes séchées et des parfums de fleurs. L'oncle les emmena dans les champs proches de la maison où se dressaient par centaines les gerbes de seigle que les faucheurs avaient formées après la moisson. Elles y sécheraient jusqu'au 15 août avant de rejoindre les entrepôts des négociants où les ouvrières les prépareraient pour le compte des limonadiers de la capitale et des chapeliers. Sous un soleil de plomb, Amélie et Henri Delmas marchèrent à travers les chaumes pour l'entendre exposer fièrement la qualité de sa récolte. Cet homme s'était imaginé que ses explications sur la culture de la paille intéresseraient une chapelière. À son étonnement, la jeune modiste ne manifesta aucune curiosité ! Elle l'écouta d'une oreille distraite, pressée de revenir à la maison pour se rafraîchir. Elle transpirait malgré sa toilette estivale et son chapeau. Ses pieds imploraient grâce dans ses souliers de ville. Mais, surtout, ses pensées s'entremêlaient de manière confuse. Amélie songeait tantôt à Octave tantôt à Julien, au point que des souvenirs et des images se superposaient bizarrement dans sa mémoire. Elle éprouvait d'étranges sensations jamais ressenties jusqu'à présent. Comme un tiraillement entre ces deux hommes. Pourtant, même si elle n'était pas indifférente à la personnalité d'Octave, à son raffinement et à son pouvoir de séduction, la jeune femme était persuadée d'une chose : elle estimait Octave, mais c'était Julien qu'elle aimait.

Ces moments de désordre troublèrent sa conscience jusqu'à cette matinée de juillet où le préposé des Postes se précipita à la boutique, apportant le télégramme qu'elle espérait recevoir depuis des semaines. Elle le décacheta d'un doigt nerveux pour s'exclamer devant Justine et Giuliana qui avaient accouru aussitôt autour du comptoir :

– Son régiment a débarqué à Dunkerque. La guerre s'achève pour les soldats de la Russie. On les démobilise ! Julien rentrera dans l'Aveyron dimanche.

Dans l'euphorie, Amélie embrassa ses employées avant de s'effondrer en larmes dans le fauteuil de la boutique. Elle pleurait de bonheur en imaginant sa descente de l'express de Toulouse comme le dimanche qui l'avait ramené en permission, le moment où ils s'enlaceraient comme deux amoureux se retrouvant après une interminable séparation. Elle se blottirait contre sa poitrine, le retenant prisonnier pour qu'il ne s'échappe plus jamais. Ces journées de cauchemar et de désespoir qu'elle avait affrontées pendant son absence paraissaient soudain disparaître de sa mémoire. Ces derniers temps encore, les doutes l'avaient assaillie. Devant l'hécatombe des combats qui frappait les familles du Causse, elle avait souvent redouté de devoir épouser un invalide ou que Julien ne revienne pas. En ce vendredi 25 juillet 1919, grâce à ce télégramme, Amélie avait la preuve que Julien était bien vivant ! Dans le même temps, elle songeait au soulagement d'Eugène et Odette Soubrié, qui s'étaient rongé les sangs pour leurs trois garçons depuis le début de la guerre. Les deux aînés étaient revenus à Villeneuve, sans une blessure, quelques semaines après l'armistice. Heureuse, Odette Soubrié rabâchait à longueur de journée à la clientèle de leur quincaillerie que c'était miraculeux. Elle le répétait à Amélie et à Henri Delmas dès qu'ils se rencontraient à Bellegarde ou à Villeneuve. Comme Odette Soubrié, elle n'avait pas ménagé son temps en prières pour essayer d'arracher Julien à la mitraille…

Elle courut vite rejoindre son père qui préparait avec ses employés une livraison dans son entrepôt. Il manifesta aussitôt son enthousiasme.

– Le sergent Soubrié est autorisé à remettre son uniforme au magasin du régiment ! C'est une grande journée !

Il déboucha une bouteille, puis ils trinquèrent.

– À votre bonheur !

Il proposa de l'emmener à Villefranche, le dimanche après-midi, au passage de l'express, pour l'accueillir en compagnie d'Odette et d'Eugène Soubrié. Ils gagneraient environ une demi-heure sur son arrivée à la gare de Salles-Courbatiers où il était descendu pour sa permission de 1917.

– Imagine déjà sa surprise ! Lorsque la locomotive s'arrêtera à Villefranche et qu'il se penchera à la fenêtre de son compartiment pour allumer une cigarette, il te remarquera parmi les femmes qui attendront les voyageurs. Le temps d'emporter son baluchon, il t'embrassera...

De retour à la boutique, vide à cette heure, elle s'abandonna dans un fauteuil. Tout en fredonnant une chanson, elle s'accorda le temps de réfléchir à la toilette qu'elle choisirait dans son armoire, puis aux spécialités que Jeanne pourrait préparer pour le recevoir ensuite à Bellegarde en compagnie de ses parents, de ses deux frères et de leurs femmes. À certains moments, des inquiétudes l'assaillaient. Elle se demandait s'il reviendrait aussi renfermé, mystérieux et emporté que certains hommes de la commune. Elle se préparait à le soutenir de son mieux pour qu'il surmonte ses angoisses au souvenir de ses quatre années de guerre. Mais, l'instant d'après, la jeune modiste rayonnait. Giuliana se réjouissait de constater qu'il occupait désormais ses pensées de manière exclusive. Dans leurs discussions, il n'était plus question d'Octave Fournier, qui semblait relégué dans les oubliettes de sa mémoire. Amélie ne songeait qu'à son fiancé, à leur bonheur et à leurs projets d'avenir. Giuliana avait l'impression que ces perspectives la galvanisaient et que sa patronne paraissait plus amoureuse que jamais. Lorsque Amélie était malade, elle avait souvent regardé les différents portraits que la jeune modiste avait disposés sur la cheminée de sa chambre. En uniforme de fantassin, en costume de cérémonie ou encore en magasinier dans la boutique de ses parents comme le photographe de Villeneuve l'avait immortalisé pendant sa permission, Giuliana le trouvait beau et naturel.

Elle le préférait à Octave. Grâce à son sourire et à ses prunelles qu'elle imaginait bleues, il dégageait un charme certain. Amélie avait bien de la chance…

C'était après la messe de onze heures, le dernier dimanche de juillet. Giuliana présentait des chapeaux pour fillette à une habituée de la boutique, lorsqu'elle remarqua un homme parmi les passagers de l'autobus. Les Rapides figeacois assuraient depuis peu un service journalier entre l'Aveyron et le Quercy. Leur véhicule s'arrêtait au carrefour pour y déposer voyageurs et paquets, et Amélie y avait recours pour ses livraisons de chapeaux. En l'apercevant à travers la devanture, au moment de déballer un nouveau modèle qu'elle ramenait de la réserve, Giuliana marqua un temps d'étonnement. Cet homme au physique maigrelet et à la démarche pesante ressemblait-il au sergent Julien Soubrié ou son imagination l'abusait-elle ? Soudain, l'acheteuse et sa fillette l'enlevèrent à ses réflexions.

– Essayons ce chapeau ! Nous sommes pressées.

L'instant d'après, l'homme pénétrait à l'intérieur de la boutique où il promena un regard familier. Un sourire flottait sur ses lèvres. Derrière son comptoir, Amélie comptabilisait les emplettes de la femme du forgeron. Elle interrompit son addition, leva la tête. Incrédule, elle le dévisagea longuement. Le rythme de son cœur s'accéléra. Envahie par l'émotion, elle frissonna malgré la chaleur. Bientôt, ses mains tremblèrent au point que sa plume tomba sur le parquet. L'espace de quelques secondes, elle se demanda si cet homme aux yeux bleus, au visage amaigri et aux vêtements militaires défraîchis était réellement son fiancé. Depuis le télégramme de vendredi, les services postaux n'avaient pas transmis le moindre message de Julien pour les prévenir d'un changement dans l'heure de son arrivée. L'homme, comme paralysé, murmura son prénom. Il n'y avait plus aucun doute ! Elle se précipita à sa rencontre pour se réfugier contre sa poitrine et s'effondrer en larmes. Resserrant son étreinte, elle pleurait du bonheur de le retrouver.

Tandis que Giuliana s'occupait des deux dernières clientes de la matinée, ils s'éclipsèrent en direction de l'escalier. Ses épaules affaissées et ses poches sous les yeux ne trompèrent pas Amélie. Sa traversée de la France l'avait épuisé. Comme les officiers avaient consenti à les démobiliser une demi-journée plus tôt, il avait embarqué pour la capitale dans l'après-midi de vendredi en compagnie de quelques camarades du 7e d'infanterie coloniale qui rejoignaient le Sud-Ouest. Dans le quartier d'Austerlitz, à l'un des comptoirs qui ne fermaient jamais, les soldats avaient attendu jusqu'au lendemain avant de s'installer dans le premier express en partance pour Limoges et Toulouse. Sur l'invitation insistante d'un officier du 7e colonial qui habitait à Limoges, ils étaient descendus dans la capitale de la porcelaine pour passer l'après-midi avant de reprendre dans la soirée le chemin de Toulouse. Dès six heures, un express l'avait emmené de Toulouse-Matabiau jusqu'à Tessonnières où il avait emprunté un autobus pour Villefranche-de-Rouergue, puis les services des Rapides figeacois pour parvenir plus rapidement à Bellegarde. Impatient de retrouver Amélie et sa famille, Julien s'était débrouillé pour avancer son arrivée.

– Je ne pouvais plus tenir à l'idée de vous revoir tous ! Vous m'avez tellement manqué… J'étais si heureux de vous réserver cette surprise.

Amélie se serra contre lui :

– Et c'est toi, Amélie, que je voulais revoir en premier…

Henri Delmas les rejoignit bientôt dans la salle à manger où ils s'étaient réfugiés. Aussitôt, il proposa de prendre la direction de Villeneuve pour prévenir Eugène et Odette Soubrié.

– Je les ramènerai ! précisa-t-il à Julien. Ils sont très impatients de t'embrasser.

Une heure plus tard, à Bellegarde, ils retrouvèrent Julien avec une émotion qu'ils peinaient à contenir. Le cauchemar s'achevait. Leur fils revenait sain et sauf.

Julien expédia le déjeuner, ne se montrant pas bavard. Il était exténué de fatigue après son voyage. Amélie l'installa dans une chambre que la famille Delmas réservait d'ordinaire à ses invités et il sombra dans un profond sommeil. Elle se résigna à le réveiller lorsque Jeanne apporta les entrées du dîner. L'horloge de la salle à manger égrenait huit coups. Dans l'après-midi, Henri Delmas avait ramené à Bellegarde les deux frères de Julien et leurs femmes. Tous l'attendaient désormais. Ces retrouvailles ne se déroulèrent pas comme Amélie et la famille Soubrié l'avaient imaginé. Julien répondit d'une manière cassante aux questions de son père et d'Henri à propos d'Arkhangelsk. Il se contenta de souligner qu'il avait rencontré des ours blancs, des renards bleus, des loups et des rennes. Il avait chassé et pêché.

– Mais vous ne vous battiez pas ? s'étonnèrent-ils.

Le regard soudain absent, Julien demeurait silencieux comme s'il n'avait pas entendu leur question.

– Il n'y avait jamais d'accrochages avec les militaires allemands pendant les patrouilles ? Après votre arrivée, ils n'ont jamais essayé de prendre Arkhangelsk ?

N'obtenant aucune précision malgré leur insistance, tous deux enchaînèrent sur les communistes que les journalistes décrivaient comme déterminés et redoutables.

– Les bolcheviks vous attaquaient souvent ? Ils possédaient beaucoup d'armement ? Comment vous vous débrouilliez pour leur échapper ? Raconte-nous !

– La guerre ! Toujours la guerre ! Vous m'agacez ! répliqua-t-il sèchement. Fichez-moi la paix !

Son poing s'abattit sur la table de chêne. La vaisselle trembla et Amélie en frissonna.

– Salonique, Verdun et la Russie, c'est terminé ! Je ne m'en souviens plus…

Il s'enferma ensuite dans ses pensées tout en dégustant une nouvelle rasade de faugères. Henri Delmas avait déjà débouché quatre bouteilles depuis le début du repas. Éméché et hargneux, Julien avait surtout besoin de repos.

Édouard et Étienne, ses deux frères, le défendirent.

– Ne le questionnez plus ! Vous l'énervez. Dans les familles, personne ne comprendra jamais les hommes qui se sont battus dans les tranchées, à Salonique et jusqu'en Russie. Même si les blessures les ont épargnés, ils reviennent en morceaux !

Les deux familles se retrouvèrent, le dimanche suivant, à Villeneuve pour organiser le mariage. Amélie et son père envisageaient de le repousser au printemps pour respecter les usages en vigueur dans les maisons en deuil.

– Si nous ajoutons les neuf mois de la période du « crêpe », les six mois de la période de la « soie noire » et les trois mois du temps de demi-deuil, nous devrons attendre jusqu'à Pâques ! expliqua le négociant aux Soubrié. Même si nos enfants sont pressés de s'installer... Je reconnais qu'ils patientent déjà depuis des années, mais les circonstances nous imposent de...

– Nous attendrons jusqu'au printemps ! coupèrent aussitôt les Soubrié pour les rassurer.

Leur requête ne les étonna pas. Depuis l'automne précédent, Amélie observait les convenances dans la couleur des toilettes. Elle ressentait toujours aussi fort la douleur du décès de sa mère. Connaissant la situation d'Amélie, Julien accepta la décision sans la moindre difficulté. Ils l'avaient évoquée ensemble dès la première promenade en amoureux qui les avait emmenés sur les chemins du Causse. Elle avait interprété son comportement comme une éclatante preuve d'amour après ces deux années de séparation.

Depuis la première semaine, il la rejoignait chaque après-midi à sa boutique pour s'installer toujours dans le fauteuil où Octave feuilletait ses journaux. Souvent, elle en ressentait de l'embarras. Sa présence, à la même place, réveillait des souvenirs d'Octave qu'elle essayait de gommer de sa mémoire... Comme pendant sa permission de 1917, Julien retrouva rapidement son sourire et de l'énergie. Et il reprit du poids. Certes, il réagissait d'une manière étrange à certains moments, mais elle ne s'en formalisait pas. Les journalistes ressassaient depuis l'armistice que tous les hommes des tranchées avaient besoin de temps après la démobilisation pour s'adapter à leur nouvelle existence. Des femmes de Bellegarde l'avaient également prévenue. Odette Soubrié, qui avait affronté les humeurs de ses deux aînés, l'accablait de conseils :

– Montrez-vous très patiente ! Ne le brusquez pas. Ne vous disputez pas pour une peccadille. Ne le contredisez pas, même si vous avez raison. C'est plus prudent. Ces hommes réclament toute notre indulgence…

Amélie essayait de ménager Julien. Verdun, Salonique et la Russie ? Ils n'en parlaient jamais. Elle avait compris qu'il cherchait à chasser de ses pensées ces moments d'horreur. Dans leurs discussions, ils n'évoquaient que le lendemain ! Il envisageait de reprendre son poste de comptable dès le 15 septembre dans l'entreprise qui l'employait auparavant à Villefranche. Le directeur des Salaisons du Rouergue lui avait proposé une rémunération intéressante pour qu'il rejoigne rapidement ses bureaux. Il avait accepté dans l'instant. Malgré la démobilisation, la main-d'œuvre qualifiée était recherchée tant il y avait de disparus, d'invalides et de convalescents. Comme avant la guerre, Julien habiterait à Villefranche, mais se contenterait d'une chambre dans l'attente du mariage. Dès l'automne, ils rechercheraient ensemble un emplacement disponible qui accueillerait la nouvelle boutique d'Amélie. D'ores et déjà, elle prévoyait son ouverture à Pâques ou dans le courant du printemps. Leur installation à Villefranche et la préparation du mariage les accapareraient dans les prochaines semaines. Cette surcharge d'activités ne déplaisait pas à Amélie. Cela renforcerait leur complicité. Julien avait tellement besoin d'être soutenu et entouré. « Tous ces morceaux à recoller ? C'est un travail de tous les jours ! » songeait-elle. Mais grâce à ces projets et à ses attentions, elle l'arracherait à ses fantômes.

12

Lorsque les dépiquages des blés s'achevèrent dans les fermes, Bellegarde restaura ses traditions festives. La guerre était finie, il fallait bien vivre ! Le deuxième dimanche de septembre, la bourgade décorée de guirlandes et de drapeaux retrouva ses animations d'avant-guerre, mais pas l'ambiance insouciante d'autrefois lorsque les festivités s'étalaient du vendredi au dimanche. Comment les habitants pouvaient-ils oublier les souffrances de la guerre ? La journée débuta à onze heures par une cérémonie solennelle à la mémoire des hommes qui n'étaient pas revenus des tranchées. Pour cette messe de requiem, il ne manquait pas une famille dans l'église bondée comme à l'occasion des offices de Pâques, de Toussaint et de Noël. Des larmes coulèrent sur les visages lorsque des élèves de la classe du certificat d'études rappelèrent le souvenir des disparus, avant que les musiciens de l'harmonie exécutent la sonnerie aux morts puis *La Marseillaise*. Julien y assistait. Il connaissait tous les morts de cette guerre. C'étaient en majorité ses copains d'enfance qu'il retrouvait aux vacances autour de l'enclume de son oncle Félix. Pour cette raison et parce qu'il épouserait bientôt une habitante de Bellegarde, les anciens « poilus » de la commune avaient souhaité qu'il participe à leur premier banquet à l'auberge du Causse. Ils s'y attardèrent jusqu'au milieu de l'après-midi en échangeant leurs souvenirs de tranchées devant des carafons de rouge. Julien avait promis à Amélie de la retrouver ensuite devant sa boutique pour qu'ils puissent rejoindre le point de départ de la course cycliste. Elle l'attendit sans succès.

– Dès que les hommes s'attablent à l'auberge, leurs femmes poireautent pendant des heures ! tempêta-t-elle devant Jeanne et Giuliana qui guettaient également son arrivée. C'est toujours la même rengaine. Ils ne changeront jamais.

À trois heures de l'après-midi, constatant toujours son absence, elle entraîna Giuliana devant la mairie-école, d'où les concurrents s'élanceraient pour un parcours d'une vingtaine de kilomètres sur le Causse. Ils pédaleraient jusqu'à Septfonds, puis reviendraient à leur point de départ. Grâce à ses relations, maître Maffre avait décroché le parrainage du journal *Le Narrateur* qui paraissait chaque semaine à Villefranche. Des annonces dans ses colonnes avaient permis l'inscription d'une quinzaine de coureurs amateurs de Decazeville et de Villefranche. C'était la principale attraction de cette journée qui rassembla une nombreuse assistance, des familles entières, des passionnés de cyclisme accourus des hameaux du Causse. Les coureurs terminèrent la course par une dizaine de tours dans le bourg. Les deux meilleurs, habitués à s'affronter, ne se lâchèrent point ! Ils jetèrent leurs forces dans la bataille pour s'assurer la victoire, au point qu'ils franchirent l'arrivée à quelques secondes d'intervalle seulement, sous des tonnerres d'acclamations. Amélie et Giuliana ne boudèrent pas leur plaisir ! Conquises, elles les applaudirent sans ménagement comme les spectateurs rassemblés par centaines en bordure de la nationale. Elles ne s'ennuyèrent pas de l'après-midi en commentant les chances des coureurs, les chapeaux des femmes des notables que le notaire avait conviés. Dans une ambiance joyeuse et survoltée, Amélie avait retrouvé son sourire. Elle plaisantait en compagnie de son apprentie, elle fredonnait une chanson en entendant les musiciens exécuter des bourrées et des marches entre les passages des cyclistes, elle encourageait les concurrents qui lambinaient.

Dès que les retardataires eurent bouclé le parcours, les organisateurs sollicitèrent la jeune modiste pour qu'elle remette la dotation aux cinq premiers. Pour que les meilleurs s'engagent, ils avaient demandé aux commerces de Bellegarde d'apporter une contribution financière. Amélie et son père s'étaient montrés les plus généreux. En conséquence, les promoteurs de cette compétition avaient considéré qu'il appartenait à la jeune femme de récompenser les champions. C'était un honneur pour sa famille. Mieux : une éclatante revanche après les bobards dont on l'avait accablée au printemps. Mais Julien n'avait toujours pas réapparu. Dès qu'elle monta sur l'estrade installée dans la cour de l'école, tous les habitants de Bellegarde observèrent qu'Amélie était très en beauté dans sa toilette de couleur marine et sa capeline assortie. Au moment où elle en descendit pour rejoindre Henri et Giuliana, un homme se précipita à sa rencontre pour la féliciter.

– Amélie, vous êtes toujours aussi élégante. Il est impossible de ne pas vous remarquer.

C'était Octave, que maître Maffre et sa femme avaient convié à Bellegarde en ce dimanche de festivités.

– Vous ne changez pas ! murmura-t-il. Vous êtes toujours souriante…

Elle le remercia, puis le présenta à son père qui conserva ses distances. À l'évidence, sa présence inattendue le contrariait. Les sourcils froncés et le regard sombre, il semblait soucieux. Amélie supposa qu'il redoutait de nouveaux racontars. Elle en fut persuadée quand il accepta l'invitation d'Octave à se rafraîchir dans une auberge du carrefour. Il ne souhaitait pas que des habitants la découvre seule à une terrasse en compagnie de cet homme.

Les musiciens de l'orchestre les avaient précédés au carrefour. Ils s'étaient s'installés sous les feuillages de l'auberge du Causse où ils interpréteraient des mazurkas, des marches et des bourrées qui clôtureraient l'après-midi. Octave préféra entraîner les Delmas et Giuliana à l'auberge des Quatre-Chemins, sûrement plus tranquille. Ils choisirent à dessein une table sous les verdures de la tonnelle depuis laquelle l'animation du carrefour ne pouvait leur échapper. Octave s'étonna auprès d'Amélie de l'absence de Julien.

– Votre fiancé n'est pas avec vous en ce jour de fête ? Comment va-t-il depuis sa démobilisation ?

Amélie n'avait aucune nouvelle de Julien depuis le milieu de la matinée. Comme il ne s'était pas montré à la course cycliste, elle imaginait que des convives du banquet l'avaient emmené dans la tournée des comptoirs. C'était la tradition avant-guerre, après le banquet de la Saint-Macaire qui réunissaient les laboureurs du Causse en janvier et après celui de la Saint-Hubert des chasseurs en novembre.

La patronne enregistrait leur commande lorsque des hommes traversèrent le carrefour et s'approchèrent de la terrasse. Éméchés, titubants et la chemise débraillée, ils entonnaient vaillamment des chansons paillardes. Amélie devint blême quand elle reconnut Julien parmi les braillards. L'instant d'après, ils se plantèrent devant leur table. Julien s'adressa violemment à Octave.

– C'est vous qui avez cherché à me piquer ma fiancée quand je me battais en Russie ?

Impassible, Octave détourna le regard. Il n'avait pas l'intention de répliquer. Surexcité, l'ancien « poilu » s'obstina :

– Répondez à ma question ou je vous défonce la gueule !

Le visage contracté et les poings fermés, Octave essayait de conserver son sang-froid.

– Vous ne répondez pas ? C'est bien une preuve que vous vouliez me faucher ma fiancée. On vient de me raconter vos rendez-vous du dimanche après-midi devant la boutique et vos promenades. Vous n'êtes qu'un débauché pour vous en prendre aux femmes dont les fiancés et les époux se sacrifiaient pour la France. C'est franchement dégueulasse. Vous mériteriez qu'on vous bougne ! Fripouille ! Saligaud !

Son réquisitoire épouvanta Amélie.

– Arrête, Julien !

– Tu contestes ? s'étonna-t-il.

– On ne s'acharne pas après quelqu'un sans preuve ! Octave Fournier n'a pas essayé de me séduire et il ne m'a pas poussée à te tromper. N'écoute pas les racontars !

Il la regarda durement avant d'ironiser :

– Qui pourrait me prouver que ce saligaud ne t'a pas culbutée dans les granges ? Personne !

Amélie s'était bien doutée que ces racontars arriveraient un jour aux oreilles de Julien. Mais elle était persuadée qu'il ne leur accorderait pas une importance démesurée, au point qu'elle n'avait jamais redouté le moment où il les aborderait dans leurs discussions. Son agressivité la surprenait. Depuis qu'ils se connaissaient, il ne s'était jamais comporté de cette manière. Les beuveries de ce dimanche pouvaient l'expliquer. Amélie avait le sentiment que ses camarades l'avaient provoqué sciemment en rapportant tous ces bavardages et en les déformant pour s'amuser. Mais, peut-être, la soupçonnait-il vraiment d'infidélité ? Les soldats étaient revenus tellement différents de la guerre qu'elle ne s'en étonnerait pas. Même si elle répugnait à donner des éclaircissements à la terrasse d'une auberge, elle souhaitait dissiper les malentendus.

– Tu douterais de ma sincérité ? rétorqua-t-elle.

Embarrassé, il ne répondit pas.

– Les bobards de comptoir t'ont convaincu que je te trompais quand tu patrouillais dans les steppes ? enchaîna-t-elle. Ou tu te l'imaginais déjà à Arkhangelsk en apprenant que des femmes de camarades de régiment avaient abandonné le domicile conjugal ? C'est le moment de t'expliquer.

Sa pugnacité souleva l'admiration de Giuliana, choquée par les attaques sordides de Julien. « Qu'elle le mouche ! pensait-elle. Il le mérite bien ! » En revanche, elle ne comprenait toujours pas le mutisme d'Octave. Il encaissait les coups sans contester la moindre accusation. « C'est une attitude stupide ! » enrageait-elle. Pourquoi ne s'opposait-il pas fermement à ces mensonges ? Pourquoi ne défendait-il pas sa réputation devant ces insultes humiliantes ? Pour Giuliana, c'était une énigme ! Amélie demeurait également perplexe devant sa discrétion. Stupéfaite qu'il ne ripostât pas, elle se demandait s'il souhaitait éviter l'esclandre en répliquant vertement ou s'il manquait de courage pour rembarrer son accusateur. Sur sa chaise,

Henri Delmas trépignait d'impatience. Les anciens « poilus » méritaient le respect pour les souffrances qu'ils avaient endurées pendant les années de guerre, mais ils n'avaient pas tous les droits. Il décida d'intervenir pour que la discussion ne dégénère pas.

– On t'a embobiné ! souligna-t-il à l'attention de Julien. Toutes ces histoires ne sont que des balivernes. Octave Fournier est un homme honnête. On l'apprécie dans la pharmacie où il travaille à Villefranche. Amélie ? C'est une femme sérieuse. Comme vous vous fréquentez depuis des années, tu ne me contrediras pas... Au printemps, Octave Fournier a commandé des chapeaux à la boutique. Comme il déjeunait le dimanche à Bellegarde dans sa famille, il a proposé à Amélie des balades sur le Causse pour y découvrir les châteaux. Il s'intéresse à l'histoire de la noblesse et de ses propriétés. Pourquoi pas ? C'est l'une de ses passions... On les a rencontrés sur les chemins dans les environs. Ils se promenaient. C'est tout. Compris ?

Soudain désarmé, Julien ne broncha pas. Comme beaucoup à Bellegarde, il redoutait le négociant.

Pendant cette accalmie provisoire, Octave s'arracha soudain à son silence :

– Amélie ne vous a pas trompé quand vous vous battiez en Russie. Elle n'était pas ma maîtresse... Épousez-la en confiance. Elle vous a attendu fidèlement.

Il s'était exprimé calmement pour le convaincre de renoncer à ces querelles stupides.

– Lorsque je suis revenu de Russie, je ne doutais pas qu'elle m'aimait toujours ! reconnut Julien dont l'animosité était retombée brusquement. Mais en entendant ces racontars, je me suis demandé si je pouvais encore compter sur elle...

– Épousez-la en confiance ! répéta Octave pour le rassurer. Préparez votre mariage et ne vous occupez plus des rumeurs ! Vous souffririez inutilement. Vous gâcheriez votre bonheur.

Julien retrouva le sourire, mais il ne présenta à Octave et à Amélie aucune excuse pour sa conduite. La jeune femme le regretta. Certes Julien était éméché, mais elle considérait que ses grossièretés avaient offensé Octave et qu'elles l'avaient également blessée. Elle ressentit une impression désagréable qui ressemblait à de l'amertume et à de l'agacement entremêlés. « Il n'a pas conscience de la gravité de ses insultes ou je ne le reconnais plus ! pensa-t-elle. Il n'était pas emporté et agressif avant la guerre… » Henri Delmas partageait également son sentiment. Mais Giuliana ne n'en étonna pas. Le dimanche de son arrivée, elle avait constaté pendant le déjeuner combien il semblait différent de cet homme pondéré et conciliant qu'Amélie avait souvent évoqué. Quant à Octave, il ne voulait pas imposer des excuses. Depuis sa démobilisation et son installation à Villefranche, il avait assisté à des querelles violentes devant les auberges qui l'amenaient à redoubler de précaution lorsqu'il rencontrait incidemment des hommes qui étaient revenus des tranchées. Leurs discussions exprimaient des ressentiments longtemps contenus à l'encontre des hommes politiques, des fonctionnaires, des bourgeois, des industriels qui n'avaient pas affronté les dangers de la guerre.

Un homme rondouillard dont une manche de chemise dissimulait un moignon, l'arracha soudain à ses réflexions.

– On vous a mobilisé pendant la guerre ?

Octave s'attendait à cette question. Les anciens « poilus » ne supportaient pas les embusqués. Il répondit sans hésitation en espérant qu'il éviterait un nouveau différent.

– On m'a appelé dans le 17ᵉ régiment d'infirmiers à Toulouse dès le mois d'août 1914.

– Quelle planque ! rétorqua le manchot.

– Une planque ? s'insurgea Octave. Vous plaisantez ! Dès le 15 août 1914, je débarquais dans une ambulance de la IIᵉ armée en Lorraine. On recousait. On amputait. On trépanait…

Mais les anciens « poilus » ne l'écoutèrent pas. Obsédés par les injustices dont ils avaient souffert, ils déversèrent sur Octave leur amertume.

– Les médecins et les infirmiers ? Des privilégiés ! s'exclama un homme à la jambe de bois. Les marmites ne leur explosaient jamais entre les jambes ou dans la gueule ! Ils étaient peinards à s'occuper des blessés à l'arrière. Les cuisiniers de la roulante les bichonnaient comme des bourges. Ces messieurs ne bouffaient jamais dans des gamelles cabossées ! Ils n'étaient pas mangés par la vermine comme les bidasses dans les tranchées. Ils ne dormaient pas sur des cadavres d'hommes et de chevaux que des armées de rats dévoraient à longueur de journée. Ils ne pataugeaient pas dans la boue et ils n'avaient pas froid dans les cantonnements... Les généraux leur accordaient même quelques superbes gonzesses pour s'amuser après leur journée dans les baraques. C'était pépère. Peinard ! Il n'y avait finalement que les brancardiers qui recevaient des pruneaux lorsqu'ils enlevaient les blessés pour les amener jusqu'à l'ambulance...

Ce réquisitoire abasourdit Octave ! Pourquoi s'acharner après les médecins et les infirmiers ? Beaucoup soignaient les blessés à quelques kilomètres seulement des tranchées, y affrontant des conditions périlleuses. Il ne comprenait pas pourquoi ces anciens « poilus » les dénigraient. Cherchaient-ils des exutoires à leurs souffrances ? Il regarda fixement Julien qui paraissait approuver ses camarades et éprouva une nouvelle déception devant son comportement. Que pouvait-il leur répondre sans déclencher de nouvelles offensives ? Octave ressentait le besoin de défendre les hommes et les femmes rencontrés dont il avait partagé le quotidien dans les hôpitaux. Il pouvait témoigner que tous s'étaient dévoués sans compter. Mais comment raisonner des gueulards qui festoyaient depuis des heures ?

Soudain, Henri Delmas frappa du poing sur la table. Excédé, il leur ordonna de déguerpir.

– La récréation est terminée. Vous dégagez ! Qu'on ne vous entende plus !

Ils s'exécutèrent sans opposer de résistance. Mais l'homme à la jambe de bois s'adressa néanmoins au négociant, à Octave et aux deux jeunes femmes :

– Nous avons défendu fièrement la France dans la merde, les larmes et le sang. Personne ne pourra nous l'enlever.

Ses camarades l'acclamèrent avant de s'installer bruyamment à l'intérieur de l'auberge.

Amélie espérait que son fiancé resterait à leur table, mais il rejoignit le comptoir. Elle entra dans le café et voulut l'arracher à cette équipée fâcheuse.

– Nous te ramenons à Villefranche ! décréta-t-elle.

Ses deux mains s'étaient agrippées à l'une des manches de sa chemise pour l'entraîner à l'extérieur. Il la repoussa sèchement.

– Je me débrouillerai seul.

– Tu te souviens que tu reprends le travail demain ?

– Et alors ?

– Le directeur te remerciera si tu ne te présentes pas à huit heures comme convenu…

– Ne t'inquiète pas, Amélie ! S'il me renvoyait, il ne trouverait personne pour me remplacer.

Exaspérée par sa désinvolture, elle interrompit la discussion.

À la terrasse, Octave l'attendait pour prendre congé.

– Je suis désolée pour tous ces incidents qui ont gâché votre journée ! bredouilla-t-elle. Je n'aurais jamais pensé que Julien vous attaquerait pour ces racontars et que les anciens « poilus » vous traiteraient de planqué. C'est ignoble ! Honteux.

– Ne vous excusez pas ! répondit-il en s'efforçant de sourire. Vous n'êtes pas responsable du comportement de Julien et de ces hommes. La guerre les a changés. C'est pitoyable. Ils sont à plaindre…

Dès qu'elle arriva à la maison, elle s'enferma dans sa chambre, où elle s'effondra en larmes. Furieuse. Humiliée.

13

Le lendemain, les incartades des anciens « poilus » nourrirent les discussions du bourg, mais personne n'osa les condamner franchement. L'indulgence paraissait s'imposer pour la majorité des habitants de Bellegarde.

– Ils mériteraient qu'on les sermonne comme des garnements, mais on ne se le permettra jamais ! entendit Jeanne chez l'épicier et le boucher. Ils ont défendu la France…

Toutefois, Amélie ne leur pardonnait pas leurs grossièretés et leurs accusations injustifiées. Son père l'exhorta à faire preuve de souplesse à l'égard de Julien.

– Ne le braque pas ! Il regrette sûrement ses paroles comme tous ses camarades. Mais ils étaient tellement éméchés qu'ils ne s'en souviennent plus. Le banquet a dégénéré en beuverie ! Les anciens poilus de la commune ne s'étaient encore jamais retrouvés depuis l'armistice… Ils ont échangé leurs souvenirs des tranchées et descendu des carafons de rouge pour oublier. On a peut-être entraîné Julien à en abuser… Considère que c'était un dimanche particulier. Un accident de parcours. Ne te ronge pas les sangs ! Cela ne se reproduira pas.

– Je ne voudrais pas qu'il se conduise comme ces ivrognes ! répondit-elle.

– Nous y veillerons tous les deux. Mais je ne suis pas inquiet pour Julien. C'est un homme réfléchi et sérieux. Sans doute s'assagira-t-il en se plongeant dans les factures et les comptes des Salaisons du Rouergue. Il était peut-être temps qu'il reprenne le chemin du bureau : il devenait désœuvré à traînailler sur les chemins, à Villeneuve et dans les auberges. Dès qu'il aura renoué avec Villefranche et ses camarades de travail, tu le retrouveras comme avant.

Rassurée, elle s'imagina qu'il expédierait dans le courant de la semaine une lettre pour raconter ses premières journées villefranchoises. Quelle déception ! Il ne se manifesta pas. Contrariée par l'absence de nouvelles, elle ne le ménagea pas devant Giuliana :

– Il pourrait tout de même me prévenir de ses intentions pour dimanche. Viendra ? Ou viendra pas ? Se déplacera-t-il pour le déjeuner ? Ou seulement l'après-midi ?

Les tensions apaisées, elle murmura :

– Vivement que je l'épouse, que je m'établisse à Villefranche et que nous ne nous quittions plus !

Elle éprouva du soulagement, le dimanche, en constatant qu'il descendait tout pimpant de l'autobus des Rapides figeacois au moment où les familles s'égaillaient à travers le carrefour après la messe. Il l'embrassa discrètement devant les clientes avant de disparaître dans l'escalier conduisant dans les étages. Dans sa précipitation, elle ne remarqua pas qu'il apportait un bouquet de fleurs. Il y avait du monde à l'intérieur de la boutique. Elle ne le découvrit qu'en le rejoignant au moment du déjeuner. Détendu, il l'attendait dans la salle à manger en compagnie d'Henri. Excepté sa bague de fiancée, héritage de sa grand-mère, c'était son premier cadeau. Il avait également apporté deux numéros des *Élégances parisiennes* consacrés à la chapellerie. Il avait déniché ces magazines chez le marchand de journaux, persuadé qu'ils inspireraient Amélie pour concevoir des modèles. La jeune femme apprécia tellement ses attentions qu'elle l'embrassa devant la maisonnée. Soudain, elle ne pensa plus à ses frasques et à son silence. Elle avait retrouvé confiance en cet homme. Leurs discussions de l'après-midi confirmèrent son impression. Ses journées terminées, il s'était promené dans

Villefranche à la recherche d'un emplacement disponible pour sa boutique. Bredouille, il envisageait de poursuivre sa prospection dans les prochaines semaines.

– Quand je repérerai des magasins qui pourraient te convenir, je demanderai un après-midi à ma direction et nous les visiterons ensemble ! expliqua-t-il. Ensuite, tu décideras... Selon ce que tu veux... C'est ta boutique. Tu y réfléchis depuis des années... Tu aménageras également l'appartement où nous nous installerons au printemps... On prétend que les femmes adorent meubler et décorer les intérieurs...

Ses résolutions la stupéfièrent. Le changement était surprenant. Le dimanche précédent, à la terrasse d'une auberge, il la suspectait d'infidélité devant ses camarades. Éméché. Furibond. Haineux. Elle l'avait détesté pour la violence de ses propos. Aujourd'hui, il entendait préparer leur mariage et sa prochaine arrivée à Villefranche. Prévenant comme s'il ne l'avait jamais attaquée ! Elle demeurait perplexe devant ce revirement, se demandant finalement si son père n'avait pas raison. « Il était grand temps que Julien travaille à nouveau ! en déduisit-elle, comme soulagée par cette attitude. J'aimerais tellement qu'il puisse retrouver ses repères et son équilibre... »

Dès le lendemain, les crispations se dissipèrent à la boutique. Les employées remarquèrent que leur patronne devenait moins soucieuse et tatillonne. Aussitôt après la fermeture du soir, lorsque Justine regagna sa famille, la jeune modiste exposa ses intentions à Giuliana.

– J'aimerais que tu m'aides pour la décoration de ma nouvelle boutique de Villefranche. Nous y réfléchirons ensemble !

Elle ne la considérait plus comme une apprentie. Depuis son embauche à l'automne 1917, Giuliana avait progressé régulièrement. Malgré son caractère impétueux, elle avait redoublé d'obstination et de patience pour atteindre la qualification d'une excellente chapelière. Depuis le printemps, à la demande de sa patronne, elle concevait les garnitures de certains chapeaux pour des habitués de la maison. Ceux-ci ne s'en plaignaient pas, bien au contraire. Avant le printemps, elle continuerait à s'améliorer pour seconder Amélie à Villefranche. C'était la récompense que Giuliana s'attendait en toute logique à recevoir. Cela la galvanisait. Désormais, l'ouverture de la nouvelle boutique d'Amélie et son changement d'existence l'absorbaient. La jeune femme s'ennuyait à Bellegarde. Elle était pressée de s'installer à Villefranche pour échapper à la monotonie des journées dans cette modeste bourgade. Depuis quelques semaines, à travers les informations du *Narrateur* qui parvenait chaque semaine chez les Delmas, elle découvrait les charmes de cette sous-préfecture de 8 000 habitants. Tout l'intéressait ! Les soirées dansantes, les concerts des fanfares au kiosque du Saint-Jean, les séances de théâtre et de cinéma, les passages de cirques. Ces animations paraissaient tellement attrayantes ! Amélie partageait son impatience. Pendant son apprentissage à Montauban, les devantures des boutiques, les demeures bourgeoises, les grandes affiches des spectacles l'avaient émerveillée. Depuis, elle ne rêvait que de la ville.

Les prospections de Julien débouchèrent rapidement. Dès la mi-octobre, il proposa à Amélie de la retrouver un mercredi à Villefranche. L'un de ses collègues des Salaisons du Rouergue lui avait indiqué deux magasins qui cesseraient bientôt leurs activités dans le vieux centre. Julien avait donné rendez-vous à la jeune femme devant la fabrique à douze heures. Ils déjeuneraient dans une auberge avant de rencontrer les deux propriétaires. Julien avait obtenu la demi-journée auprès de son directeur. Ils pourraient consacrer l'après-midi à leurs visites et elle regagnerait Bellegarde par l'autobus de dix-huit heures. En cette matinée d'octobre qui baignait dans une douce lumière, elle était heureuse de déserter la boutique pour une journée mais, surtout, de la passer avec Julien. Ils n'avaient jamais l'occasion de se retrouver en dehors du dimanche depuis qu'il travaillait. Ils n'avaient jamais déambulé en amoureux dans Villefranche. Elle rayonnait de bonheur au point que des hommes, dans le compartiment, sous le charme de cette femme souriante et élégante, la dévorèrent du regard jusqu'à Villefranche.

À 11 h 45, Amélie débarquait dans le quartier de la gare qui, excentré, s'était développé depuis le second Empire grâce à la présence de la Compagnie du Midi. Les cheminots y habitaient. Les auberges y abondaient. Les jours de foire, elles accueillaient les éleveurs du Ségala et du Causse qui amenaient les animaux aux deux bascules avant leur chargement dans les wagons. Des commerces y exposaient des casseroles, de la quincaillerie, des chaussures et des draperies. Des fabriques s'y étaient installées pour bénéficier de la proximité des entrepôts de la Compagnie. Dans un immense bâtiment où s'affairaient une trentaine d'ouvriers, les Salaisons du Rouergue y produisaient des jambons, des saucissons et de la charcuterie qu'elles écoulaient dans le Sud-Ouest. Comme ils en avaient convenu, Amélie attendit Julien devant les portails d'entrée en regardant l'animation du quartier pour tromper le temps. Soudain, l'horloge de la collégiale égrèna les douze coups de midi, avant que le carillonneur n'interprète une mélodie joyeuse comme c'était la tradition. En l'espace d'une dizaine de minutes, les employés s'éclipsèrent comme une bande de moineaux. Les femmes s'éloignèrent en groupes. Les hommes enfourchèrent leur bicyclette avant de disparaître. Comme Julien n'apparaissait pas, elle s'imagina qu'une urgence le retenait dans les bureaux. Mais l'heure tournait et elle s'en inquiéta. Pourquoi n'était-il pas là ? Intriguée, elle s'aventura jusque dans l'enceinte de la fabrique pour y découvrir un homme derrière la fenêtre d'une baraque. Amélie supposa que c'était le concierge. Cet homme d'une quarantaine d'années aux cheveux grisonnants et hirsutes, aux lèvres lippues et au regard bizarre, claudiquait.

– Vous connaissez M. Soubrié ? demanda-t-elle.

– Le directeur l'a embauché récemment à la comptabilité, ou je me trompe ?

Elle confirma qu'il travaillait aux Salaisons du Rouergue depuis le 15 septembre.

– Nous avions rendez-vous. Je l'attends. Il est toujours dans son bureau à cette heure ?

– Soubrié, l'ancien « poilu » qui revient de Russie ? Mais ne poireautez pas, ma petite dame ! C'est pas la peine. Il ne s'est pas présenté à la fabrique à huit heures.

Amélie s'en étonna.

– Il est peut-être malade.

– Oh… Il a déjà manqué quelques matinées depuis son embauche. Dans la maison, personne ne s'en inquiète vraiment ! Les anciens « poilus » ont souvent des douleurs et le bourdon… On les ménage ! J'ai été à Verdun. Certains matins, il me semble entendre les marmites exploser dans les tranchées. Ça résonne comme si mon ciboulot était devenu une enclume de forgeron… À vous rendre dingue !

Amélie le remercia avant de traverser à nouveau l'enceinte de l'entreprise. Les propos du concierge l'alarmaient. Que décider à cette heure ? Certes, elle connaissait son adresse à Villefranche, mais elle ne s'y était jamais rendue depuis son installation. Julien s'attendait sûrement à ce qu'elle le rejoigne après son passage à la fabrique. L'émotion l'envahit en songeant qu'elle le retrouverait pour la première fois dans sa chambre, au point de bredouiller en demandant son chemin à des passants. Julien habitait dans l'une des bâtisses massives et grisâtres qui se dressaient en bordure de la route de la Baume dans le quartier du Jardin royal et de la maison d'arrêt. Un atelier de clouterie en occupait tout le rez-de-chaussée. La propriétaire l'accueillit sèchement.

– C'est pour quoi ?

Cette femme aux allures de matrone et au chignon sévère la dévisagea d'une manière insistante. Elle écouta sa requête avant de la refuser sans précaution.

– Vous ne monterez pas dans sa chambre ! Je n'autorise pas de femmes dans cette maison. Tous les locataires respectent ce règlement. Vous n'y échapperez pas…

– Monsieur Soubrié est sûrement malade ! Il n'a pas travaillé aujourd'hui. Nous avions rendez-vous pour une affaire. C'est très important. Vous ne pouvez pas m'interdire de…

– Je le préviens ! coupa-t-elle.

Elle disparut dans l'escalier sombre qui conduisait aux étages. Amélie l'attendit dans des odeurs de bouillon et de graillon qui l'écœurèrent.

– Monsieur Soubrié n'est pas dans sa chambre à cette heure, mademoiselle ! souligna la matrone en revenant du troisième. Il ne répond pas !

– Madame, insistez, s'il vous plaît ! Il est sûrement malade et c'est peut-être d'un médecin dont il a besoin.

Emportant son trousseau de clés, elle consentit à remonter au troisième pour redescendre bredouille.

– Monsieur Soubrié n'est pas dans sa chambre.

La nouvelle stupéfia Amélie. Que se passait-il ? Où était-il ? Pourquoi ne s'était-il pas présenté à son bureau ? Pourquoi ne l'avait-il pas informée qu'ils ne pourraient pas se rencontrer aujourd'hui ? Il n'avait pas laissé de message au concierge des Salaisons du Rouergue ni à la propriétaire. C'était étrange. Un malaise l'aurait-il frappé entre la route de la Baume et ses bureaux ?

– Un malaise ? Pensez-vous ! rétorqua la matrone en souriant de ses dents grises. C'est un homme vigoureux.

– Une faiblesse est toujours possible. Ou un accident…

– Notre quartier est passant. La police surveille l'entrée et les abords de la prison de jour comme de nuit. S'il était tombé sur la chaussée, quelqu'un l'aurait secouru et ramené.

– Si une voiture l'avait renversé en traversant la place…

– On le soignerait à l'hôpital et je l'aurais appris. Dans la matinée, personne ne m'a signalé d'accident.

– Alors ?

– Il a peut-être rencontré des camarades d'avant-guerre sur le chemin de la fabrique ! Ils se seront attardés dans les bistrots…

– Au point d'oublier son travail ?

– Certains patrons ferment les yeux… Ils refusent de braquer les anciens « poilus » pour ne pas les perdre. Ils manquent partout de main-d'œuvre.

Le moment du déjeuner était amplement dépassé lorsque Amélie remonta la route de la Baume pour rejoindre l'esplanade de la République. Elle s'attarda devant les bistrots en espérant qu'elle réussirait peut-être à distinguer Julien parmi la clientèle agglutinée autour du comptoir. Les ouvriers y avalaient une dernière rasade de piquette ou même de blanche avant de reprendre leur poste dans les ateliers. Amélie les observa à travers les carreaux ou la porte d'entrée que les patrons avaient laissée ouverte. Sans succès. Julien ne s'y trouvait pas. Amélie se dirigeait vers le pont des Consuls pour s'engager ensuite dans les ruelles du centre lorsqu'une voix d'homme l'interpella devant le restaurant *Le Globe*.

– Amélie ! Amélie !

Surprise, elle se retourna. C'était Octave. Depuis sa table, il l'avait reconnue parmi les passants.

– On remarque toujours vos chapeaux ! souffla-t-il.

Devant le compliment, elle retrouva son sourire.

– Vous arriviez peut-être ?

– Non. Oui. Enfin... Je...

Embarrassée, elle s'embrouillait pour répondre.

– Vous cherchiez sûrement une auberge pour déjeuner ?

– C'est-à-dire que...

– Venez à ma table ! répondit-il en l'entraînant à l'intérieur.

Le Globe ? C'était le rendez-vous préféré des bourgeois et des notables de la sous-préfecture. Ils y disputaient des parties de billard et de bridge dans un grand salon qui leur était réservé. Ils y commentaient les nouvelles politiques autour d'un vermouth ou d'un rivesaltes. Ils y déjeunaient pour conclure leurs affaires. Comme Étienne Bénazet, le pharmacien qui l'employait, Octave fréquentait la brasserie. Il en contemplait souvent les peintures, qui représentaient de superbes femmes dans des postures presque grivoises. Amélie ne les remarqua pas. Contrariée par l'absence inexplicable de Julien, elle était intimidée de se retrouver dans cette maison bourgeoise où les hommes constituaient l'essentiel de la clientèle. Comme dans les brasseries et les restaurants de la capitale, le personnel arborait la veste et le gilet noirs, le nœud papillon sur une chemise blanche. Les qualités du service et des spécialités proposées n'avaient pas manqué de séduire Octave dès son arrivée à Villefranche. Crispée, la jeune femme mangea du bout des lèvres. Il le remarqua, mais comme à l'habitude, il plaisanta pour l'amener à se détendre. Mais ce fut peine perdue : la jeune femme demeura presque muette tout le long du repas. Elle lâcha simplement quelques mots sur les deux boutiques à visiter dans l'après-midi. Peut-être avait-elle des soucis… Julien avait-il provoqué un esclandre à Villefranche ? S'étaient-ils disputés ? Avait-elle des difficultés dans ses affaires ? Il s'interrogeait.

Ils ne s'attardèrent pas au *Globe* pour qu'elle puisse rejoindre rapidement la rue Saint-Jacques où l'attendait une marchande de primeurs. Comme Octave travaillait dans une pharmacie installée à proximité de la collégiale, il l'accompagna jusqu'aux arcades de l'hôpital Saint-Martial. Dès qu'ils franchirent le pont des Consuls, ils s'engagèrent dans le vieux centre qui regorgeait de passages sombres et de ruelles étroites. Comme toutes les bastides, Villefranche avait été construite au Moyen Âge sur un plan en damier. Ses bâtisseurs l'avaient partagée en quatre quartiers sillonnés par des ruelles tracées au cordeau. Elles aboutissaient à la place Notre-Dame, ceinturée de couverts, à laquelle s'intégrait le clocher-porche massif de la collégiale d'inspiration gothique. Bénéficiant de privilèges sous la monarchie, Villefranche s'était développée jusqu'à la Révolution. La présence du sénéchal du Rouergue qui exerçait les pouvoirs royaux, de bourgeois et de marchands fortunés avait permis de la rehausser de quelques superbes demeures que l'on pouvait toujours admirer. Les constituants ayant accordé la préférence à Rodez comme capitale de l'Aveyron en 1790, Villefranche avait toutefois conservé ses fonctionnaires en devenant une sous-préfecture au XIXe siècle. Aujourd'hui, elle s'accrochait à ses fonctions de carrefour commercial au contact du Causse et du Ségala. Ses magasins connaissaient une grande affluence à l'occasion des trois marchés qui se déroulaient chaque semaine sur la place Notre-Dame et lors des foires qui attiraient tous les mois les éleveurs. Ces jours-là, la campagne envahissait Villefranche. Amélie comptait profiter de cette aubaine pour ses affaires.

Ils se séparèrent à proximité de la pharmacie Bénazet et de la collégiale Notre-Dame. L'horloge indiquait 14 h 30. Comme Amélie ne souhaitait pas manquer son rendez-vous, elle interrompit Octave dans ses explications sur la destinée de Villefranche, qu'une traversée des ruelles pouvait inspirer. Elle ne les avait écoutées que d'une oreille distraite, tout occupée à regarder les passants. Peut-être Julien la cherchait-il désormais dans le quartier et la rejoindrait-il pour leur première entrevue.

– Ne m'en veuillez pas, Octave ! On m'attend.

Octave n'insista pas :

– Bonne chance, Amélie !

La jeune modiste s'était déjà éloignée lorsqu'il la rattrapa :

– J'oubliais, Amélie ! C'est très important pour votre nouvelle boutique. Si vous pouviez vous installer sous l'une des arcades, vous ne le regretteriez pas.

– Mais les fonds sont très chers…

– Vous investiriez beaucoup, mais vous vous y retrouveriez ! Votre commerce prospérerait en quelques années. C'est le meilleur endroit de Villefranche pour les affaires… Le cœur de la ville ! Les Bénazet y possèdent leur pharmacie depuis trois générations et vous le confirmeraient. Ils ne déménageront jamais, même s'ils manquent d'espace. C'est un quartier très vivant. L'animation y est permanente grâce aux marchés et à la kyrielle d'offices religieux de Notre-Dame. Chaque matinée de la semaine, l'archiprêtre et ses collègues de la paroisse célèbrent des obsèques, des services de neuvaine ou de demi-année. Sans compter les baptêmes et les mariages… Les Villefranchois et les familles des environs se déplacent pour ces occasions. Dès qu'elles quittent la collégiale, les femmes s'attardent devant les devantures. Ne l'oubliez pas, Amélie, avant de vous décider !

Amélie le remercia pour ses conseils, puis s'engagea sous les arcades Reyniès. Octave la regarda s'éloigner, élégante, dans un bruissement d'étoffes. L'après-midi, elle repensa d'autant plus aux propos d'Octave que ses entrevues ne répondirent nullement à ses souhaits. La marchande de primeurs occupait un magasin sombre et délabré. Comme il ne possédait aucune réserve, sa superficie s'avérait insuffisante pour y accueillir une boutique de chapeaux. Elle ne pourrait jamais présenter ses modèles sur le trottoir à la manière de la marchande, qui empilait des caisses de carottes et d'oignons. C'était impensable. Non seulement cet emplacement était trop excentré des arcades, mais sa restauration ne parviendrait pas à l'agrémenter. L'immeuble à l'apparence vieillotte n'était entouré que de maisons à l'avenant, aux murailles noirâtres. La deuxième visite fut tout aussi décevante. Cette boutique n'attirerait jamais une clientèle huppée. La grainetière était installée à une encablure seulement de cette marchande de primeurs, dans un passage fréquenté qui conduisait sous les arcades, depuis les abords de l'hôtel de France. Certes, le magasin était spacieux et attrayant, mais le voisinage immédiat posait problème : la proximité de l'une des deux maisons de tolérance de Villefranche et de deux estaminets empêcherait la bourgeoisie de s'y aventurer. Honnête, la grainetière précisa à Amélie que des bagarres éclataient souvent devant les gargotes lorsque les hommes employés dans les ateliers et les fabriques entamaient largement la quinzaine au comptoir avant de remettre l'enveloppe à leurs femmes.

Octave avait donc raison. Depuis le printemps, il avait bien observé le comportement de la population de Villefranche et les avantages incontestables que présentait pour le commerce la proximité de la collégiale. « Si je pouvais m'installer sous l'une de ces arcades, ma boutique ne désemplirait pas ! » songea-t-elle en constatant que les couverts de l'ancienne bastide grouillaient de clients nombreux. Avant de rejoindre l'autobus des Rapides figeacois, elle y déambula. Comme elle n'espérait plus tomber sur Julien au hasard d'une rue et qu'elle n'avait pas l'intention de frapper à nouveau chez sa propriétaire, Amélie s'accorda le temps de découvrir les devantures des boutiques. Sous les arcades de Villefranche, un imprimeur et un photographe côtoyaient deux chausseurs, deux quincaillers-armuriers, trois aubergistes, un boucher-charcutier, un pharmacien et des marchandes de nouveautés. Surtout, la position la plus enviable était occupée par *La Parisienne*. Sous cette enseigne, la famille Delacourt proposait des articles de mercerie, des draperies, des vêtements, des chapeaux, des ombrelles et des parapluies. Grâce à des acquisitions qui avaient permis une extension du magasin dans les années 1900, ils pouvaient se comparer à certaines maisons réputées de Rodez et de Cahors. La bourgeoisie de Villefranche l'avait compris. Elle ne fréquentait que *La Parisienne*. Les chapeliers et les drapiers s'en plaignaient déjà bien avant la guerre. Émilie et Henri Delmas avaient prévenu Amélie lorsqu'elle avait manifesté son intention d'aménager une boutique à Villefranche. Cela serait une rude concurrence. En regardant les devantures de *La Parisienne* dans la lumière éclatante qui pénétrait jusque sous les couverts, la jeune modiste entreprit de réfléchir à la manière dont elle pourrait marquer sa différence.

Son sourire disparut et la tristesse l'envahit au moment où elle traversa la promenade du Guiraudet pour rejoindre l'esplanade de la République. Elle songeait à nouveau à Julien. Que s'était-il passé pour qu'il négligeât leur rendez-vous ? Elle espérait qu'il lui donnerait, le dimanche suivant, des explications satisfaisantes. Soudain, ses pensées l'amenèrent ailleurs. Heureusement, elle avait croisé Octave. Mais cette rencontre inattendue avait quelque chose de troublant.

14

Le dimanche suivant, lorsque Julien pénétra dans la boutique en fredonnant *Le Temps des cerises*, Amélie l'accueillit fraîchement. Elle présentait différents modèles de chapeaux à une femme de Septfonds en prévision de la Toussaint.

– Bonjour ! Bonjour tout le monde ! s'exclama-t-il.

Pimpant, il sautillait presque.

D'habitude, elle abandonnait son comptoir ou elle interrompait ses explications pour l'embrasser, mais cette fois-ci elle ne se dérangea pas. Nullement chagriné, il ne s'en offusqua pas. Chantonnant toujours, il respecta ses habitudes du dimanche. Il ne s'attardait jamais auprès d'Amélie, que sa clientèle accaparait jusqu'au déjeuner. Dans l'arrière-boutique, il se contentait de gratifier Giuliana d'un sonore salut à son passage, puis il s'engageait dans l'escalier conduisant au premier. Il y retrouvait Henri Delmas, qui feuilletait des journaux dans la salle à manger. En attendant la fermeture, les deux hommes échangeaient des nouvelles autour d'une liqueur de Jeanne ou d'un cinzano.

Lorsqu'elle les rejoignit en compagnie de Giuliana au moment du déjeuner, Amélie n'avait pas le sourire.

– Que se passe-t-il ? s'inquiéta son fiancé.

Elle ne répondit pas et l'entraîna par la manche de son veston jusqu'à l'arrière-boutique où personne ne les entendrait.

Elle ne souhaitait pas que, parmi la maisonnée, quiconque connaisse sa mésaventure du mercredi

Devant la cuisine, ils croisèrent Jeanne.

– À table ! À table ! s'écria-t-elle.

– Attendez-nous ! répondit Amélie. On en a seulement pour quelques minutes…

Jeanne tenait dans ses mains une soupière fumante.

– Mon potage refroidira ! soupira-t-elle.

– Vous le mettrez au chaud !

– Où partez-vous ? répéta Jeanne. Tout est prêt !

– Nous descendons à l'arrière-boutique !

– À cette heure ?

La cuisinière redoutait que leur absence se prolonge.

– Si nous nous retardons, vous servirez ! se contenta d'indiquer Amélie.

L'instant d'après, une porte claquait et ils avaient disparu.

Dans l'arrière-boutique, la jeune modiste s'exprima durement. Abandonnant l'indulgence et l'extrême patience qu'elle avait appliquées d'une manière scrupuleuse jusqu'à présent, elle demanda à Julien de s'expliquer à propos de leur rendez-vous manqué.

– Pourquoi ne travaillais-tu pas mercredi matin ?

Il manifesta aussitôt une agressivité inhabituelle.

– Qu'est-ce que tu me racontes ?

– Tu m'avais donné rendez-vous devant les portails d'entrée de la fabrique à douze heures. Il était convenu que je t'y attendrais et que nous déjeunerions ensemble… Tu n'y étais pas ! Où étais-tu ? Le concierge a prétendu que tu ne t'étais pas présenté dans les bureaux à huit heures. Où étais-tu ?

Devant son mutisme, elle enchaîna les questions :

– Tu as retrouvé les copains sur le chemin de la fabrique et ils t'ont embarqué dans les bistrots ?

– Non.

– Tu te promenais en bordure de l'Aveyron ?

– Non.

Ses réponses la déroutèrent. Amélie s'était imaginée qu'il se justifierait en inventant un prétexte. Il réagissait d'une manière bizarre. Pourquoi ne se défendait-il pas devant ses attaques ? D'abord agressif, il paraissait maintenant résigné et comme absent. Elle ne comprenait pas son comportement.

– J'ai cru que tu étais peut-être malade ! continua-t-elle devant son silence. J'étais très inquiète ! Mais tu n'étais pas dans ta chambre. Ta propriétaire me l'a confirmé. Où étais-tu ?

– Je ne me souviens pas...

– Tu ne te souviens pas, non plus, qu'on avait rendez-vous ?

– Exactement ! Depuis mon retour de Russie, ma mémoire déraille de temps en temps. Il y a des matins où je suis déboussolé quand je me réveille. Surtout si les cauchemars m'ont empêché de me reposer. La guerre ! C'est toujours la guerre qui me harcèle sans relâche. Elle me bouffe ! J'en deviens dingo. Ces jours-là, je me demande si je travaille ou si c'est un dimanche... Il m'arrive de me tromper et de prendre une journée. Le directeur et mon collègue comptable ne s'en tracassent plus. Lorsque je ne me présente pas dans les bureaux, ils comprennent que je ne suis pas dans mon assiette. Il y a quelques anciens « poilus » parmi les employés. Deux borgnes. Un manchot. Ils ne sont pas toujours à l'heure. Ils ne respectent pas le rendement... La direction l'accepte. Elle nous supporte parce qu'elle manque de personnel.

– Quand tu as un doute, pourquoi ne vas-tu pas voir tes voisins ou même ta logeuse ? Personne ne refuserait de te répondre.

– Ils se moqueraient ! On ne confond jamais le dimanche et le vendredi ou le mercredi. Ils me traiteraient de « timbré ».

– Consulte un médecin ! Il t'écouterait, il te soignerait.

Amélie s'était soudain radoucie. Dans les journaux, on racontait que de nombreux anciens combattants souffraient aujourd'hui d'amnésie et que des professeurs de médecine, dans les grands hôpitaux, s'intéressaient à ces « blessures invisibles ».

– Consulter un médecin ? C'est du temps perdu. Il penserait que c'est de la comédie pour obtenir une pension ou fainéanter ! Je m'en moque de toucher une pension. Je n'en veux pas ! Les médailles, les honneurs et le pognon ne nous rendront jamais les quatre années où on nous a obligés à nous battre. Cette guerre a bousillé nos plus belles années.

– Pourquoi un médecin n'essaierait-il pas de te soigner ?

– S'il me prenait au sérieux, il m'internerait sûrement à l'hôpital de Rodez au milieu de tous les débiles et les goitreux comme si j'étais un cinglé. Mais je ne le suis pas !

– Rencontre d'abord le docteur Marchant ! proposa-t-elle. Vous vous connaissez ! C'est un Villeneuvois. Il fréquente votre quincaillerie depuis des années... C'est un homme d'expérience qui te conseillera. Il t'enverra peut-être consulter un collègue dans de grands hôpitaux. À Toulouse, par exemple. Tu n'es pas le seul à en souffrir. Vous êtes peut-être des milliers en France...

Oubliant tous ses reproches et son amertume, elle s'appliqua à le convaincre :

– Si c'est nécessaire, je t'accompagnerai à Toulouse pour une consultation dans les hôpitaux.

Il se contenta de sourire.

– Accepte ! J'aimerais tellement que tu guérisses et que nous soyons heureux. Je t'aime, Julien !

Elle l'étreignit tendrement sans parvenir, toutefois, à arracher la réponse qu'elle espérait.

Lorsqu'ils les rejoignirent plus tard dans la salle à manger, Henri Delmas et Giuliana patientaient toujours.

– Vous nous attendiez encore ? s'exclama Amélie.

– Nous pouvions vous attendre ! expliqua Henri Delmas tout en découpant le chanteau. Nous sommes dimanche aujourd'hui ! Le temps ne compte pas.

Elle le remercia en esquissant un sourire qui n'échappa à personne. Elle semblait plus confiante et détendue.

La première semaine de novembre, Marielle Maffre, la femme du notaire, se présenta au moment de la fermeture de la boutique.

– M'accorderiez-vous quelques minutes avant d'éteindre vos lumières ? demanda-t-elle à Amélie après leur échange de politesses. Je souhaiterais vous entretenir de...

Elle paraissait embarrassée.

– Vous n'avez pas été satisfaite de mon travail, ces derniers temps ? s'inquiéta la jeune modiste, intriguée par cette visite étrange.

Marielle Maffre l'arrêta aussitôt :

– Vos capelines et vos canotiers sont superbes, Amélie ! Je ne m'en plaindrais pas.

– Alors ?

– C'est très personnel ! Je n'aimerais surtout pas qu'on nous entende…

Giuliana continuait à travailler dans l'arrière-boutique. Elle ne se préoccupait nullement des règlements qui imposaient désormais des journées de huit heures aux salariés. Même si Justine partait à dix-huit heures, elle s'affairait toujours autour des formes à la lumière d'une lampe tellement la fabrication des chapeaux la passionnait. Elle n'abandonnait ses modèles qu'au moment où elle ressentait des picotements dans les muscles. Ce soir-là, Amélie écourta la journée de Giuliana, qui disparut aussitôt en direction du premier.

– Je vous connais bien, Amélie ! souligna Marielle Maffre dès qu'elles s'installèrent dans l'arrière-boutique. Je vous apprécie et je regrette presque que vous déménagiez dès le printemps à Villefranche. Je n'avais que le carrefour à traverser pour rejoindre votre boutique et essayer mes chapeaux… Rassurez-vous ! Je me déplacerai à Villefranche si c'est nécessaire. Mon époux m'y emmènera ou je prendrai l'autobus. Vous vous doutez bien que nous y avons des relations et nous y avons même de la famille. Pas seulement Octave…

Elle la regarda fixement avant de continuer. Soudain troublée, Amélie imagina qu'on l'avait reconnue au *Grand Café du Globe* ou dans les ruelles en compagnie d'Octave. Elle s'apprêtait à affronter des reproches lorsque Marielle Maffre enchaîna :

– Vous le constaterez, Amélie, quand vous vous y établirez ! Dans la pratique, Villefranche ressemble à une bourgade. On ne s'y comporte pas de manière détestable sans que les habitants ne l'apprennent et en répandent la nouvelle. C'est de votre fiancé dont il est question. Sa conduite est immorale ! Il fréquente les bistrots et il déclenche des bagarres. On le rencontre éméché et braillard en compagnie de tous les ivrognes invétérés de Villefranche. Ils provoquent les familles respectables, pendant leur sommeil, en entonnant des chansons paillardes sous leurs fenêtres et jusqu'à *L'Internationale*. C'est intolérable.

Honteuse, Amélie eut l'impression qu'elle rougissait jusqu'à la racine de ses cheveux. Elle en demeura muette. Que pouvait-elle répondre à la femme du notaire ? Comme elle n'avait pas l'intention de justifier les excès de Julien, elle encaissa sans sourciller. Ces accusations la déshonoraient comme elles salissaient les deux familles. Elle ne se demanda pas si ces révélations étaient crédibles. Comment en douterait-elle ? Les Maffre n'avaient pas la réputation de calomnier. Julien avait bien changé. Il était devenu alcoolique, grossier et coléreux !

– C'était mon devoir de vous avertir ! poursuivit Marielle Maffre. Vous pouvez encore réfléchir avant le mariage... Songez à votre honneur et à votre carrière. À Villefranche, les grandes familles ne fréquenteront pas votre boutique si vous épousez cet homme... Elles ne contesteront pas vos qualités de modiste, mais vous ne réussirez pas à vous imposer...

Après son départ, Amélie ne rejoignit pas l'étage. Elle plongea son visage dans ses mains pour pleurer. Même si elles ne la surprenaient pas, ces révélations l'atterraient. De colère, elle frappa du poing sur la table. Quelle décision prendre ? Se rendre à Villefranche dès le lendemain et essayer de raisonner Julien pour qu'il se comporte désormais de manière décente ? S'il ne prenait pas cet engagement, elle se résoudrait à rompre leurs fiançailles. Certes, elle souffrirait de cette rupture, mais comment faire ? Bientôt, ces perspectives l'effrayèrent ! « Pourquoi se précipiter ? se demanda-t-elle. En me pressant trop, je risque d'agir de façon stupide... » Par précaution, il paraissait préférable qu'elle prépare mûrement ses arguments. « Je prendrai tout mon temps pour y réfléchir avant que nous nous retrouvions ! » Julien ne prévoyait pas de la rejoindre dimanche à Bellegarde comme d'habitude, mobilisé par Étienne Soubrié pour son déménagement. Le frère de Julien s'installait à Carmaux, où la Compagnie des Solages l'avait embauché pour travailler dans les mines. Henri Delmas s'était absenté pour ses affaires. Dès son retour, elle s'en ouvrirait à lui. « Si maman était là, elle pourrait me conseiller ! » soupira-t-elle. En ces moments difficiles, Amélie souffrait plus que jamais de sa disparition. À qui se confier ? À Jeanne ? Leur cuisinière persistait à conserver des distances qui n'encourageaient pas les confidences. À Giuliana ? Malgré toute l'affection et l'estime qu'elle avait pour son employée, Amélie ne souhaitait pas mêler la jeune femme à ses affaires. Néanmoins, toutes deux remarquèrent son abattement lorsqu'elle regagna le premier étage. Elle mangea peu et disparut dans sa chambre rapidement. Giuliana l'entendit se retourner souvent dans son lit avant de s'endormir.

Deux jours plus tard, Amélie éprouva du soulagement en découvrant la Bébé Peugeot de son père stationnée devant la boutique. Aussitôt, elle se précipita à sa rencontre pour l'embrasser.

– Il me tardait que tu rentres ! chuchota-t-elle à son oreille.

Après le déjeuner, ils se réfugièrent dans l'arrière-boutique à sa demande.

– Qu'est-ce qui se passe ? s'inquiéta-t-il.

– Je voudrais que tu m'écoutes. C'est trop lourd à porter…

Elle le regarda tristement avant d'ajouter :

– C'est à propos de Julien…

– Des rumeurs qui courent encore ?

– On prétend qu'il est devenu pochard, bagarreur et braillard.

– Qui te l'a raconté ?

– Mme Maffre s'est déplacée vendredi pour me prévenir. Elle paraissait bien informée.

– Les notables le sont toujours ! Mais, à moi aussi, on m'a confié des choses. Des cafetiers de Villefranche m'ont lâché quelques phrases. Je ne les accuserais pas de nous cracher dessus pour le plaisir. Ils se fournissent auprès de notre maison depuis des années. Dans ce qu'ils m'ont raconté, ils m'ont semblé honnêtes. Ils étaient même embêtés de m'accabler de ces histoires de tapages nocturnes et de soûleries. C'est déjà bien qu'ils m'avertissent… On ne peut pas tout passer à Julien même s'il a souffert de la guerre. On s'expliquera… C'est nécessaire. Tu comptes toujours l'épouser ?

– Je ne sais pas ce que je dois faire. Je l'aime toujours… Mais je ne me marierai que s'il promet de devenir correct et sobre. S'il rechigne à accepter mes conditions, il reprendra son cadeau de fiançailles.

– Prudence, Amélie ! Il essaiera peut-être de t'entortiller pour que tu ne rompes pas et tu pourrais le regretter après le mariage… Les ivrognes ne sont pas des hommes de confiance. S'ils s'engagent devant leurs femmes à ne plus descendre de bouteilles de vinasse et de rasades de blanche, ils se saoulent dès qu'elles ont le dos tourné.

Amélie objecta qu'après leur mariage, ce serait différent. Elle pourrait l'aider. Elle n'achèterait jamais la moindre bouteille d'alcool pour le soustraire à la tentation. Il préférerait rester avec elle plutôt que de fréquenter les comptoirs après ses journées et de retrouver ses camarades pour bambocher dans les auberges.

– Il picolera en cachette, rétorqua son père. L'alcool, c'est la spirale de l'enfer ! Dès qu'on s'y habitue, on a besoin de boire et on n'arrive plus à s'en passer. Les ivrognes flambent tout leur argent en boissons. Ils endettent leur ménage. Ils deviennent coléreux et violents. Ils frappent leur femme et leurs enfants. Ils détruisent leur famille et ils se bousillent comme s'ils brûlaient la chandelle par les deux bouts. Puis c'est la déchéance ! Ils attrapent souvent une cirrhose ou des saloperies qui les expédient dans la tombe. Tu aimerais connaître ces malheurs ? Supporter un homme ivrogne pendant des années ? Souffrir et pleurer ? Affronter les moqueries des habitants de Bellegarde et de Villefranche ? Réfléchis, Amélie ! Songe à ta réputation et à l'honneur de la famille. Surtout à ton bonheur ! C'est le plus important…

– J'y réfléchis depuis deux jours ! Peut-être même trop…

Depuis les révélations de Marielle Maffre, elle manquait de sommeil, n'avait plus d'appétit.

– Dès que nous nous reverrons, il faut qu'on s'explique… Il est temps de crever l'abcès.

Il l'approuva d'attendre le retour de Julien à Bellegarde, dans une semaine, pour provoquer cette discussion.

– Vous parlerez tous les deux et, ensuite, je le prendrai entre quat'z'yeux. Mais je te préviens ! Je ne le ménagerai pas.

Le lendemain, comme si une embellie survenait soudain, le préposé déposa une enveloppe mystérieuse sur le comptoir de la boutique. Oblitérée à Villefranche, elle ne mentionnait pas l'adresse de l'expéditeur et la jeune modiste ne reconnut pas l'écriture. Amélie la décacheta d'un doigt impatient et parcourut rapidement les deux feuillets avant d'en reprendre une deuxième fois la lecture.

« Chère Amélie,

« Le mercredi où nous nous sommes rencontrés, je comptais que vous passeriez à la pharmacie avant de rejoindre l'autobus pour Bellegarde et que vous m'informeriez des résultats de vos entrevues. Je vous l'avais proposé et je pouvais vous recevoir dans l'arrière-boutique même si j'étais en train de préparer des médicaments ! Je suppose que vous y avez renoncé par manque de temps… L'un de ces deux magasins pourraient-ils vous convenir pour aménager votre boutique de chapeaux ? De mon côté, j'ai cherché à me renseigner sur des emplacements commerciaux disponibles au cœur de la ville, près de la belle place Notre-Dame. Mais il n'y a pas le moindre cagibi en location ou en vente sous les arcades ! Ces jours derniers, en revanche, on m'a signalé un commerce qui fermera bientôt et qui pourrait peut-être vous satisfaire. C'est une mercerie… Situés sur l'esplanade de la République que vous connaissez, ses locaux sont spacieux et avenants. Pour leur fréquentation, ils bénéficient de la proximité immédiate de la gare qui est à trois cents mètres, du voisinage du terminus des autobus, de la quincaillerie Théron qui y entraîne la clientèle populaire, du *Grand Café du Globe* et de l'hôtel de l'Univers qui pourraient vous amener des notables. Je me permets de vous indiquer son adresse : 12, esplanade de la République. La propriétaire, Mme Roseline Boutonnet, acceptera sûrement de vous recevoir. Dès que vous reviendrez à Villefranche, n'hésitez pas à me rendre visite même sans prévenir. C'était vraiment un bonheur de vous revoir ! Je demeure votre dévoué,

Octave Fournier. »

Amélie esquissa un sourire en rangeant les feuillets dans leur enveloppe. Octave l'étonnait toujours par ses attentions et sa discrétion. Il avait pensé à elle ! C'était un homme singulier, très attachant. Mais s'il ne cherchait pas à la séduire, qu'attendait-il d'elle ?

15

À Villefranche, la première célébration de l'armistice, le 11 novembre 1919, rassembla dans une ambiance recueillie des centaines d'habitants. Il y avait des invalides emmenés sur des charretons par leurs femmes ou leurs proches parents, des « gueules cassées », des hommes à la poitrine constellée de médailles, une multitude de fantassins qui avaient combattu sans recevoir les honneurs mais qui n'avaient pas démérité. Une foule imposante envahit la collégiale. Les administrations, les commerces et les quelques manufactures avaient autorisé leurs employés à terminer la journée à dix-sept heures pour qu'ils puissent assister à cette cérémonie présidée par l'archiprêtre. Les combats avaient frappé tellement de familles qu'il leur semblait inconcevable de s'y opposer. Aux Salaisons du Rouergue, le personnel bénéficia de cette mesure à la demande des anciens « poilus » de la fabrique. Les factures rangées, Julien s'était accordé le temps de retourner à son logement pour endosser son costume du dimanche avant de rejoindre ses camarades sur la place Notre-Dame. En chemise blanche, chapeau et pardessus, il se distinguait par son élégance, mais également par une solennité inhabituelle dont il se débarrassa lorsque l'archiprêtre, le sacristain et ses acolytes en soutane disparurent en direction de la sacristie aussitôt après l'absoute. S'arrachant soudain au parfum d'encens pour regagner le porche, il se transforma.

– Et maintenant aux *Couverts* ! proposa-t-il en s'adressant à ses anciens compagnons de tranchée. Nous arroserons la victoire !

Pendant que les notables discutaient sur la place, une vingtaine de « poilus » s'y retrouvèrent dans une ambiance enfumée. Après quelques tournées d'apéritifs, ils ne pensèrent plus aux victimes et aux horreurs de la guerre. Comme pendant les périodes de « relâche » qui les amenaient à s'amuser dans les villages avant de retourner au combat, ils interprétèrent le répertoire égrillard des troufions. Des rombières en auraient rougi, mais la serveuse ne s'en offusqua pas. Elle les entendait souvent après les banquets, quand les convives s'arrêtaient pour déguster quelques derniers verres avant de s'égailler, titubants, à travers les ruelles. Julien se révéla le boute-en-train du groupe. En chemise, il passait entre les tables en débitant ces chansons qu'il connaissait à la perfection et que ses camarades reprenaient. Mais il ne se contenta pas de *L'Artilleur de Metz*, des *Trois Orfèvres*, des *80 Chasseurs* et des *Filles de Camaret* qui constituaient une provocation à quelques mètres de la collégiale. Il proposa des morceaux classiques comme *Le Temps des cerises* et *La Madelon* en l'honneur de Marielle.

– Marielle ? C'est notre serveuse ! s'exclama-t-il en désignant la brunette qui préparait les apéritifs et les chopines avant de les leur apporter. C'est notre Madelon ! Elle est aussi dévouée que les serveuses dans les bistrots des villages de l'arrière où nous nous reposions entre deux batailles. On l'applaudit !

Ils l'acclamèrent joyeusement.

La trentaine et le sourire enjôleur, Marielle n'était pas farouche. On prétendait qu'elle monnayait ses charmes auprès de certains habitués, dans une chambre du premier, le dimanche après-midi pendant que leurs femmes assistaient aux vêpres. Cette femme sensuelle l'attirait. Le rythme de son cœur s'était accéléré, il l'entendait même résonner jusqu'à ses tempes. Les tournées d'apéritifs et les rondeurs de la serveuse l'avaient vraiment échauffé. Qu'importe ! En ce 11 novembre, personne n'accablerait de reproches les rescapés des tranchées même s'ils bambochaient dans les auberges et vociféraient sous les fenêtres des familles de planqués. Parce qu'ils avaient défendu la France, ils étaient intouchables. « Tout nous est permis ! se réjouissait-il en cette soirée. Ne nous en privons pas ! On n'organisera pas des journées du souvenir chaque semaine… »

Tout en entonnant *La Madelon*, Julien s'approcha du comptoir pour regarder fixement Marielle. Il s'attarda sur quelques phrases comme s'il cherchait à la séduire :

« La servante est jeune et gentille,
« Légère comme un papillon ;
« Comme son vin, son œil pétille,
« Nous l'appelons la Madelon.
« Nous en rêvons la nuit, nous y pensons le jour,
« Ce n'est que Madelon
« Mais pour nous, c'est l'amour. »

Accoudée à une extrémité du comptoir, elle l'écoutait en rêvassant. Fatiguée par sa journée, elle espérait que tous ces braillards ne s'incrusteraient pas jusqu'à une heure trop tardive et qu'ils ne casseraient pas trop de vaisselle comme après certains banquets. Quand Julien s'aventura derrière son comptoir, elle ne broncha pas. Son patron avait disparu pour casser la croûte, mais elle connaissait les habitudes de la clientèle. Dès qu'il s'absentait, des hommes en profitaient pour s'installer derrière le comptoir et la courtiser. Marielle les repoussait fermement s'ils se montraient trop audacieux. Julien fréquentait les *Couverts* depuis quelques semaines en compagnie d'un employé des Salaisons du Rouergue et de deux mécaniciens de la Compagnie du Midi. Dès la première semaine, elle avait remarqué qu'il la dévisageait longuement. Il ne résisterait pas longtemps, pensait-elle, et elle s'imaginait bientôt le retrouver dans une chambre des *Couverts*. Elle ne s'en plaindrait pas. Cet homme avait du charme ! Il débordait de jeunesse et d'énergie à l'inverse de ces éclopés de la guerre qu'elle recevait souvent.

Marielle l'entendit respirer lorsqu'il se rapprocha d'elle. Il empestait l'anisette mais elle ne le remarqua pas, tellement le comptoir baignait dans des odeurs d'alcool. Tranquille, elle se demandait comment Julien comptait s'y prendre… Sa brutalité l'arracha brusquement à ses réflexions. Sans ménagement, il empoigna ses fesses des deux mains. Étonnée par son audace, elle contracta aussitôt tous ses muscles et manifesta son désaccord :

– Ah ! Non ! Tu te gênes pas, toi, dis donc !

Elle n'acceptait jamais que des hommes la pelotent derrière le comptoir.

– Non, non et non ! s'entêta-t-elle à répéter, en colère. Enlève tes mains ou j'appelle !

Comme Julien la tripotait toujours, elle se retourna pour essayer de se dégager mais sans succès. Il s'agrippait à ses vêtements dont l'épaisseur l'agaçait. L'automne était déjà bien entamé et Marielle portait une jupe longue froncée à la taille, en drap de laine, sur un jupon en calicot. Quant à son grand tablier de service, il lui descendait aux chevilles.

– Enlève tes mains ! gronda-t-elle. N'insiste pas !

Les globes oculaires saillants et injectés de sang, les muscles tendus, il n'était pas décidé à renoncer.

Marielle le dévisagea durement.

– Si tu ne déguerpis pas, j'appelle le patron !

– Pourquoi je peux pas te toucher ? répliqua-t-il en resserrant ses deux poignes sur ses fesses.

– Nous sommes dans un bistrot.

– Dès qu'on m'allume, j'attaque ! Tu m'avais bien allumé tout à l'heure ou je me trompe ? Oui. C'est bien ça. Tu m'avais allumé ! Alors, ne t'étonne pas si je dégaine…

– Les hommes casquent s'ils veulent me peloter les fesses ! rétorqua-t-elle fièrement.

– Combien ?

– On discutera.

– Tu monterais au plumard maintenant ou après la fermeture ?

– Ni maintenant. Ni après la fermeture… Tu attendras jusqu'à dimanche après-midi, comme les habitués.

– Ils ne se déplacent que pour peloter tes fesses rondes et tes beaux nichons ?

– Non ! Bien sûr ! répondit-elle calmement pour qu'il consente à desserrer sa poigne. Ils ne se contentent pas de me palucher comme des gamins…

– Tu accepterais des choses spéciales ?

– Des choses spéciales ? Explique-moi et ne t'énerve pas… Qu'est-ce que tu veux ?

– Des petites gâteries comme les « frisettes » blondes nous en régalaient en Russie. Tu entraves ?

– Ça dépendra de ce que tu me réclameras, de mon humeur, de ta gentillesse, du temps que tu voudras passer…

– Tu me demanderais combien ?

– Comme chez Rosine.

Elle se demanda s'il fréquentait les protégées de la principale maquerelle de Villefranche.

– Tu connais Rosine ? insista-t-elle.

Rosine dirigeait l'une des deux maisons de passe officielles de Villefranche. Installée dans le passage où Amélie avait rencontré la marchande de primeurs, elle entretenait trois pensionnaires qui bénéficiaient d'une clientèle éclectique mais très honorable. Des fonctionnaires, des propriétaires, des bourgeois du commerce et de l'industrie, des militaires et la jeunesse fortunée s'y côtoyaient. L'ambiance y était presque familiale ! La tenancière n'y avait jamais supporté la perversion et la sauvagerie. Tous les après-midi de marché, les hommes patientaient sagement dans le passage en attendant que Rosine les appelle. N'acceptant plus ce spectacle qui se renouvelait à trois reprises dans la semaine, des habitants avaient adressé une protestation auprès des services de police, de la mairie et de la sous-préfecture pour demander la fermeture de l'établissement. Comme ils n'avaient pas obtenu satisfaction, ils en déduisaient que l'administration protégeait la maquerelle.

Marielle avait plongé son regard dans les yeux de Julien.

– Si je connais Rosine ? Parbleu ! rétorqua-t-il en haussant les épaules. C'est une tenancière de première ! Elle a sacrément de la bouteille. Elle s'arrange pour que le quincaillier ne rencontre pas son comptable… Il n'y a jamais d'incidents dans sa baraque ! On pourrait même la décorer. Il n'y a que les imbéciles et les grenouilles de bénitier pour la critiquer.

Dans les salons de Rosine, il passait deux à trois soirées par semaine. Il y disputait des parties de belote en compagnie d'un géomètre, d'un gendarme et d'un inspecteur des impôts tout en dégustant de la vieille prune avant de rejoindre France, Fanny ou Mélanie dans l'une des chambres du premier. La tenancière était tellement accommodante qu'elle l'avait hébergé à deux reprises jusqu'au lendemain pour qu'il puisse dessoûler calmement. Le mercredi où Amélie l'avait attendu devant les portails de la fabrique, il dormait encore dans les salons de Rosine. Il s'y trouvait toujours, après le déjeuner, lorsque sa fiancée s'était rendue dans le magasin de primeurs. Derrière les rideaux d'une fenêtre du premier, les yeux fatigués et la bouche pâteuse, il avait même surveillé son arrivée dans le passage avant de retourner se coucher.

– Ça ne te convient plus chez Rosine ?

– Les femmes y sont mignonnes, mais elles sont trop pépères. Elles ne cherchent pas à étonner les hommes. Ça ronronne dans le classique… Elles connaissent les habitudes du quincaillier de La Peyrade, du bourgeois des Pesquiès, du maréchal-des-logis de Rieupeyroux. Elles se contentent presque du minimum pour ne pas surprendre la clientèle. C'est dommage ! Quand on a goûté aux bordels de Russie…

Il ne termina pas sa phrase, il la dévorait des yeux…

– Tes nichons sont si beaux que tu pourrais me les montrer… C'est pas le moment de refuser ! Les anciens « poilus » sont à l'honneur aujourd'hui. Ils arrosent la victoire et méritent un cadeau. Tu ne crois pas ?

Il se rapprocha, mais elle le repoussa.

– Dégage ! ordonna-t-elle. Il n'y aura pas de cadeau.

Les jambes vacillantes, il manqua tomber à la renverse sur le parquet et il se rattrapa de justesse en s'accrochant d'une main à l'épaule de Marielle qui s'était reculée contre le comptoir. Sa voix devenait de plus en plus rauque.

– Grognasse ! Pouffiasse ! Allumeuse !

Débitant un chapelet d'insultes, Julien ne décolérait pas. La jeune femme devait accéder à ses désirs. Et elle tremblait devant cet homme dont la violence l'effrayait. « C'est un dingue ! Si mon patron le surprenait à son comptoir, il le balancerait sous les couverts… »

Soudain, Julien agrippa son corsage des deux mains pour le déchirer ! Marielle portait un caraco fermé par quatre boutons à l'encolure légèrement échancrée. Elle se débattit, mais il avait une poigne terrible. Soudain, elle se retrouva la gorge découverte. Malgré la chaleur qui régnait dans la salle, elle frissonna de peur. Jamais, à son comptoir des *Couverts* ou dans sa chambre du premier le dimanche après-midi, Marielle n'avait rencontré d'individus aussi violents. Jusqu'à présent, ils l'avaient respectée lorsqu'elle n'avait pas accepté certaines de leurs exigences. Pourquoi cet homme à l'apparence paisible s'était-il déchaîné contre elle ? La boisson n'expliquait sûrement pas tout.

Elle cria au secours, cherchant à échapper au corps de Julien qui s'écrasait maintenant contre elle. L'un des anciens « poilus » se précipita aussitôt. C'était un gaillard à la musculature impressionnante qui travaillait chez un forgeron de la Madeleine, un faubourg de Villefranche. Sous la chemise dont il avait remonté les manches, ses biceps saillaient. L'instant d'après, il arrachait Marielle des griffes de Julien. Il agrippa ce dernier par une épaule pour l'entraîner hors du comptoir. La chemise déchirée, la jupe remontée sur ses jambes, la jeune femme s'effondra sur le parquet.

Elle vit, au fond de la salle, Julien débraillé et rampant derrière le colosse qui n'avait pas l'intention de le lâcher et qui zigzaguait à dessein entre les tables. Le forgeron s'arrêta soudain devant l'une des colonnes qui soutenaient les parquets du premier étage et le souleva :

– Salopard ! Ordure ! Fumier !

Un groupe de camarades les entourait maintenant, curieux de savoir comment tout cela allait se terminer.

– Tu mériterais une bonne trempe, saligaud ! beugla-t-il en le regardant fixement. Si la petite ne voulait pas que tu la paluches derrière le comptoir, pourquoi tu l'as attaquée quand même ? Ça te démangeait tellement ? Imbécile ! T'as pas d'honneur. Même enclumé comme un ivrogne après toutes les anisettes que tu t'es enfilées dans le gosier, tu pouvais la respecter, cette femme. Pauvre couillon ! Détritus !

Il entreprit de le secouer comme un prunier et deux hommes intervinrent aussitôt pour le modérer.

– Ménage-le, Gabriel ! Tu exagères… Il ne peut pas se défendre. Il est bourré… C'est une connerie si tu le défonces. Tu le regretteras…

Gabriel ne les écoutait pas. La sobriété n'était pas sa qualité première. Il avait descendu lui aussi quantité de chopines depuis leur arrivée aux *Couverts*. Tout aussi éméché que Julien, il le frappa comme une brute contre la colonne de fonte.

– Arrête ! Arrête ! Arrête ! s'écrièrent tous ses copains tandis qu'on entendait les hurlements de Julien.

S'accrochant à ses épaules et ses vêtements, ils s'efforcèrent de le maîtriser en martelant :

– Arrête, nom de Dieu ! T'es devenu dingue ! Tu le bousilles !

Lorsqu'il consentit à le relâcher, Julien s'effondra brusquement comme une marionnette désarticulée. Il avait les yeux révulsés. Du sang coulait au coin de ses lèvres.

16

« Julien hospitalisé. Venez vite. »

Amélie demeurait comme paralysée devant le message des parents de Julien.

L'instant d'avant, occupée à des rangements dans la réserve, elle avait entendu la clochette de l'entrée et une voix d'homme crier :

– Té-lé-gram-me ! Té-lé-gram-me !

Soudain, le rythme de son cœur s'était accéléré tandis qu'elle abandonnait l'arrière-boutique pour rejoindre le receveur des Postes. Que se passait-il ? Cette semaine, la jeune modiste n'attendait pas de télégramme de ses fournisseurs. L'angoisse la tenailla. Mais qu'était-il arrivé ? Un accident ? Heureusement, son père n'était pas en tournée et il travaillait dans son entrepôt. Quelqu'un était-il malade dans leur famille ?

– C'est pour vous, À-mé-lie ! avait précisé l'homme, essoufflé après avoir traversé le carrefour à grandes enjambées. Et il me sem-ble que c'est ur-gent !

Elle avait alors découvert la terrible nouvelle : Julien était à l'hôpital ! Soudain devenue blême, elle s'était accrochée au comptoir pour ne pas tomber.

S'inquiétant de son silence, Giuliana accourut alors :

– Mais que se passe-t-il ?

– Julien est à l'hôpital.

– Oh ! Mon Dieu !

Puis elle ajouta :

– Habillez-vous et partez vite !

Giuliana décrocha son manteau, son chapeau et son écharpe pour qu'elle rejoigne son père.

– Dépêchez-vous !

Brusquement, Amélie s'arracha à ses pensées pour prendre un grand parapluie, puis s'élancer dehors. C'était une matinée pluvieuse et venteuse. La jeune femme se précipita en direction du bâtiment où son père préparait une livraison destinée à des cafetiers de Villefranche. Son parapluie dégoulinant, elle pénétra en trombe dans l'entrepôt.

– Julien est à l'hôpital. C'est peut-être grave. Ses parents ne sont pas bavards dans leur « bleu », mais ils sont déjà là-bas. Je veux partir tout de suite !

Henri Delmas comprit l'urgence de la situation. Le temps de donner ses ordres et de se changer, il démarrait sa Peugeot.

Ce voyage leur rappela de mauvais souvenirs, cette matinée d'octobre 1918 où le docteur Marchant avait découvert qu'Émilie Delmas était atteinte de la grippe espagnole. Dans le brouillard, ils l'avaient conduite à l'hôpital de Villefranche... À la Chartreuse, ils rencontrèrent la même religieuse à cornette. Elle les entraîna à travers les corridors jusqu'à un bâtiment annexe que tous deux identifièrent. « Mais cette religieuse se trompe ! constata Amélie. Il y a sûrement une confusion... » L'instant d'après, elle reconnut les Soubrié devant l'entrée de la morgue et elle comprit aussitôt que le malheur les frappait. Soudain, des sensations étranges l'envahirent. Le monde tournait autour d'elle. D'invisibles mâchoires comprimaient ses poumons. Ses jambes flageolaient et les grandes dalles de pierre se dérobaient sous ses pieds pour la précipiter dans des catacombes. Puis elle s'effondra sur le pavage.

Deux heures plus tard, la jeune femme se réveilla dans l'une des chambres de l'hôpital. Défaits, Henri Delmas, Eugène et Odette Soubrié l'entouraient.

– Que s'est-il passé ? Je ne me souviens de rien !

Se redressant, elle retrouva bientôt ses esprits :

– Je me rappelle maintenant ! Nous nous sommes déplacés à la Chartreuse pour Julien. Il est à l'hôpital…

Odette Soubrié bredouilla, les yeux envahis par les larmes :

– Un accident…

Elle s'approcha d'Amélie pour la presser contre sa poitrine et chuchoter :

– Il nous faut beaucoup de courage !

Amélie comprit qu'elle ne reverrait plus jamais Julien. Soudain, ses larmes coulèrent comme un torrent.

– Pleurez ! Pleurez, Amélie ! murmurait Odette qui n'avait pas desserré son étreinte.

Des moments heureux s'entremêlaient dans sa mémoire. Elle se souvenait de ce dimanche où Julien avait glissé à son doigt la bague de sa grand-mère. Elle n'oublierait jamais ce merveilleux après-midi où il l'avait entraînée dans les bosquets du Causse. Julien terminait sa permission et éprouvait de l'angoisse à reprendre le bateau pour Salonique. « Et si je ne revenais pas ? » Lancinante, cette question était revenue dans les discussions pendant leur promenade. Il ne voulait pas mourir au combat sans avoir connu l'amour dans ses bras… Ils avaient déniché une *gariotte* de berger, où ils s'étaient aimés tendrement dans des odeurs de menthe et d'herbes séchées…

Lorsqu'ils rejoignirent la morgue, Amélie resta en arrêt devant la dépouille. Le visage était entièrement recouvert de bandelettes et l'on devinait seulement les paupières bleuies.

– Docteur, hurla-t-elle, cet homme n'est pas mon fiancé !

Le médecin tenta de la calmer, il lui attrapa la main.

– Calmez-vous ! Je peux vous assurer qu'il n'y a pas de méprise. Ses parents nous l'ont confirmé.

– Sa chevalière, Amélie ! murmura Odette Soubrié. Vous ne vous rappelez pas ? Ses initiales y étaient gravées… C'était un souvenir de Russie.

Amélie se rapprocha de la dépouille. Mais elle ne s'en contenta pas. Encore incrédule, d'une main tremblante, elle dessina du bout des doigts les contours de chaque initiale pour vérifier qu'il s'agissait bien des lettres *J* et *S*.

Soudain, comme si elle ne prenait conscience qu'à cet instant du décès de son fiancé, elle voulut tout savoir, comment et quand il était mort.

– Comment s'est produit cet accident ? Que s'est-il passé ? C'est un chauffard qui l'a renversé avec sa voiture ? Des voyous qui l'ont agressé dans une ruelle pour le voler ?

Comme il ne répondait pas, elle enchaîna :

– Pourquoi avez-vous bandé son visage ? Il est trop…

Il l'interrompit pour l'empêcher de poursuivre :

– Ne me demandez aucune précision, mademoiselle. Il m'est impossible de vous répondre !

– Pourquoi ? s'insurgea-t-elle. Puisque vous l'avez examiné, vous pourriez…

– Ce n'est pas la peine d'insister ! chuchota Eugène Soubrié, la prenant dans ses bras. Calmez-vous, Amélie ! Ce docteur ne parlera pas ! Nous avons bien essayé, ce matin, à notre arrivée à l'hôpital. Les infirmières sont muettes comme des carpes. La police fait une enquête. Le personnel a des ordres.

Le médecin le confirma :

– Je regrette de ne pouvoir vous renseigner, mais j'applique les instructions du commissaire.

– Vous ne voudriez même pas nous indiquer à quelle heure il est décédé ? s'emporta Amélie, déconcertée par son attitude et le mystère qui entourait la mort de Julien.

– L'heure de son décès ? Bien sûr ! Je peux vous la révéler. C'était aux environs de cinq heures…

En les entraînant à l'extérieur de la morgue, il ajouta :

– Lorsqu'il y a enquête, nous respectons toujours les consignes de silence qu'on nous impose… Le commissaire vous apportera tous les éclaircissements que vous souhaiterez. Il vous recevra vers dix-huit heures…

Ils quittèrent l'hôpital, abattus. La douleur les accablait. La mère de Julien retenait à peine ses larmes ; elle s'était appuyée sur son époux pour parvenir à supporter le fardeau invisible qui l'écrasait. Le visage fermé, Eugène Soubrié essayait de rassembler toute son énergie pour pouvoir affronter ce malheur qui les frappait. Amélie, anéantie, s'était accrochée au bras de son père, qui ne trouvait pas les mots pour la consoler. Il continuait encore à pleuvoir. Ils trouvèrent refuge dans un café en attendant leur rendez-vous. Il y avait peu de clients dans la salle à cette heure de l'après-midi. Mais ils préférèrent s'installer à une table plongée dans la demi-pénombre pour cacher leur chagrin. Silencieux. Chacun remâchait des pensées sombres après leur découverte terrifiante à la morgue, imaginant désormais les pires horreurs. Tous se demandaient ce qui s'était réellement passé. Et ils craignaient déjà ce que le commissaire avait à leur révéler.

Sur la place de la Liberté, les bureaux de la police côtoyaient la pension de Nevers où les religieuses recevaient les héritières de la bourgeoisie. Le commissaire les attendait dans un bureau qui empestait la cigarette et où s'entassaient des montagnes de dossiers. Les cheveux clairsemés, la barbichette en broussaille, le costume sombre, le physique rondouillard, Georges Bertrand approchait de la cinquantaine. Il était redouté pour ses manières abruptes mais, devant la détresse de ses visiteurs, il s'exprima avec une grande retenue en choisissant ses mots. Tout d'abord, il leur présenta ses condoléances.

– Je compatis à votre douleur… C'est horrible lorsqu'on perd un enfant, un fiancé… Et je comprends que vous n'acceptiez pas cette disparition aussi soudaine et tragique… Monsieur Soubrié était jeune et plein d'avenir… Il était revenu de la guerre sans être blessé, il avait retrouvé son emploi, il devait se marier bientôt et tout allait pour le mieux.

Il observa ses visiteurs pour constater que les deux femmes s'étaient enfermées dans leur chagrin. Tassées sur leur chaise, elles cherchaient à essuyer les larmes qui ruisselaient sur leur visage. Quant aux deux hommes, impatients désormais de connaître la vérité, ils le regardaient avec insistance. Ce qui encouragea le commissaire à poursuivre prudemment.

– Maintenant, si vous le voulez, nous pourrions peut-être en venir aux faits…

Grâce aux auditions des anciens « poilus » et de la serveuse des *Couverts*, qu'il avait entendue en personne dans la matinée, il avait reconstitué minutieusement le déroulement de la tragédie depuis la cérémonie du souvenir en la collégiale jusqu'à l'évacuation de la victime à la Chartreuse.

– Deux gardiens étaient en patrouille sous les arcades, hier soir, au moment où deux hommes cherchaient le cabinet du docteur Blanchet. Ils étaient passablement éméchés et leurs déclarations n'étaient pas très cohérentes. Ils disaient qu'il y avait eu du grabuge dans un café… Un blessé… Le temps de prévenir des collègues puis de m'informer, nous bouclions le périmètre. Personne n'avait encore déguerpi. Les clients, la serveuse et les patrons entouraient le blessé que le médecin examinait…

S'appuyant notamment sur la déclaration de Marielle, il ne leur épargna aucune précision. Il leur raconta les gestes déplacés de Julien à l'égard de la serveuse, l'intervention de Gabriel Costes, la bagarre en pleine salle, la tête de Julien se fracassant contre la colonne. En l'écoutant, Amélie avait l'impression d'assister à la tragédie tellement sa description était minutieuse.

– Gabriel Costes est un habitué des *Couverts*, expliqua-t-il. Il fréquente souvent la chambre de Marielle. Comme les anciens « poilus » qui arrosaient la victoire, il ne se contrôlait plus. C'est un jaloux. Lorsqu'il a remarqué le manège de Julien, il s'est emporté. Il était persuadé qu'il avait des droits sur Marielle parce qu'il déboursait pour la rejoindre certains dimanches. Il ne pouvait pas supporter qu'on la caresse derrière son comptoir, devant la clientèle. Il était éméché… Il n'a pas réfléchi. C'est un forgeron qui est habitué à marteler de la ferraille sur l'enclume et il a frappé Julien contre la colonne de toutes ses forces, comme s'il travaillait un morceau de ferraille dans son atelier. Il voulait le corriger et venger Marielle. Il l'a reconnu lorsque nous l'avons interrogé… Maintenant qu'il a dessoûlé, il comprend l'extrême gravité de la « correction » qu'il a administrée à Julien.

En entendant ces précisions, les deux femmes horrifiées cachèrent leur visage entre leurs mains. Eugène encaissa sans sourciller, mais il détourna le regard. Seul Henri Delmas était capable de s'exprimer.

– Mais Julien ne l'avait pas provoqué ! s'emporta-t-il.

– Ils ne se connaissaient que vaguement même s'ils avaient leurs habitudes aux *Couverts* ! répondit le commissaire. Gabriel Costes n'avait pas de raison de s'acharner sur Julien. Ils ne s'étaient jamais disputés, d'après leurs copains et les patrons. Il regrette amèrement ses égarements. Mais c'est trop tard. La machine judiciaire est en marche et elle est impitoyable. Dans la matinée, nous le transférerons à la maison d'arrêt de Rodez. Il y croupira pendant des années avant de comparaître devant les assises de l'Aveyron. Même si le tribunal se montre clément, le forgeron passera encore des années en cellule…

– Qui a transporté Julien à la Chartreuse ? s'inquiéta Eugène Soubrié. Vos hommes ? Ou le médecin qui l'a examiné ?

– C'est le docteur Blanchet qui l'a emmené à l'hôpital dans sa propre voiture, mais sans grande illusion ! Julien perdait du sang. Il était inconscient, très amoché… Le médecin était persuadé qu'il ne survivrait pas à ses blessures. Mais il ne voulait pas qu'il agonise dans l'arrière-salle d'un bistrot.

Le commissaire mourait d'envie d'allumer une nouvelle cigarette. Mais il y renonça, par décence. Il comptait respecter la détresse dans laquelle ses révélations les précipitaient. Les épaules écrasées, le regard embué et absent, ils s'étaient réfugiés dans leurs pensées. Il s'écoula un moment de silence avant qu'il ne reprenne la parole.

– C'est une nouvelle tragédie des tranchées ! soupira-t-il. Les hommes sont revenus tellement différents après des années de combats… Même dans les campagnes, il y a des histoires… Les journaux n'en parlent pas. On le leur a interdit. Des anciens « poilus » se suicident dans les villages. On les retrouve pendus à une poutre de grange ou dans les forêts à une branche d'arbre… Certains sombrent dans la démence. Près de

Limogne, un ancien « poilu » a abattu sa femme et ses enfants... Saviez-vous, tout de même, quelle vie menait Julien Soubrié ?

Déconcertés, Amélie, son père et les parents de Julien se regardèrent. Que s'apprêtait-il à leur révéler qu'ils ne savaient pas encore ?

– Monsieur Soubrié n'était pas l'homme tranquille que vous connaissiez, mais un ivrogne ! poursuivit-il. Il fréquentait les comptoirs de Villefranche depuis qu'il travaillait aux Salaisons du Rouergue. Il avait rencontré des individus qui ne jouissaient pas d'une réputation fameuse. Il y avait des poivrots invétérés, des braconniers, des trafiquants, des maraudeurs que nous attrapons de temps en temps pour les renvoyer devant le tribunal. Après de copieuses libations, ils se promenaient dans Villefranche pour s'attaquer à de paisibles citoyens en entonnant des chansons paillardes sous leurs fenêtres. Ils les accusaient d'être des planqués s'ils avaient échappé aux horreurs des tranchées et des profiteurs si leurs affaires avaient prospéré pendant la guerre. Ils braillaient et ils débitaient des chapelets d'insultes en espérant qu'ils ouvriraient leurs fenêtres. Quelques familles avaient déposé des plaintes... Les gardiens rencontraient souvent ces gueulards en patrouillant dans Villefranche.

Avant de continuer, il s'accorda le temps de rallumer un mégot. Il s'était imaginé qu'ils montreraient leur étonnement en apprenant ces révélations, mais personne ne broncha comme si tous connaissaient l'inconduite de Julien.

– Depuis quelques semaines, le ministère nous demande de l'indulgence pour certaines infractions commises par des anciens combattants ! enchaîna-t-il.

– Mais, tout de même, vous pouviez les verbaliser ! rétorqua Eugène Soubrié. Ils le méritaient bien ! Personne ne vous l'aurait reproché...

– Quelqu'un vous avait informé pour Julien ? l'interrompit le commissaire.

– Des relations d'affaires m'avaient prévenu avant la Toussaint ! Mais je ne m'imaginais pas que tout cela avait pris une tournure pareille.

Amélie frissonna. « Quel homme Julien était-il devenu depuis son installation à Villefranche ? » s'interrogea-t-elle.

– Nous nous sommes expliqués un après-midi à Villefranche après sa journée de bureau ! précisa Eugène Soubrié. Il m'avait promis de s'assagir…

Le commissaire s'adressa ensuite à Amélie :

– Mademoiselle ! Notre enquête est presque terminée. Je sais que vous deviez épouser M. Soubrié au printemps. Vous saviez qu'il buvait ?

– Oui ! avoua-t-elle. On m'avait également prévenue après la Toussaint. Et je m'en inquiétais beaucoup ces derniers temps… Nous devions nous retrouver dimanche pour parler de notre avenir.

– Votre prudence n'était pas exagérée ! souligna-t-il. D'autant plus que votre fiancé…

Amélie n'attendit pas qu'il termine sa phrase. Elle ne souhaitait pas en entendre davantage, redoutant des révélations bien plus scabreuses. La jeune femme sortit sans un mot. Odette Soubrié l'imita aussitôt. Maintenant, le brouillard enveloppait la place de la Liberté et il crachinait. Pour rejoindre la voiture d'Henri Delmas, la fiancée et la mère de Julien se soutinrent l'une l'autre sous un grand parapluie. Brisées par le chagrin. Soudées par la douleur.

17

Le lendemain, on ramenait la dépouille de Julien à Villeneuve. Ses proches le veillèrent dans la chambre qu'il avait occupée à son retour de Russie. Honorant la tradition, Amélie y accueillit, en compagnie des parents de Julien, les familles venues les soutenir dans l'épreuve. La tragique nouvelle avait provoqué la consternation à Villeneuve et dans les environs. En l'espace d'une matinée, elle s'était répandue dans la commune de Bellegarde où des voisins des Delmas décidèrent de rejoindre le chef-lieu de canton par la patache pour réconforter Amélie. Elle apprécia leur spontanéité et leur prévenance. Elle redoutait tellement que certains prennent leurs distances en découvrant les circonstances de la disparition de son fiancé. Ils la rassurèrent par leur délicatesse.

Les obsèques se déroulèrent par une matinée sombre dont l'extrême tristesse semblait s'associer à la douleur de la famille. Ses camarades d'enfance et de travail, des délégations d'anciens combattants, les relations d'affaires des Soubrié et des Delmas, les habitants de Villeneuve y assistèrent nombreux au point qu'on ne put tous les accueillir dans l'église. Quelques dizaines de mètres seulement séparaient la demeure des Soubrié de la collégiale où quatre voisins, dans leurs costumes du dimanche, portèrent le cercueil. Ils allongèrent le parcours en effectuant un passage sur le tour de ville pour que le long cortège se forme. En interprétant une marche funèbre, les musiciens de l'harmonie municipale y mirent de la solennité. Derrière les porte-drapeaux d'anciens « poilus » de la région qui voulaient honorer la mémoire de Julien comme s'il était tombé au champ d'honneur, les hommes de sa classe tenaient les cordons du drap mortuaire. Les visages fermés traduisaient les sentiments qu'ils éprouvaient après cette tragédie. Pour eux, qui avaient affronté les horreurs des tranchées, c'était un nouveau drame de la guerre. Ressentir ces présences autour d'elle, en ces moments douloureux, réconforta Amélie. Surtout, l'émotion la submergea lorsqu'elle remarqua dans l'assistance Germaine, Marcelle et d'autres épouses de mobilisés, si souvent rencontrées au bureau de poste durant la guerre. Ces femmes la comprenaient. Certains de leurs époux étaient revenus violents et alcooliques de la guerre. Elles l'entourèrent dans le cimetière devant la tombe fraîchement ouverte. À l'initiative de Germaine, toutes se rassemblèrent autour d'Amélie au moment d'entonner les psaumes du requiem. Elles formaient un groupe compact, de même que les anciens combattants qui s'étaient retrouvés en nombre derrière les drapeaux de leurs amicales. Elles attendirent que l'assistance se dispersât dans les allées du cimetière pour renouveler auprès de la jeune modiste leurs messages de sympathie.

– Merci à toutes d'être là ! murmura Amélie en les embrassant l'une après l'autre.

Droite et digne dans ses habits noirs, elle essayait de résister à la douleur qui la rongeait. Fatiguée, elle avait les yeux rougis et bordés de cernes, mais sa voilette la protégeait des regards. En cette matinée d'automne, le monde autour d'elle s'était écroulé.

La semaine qui suivit l'enterrement, Amélie s'enferma dans sa chambre, sous le coup de la douleur et de la déception. Julien était mort et, avec lui, toutes ses illusions. L'homme qu'elle avait aimé, qu'elle avait attendu avec tant d'angoisse pendant les années de guerre, n'était pas celui qu'elle croyait. Elle restait persuadée cependant que Julien l'avait aimée, qu'il était plus à plaindre qu'à blâmer. C'est cette maudite guerre qui l'avait entraîné dans la débauche. Puis un matin, alors que son entourage désespérait qu'elle reprenne le dessus, elle descendit à sept heures pour prendre son petit-déjeuner, habillée dans ces couleurs de demi-deuil qu'elle portait depuis l'enterrement de sa mère. Giuliana s'installa à côté d'elle, à la table de la cuisine, soulagée qu'elle sorte enfin de sa chambre. Amélie resta presque muette, comme si elle ne voulait rien partager de sa douleur et Giuliana n'osa pas l'interroger. Elles descendirent toutes les deux à la boutique, et Amélie s'installa au comptoir, comme si de rien n'était.

Pendant les semaines qui suivirent, elle s'oublia dans le travail. Noël approchait, et les journées de « presse » se succédèrent sans relâche. Les exigences de la clientèle l'accaparaient et elle se consacrait également à la conception de nouveaux modèles. Une espèce de hargne l'animait. Elle crayonnait constamment comme si elle avait entrepris une course contre le temps, comme s'il lui fallait se projeter dans l'avenir pour oublier la disparition de son fiancé. Exténuée, elle rejoignait sa chambre pour tomber aussitôt dans un profond sommeil. Cela l'empêchait de ressasser les malheurs qui la frappaient, les ressentiments qu'elle nourrissait à l'encontre des ministres et des généraux qui avaient envoyé à la « boucherie » tous ces soldats.

Elle craqua un matin, quelques jours après l'Épiphanie. Les idées noires et la lassitude l'envahirent. Désormais, elle ne s'attardait plus dans l'arrière-boutique, mais s'enfermait dans sa chambre dès que la cuisinière avait desservi. Elle se plongeait dans la lecture des lettres d'amour de Julien, regardait ses portraits en pleurant à chaudes larmes et ressassait à nouveau la tragédie qui l'avait endeuillée. Elle se reprochait maintenant d'avoir repoussé le mariage. « Si je l'avais épousé après son retour de Russie et si nous nous étions installés à Villefranche dès que les Salaisons du Rouergue l'avaient embauché, je l'aurais bien mieux entouré ! songeait-elle. Julien m'aurait retrouvée tous les jours en revenant de la fabrique. Il n'aurait pas ressenti le besoin de passer ses soirées dehors. Ma présence l'aurait enlevé à ses tentations… »

Une succession de journées pluvieuses s'abattit sur Bellegarde, accentuant son isolement et sa détresse. Elle n'avait plus qu'un appétit d'oiseau et maigrit trop. Elle se débattait dans des cauchemars terrifiants qui réveillaient la maisonnée, et Giuliana accourait aussitôt dans sa chambre pour la réconforter, comme durant l'épidémie de grippe espagnole. Amélie négligeait sa boutique. Des habituées réclamaient des commandes qu'elle n'avait pas envoyées à ses fournisseurs ni transmises à Justine et à Giuliana. Des factures s'entassaient sur le comptoir. Elle ne répondait pas à la propriétaire de la mercerie de Villefranche qu'Octave lui avait recommandée. Giuliana s'en inquiéta, et s'en ouvrit au père d'Amélie. Il se plongea dans les papiers d'Amélie pour admettre bientôt qu'il pataugeait.

– Les chapeaux me sont moins familiers que les liqueurs ! Si vous pouviez m'éclairer…

– Mais bien sûr ! s'exclama Giuliana. Depuis mon embauche, j'observe beaucoup et j'enregistre. Ça me passionne ! Maintenant, je commence à connaître la manière dont fonctionne cette boutique…

Enthousiaste, elle était heureuse de le seconder.

Tous deux y consacrèrent un dimanche après-midi, en l'absence d'Amélie. Elle avait répondu à une invitation des femmes de mobilisés qui avaient proposé de se rassembler chez l'une d'entre elles. Lorsqu'ils eurent achevé le rangement des factures et des lettres, Henri Delmas remercia Giuliana.

– Amélie vous estime et c'est mérité. Je voudrais que vous la souteniez, Giuliana ! Elle traverse une épreuve longue et pénible. Je l'entoure de mon mieux pour qu'elle retrouve confiance, mais le temps me manque et elle me reproche mes maladresses. Je reconnais que je m'emporte dès que nous parlons de Julien. Elle s'imagine toujours qu'elle aurait pu le changer si elle l'avait épousé après son retour de Russie. Des foutaises ! Il n'aurait pas changé parce qu'il avait la boisson dans la peau. Leur mariage aurait échoué. Mais elle ne veut pas l'admettre…

Il s'interrompit brusquement :

– Excusez-moi ! Je ne devrais pas, mais je m'énerve dès qu'il est question de Julien. Il nous a trompés et…

– Vous vous êtes méfié de lui !

Il le confirma sans détour :

– Quand Amélie m'a annoncé son intention d'épouser Julien, la nouvelle m'a comblé. Je le connaissais depuis l'enfance et je l'appréciais. À cette époque, je prévoyais même de l'associer à mon commerce après la guerre. Vous imaginez maintenant ma déception ! Mais il y a bien plus important aujourd'hui. Pourriez-vous vous occuper d'Amélie ?

Giuliana s'engagea à la soutenir de son mieux à la boutique et dans le quotidien.

Soulagé, il retrouva son sourire.

– Je suis convaincu qu'elle vous écoutera. Elle a confiance en vous.

Comme elle l'avait promis à Henri Delmas, Giuliana redoubla d'attentions. Quand Jeanne avait desservi, elle dissuadait Amélie de s'enfermer dans sa chambre pour l'entraîner dans la salle à manger. Installées autour du poêle, elle s'enthousiasmait pour les toilettes que *La Gazette des modes* proposait aux femmes en ce printemps 1920. Amélie ne résistait jamais longtemps à la tentation. Giuliana lui conseillait les plus excentriques pour la provoquer gentiment. Elles s'amusèrent beaucoup en découvrant les pyjamas que les couturiers de la capitale essayaient d'imposer.

– C'est une révolution pour les femmes ! s'exclama Giuliana. *La Gazette des modes* prétend que les pyjamas sont plus pratiques que les déshabillés ! Elle a peut-être raison, mais les femmes n'aimeront pas ressembler à des hommes avec ces pantalons.

– Un couturier a dessiné des pantalons bouffants pour les femmes avant la guerre et il a échoué ! se souvint Amélie. C'était Paul Poiret, je crois… Ses vêtements avaient soulevé l'admiration de mon ancienne patronne de Montauban. Elle avait conservé les deux numéros de *L'Élégance parisienne* où on les présentait… Ils rappelaient les toilettes des femmes dans les harems de l'Orient. Aujourd'hui, avec toutes ces bigotes qui déclenchent des scandales pour des broutilles, ces pyjamas tomberont sûrement dans les oubliettes !

– C'est dommage ! Ils me tenteraient.

– Vraiment ?

– Pourquoi nous refuserions-nous quelques fantaisies ? Dans nos chemises blanches à manches longues et à l'étoffe épaisse, nous ressemblons à des grands-mères…

– À des religieuses ! surenchérit Amélie que la suggestion de Giuliana avait décrispée. On fabrique sûrement les mêmes pour les jeunes novices… Elles sont d'une blancheur et d'une sévérité qui ne jureraient pas dans un couvent !

– Qu'en penserait votre cuisinière si elle me surprenait dans un pyjama mauve ? répondit Giuliana, hilare.

– Elle te prendrait sûrement pour une cinglée.

– Ou encore une petite roulure !

Elles s'esclaffèrent.

C'était le mercredi qui précédait Pâques. Grâce aux efforts de Giuliana, l'ambiance s'était détendue. Amélie plaisantait à nouveau et se montrait plus souvent souriante derrière son comptoir. Le moment paraissait opportun pour aborder une discussion que Giuliana avait repoussée à plusieurs reprises.

– On me demande souvent si vous souhaitez toujours aménager une seconde boutique à Villefranche…

Amélie avait entrepris de tisonner les braises du poêle. Soudain, elle s'arrêta de fourrager dans le charbon pour la regarder.

– Qui te le demande ?

– Quelques habituées. Elles m'interrogent quand vous n'êtes pas là. Elles s'impatientent et je les comprends.

Amélie se rembrunit, puis retourna dans son fauteuil. Elle s'accorda un moment de réflexion avant de répondre.

– Je comptais…

– Ah non ! s'insurgea Giuliana que son absence de flamme n'avait guère trompée. Vous ne pouvez pas renoncer ! Si vous vous enfermez dans cette campagne, vous vous ratatinerez comme une pomme ou une petite vieille.

Ses réactions spontanées et mordantes arrachèrent un sourire à la jeune modiste :

– Je ne sais plus si je dois m'installer à Villefranche. Est-ce que j'en aurai le courage ? J'ai si peur d'attendre la clientèle toute la journée derrière la devanture…

– Vous exagérez ! protesta Giuliana. Certaines habituées de votre boutique de Bellegarde, comme Mme Garriguet, vous soutiendront.

Les Garriguet se partageaient entre leur propriété familiale de Bellegarde, à laquelle ils consacraient souvent leurs dimanches, et Villefranche, où Antonin Garriguet occupait la fonction de receveur des domaines.

– Dès l'ouverture de la boutique, elle vous présentera des femmes élégantes et raffinées, j'en suis sûre ! Vous vous doutez bien qu'elle a des relations.

– Ces femmes se déplaceront seulement par curiosité et par politesse ! objecta Amélie, toujours sceptique. Elles ne voudront pas contrarier Mme Garriguet. Mais elles ne reviendront pas…

Quoiqu'Amélie s'obstinât à camper sur ses positions, Giuliana employa un argument imparable :

– Je ne m'enterrerai pas dans cette campagne où j'étouffe ! À Villefranche, il y a des magasins, des soirées dansantes… Je n'y crèverais pas d'ennui comme dans ce patelin ! Si vous ne vous y installez pas dans le courant de l'année, ne me comptez plus dans la maison.

– Tu nous quitterais ? s'inquiéta Amélie.

– Je chercherai de l'embauche chez une chapelière ou même une couturière à Villefranche. Ou même comme vendeuse. Si je ne trouve pas, je partirai plus loin, à Rodez, ou à Cahors, peut-être même à Albi.

Toutes deux en discutèrent longuement.

– Tu as peut-être raison, concéda Amélie après réflexion. C'est sûrement le moment de préparer l'ouverture de cette boutique. Les femmes redeviennent coquettes. Elles cherchent à charmer, à s'amuser, à profiter du présent. Contentons-les !

18

Les cloches appelaient les fidèles à la messe de huit heures au moment où Octave Fournier démarra le moteur de sa voiture sur la promenade du Guiraudet à Villefranche.

– Cette mécanique fonctionne comme une horloge ! observa au passage un homme, en costume, qui se pressait de rejoindre la collégiale. Les Peugeot ? C'est increvable !

Octave se contenta de sourire avant de remettre sa manivelle sous la banquette arrière. Il avait endossé un complet de tweed pour honorer l'invitation de la famille Delacourt qui rassemblait, en ce dimanche 25 septembre 1920, les meilleures gâchettes de Villefranche en son domaine de Clarmont. Octave ne traquait pas les lièvres et les faisans avant-guerre. Il n'avait nullement modifié ses habitudes depuis son installation dans l'Aveyron, mais il avait souvent l'occasion de fréquenter l'industriel Zéphirin Delacourt, qui possédait également les magasins de *La Parisienne*, installés au cœur de la vieille ville. Il le côtoyait dans les salons du *Globe* où ils retrouvaient le pharmacien Étienne Bénazet pour disputer des parties de bridge et de billard. Même si Octave ne chassait pas, Zéphirin Delacourt l'avait convaincu de participer à cette journée.

– L'ambiance y est toujours très chaleureuse ! avait-il précisé. Le banquet est très apprécié par nos invités. Nous engageons la meilleure cuisinière de Villefranche… Étienne Bénazet vous le confirmera.

Le pharmacien s'était montré élogieux à propos de la qualité du déjeuner, encourageant Octave à les rejoindre :

– Même si vous ne chassez pas, je suis persuadé que vous ne regretterez pas votre journée à Clarmont ! Vous y passerez un excellent dimanche. Cette propriété est magnifique et nous y sommes accueillis comme des princes…

Octave avait accepté.

– Margaux vous attendra au château à neuf heures, avait ensuite précisé Zéphirin. Elle vous conduira jusqu'à la clairière de l'Étang, où nous avons rendez-vous. Elle est chargée de nous apporter le casse-croûte. Ça creuse de pister le gibier ! On se reposera avant de crapahuter à nouveau sur les chemins jusqu'à l'heure du déjeuner… Mais ne vous tracassez pas ! On vous ménagera. Et vous reviendrez au château en compagnie de Margaux pendant que nous « lèverons » les derniers lièvres de la matinée. Elle vous montrera la propriété…

Margaux ? C'était l'héritière de Zéphirin et Thérèse Delacourt. Depuis deux ans, elle assumait la direction des magasins de *La Parisienne* que ses grands-parents avaient fondés à Villefranche sous Napoléon III. Octave l'avait rencontrée à plusieurs reprises lors de dîners en ville, mais ils n'avaient toujours échangé que des politesses. Pourtant, cette femme l'intriguait. Quelques semaines avant la mobilisation, Margaux avait épousé un ingénieur que les Delacourt avaient embauché au printemps 1913 dans leur usine de boulons. Jeune et brillant, Pierre Mongrin n'avait pas échappé aux combats malgré l'intervention de ses beaux-parents auprès de l'état-major et du ministère. Il était tombé sous les obus dès le début de la guerre. Margaux s'était retrouvée veuve après quatre mois de mariage seulement. En s'installant dans sa voiture, Octave se demanda pourquoi elle ne s'était pas remariée. Il imaginait pourtant que les prétendants ne manquaient pas. L'héritière d'une famille fortunée ne demeurait jamais longtemps célibataire. Préférait-elle attendre que ses blessures se referment avant de convoler à nouveau ? Ou y avait-elle renoncé par fidélité à son époux ?

Octave s'engagea dans une longue avenue bordée d'arbres qui desservait les dernières habitations de Villefranche et que les automobilistes redoutaient. Elle grimpait durement en serpentant sur les contreforts accidentés du Ségala pour accéder jusqu'aux premiers plateaux. Cette nationale permettait aux voyageurs de rejoindre Rieupeyroux, La Baraque de Fraysse, La Primaube et Rodez. Par précaution, Octave s'arrêta souvent en bordure de la chaussée pour que le radiateur puisse refroidir. La mécanique de la Peugeot était bouillante ! C'était un dimanche ensoleillé qui semblait prolonger les journées estivales. Il n'était pas neuf heures, mais Octave transpirait déjà dans son costume au point qu'il se pressa d'enlever son veston. Des châtaigneraies recouvraient les parcelles qui s'étendaient au-dessus de la nationale. Elles exhalaient des parfums de fougère, de bruyère et de cèpe. En cette matinée radieuse, la campagne était plongée dans une quiétude rassurante. On n'entendait dans les lointains que des aboiements de corniauds, des sonnailles et des meuglements de troupeaux.

Une dizaine de kilomètres séparaient Villefranche du domaine, mais la Peugeot ne les parcourut qu'à une vitesse modérée, pour parvenir à neuf heures devant les portails d'entrée. Délaissant le chemin qui desservait des fermes à travers les pâturages, elle pénétra dans l'enceinte de la propriété entre deux superbes rangées d'ormeaux qui dessinaient comme une avenue conduisant jusqu'au château. Les grilles franchies, Octave découvrit la gentilhommière du XVIIe siècle qui avait appartenu pendant des générations aux comtes de Clarmont. Flanquée de quatre tourelles élégantes, aux toitures en forme de casque dont la pointe se dressait à l'horizon, elle le séduisit au premier regard dans la lumière éclatante de ce dimanche qui tempérait l'austérité de ses pierres de schiste. Entourée de verdure, la demeure était avenante. Elle ne ressemblait pas à ces forteresses médiévales aux ouvertures minuscules qu'il avait souvent remarquées à l'occasion de ses excursions du dimanche. Les Clarmont s'en étaient séparés au printemps 1918 dès que le gouvernement avait annoncé qu'il ne garantirait plus le paiement des coupons russes. Comme de nombreux épargnants, ils avaient répondu aux appels des plus hautes autorités de l'État en acceptant de souscrire à une quantité d'emprunts pour soutenir l'expansion industrielle de l'empire des Romanov. Décrétant en 1917 l'annulation des dettes contractées par le dernier tsar, Lénine avait dépouillé les Clarmont de leurs économies. Le comte et sa famille s'étaient résolus à vendre leurs biens. Zéphirin Delacourt avait alors acheté la gentilhommière, une vingtaine d'hectares de forêt, les communs et une exploitation d'une centaine d'hectares. Personne n'ignorait comment il s'était procuré les capitaux pour acquérir la propriété. Il avait constitué une fortune en fabriquant des obus de 75 puis des grenades dans sa boulonnerie. Pendant les années de guerre, sa manufacture de La Madeleine avait employé jusqu'à cinq cents ouvriers.

Octave abandonna la Bébé Peugeot près des voitures alignées au bas du perron. Il reconnut la Panhard d'Étienne Bénazet, la Renault du président du tribunal de Villefranche et la torpédo d'un conseiller d'arrondissement qui fréquentait *Le Globe*. La porte d'entrée du château était décorée d'un heurtoir ouvragé. Il frappa avant d'enlever ses gants et son chapeau. Une jeune bonne vint lui ouvrir la porte tandis qu'une fenêtre s'entrouvrait dans les étages :

– Monsieur Fournier, je suis à vous tout de suite !

L'instant d'après, une femme élégante mais sévère l'accueillit. C'était Thérèse Delacourt.

– Bienvenue à Clarmont, monsieur Fournier !

Elle l'entraîna aussitôt en direction des écuries.

– Margaux vous attend. On prépare une jardinière qui vous conduira à la clairière de l'Étang…

Elle l'abandonna à proximité des communs.

– Ne m'en veuillez pas si je vous abandonne, monsieur Fournier ! Mais nos petites serveuses me réclament à l'ancienne orangerie où nous déjeunerons. Elles finissent de dresser le couvert.

Dès qu'elle eut disparu, Octave s'aventura dans les écuries pour y découvrir Margaux Delacourt. Assistée d'un palefrenier, elle vérifiait les harnais, les sièges, les courroies et les brancards d'une jardinière, le tressage de la crinière de la jument et la propreté de ses sabots. La jeune femme s'exprimait d'une manière cassante. Le jeune garçon avait travaillé de son mieux, mais elle ne semblait pas disposée à l'admettre.

Bientôt, la présence d'Octave, réfugié près de la sellerie, intrigua la jument. Elle entreprit de l'indiquer à sa maîtresse en devenant nerveuse et en grattant le pavage de la pointe de ses sabots. Margaux se retourna.

– Monsieur Fournier !

Elle bredouilla quelques excuses.

– Je ne vous avais pas entendu ! Vous m'attendiez peut-être depuis un moment ?

– Quelques minutes seulement ! répondit-il.

Rassurée, elle se détendit. Un sourire illumina fugitivement son visage, mais il se rembrunit aussitôt.

– Les petites de la cuisine jacassent encore ! ronchonna-t-elle. Elles traînaillent toujours… Pourquoi ne nous apportent-elles pas les corbeilles ? Ce matin, je leur avais bien précisé qu'elles nous rejoignent avant neuf heures. Qu'est-ce qui se passe ?

Elle tortillait sa cravache d'impatience.

– Ne vous inquiétez pas ! rétorqua Octave. Elles ne tarderont sûrement pas à arriver…

Essoufflées, elles accoururent l'instant d'après.

– Pressons ! Pressons ! ordonna-t-elle.

Elles disposèrent les corbeilles de provisions sur la jardinière en affrontant ses reproches.

– Ne nous retardons pas ! dit-elle après leur départ. On nous attend à la clairière. Les chasseurs sont pressés de se restaurer. Ils arpentent les sous-bois depuis des heures…

Le palefrenier avait tiré la jardinière à l'extérieur. Tous deux s'installèrent sur le siège. Aussitôt, elle s'empara des guides avec une fermeté qui étonna Octave.

– Hue ! Hue ! Bergère !

Margaux Delacourt ne ressemblait pas à la femme coquette qu'il avait croisée au *Grand Café du Globe* et dans les restaurants de Villefranche. Elle était habillée ce jour-là d'une veste étroite et courte, serrée près du corps, qui soulignait les légères rondeurs de sa poitrine. Longue et évasée, la jupe était fendue sur les côtés jusqu'au milieu de la cuisse, découvrant un pantalon d'écuyère à l'étoffe épaisse. Tout dans ce costume l'entravait dans ses mouvements et la raidissait. Margaux avait coiffé en chignon ses cheveux que dissimulait un grand chapeau assorti à son costume. Octave regretta de ne pas pouvoir les admirer comme à l'occasion d'une réception organisée par la société des bridgeurs du *Globe*, où il l'avait remarquée en compagnie de ses parents. Margaux était rousse. Ce soir-là, ses cheveux flottaient sur ses épaules et la lumière des lampes les illuminait de mèches cuivrées. Octave se souvenait que des hommes s'étaient retournés sur sa silhouette svelte et élégante. Mais il y avait quelque chose de sombre dans son regard, qu'accentuaient ses pommettes saillantes et son nez busqué.

Pendant que la jument cheminait en direction de la clairière, ils se contentèrent d'échanger des banalités à propos de la chasse, des récoltes, des invités de la journée, des caprices du temps et de la reprise de la saison de bridge. Leurs regards ne se croisèrent pas. Margaux semblait soucieuse. Elle ne l'écoutait que d'une oreille distraite. Octave s'imagina qu'elle était préoccupée par la réception dans l'ancienne orangerie. À quatorze heures, le déjeuner regrouperait une trentaine de convives parmi les notables les plus marquants de Villefranche. D'après Étienne Bénazet, il ne manquerait que le sous-préfet, le capitaine de gendarmerie et l'inspecteur de l'Instruction publique. Certes, les Delacourt avaient l'habitude de recevoir dans leur propriété de Clarmont, mais Margaux redoutait peut-être d'avoir négligé certains détails.

Dès qu'ils arrivèrent à la clairière de l'Étang, deux sonneurs les accueillirent en musique. Ils exécutèrent notamment *Le point du jour*, *Les pleurs du cerf*, *L'hallali sur pied* et *Les honneurs du pied.* Même s'ils n'avaient pas un pied de cerf à remettre à Margaux selon les traditions de la chasse à courre, les participants avaient voulu la gratifier d'un cadeau pour la remercier de son hospitalité. À l'initiative du président du tribunal, ils avaient commandé une cravache à ses initiales à un bourrelier de Villefranche. Elle les remercia chaleureusement et Octave remarqua qu'elle paraissait soudain moins glaciale. Ils déballèrent les victuailles, qu'ils partagèrent à proximité du grand étang où Vladimir pêchait des poissons pour le château. Zéphirin Delacourt avait engagé cet ancien officier des armées tsaristes pour occuper les fonctions de garde-chasse, de garde-pêche, de maître écuyer et de maître-chien.

– C'est devenu l'homme de confiance de Clarmont, expliqua Étienne Bénazet à Octave Fournier en mâchonnant une rondelle de saucisson. Le domaine et les Delacourt ont de la chance ! Les chevaux, les chiens, la chasse, le gibier, le château… Vladimir est dans son élément. C'est un héritier de la vieille noblesse russe et un excellent cavalier. Si vous le souhaitez, je pourrai vous le présenter…

Ils marchèrent en direction de cet homme aux vêtements chamarrés qui s'occupait des pointers et des beagles regroupés en bordure des berges de l'étang. Leurs aboiements résonnaient furieusement. Ils cherchaient à s'élancer à nouveau dans les fourrés pour traquer les faisans, les perdreaux et les lièvres. Bandant ses muscles, Vladimir ne les retenait qu'à grand-peine. Ils s'arrêtèrent à une trentaine de mètres pour pouvoir admirer le spectacle fascinant des chiens entourant leur maître.

– Ces traditions n'existeraient plus aujourd'hui s'il n'y avait pas des familles fortunées pour les maintenir, souligna le pharmacien des Arcades. On pourrait les féliciter et je propose même que le gouvernement les récompense. Pas seulement en les décorant d'une médaille ! Ces familles défendent notre patrimoine… Zéphirin a les moyens d'entretenir des chiens et un maître écuyer sur sa propriété, mais il a surtout la passion de la chasse. À sa manière, c'est un seigneur. Ils ne sont qu'une poignée dans l'arrondissement à posséder des pointers pour les perdreaux et les bécasses. Le pointer ? C'est le prince des chiens d'arrêt…

Soudain, il regarda fixement Octave.

– Comment trouvez-vous Margaux ?

Octave ne s'attendait pas à cette question. Il ne répondit pas, se contentant d'observer Vladimir qui contrôlait les grelots des colliers. Déjà, le pharmacien enchaînait :

– Elle a du caractère, n'est-ce pas ?

Octave n'avait pas l'intention de le contrarier.

– Oui. Il me semble ! concéda-t-il. Elle est habituée à régenter du personnel.

– C'est une femme énergique et intelligente ! précisa Étienne Bénazet. Elle est sans cesse à l'affût de la mode pour ses clientes. Mais…

Il dévisagea à nouveau Octave.

– Margaux repousse toujours son remariage et les Delacourt s'en inquiètent. Comme ils n'ont que cette héritière, ils voudraient qu'elle leur donne des petits-enfants. Mais faudrait-il encore qu'elle se remarie. Ses parents organisent des réceptions pour qu'elle rencontre de jeunes et brillants médecins, dentistes ou avocats qu'elle pourrait épouser. Mais ils se désespèrent. Margaux est très difficile. Elle a remballé plusieurs soupirants d'une excellente éducation et qui leur convenaient. Elle a déjà vingt-sept ans…

Ils n'achevèrent pas la discussion. La trompe de Vladimir les interrompit. En un quart d'heure, la petite troupe s'égailla dans les sous-bois. Octave rejoignit Margaux devant la jardinière que les hommes avaient chargée des pièces abattues depuis l'aube : quelques lièvres, des perdreaux et des faisans. La jeune femme paraissait plus détendue, elle était même loquace. Pendant qu'ils rentraient au rythme modéré de la jument, elle se réjouit de profiter des forêts, des terres et du château.

– C'est un superbe domaine ! souligna-t-elle. Du printemps à l'automne, nous y venons le samedi dès la fermeture de la manufacture et de *La Parisienne*… C'est tellement reposant de s'y retrouver…

Car leurs affaires marchaient bien. Certes, la boulonnerie ne travaillait plus pour l'armement et n'employait plus aujourd'hui que deux cents personnes. Mais elle produisait des soupapes pour les moteurs à explosion, en complément des boulons destinés au montage des machines agricoles. Elle continuait à leur procurer de substantiels bénéfices.

– *La Parisienne* m'occupe tellement ! souligna-t-elle en se redressant sur la banquette. Mon commerce prospère. Si mes grands-parents revenaient, ils ne le reconnaîtraient pas ! Sa superficie a été multipliée par trois. Il emploie une quinzaine de personnes ! Les Villefranchois y trouvent les mêmes chapeaux, ombrelles, parapluies, fanfreluches et draperies qu'à Montauban et à Toulouse. Les habitués ne me font pas la moindre infidélité !

Ils s'arrêtèrent à une centaine de mètres de la gentilhommière et l'admirèrent dans la lumière presque estivale. Margaux demanda soudain à Octave :

– On m'a dit que vous connaissiez cette nouvelle chapelière de l'esplanade de la République. Est-ce vrai ?

Même si la question l'embarrassait, il ne pouvait se dérober.

– Oui, tout à fait. Nous nous sommes rencontrés dans sa boutique de Bellegarde après mon installation à Villefranche. On me l'avait conseillée pour renouveler mes chapeaux, à mon retour de la guerre…

– Qui vous l'avait conseillée ? reprit-elle, de façon insistante.

– Le notaire Maffre. C'est mon oncle ! Ils sont voisins dans ce bourg. Il commande toujours ses chapeaux à Amélie Delmas…

– Pourquoi donc vous a-t-il recommandé cette petite chapelière ? Vous auriez dû venir chez nous !

– Eh bien, je lui trouve beaucoup de qualités. Je n'ai pas été du tout déçu par ses conseils et son travail.

– Pfft... ! Pfft... ! Même si elle a du talent, il ne peut sûrement pas égaler celui de Suzanne, notre modiste ! C'est une évidence. Avant que nous l'engagions, Suzanne a travaillé dans plusieurs grandes boutiques de Toulouse. Même les clients les plus exigeants sont ravis de ses créations.

Comme il ne répondait pas, Margaux s'interrompit, à contrecœur. D'un geste rageur, elle fouetta la croupe de la jument, qui souffla dans ses naseaux avant de repartir.

Dans l'attente du déjeuner, ils explorèrent les communs et les bâtiments de l'exploitation. Octave s'intéressa au pigeonnier sur colonnes de pierre que les comtes de Clarmont avaient construit à l'époque de la monarchie. Les Delacourt en avaient entrepris la restauration pour le repeupler de pigeons.

Quand les chasseurs arrivèrent au château, Thérèse Delacourt leur demanda de se regrouper derrière le tableau de la matinée pour conserver un souvenir de ce dimanche. C'était une tradition. Cette femme pratiquait la photographie depuis deux décennies. Margaux s'arrangea pour paraître dans l'objectif aux côtés d'Octave. Elle le retrouva ensuite dans l'ancienne orangerie pour le déjeuner. À sa grande surprise, elle accapara son attention de façon plutôt aimable en racontant à sa manière l'histoire du domaine. Les convives ne se séparèrent qu'en fin d'après-midi et Margaux chercha à retarder son départ.

– Ne nous quittez pas encore ! souffla-t-elle à Octave dans le brouhaha des politesses. J'imagine que vous aimeriez connaître la bibliothèque ! Les Clarmont l'avaient conservée dans son intégralité malgré leurs soucis financiers. Il ne manquait pas un ouvrage dans les rayons lorsque nous avons acheté le château. Tous les connaisseurs prétendent que c'est une merveille ! Vous l'apprécierez puisqu'on dit que vous vous passionnez pour la chevalerie, les vieilles familles et les châteaux forts. Vous me suivez ?

Par curiosité, Octave accepta.

Elle l'emmena jusqu'au premier étage, par un escalier en colimaçon dont les larges marches de pierre étaient patinées par le temps. Elle n'avait pas cherché à l'abuser. Plusieurs centaines d'ouvrages aux reliures anciennes s'alignaient sur les rayonnages de cette bibliothèque où le mobilier rescapé de la splendeur passée des seigneurs de Clarmont côtoyait les acquisitions des Delacourt.

– Fouillez, fouinez, furetez à votre guise !

– Vraiment ?

– Vous le pouvez !

Installée dans un fauteuil, elle le regarda s'emparer de plusieurs ouvrages en redoublant de précaution pour ne pas les détériorer, observer les dorures, les caractères, les figurines, les lettrines et les bandeaux, s'attarder sur un passage.

Il poursuivit ses explorations jusqu'au crépuscule, heureux de feuilleter des sermons de Bossuet, des œuvres de Sénèque, des ouvrages d'héraldique et de généalogie, des traités de chasse et de défense militaire, des romans de Walter Scott.

– Ces collections sont des merveilles ! reconnut-il. Ne vous en séparez pas. Elles sont d'une richesse inestimable. Pas seulement marchande ! Il y a des éditions rarissimes que certains bibliophiles recherchent aujourd'hui.

Dans son fauteuil, Margaux triomphait :

– J'étais persuadée que ces ouvrages vous captiveraient. Le pharmacien Étienne Bénazet vous présente toujours comme un homme curieux, érudit, cultivé. Je m'en réjouis. Nous... C'est très différent. Nous ne sommes pas de grands lecteurs. La direction de nos affaires nous occupe trop... Pourtant, j'aimerais découvrir certaines œuvres. Des romans surtout ! Chez les religieuses de Notre-Dame à Rodez, la supérieure ne nous proposait comme lectures que des manuels de savoir-vivre pour les jeunes femmes et des vies de saints... Aujourd'hui, je voudrais rattraper le temps perdu ! Pourriez-vous me conseiller des romans ?

Sa demande était formulée avec tellement de gentillesse qu'il ne pouvait refuser.

– Revenez donc dimanche à Clarmont, j'en serai très heureuse. Nous parlerons de tout ça, proposa-t-elle. Cette bibliothèque est à votre disposition...

Lorsqu'ils se séparèrent devant le perron, Margaux lui tendit la main avec un empressement qui embarrassa Octave.

19

Il pleuvait sans relâche depuis trois jours. Derrière sa devanture, Amélie surveillait les animations de l'esplanade de la République dans l'attente du passage de la dernière acheteuse. Elle débarquait toujours quelques minutes avant la fermeture, essoufflée, pour demander des bobines, des aiguilles à tricoter ou des boutons destinés à ses ouvrages de la soirée. Les attelages de chevaux et les charretons de livraison ne circulaient plus à cette heure. Quelques voitures continuaient à traverser la chaussée glissante. Mais elles ne s'arrêtaient pas, comme dans la journée, devant les magasins. Elles se dirigeaient vers le chemin de La Baume, l'avenue du Ségala ou le quartier des cheminots. Quant aux passants, ils se pressaient de regagner leur domicile, en cherchant, sous des parapluies dégoulinants, à se protéger des averses qui redoublaient d'intensité.

– Encore une journée minable et pourrie ! grommela-t-elle en consultant l'horloge du comptoir. De la pluie, du vent et du froid… Nous sommes vraiment en décembre. C'est décourageant pour le commerce ! Aujourd'hui, les ménagères ne s'aventureront pas sous la bourrasque, même s'il leur manque des aiguilles et des bobines.

En ce vendredi sombre de décembre, elle regrettait presque son installation à Villefranche. Depuis l'ouverture de sa boutique le 1er septembre, les réactions de la clientèle, l'affluence et les comptes ne correspondaient pas à ses espérances.

– Pourquoi nos modèles n'intéressent-ils personne ? se désespérait-elle en remarquant que les passants s'arrêtaient rarement pour les admirer. Les Villefranchois les trouvent-ils trop recherchés ou trop modernes ? Ou encore trop élégants ?

Depuis le printemps, dans leur arrière-boutique à Bellegarde, Amélie et Giuliana s'étaient démenées pour fabriquer une collection complète qui embellirait la devanture à Villefranche. Elles avaient imaginé des capelines, des canotiers, des hauts-de-forme et des chapeaux à la Devonshire que les femmes réservaient toujours aux mondanités. Octave les avait félicitées en les découvrant sur des marottes* installées harmonieusement dans la vitrine. Une semaine avant l'ouverture, il s'était précipité sur l'esplanade de la République en apprenant que les commis de la maison Delmas avaient déposé des caisses dans l'ancienne mercerie-draperie. En examinant ces chapeaux d'une manière presque tatillonne comme les plus exigeants des amateurs, il s'était exclamé :

– La technique est bien maîtrisée, les garnitures sont raffinées et les modèles sont élégants. Que demander de plus ? Des boutiques toulousaines ou parisiennes vous jalouseraient…

Certes, ces compliments la réconfortaient dans les moments de désenchantement. Mais cette devanture ne séduisait pas la clientèle populaire dont bénéficiait auparavant Roseline Boutonnet. Faute d'argent, elle n'achetait pas en dehors de l'ordinaire. Aussi Amélie s'était-elle efforcée de maintenir sur ses rayonnages les articles de mercerie. C'était grâce à cela qu'elle avait conservé les habitués de la maison et elle s'en réjouissait. Depuis le début de l'automne, ils les alimentaient en chapeaux à rafraîchir et à reformer. Elle proposait désormais des casquettes pour les cheminots, les menuisiers et les forgerons comme dans les centres ouvriers.

* Tête en bois stylisée.

Soudain, Giuliana l'arracha à ses réflexions. Elle s'affairait dans l'arrière-boutique.

– Les chapeaux d'Octave… Excusez-moi ! Les chapeaux de M. Fournier sont terminés.

Octave avait apporté deux melons à reformer. Il comptait les reprendre ce vendredi après son service.

– Il passera bientôt si quelques traînards ne le retiennent pas à l'officine ! répondit-elle. C'est fréquent. Il y a toujours quelqu'un pour demander des bandelettes ou des pommades au dernier moment. Il s'exécute même s'il aimerait bien enlever sa blouse et éteindre les lampes. Le pharmacien des Arcades, M. Bénazet, s'absente toujours le vendredi après cinq heures. C'est la journée du billard au *Grand Café du Globe*…

Octave et Amélie avaient rapidement retrouvé les habitudes du printemps précédent, à Bellegarde, lorsqu'il la rejoignait dans son magasin pendant la grand-messe. Amélie se surprenait à l'attendre, à surveiller les passants qui traversaient les deux ponts sur l'Aveyron et l'esplanade, à essayer de repérer sa Peugeot parmi les voitures qui circulaient encore, à s'inquiéter s'il se retardait, à devenir nerveuse en consultant son horloge. Sa compagnie était si agréable que la jeune modiste se débrouillait pour prolonger la discussion avant qu'ils ne se séparent devant la boutique. Amélie appréciait toujours autant sa curiosité d'esprit, son humour, ses passions, sa manière de raconter. Elle ne se lassait pas de l'entendre évoquer les dernières traversées de l'Atlantique et du Sahara, les tentatives d'exploration du pôle Sud, les progrès de l'aviation. Octave l'entraînait ailleurs. Dès qu'il pénétrait dans son magasin après une journée où elle s'était morfondue derrière le comptoir, Amélie ressentait soudain une bouffée de bonheur. Quant à Octave, il était plus que jamais sensible au charme de la jeune femme. Il préférait de beaucoup la retrouver après sa journée plutôt que de côtoyer les notables au *Grand Café du Globe*. Depuis qu'elle s'était établie à Villefranche, Amélie occupait ses pensées. Il n'était pas retourné au domaine de Clarmont, malgré l'insistance de Margaux. La jeune patronne de *La Parisienne* cherchait à l'attirer au château, c'était évident, mais elle était trop entreprenante à son goût pour qu'il ne redouble pas de précaution. Aussi, il avait multiplié les prétextes pour ne pas honorer cette invitation. Mais, pour l'heure, il n'avait pas à s'en soucier. En effet, Margaux avait disparu depuis la Toussaint. Elle souffrait d'une varicelle et son absence nourrissait les rumeurs. Certains prétendaient qu'elle se reposait dans une station des Pyrénées. D'autres affirmaient qu'elle s'était installée à Paris pour se soigner...

– M. Fournier viendra sûrement en voiture pour ne pas abîmer ses feutres ! affirma Amélie à Giuliana. Il continue à pleuvoir... Mais tu pourrais peut-être les emballer dans l'un des cartons épais de nos réserves...

– J'y ai pensé cet après-midi. Les deux feutres sont bien protégés. Ils ne se mouilleront pas...

Giuliana s'empressa d'éteindre la lampe. Elle mesurait son privilège de travailler désormais à la lumière d'une ampoule et d'habiter un modeste logement de l'avenue du Ségala que les propriétaires avaient équipé de l'électricité. C'était tellement plus confortable ! Elle n'avait plus à supporter les odeurs et la fumée d'une lampe à pétrole et elle se fatiguait moins. Sa patronne appréciait également cette révolution technique qui transformait le quotidien, même si des coupures survenaient souvent dans la journée. Elle regrettait que la Compagnie d'électricité ne desservît pas encore Bellegarde. Depuis le 1er septembre, Amélie se partageait entre les deux magasins. Elle séjournait à Bellegarde du dimanche au mercredi. Elle y avait embauché une chapelière de Caussade, qui s'était proposée dans le courant du printemps en apprenant son installation prochaine à Villefranche. Plus inventive et volontaire que Justine, la nouvelle employée ne procurait que des satisfactions. Toutefois, Amélie considérait que sa présence à Bellegarde s'imposait chaque semaine pour les commandes à transmettre aux fournisseurs, la correspondance, les règlements, la comptabilité. À Villefranche, pendant ses absences, Roseline Boutonnet retrouvait son comptoir pour que Giuliana se consacre à ses chapeaux. Dès la première rencontre, elle l'avait suggéré à Amélie.

– S'occuper de deux magasins à une quinzaine de kilomètres de distance, c'est une lourde charge ! avait-elle remarqué. Si vous le souhaitez, je vous remplacerai de temps en temps. J'habiterai toujours au-dessus de mon ancienne mercerie…

Quand Giuliana la rejoignit au comptoir, Amélie comptait la recette.

– Encore une journée de misère ! soupira-t-elle.

– Nous nous débrouillerons mieux demain ! rétorqua Giuliana. Comme chaque samedi, le marché nous amènera de la clientèle. La semaine dernière, les rentrées ont été bonnes…

– Mais on ne nous demande que des voilettes, des mantilles et des brassards, des mouchoirs en indienne, des fanfreluches, des pèlerines de grand-mère, des broderies démodées et des chapeaux très ordinaires ! remarqua-t-elle. Comme à Bellegarde à l'occasion des marchés aux bestiaux ! On nous réclame même des coiffes à pointe et des coiffes blanches d'autrefois pour les paysannes qui s'accrochent à leurs traditions.

– Et ces grands bérets pour les hommes ! compléta Giuliana. Ils sont sûrement pratiques pour les travaux des champs, mais ils ressemblent aux « pascades* » épaisses de votre cuisinière de Bellegarde. Ils sont bien trop rustiques pour le dimanche…

Cette pointe d'humour décrispa sa patronne. Les propos de Giuliana l'amusaient souvent, mais ils ne tempérèrent pas son amertume.

– Depuis l'ouverture, nous n'avons toujours pas fabriqué un seul chapeau !

– Vous exagérez !

– Vraiment ? On ne nous a commandé que des chapeaux de mémères et de *mamètes***. Nous nous encroûtons. Nous…

Amélie ne termina pas sa phrase lorsqu'elle entendit résonner les breloques de la clochette. Octave pénétrait dans la boutique en se débarrassant de son chapeau dégoulinant.

* La pascade est un genre de crêpe non sucrée, épaisse et d'un grand diamètre.
** Grands-mères.

– Mesdemoiselles ! Bonsoir ! s'exclama-t-il.

Comme toujours, il était d'humeur joyeuse.

Giuliana ne s'incrusta pas. Le temps d'endosser son manteau et d'emporter son parapluie, elle affrontait l'averse pour traverser l'esplanade dans la faible lumière des lampadaires.

À son embarras, Octave pressentit qu'Amélie était nerveuse et soucieuse.

– Vous me paraissez fatiguée, Amélie ! Vous travaillez trop… Vous vous surmenez à partager vos semaines entre Bellegarde et Villefranche. Vous ne vous reposez jamais ! Vous consacrez même votre après-midi du dimanche à votre correspondance ou je me trompe ?

Elle se contenta de sourire.

– Vous vous inquiétez pour la boutique ?

Elle ne répondit pas.

– Personne ne s'est encore manifesté pour les modèles de la devanture ?

– Personne ! consentit-elle à admettre.

– Mme Garriguet vous avait présenté des femmes qui ont apprécié vos chapeaux. Elles ne sont pas revenues ?

– Non ! Pourtant, elles m'avaient couverte de louanges. Elles m'avaient promis d'amener des cousines et des relations… Elles nous prédisaient une montagne de commandes cet automne. À les entendre, nous deviendrions rapidement la coqueluche des Villefranchois… Nous les attendons toujours.

– Mme Garriguet ne vous a pas apporté d'explications ?

– Elle ne fréquente plus nos boutiques. Ni à Bellegarde, ni à Villefranche. Pourtant, les Garriguet passent toujours leur journée du dimanche dans leur propriété de Bellegarde. Notre cuisinière s'est renseignée.

– On l'a peut-être dissuadée de continuer à vous acheter des chapeaux. Elle est exigeante ?

– Oh ! Oui ! C'est très laborieux de la satisfaire. Elle chipote sur des broutilles. Il faut être patiente. Mais nous arrivons toujours à nous entendre ! Mme Garriguet a ses habitudes dans la maison depuis plus de vingt ans…

– Je l'ai croisée la semaine dernière, au *Globe*. Mme Delacourt l'a accaparée pendant cette réception des bridgeurs à laquelle je participais. Elles se sont installées à la même table pour le dîner. C'était tellement inhabituel que tout le monde l'a constaté. Il y a même des banquets où on a l'impression qu'elles s'ignorent… Peut-être est-elle devenue une cliente de *La Parisienne*…

– Sûrement pas ! Elle m'a souvent expliqué qu'elle n'achèterait jamais ses chapeaux chez les Delacourt parce qu'elle les trouve trop austères…

– C'est sans importance. Si Mme Garriguet le demande, *La Parisienne* respectera ses désirs. Mais, peut-être, Mme Garriguet n'ose pas venir chez vous… Vous savez, les notables se serrent toujours les coudes…

– Vous plaisantez, Octave ! Ce modeste magasin ne peut pas être une concurrence pour *La Parisienne*…

– Et pourquoi pas ? Votre réputation de chapelière est parvenue depuis longtemps à Villefranche. Je suis persuadé que les Delacourt redoutent que vous leur enleviez de la clientèle ! Ils régentent le commerce de la chapellerie de luxe et je suppose qu'ils n'aimeraient pas le partager. Je ne m'étonnerais pas d'apprendre qu'ils cherchent à vous éliminer en détournant les familles huppées de votre magasin.

– Vous me semblez bien les connaître !

– Nous nous côtoyons au *Globe*. Je les entends discuter de *La Parisienne* et de la boulonnerie. Ils sont intraitables en affaires. Certains s'en plaignent dans leur personnel.

Ces explications la déconcertèrent. Elle n'avait jamais imaginé de quelconques manœuvres de ce genre.

– Mes modestes ambitions à Villefranche dérangent vraiment les Delacourt ?

– C'est une évidence, Amélie !

Octave l'emmena aussitôt derrière la devanture. Il y avait une capeline de paille blonde décorée de dentelles festonnées et de deux pompons en plumes, un grand chapeau rehaussé d'une pièce de velours rouge et de plumes disposées en cocarde, un bicorne de femme à la superbe plume d'autruche. Cette semaine, il avait remarqué trois modèles analogues dans les vitrines de *La Parisienne*. Il s'y était attardé, après le déjeuner, en attendant l'ouverture de la pharmacie des Arcades. Il conseilla à Amélie de se promener sous les couverts pendant les heures de fermeture des magasins.

– Ça m'a tellement intrigué que je suis descendu jusqu'à votre boutique avant de reprendre mon service. Je voulais vérifier tout de suite ! Et je ne m'étais pas trompé. Leur ressemblance est frappante. Pas seulement dans la forme ! Vos ornements sont identiques. Même décoration. Mêmes couleurs. Mêmes matières. C'est troublant, n'est-ce pas ?

Ses insinuations la laissèrent perplexe.

– Qu'imaginez-vous encore, Octave ? C'est une coïncidence. Je m'inspire souvent de gravures de modistes parisiens que je découpe dans des revues de mode. Nous recevons peut-être les mêmes.

– Il n'y a pas de coïncidence ! protesta-t-il. C'est trop étrange. Vous exposez ces modèles depuis le début…

Il la regarda fixement pour marteler :

– Ne vous méprenez pas ! Certains peuvent vous jalouser. C'est enfantin de vous plagier. On s'installe devant la boutique un dimanche après-midi. On observe et on crayonne… Qui s'apercevra de la supercherie ? Personne ! Et Suzanne s'en attribuera les mérites auprès de sa clientèle.

– Suzanne ?

– C'est la modiste de la maison.

– Margaux Delacourt ne dessine pas les chapeaux ?

– Non ! Elle assume seulement la direction du magasin.

– Mais c'est peut-être Margaux Delacourt qui les a repérés.

– Ça me surprendrait ! Margaux est très fatiguée d'après son entourage. Elle a contracté la varicelle à la Toussaint. On ne la voit plus et elle n'accepte de recevoir personne. Elle se repose !

– Elle continue à diriger la maison ?

– Sûrement ! Margaux Delacourt a la réputation d'une femme énergique et résistante.

– Si sa modiste m'a plagiée, c'est qu'elle en a donné l'ordre.

– Je le pense.

Les suspicions d'Octave avaient ébranlé Amélie. Son raisonnement n'était peut-être pas fantaisiste.

– Si je vous comprends, elle chercherait à m'écraser pour me renvoyer de Villefranche.

– Exactement. Réagissez, Amélie !

– Comment ? On a l'impression à vous entendre que les Delacourt font la loi dans cette ville.

Que pouvait-elle faire ? Enlever de la devanture ses créations originales pour les soustraire aux tentations d'éventuels plagiaires ? Comment les Delacourt avaient-ils l'intention de la déstabiliser ? Comme avant Pâques, alors qu'elle hésitait beaucoup à aménager une boutique à Villefranche, Amélie se sentit soudain vulnérable.

– Que peuvent deux petites modistes contre les Delacourt ?

– Vous vous accrocherez et vous répliquerez. Je ne vous laisserai pas tomber.

– Vous vous battriez contre cette famille et ces notables que vous côtoyez ?

– Les affronter s'ils le méritent ? Oui ! Je n'hésiterais pas si on vous accusait sans preuves. Les injustices me révoltent.

Retrouvant son sourire, elle le remercia de son soutien.

– C'est très généreux de vous inquiéter pour moi… Il y a des moments où je voudrais tout bazarder pour déménager à Montauban ou à Toulouse. Personne ne me connaîtrait ! Je reprendrais peut-être une boutique, mais dans un beau quartier. Ou bien je chercherais de l'embauche auprès d'une modiste…

– Déménager ? Cette bataille n'est pas encore perdue. Patientez ! N'oubliez pas vos talents. Cultivez-les ! La chance tournera.

Soudain, Amélie regarda l'horloge. Il était déjà huit heures et demi. Aussitôt, elle bredouilla quelques excuses :

– Je vous retarde ! On vous attend peut-être…

– Non ! Non ! Je ne suis pas pressé.

– Je ne voudrais pas vous ennuyer…

– Mais vous ne m'ennuyez pas !

Octave ne souhaitait pas retrouver si vite son appartement de la promenade du Guiraudet. Après ses passages à la boutique, toujours trop fugaces, un sentiment d'isolement l'envahissait. Aujourd'hui, il ressentait la nécessité de prolonger ces moments pour pouvoir regonfler Amélie qu'il devinait abattue.

– Que diriez-vous si je vous invitais au restaurant ?

– Maintenant ? s'étonna-t-elle. C'est bien trop tard ! Personne ne nous acceptera.

– Excepté au *Terminus* ! Il nous recevra à cette heure. On y accueille encore la clientèle jusqu'à l'arrivée du « Parisien » de vingt-deux heures.

– Vous connaissez parfaitement les habitudes de Villefranche ! remarqua-t-elle gaiement en cherchant son parapluie et son manteau. Et c'est avec plaisir que j'accepte !

Devant la boutique, elle constata qu'il n'avait pas emporté les deux chapeaux reformés par Giuliana.

– Je les reprendrai en vous raccompagnant ! répondit-il.

La Peugeot les conduisit jusqu'au *Terminus*. Le maître d'hôtel les installa dans la salle réservée aux représentants et aux voyageurs, où deux tables seulement étaient occupées en cette soirée hivernale. Ils ne pressèrent pas les serveurs. Octave se démena pour qu'Amélie se détende en oubliant la fatigue et les soucis de la journée. Il commanda une bouteille de Cahors pour évoquer ses souvenirs de vendanges dans le domaine de la famille Fournier à Douelle. Elle connaissait certaines des aventures survenues à cette occasion, pendant son adolescence, mais elle les apprécia à nouveau tellement les situations étaient cocasses. On approchait de onze heures quand il la raccompagna. La lumière d'un lampadaire éclairait faiblement la boutique. Amélie n'alluma pas de lampe pour attraper les deux chapeaux que Giuliana avait déposés sur le comptoir. Puis elle remercia Octave pour son invitation. En réponse, il chuchota :

– Amélie… Je voudrais vous…

Il n'acheva pas sa phrase pour avouer :

– C'est tellement difficile à dire…

Il plongea son regard dans ses yeux avant de tendre sa main pour caresser sa joue. Elle frissonna au contact de sa peau.

Soudain, il murmura :

– Amélie, j'ai tant de plaisir à être avec vous…

Dans la pénombre, elle sentit, tout proche, le visage d'Octave. Et soudain, ils étaient enlacés. Un moment plus tard, il l'embrassa avec une extrême tendresse.

20

Le lendemain, il ne pleuvait plus, mais la fraîcheur perdurait tandis que des nuages d'encre couraient toujours sous l'effet de l'autan. Les paysans du Ségala et du Causse avaient envahi la bastide en cette journée de marché. Ils encombraient l'esplanade de la République avec leurs jardinières. Leurs montures trépignaient d'impatience en hennissant et en grattant le pavage de la pointe de leurs sabots. La présence des attelages et des paysans en blouse, les odeurs de crottin et le brouhaha entretenaient toutes les semaines une ambiance de comice agricole. Chargées de paquets, quelques femmes bavardaient devant le magasin d'Amélie. À l'occasion des marchés, la jeune modiste ne fermait pas à midi pour recevoir les habitants de la campagne. Après avoir vendu les produits de leur basse-cour, ils s'attardaient toujours en chemin.

– Les paysans ne consultent pas souvent leur montre s'ils en possèdent une ni l'horloge de la collégiale ! avait-elle expliqué à Octave après son installation. Dans les fermes, ils « marchent » à l'heure solaire. Certains arrivent à midi et demi. Ou à une heure. Nous ne fermons pas.

Octave la découvrit derrière son comptoir où elle présentait à deux femmes des bretelles, des boutons et des ceintures. Elle le remarqua aussitôt que les breloques de la clochette retentirent, mais elle ne s'étonna pas de sa présence.

– Je n'attendrai jamais jusqu'à mercredi que vous reveniez de Bellegarde pour vous retrouver ! avait-il chuchoté à son oreille au moment où ils s'étaient séparés devant la boutique. Non ! Je ne pourrai pas…

Ils se regardèrent pendant quelques secondes et Amélie s'occupa à nouveau de ses clientes. Il observa à la dérobée son humeur joyeuse, ses sourires, ses amabilités. Pourtant, ces femmes se montraient vétilleuses ! Mais elle manifestait beaucoup de gentillesse pour les contenter.

L'horloge sonnait treize heures lorsque ces clientes réglèrent les bretelles et les ceintures achetées pour leurs époux.

– Quelle matinée ! s'exclama-t-elle après leur départ. Depuis dix heures, la boutique n'a pas désempli. C'était l'affluence d'une grande journée de marché.

– Et vos recettes sont bonnes ! enchaîna Octave.

– Nous ne nous en plaindrons pas ! On nous a demandé des chapeaux du « dimanche » pour femmes. Ordinaire… Et même pour hommes. C'est nouveau !

– Vous désespériez !

– Et comment ! J'étais très inquiète pour mes affaires. Depuis deux ou trois semaines, personne ne dépensait ! Ou seulement pour des babioles… Les fêtes de Noël arrivent et les paysans y pensent. Il était grand temps ! Comme les ventes de bétail sont à nouveau bonnes depuis cet automne, les hommes acceptent de desserrer les cordons de la bourse…

Octave l'interrompit dans ses explications :

– Il n'y a plus personne devant le magasin. Ni aux abords. Je vous enlève, Amélie !

Il l'entraîna aussitôt dans l'arrière-boutique.

– J'étais certaine que vous viendriez ! murmura-t-elle.

Elle avait demandé à Sylvaine, la jeune femme qui s'occupait de son ménage et de sa cuisine, de préparer des provisions pour deux.

– Je regardais souvent l'horloge, depuis mon arrivée, tout en surveillant les passants qui s'arrêtaient devant ma boutique.

Mais les hommes uniquement ! Les femmes ne m'intéressaient guère aujourd'hui même si elles admiraient mes chapeaux.

Il avait apporté l'une des meilleures bouteilles du domaine des Fournier.

– Notre régisseur l'a baptisée « château Fournier » ! Je trouve que c'est exagéré, mais mes parents ne veulent pas le contrarier. Il entretient la propriété comme ses propres vignes… Je vous y emmènerai un dimanche de printemps ! C'est le moment où les premiers bourgeons verdissent. Lorsque nous marcherons entre les rangées, vous respirerez les parfums du chèvrefeuille, de la menthe sauvage et du serpolet… Ce domaine, vous l'aimerez ! Il est tellement reposant… J'avais une bouteille de 1915. C'était un excellent millésime même s'il manquait des hommes pour travailler les vignes.

Dans l'arrière-boutique, Amélie recouvrit d'une étoffe épaisse la grande table de noyer où les deux modistes travaillaient. Elle y disposa le contenu de son panier. Alors qu'elle lui tournait le dos, Octave déposa dans son cou un baiser. Dès qu'ils desserrèrent leur étreinte, elle éprouva la nécessité de parler. Sa déclaration de la veille, elle ne s'y attendait pas. Des questions l'avaient assaillie sitôt qu'elle avait retrouvé son logement. Quels étaient ses propres sentiments ? Était-ce cela l'amour ? Octave comptait-il s'engager ou se contenter d'une simple passade ? Elle n'avait pas l'intention de souffrir à nouveau. N'arrivant pas à trouver le sommeil, des souvenirs étaient remontés dans sa mémoire pour s'y entremêler d'une manière douloureuse. Amélie n'oublierait jamais les racontars à propos de leurs prétendues coucheries, les réactions cassantes de l'oncle d'Octave qui les avait séparés, les mises en garde de son père, les attaques injustifiées de Julien qui l'avaient blessée. Ces souvenirs avaient tempéré cette sensation d'euphorie dans laquelle la douceur des paroles et des gestes d'Octave l'avait plongée. Mais ils n'éclipsaient pas son attirance pour cet homme qui l'avait toujours respectée. Il n'avait pas essayé de la séduire avant que Julien ne revienne de Russie. Pourtant, les occasions n'avaient pas manqué et sans doute avait-il éprouvé des sentiments amoureux à son égard dès leurs premières promenades. Opiniâtre, il avait attendu le moment le plus propice avant de se déclarer, mais elle ne doutait pas qu'il avait souffert en l'aimant en silence.

– Comment vous expliquer ? Tout s'embrouille, Octave ! finit-elle par avouer alors qu'il la regardait tendrement. Ne me demandez pas ce que je pourrais ressentir aujourd'hui. C'est toujours la confusion dans mes pensées. Cette délicatesse, cette tendresse... Cela m'a bouleversée...

– Et vous avez très mal dormi !

Écarlate, elle détourna le regard.

– Vous me semblez de plus en plus fatiguée !

– Je me reposerai dimanche.

– Vraiment ?

– Je vous le promets.

Amélie remarqua également son visage chiffonné.

– Mais vous aussi, vous manquez de sommeil, Octave !

Pouvait-il le contester ? Il ne s'était endormi qu'à cinq heures. Ce qui s'était passé l'avait troublé. Les réactions de la jeune femme l'avaient plongé dans une exaltation profonde. Depuis septembre et l'installation d'Amélie à Villefranche, Octave avait souvent reporté le moment où il prendrait la décision d'exprimer ses sentiments. Il redoutait qu'elle ne considère sa déclaration prématurée. Ou incongrue, parce qu'il savait qu'un serment de fidélité l'unissait à son premier amour. Il avait éprouvé du soulagement en remarquant qu'elle ne l'avait pas repoussé. Octave avait même la sensation qu'Amélie s'était réfugiée contre sa poitrine d'une manière naturelle.

– Je pensais à vous tous les jours en me couchant, poursuivit Octave. Je vous aime depuis des mois. Je ne compte plus ! Lorsque mon oncle nous a séparés, c'était terrible. J'étais révolté qu'on nous insulte et qu'on nous salisse sans raisons. C'était ignoble. Même si j'étais blessé, j'en souffrais surtout pour vous. Vous ne le méritiez pas ! Je ne vous en aimais que plus. Cet amour me torturait. Dès que je terminais ma journée à la pharmacie, je me précipitais à mon appartement. Je vous écrivais de longues lettres que je ne vous envoyais pas…

Amélie en fut émue au-delà de tout. Il y avait de la noblesse dans la manière dont il avait affronté cette situation. Pas une allusion. Pas une parole. Il avait maquillé ses tourments sous son humour et son entrain habituels. Dans cette épreuve, son comportement avait été à la hauteur de ce qu'elle avait toujours apprécié chez Octave.

– Ne vous trompez pas sur mes intentions ! continua Octave. Les aventures ne m'intéressent pas ! Je vous épouserai si vous partagez mes sentiments et si vous pensez que nous pourrions être heureux… C'est vous qui en déciderez, Amélie.

Devant son embarras, il précisa aussitôt :

– Je ne vous demande pas de réponse aujourd'hui ! Ni dans une semaine. Ni même avant Pâques. Pourquoi vous presser ? Prenez le temps d'y réfléchir. Je vous attendrai jusqu'au printemps ou même à l'automne. Mais je vous attendrai parce que je vous aime…

21

Pendant cet hiver, tout Villefranche bruissa de la disparition de Margaux Delacourt. La jeune femme ne se montrait ni au théâtre, ni au *Globe*, ni à l'hôtel de France, ni à la sous-préfecture. Cela ne pouvait qu'entretenir des nouvelles fantaisistes. Ses parents avaient beau expliquer qu'elle avait contracté la varicelle, peu de gens y croyaient. Beaucoup avaient la conviction que Zéphirin et Thérèse Delacourt leur cachaient la vérité. Dès lors, les rumeurs abondaient. On prétendait que Margaux souffrait d'une maladie incurable, que des médecins la soignaient dans un hôpital parisien et qu'elle ne reviendrait pas à Villefranche avant le printemps. Quelques habitués du magasin soutenaient qu'un remariage, imminent, l'avait opposée à ses parents et qu'elle avait disparu pour rejoindre son compagnon à Montauban. La preuve ? Ils avaient observé que sa mère l'avait remplacée auprès de la clientèle et qu'elle assumait à nouveau depuis la Toussaint ses fonctions de directrice de *La Parisienne*, comme avant le mariage de sa fille. Des femmes « bien informées » colportaient que les parapluies, les vêtements, les draperies ne l'intéressaient plus. Elles affirmaient que les Delacourt cherchaient un acquéreur pour *La Parisienne* mais également pour la boulonnerie afin de s'installer sur la Côte d'Azur. De nombreux habitants considéraient en effet que les explications de l'entourage de Margaux n'étaient pas crédibles. S'enfermer dans son appartement comme une pestiférée pendant des semaines pour quelques vésicules de varicelle ? « C'est de la comédie ! » pouffaient-ils. Toutefois, lorsqu'on demandait de ses nouvelles à Thérèse Delacourt, cette dernière s'obstinait à répondre :

– Margaux est affaiblie ! Elle ne se relève pas de sa varicelle, elle a besoin de se reposer…

Intrigués, certains avaient interrogé Étienne Bénazet et même Octave Fournier sur les séquelles de la varicelle chez les adultes. Tous deux leur avaient confirmé que cette maladie entraînait une grande fatigue, mais cela ne les avait pas convaincus.

Margaux réapparut à *La Parisienne* à la mi-janvier, un samedi de marché. Elle s'y était résolue le vendredi après-midi devant l'agacement persistant de ses parents qui ne supportaient plus d'entendre des racontars. Certes, elle n'avait pas encore retrouvé toute son énergie et son mordant. Mais, surtout, elle n'admettait pas que son visage conservât des cicatrices. S'estimant défigurée, Margaux était convaincue qu'elle porterait à jamais les stigmates de cette maladie et que sa vie en serait gâchée. Elle en ressentait une profonde amertume qui préoccupait beaucoup ses parents. Ils ne l'avaient jamais connue dans une pareille asthénie depuis que son époux était tombé sous la mitraille au début de la guerre en 1914. Elle se claquemurait pour ne rencontrer personne. Son père l'avait bousculée :

– Si tu te montrais, on ne jaserait plus !

Sa présence dans les rayonnages du magasin un samedi de marché démentirait la gravité de sa maladie, son déménagement et leurs prétendus différends familiaux.

– Tu voudrais que je me montre demain au magasin alors que je suis encore défigurée ? avait-elle protesté. Ah ! non ! Pas tout de suite. Laisse-moi du temps…

– N'exagère pas, Margaux ! avait répondu sa mère qui avait essayé de la raisonner. Tes cicatrices se sont bien atténuées et je suis persuadée que beaucoup, parmi notre clientèle, ne les remarqueront pas !

Bien sûr, tu es encore pâlotte comme quelqu'un qui se relève d'une maladie, mais c'est normal. Personne n'y trouvera à redire…

– Reprends-toi, Margaux ! avait poursuivi son père. Travaille à nouveau et tu te sentiras mieux. Suzanne et le personnel te seconderont. Et nous ne te lâcherons pas avant que tu retrouves la pleine forme. Mais tu pourrais également rejoindre le domaine les après-midi de beau temps. Une balade dans les sous-bois te redonnerait des couleurs. Certes les journées sont froides en ce moment, mais elles sont très belles… Vladimir et les chevaux t'attendent à Clarmont… Tu pourrais même y entraîner Octave le dimanche. Il ne refuserait certainement pas de t'accompagner. Je ne comprends pas pourquoi vous ne vous fréquentez plus… Il nous semblait tellement heureux, cet automne, de découvrir les « merveilles » de notre bibliothèque !

Il avait touché un point sensible, et cela accentua sa mélancolie. Octave n'avait cessé d'occuper toutes ses pensées depuis qu'il avait participé à leur journée de chasse à Clarmont. Il n'était pas retourné au domaine comme Margaux l'avait follement espéré à l'automne et elle avait compris rapidement qu'il avait multiplié les prétextes pour ne pas la rejoindre. Pour autant, la jeune femme n'avait pas renoncé à ramener Octave à Clarmont, mais elle avait manqué de chance. La semaine de la Toussaint, une éruption de boutons l'avait défigurée en quelques jours ! C'était un mercredi. Margaux s'en souvenait encore. Consulté, le médecin de famille avait confirmé ses craintes. « C'est bien la varicelle et elle est sérieuse ! » lui avait-il précisé. Des vendeuses de *La Parisienne* l'avaient déjà prévenue qu'une épidémie sévissait depuis deux semaines à Villefranche. Dans son enfance, elle avait échappé à cette maladie mais, depuis, elle redoutait de l'attraper. Elle l'avait contractée au plus mauvais moment alors même qu'elle montrait de l'intérêt pour un homme ! C'était bien la première fois depuis qu'elle avait rencontré, avant la guerre, son époux, Pierre. Aussi, l'espoir de revoir Octave lui donna la force de rompre son isolement.

Margaux songeait à lui lorsqu'elle rejoignit la boutique. Comme l'annonce de sa guérison se répandrait sûrement sous les arcades, elle espérait qu'Octave se précipiterait à *La Parisienne* pour prendre de ses nouvelles. « Il se déplacera dans la matinée ou même au moment de la fermeture de la pharmacie s'il y a trop de monde ! imaginait-elle. C'est un homme qui a de l'éducation… » Mais une question l'assaillait. Que penserait-il des cicatrices qui l'avaient défigurée pendant des semaines ? Souvent, devant la coiffeuse de sa chambre, la jeune femme examinait son visage piqueté de petits points de couleur marron. Ce matin, avant de brosser ses cheveux, elle n'y avait pas résisté. Malgré les propos rassurants de ses parents, Margaux constatait qu'elle ressemblait à l'une de ces malades hideuses, atteintes de la petite vérole, qu'elle avait remarquées sur des gravures de manuels scolaires pendant son adolescence dans le pensionnat de religieuses.

Son apparition provoqua l'affluence des grandes journées. La boutique ne désemplit pas, au point que les Delacourt reportèrent la fermeture d'une demi-heure pour satisfaire la clientèle. Certains s'étaient déplacés seulement pour saluer Margaux, mais ils ne quittèrent pas *La Parisienne* sans emporter des babioles. On ne pénétrait jamais dans un magasin sans l'intention d'acheter. C'était la coutume à Villefranche et dans l'Aveyron. Par correction, on la respectait partout…

Cette affluence ne pouvait que requinquer Margaux. Sans ressentir de fatigue comme elle l'avait craint à son retour, elle recevait les habitués, qui l'embrassaient. Elle les conseillait sans hésitation malgré des semaines d'absence, et sans précipitation, avant de répondre à leurs questions à propos de sa maladie. En cette matinée hivernale, Margaux Delacourt avait l'impression de retrouver son influence et son pouvoir. Toutefois, lorsque les derniers acheteurs désertèrent *La Parisienne* aux environs de treize heures, elle se rembrunit. Octave ne s'était pas manifesté de la matinée. Thérèse et Zéphirin Delacourt essayèrent de tempérer sa déception.

– Depuis huit heures, Octave était aussi occupé que nous ! Les pharmacies de Villefranche ne désemplissent pas le samedi.

Octave ne pouvait sûrement pas s'absenter de son comptoir, sinon il n'aurait pas manqué ton retour au magasin. Ne t'inquiète pas, Margaux ! Vous vous verrez demain au *Globe*.

Comme chaque année à pareille époque, les bridgeurs organisaient au *Grand Café du Globe* un déjeuner dominical qui marquait la reprise de leurs activités après les fêtes. Zéphirin et Thérèse Delacourt y assisteraient. Margaux avait l'habitude d'y participer également et ils espéraient qu'elle ne renoncerait pas à cette tradition. C'était une occasion d'étouffer les rumeurs.

– Tu viendras ?

– Oui. Bien sûr ! Je dois à nouveau me montrer. Il n'y a pas de raison pour que je ne sorte plus.

Soudain regonflée par les réactions de leur clientèle, Margaux avait l'intention de s'arracher à la léthargie dans laquelle elle s'était enfoncée pendant des semaines.

Le lendemain, dans sa chambre, elle consacra la matinée à se préparer. De la superbe armoire de mariage que l'ébéniste avait embellie d'oiseaux et de bouquets sculptés, elle exhuma toutes ses toilettes pour les comparer, puis elle essaya chapeaux, chaussures et pochettes. Mais ses hésitations persistaient toujours lorsqu'elle entendit la pendule égrener onze coups. La jeune femme était tiraillée entre l'envie de porter un ensemble en laine rayé, qui l'attirait par ses couleurs rouge et crème, et une robe mauve à l'encolure légèrement échancrée et aux manches trois-quarts décorées de broderies. Elle se regarda et tournoya devant la psyché avant de prendre une décision. La toilette mauve remporta d'autant plus ses faveurs qu'elle pouvait l'assortir d'un chapeau à larges bords, imaginé par la modiste de *La Parisienne*. Suzanne en avait recouvert la calotte d'une étoffe de couleur mauve, puis l'avait décoré de dentelle festonnée et de fleurs. Elle l'avait fabriqué après la Toussaint au point que personne ne l'avait encore découvert. C'était l'occasion de démontrer qu'elle employait, dans sa boutique, une créatrice confirmée au moment où une « chapelière de campagne » manifestait la prétention de la concurrencer à Villefranche. Dans sa toilette à l'élégance et aux accents printaniers, Margaux était persuadée que les femmes la remarqueraient lorsqu'elle pénétrerait dans le restaurant, mais elle souhaitait surtout se distinguer pour surprendre Octave. Ensuite, elle s'accorda le temps de se maquiller en essayant de masquer les cicatrices les plus visibles.

Sitôt que les Delacourt se présentèrent à l'entrée du *Globe*, des chuchotements parcoururent l'assistance. Dans l'attente du déjeuner, les maîtres d'hôtel proposaient du champagne à la cinquantaine de convives rassemblés dans le grand salon. D'emblée, comme elle l'espérait, Margaux cristallisa toute la curiosité et l'attention. On se précipita à sa rencontre pour l'embrasser, la complimenter. On l'interrogea sur sa maladie. Mais les politesses et les amabilités ne l'intéressaient guère. Elle cherchait Octave du regard. Il s'était réfugié à une extrémité du salon quand le murmure de son arrivée avait parcouru l'assistance. Il voulait l'éviter ou, tout au moins, retarder le moment où elle viendrait le saluer. Dès qu'elle parvint à le repérer et à se libérer, la jeune femme le rejoignit aussitôt. Cela n'échappa à personne. Octave discutait avec deux hommes plus âgés, un chirurgien et un avocat de la ville. Mais c'est à lui seul qu'elle adressa d'abord la parole.

– Octave, quel plaisir de vous voir !

Elle esquissa un grand sourire qui éclaira son visage amaigri. Puis elle se tourna vers le chirurgien et l'avocat et leur concéda quelques formules rapides de politesse.

Après leur départ, Octave fit preuve de la plus grande courtoisie.

– Comment vous portez-vous, Margaux ? À vous voir, vous ne paraissez plus souffrante…

– Je suis presque guérie et je peux sortir à nouveau. Mais ma convalescence a été interminable.

– Vous me semblez encore fatiguée.

– La maladie m'a beaucoup affaiblie. On a dû vous le dire. Elle ne m'a pas épargnée.

Octave comprit l'allusion. Dès qu'elle les avait rejoints, il avait remarqué sur son visage les cicatrices que son maquillage n'était pas parvenu à dissimuler. Il s'appliqua à la rassurer.

– Patience ! Dans quelque temps, tout rentrera dans l'ordre et vous n'y penserez plus…

En frappant dans ses mains, le président interrompit soudain leur conversation. Il était l'heure de passer à table.

Ils gagnèrent aussitôt le restaurant. Margaux s'arrangea pour déjeuner à la même table et elle l'accapara habilement. Ses intentions ne trompèrent pas les convives. Après le dessert, dès qu'elle s'éloigna pour retrouver ses parents à une autre table, des bridgeurs qui l'entouraient soufflèrent à Octave :

– Margaux nous étonnera toujours. On soutenait qu'elle ne se remettait pas de sa varicelle et elle nous semble bien pimpante. On a l'impression qu'elle cherche à mettre le grappin sur vous…

Son manège amusait Octave plus qu'il ne l'inquiétait. Il n'éprouvait pas de sentiments pour Margaux et il était heureux d'avoir réussi à repousser, sous des prétextes divers, toutes ses invitations dans son château durant l'automne. Désormais, Amélie occupait toutes ses pensées.

Margaux le rejoignit à nouveau avant le début des parties de bridge.

– Nous serons à Clarmont, dimanche. Vous pourriez nous y rejoindre ?

Comme il ne répondait pas, elle s'appliqua à le convaincre :

– Si le temps est encore beau, nous pourrons aller marcher un peu. Et puis, n'oubliez pas la bibliothèque ! Je regrette tellement que vous n'ayez pas pu en profiter ces derniers mois !

– Je ne sais pas. Peut-être.

Mais pouvait-il refuser une nouvelle fois cette invitation sans la froisser, elle et ses parents ? En l'acceptant, il y entrevit surtout l'occasion de clarifier la situation. Dimanche, Octave signifierait calmement à Margaux qu'il n'éprouvait pas de sentiments pour elle, qu'elle ne devait pas s'obstiner à chercher à le rencontrer ni à essayer de le séduire. Il espérait dissiper les malentendus. Qu'elle ne s'imagine pas qu'il la repoussait seulement parce que la varicelle l'avait enlaidie ! Octave était amoureux d'une autre femme et comptait l'épouser. Margaux devait le comprendre !

22

Octave avait promis de la retrouver à Clarmont, mais Margaux renouvela l'invitation dans la semaine. Craignait-elle qu'il manquât à sa parole et qu'il se dérobât encore ? « Le temps est toujours au beau ! souligna-t-elle dans le courrier qu'elle rédigea à son attention et qu'elle déposa ensuite dans la boîte à lettres de la pharmacie. Nous profiterons d'une superbe journée ! Je compte sur vous... »

Le lendemain, Margaux l'attendait devant le château dans un costume d'amazone.

– Bienvenue à Clarmont ! s'exclama-t-elle. C'est un bonheur de vous recevoir. Vous ne vous imaginez pas combien vous me manquiez...

Impassible, Octave répondit par une formule convenue de politesse.

– Marchons ! suggéra-t-elle. Il y a un beau soleil... Puis nous rejoindrons la bibliothèque et Alexandra nous préparera du chocolat...

Alexandra était l'épouse de Vladimir, le piqueur ukrainien. Elle entretenait la gentilhommière en l'absence des propriétaires. À la demande expresse de Margaux, elle allumait depuis deux jours l'énorme calorifère de la bibliothèque. Après l'acquisition de cette demeure, les Delacourt l'avaient équipée de quelques appareils de chauffage pour qu'ils puissent y séjourner pendant la période hivernale.

Ils traversèrent un pâturage où galopaient des chevaux, puis ils s'engagèrent sur le chemin bordé d'arbres où Bergère, la jument comtoise, les avait emmenés à l'automne. Silencieux, tous deux marchèrent dans les feuilles mortes qui tapissaient les sous-bois et craquaient sous leurs chaussures. Octave attendait le moment opportun pour provoquer une discussion sur leurs relations et dissiper toute équivoque. Quant à Margaux, elle réfléchissait à la manière d'entrer dans une conversation plus intime. Ils n'échangèrent que des banalités avant de parvenir à la clairière de l'Étang. Deux kilomètres environ les séparaient de la gentilhommière, mais la jeune femme semblait exténuée.

– Reposons-nous ! proposa-t-elle, essoufflée, en s'asseyant sur des rondins de chêne que Vladimir avait débités dans l'hiver. Je ne suis plus habituée à marcher. C'est ma première promenade depuis la Toussaint.

À quelques mètres de distance, il l'observa à la dérobée tout en regardant les canards s'ébattre dans l'étang.

Soudain, elle l'interpella gentiment :

– Si vous m'aidiez à enlever mes bottes, Octave…

Il s'approcha de la jeune femme, s'agenouilla dans les feuilles mortes qui formaient un coussin moelleux, puis s'exécuta sans se presser. Avant qu'il ne se relève, elle se pencha lentement vers son visage qu'elle enserra entre ses deux mains pour l'amener à sa hauteur. Brusquement, Octave l'empêcha de poursuivre en la repoussant sans précaution. Il avait rassemblé toute son énergie pour se dégager et Margaux tomba en gémissant. Il la secourut aussitôt.

– Mais que s'est-il passé ? balbutia-t-elle.

Reprenant ses esprits, elle poursuivit plus sèchement :

– Quelle mouche vous a piqué ? J'aurais pu me faire mal !

Écarlate, elle s'acharna sur ses bottes qu'elle n'arrivait toujours pas à enlever.

Octave s'excusa platement.

– Votre geste m'a tellement surpris que…

– Pourquoi me rejetez-vous ? s'indigna-t-elle en massant ses hanches endolories.

Elle avait la respiration saccadée. Le visage cramoisi, elle claironna soudain ses intentions :

– C'est vous que je veux ! Vous n'avez donc pas compris ?

Elle se rechaussa rapidement, se précipita contre sa poitrine.

– Je vous en prie, Margaux ! insista Octave en la repoussant.

Puis il s'éloigna en direction de l'étang. Elle le rattrapa.

– Mais pourquoi me fuyez-vous ? On a l'impression que vous me considérez comme une pestiférée... C'est à cause de ma maladie ? Moi, l'héritière d'une famille fortunée !

Margaux regretta aussitôt ses propos.

– Octave ! Écoutez-moi ! le conjura-t-elle. Oubliez tout ce que je viens de vous dire...

Furibond, Octave s'était engagé sur le chemin du retour. Mais elle n'arrivait pas à soutenir son rythme.

– Pourquoi vous enfuyez-vous ? Je voudrais tellement que nous nous expliquions.

Il consentit à s'arrêter, s'appuya contre un noisetier puis se prépara à l'affronter.

– C'est vous que je veux, Octave ! martela-t-elle. Vous surpassez sans hésitation tous les prétendants qu'on m'a présentés depuis l'armistice... Et tout deviendrait si simple. Nous pourrions nous fréquenter d'une manière officielle, rassembler nos deux familles à l'automne dans cette propriété pour les fiançailles et puis organiser notre mariage pour le printemps...

Octave la regardait, stupéfait. Elle régentait son mariage comme ses affaires, décidant toujours à la place des autres. L'amour existait-il pour elle ? Et ses propres sentiments, comptaient-ils pour Margaux ?

– Vous épouser ? Ah ! Non ! protesta-t-il. Un mariage ne se décrète pas en claquant des doigts. Vous ne m'attirez pas et je ne vous aime pas.

Redoublant de volonté, elle enchaîna aussitôt :

– Je vous rendrai heureux, Octave ! C'est le plus important...

La passion et l'amour ? Ça ne compte pas dans la vie ! Ou bien si peu… Je vous donnerai une fortune, des relations. Vous ne travaillerez plus si vous m'épousez. Nous voyagerons ! Vous m'emmènerez à Monaco, Cannes, Biarritz, Londres, Venise, Madrid ou même à New York… *La Parisienne* m'accapare tellement que j'aimerais découvrir le monde pour rattraper le temps perdu. Je ne connais même pas Paris…

Il l'interrompit brusquement.

– Pourquoi vous obstinez-vous à me convaincre ? Vous n'y arriverez pas ! Je n'accepterai jamais d'épouser quiconque pour des voitures, des relations, des voyages et des réceptions qui ne m'intéressent pas. Vous ignorez peut-être que le bonheur ne s'achète pas. Il se construit. Il n'y a pas de mariage heureux sans des sentiments, de la tendresse, des attentions… Et puis…

Il marqua un temps de silence avant d'ajouter :

– Je voudrais vous dire encore une dernière chose, Margaux. J'aime une femme… Nous nous aimons tous les deux d'un amour vrai. Et je compte bien l'épouser.

Octave n'attendit pas Margaux pour retrouver le chemin. Il ne remarqua même pas qu'elle s'était effondrée sur les feuilles mortes pour pleurer.

23

Même s'il conservait de mauvais souvenirs de cet après-midi, Octave éprouvait cependant une satisfaction. Cela dissuaderait Margaux d'organiser de nouveaux rendez-vous. Surtout, il avait redouté qu'Amélie n'apprenne par quelque racontar ses visites à la propriété des Delacourt. « Je pouvais tout gâcher d'une manière stupide ! » songeait-il. Octave espérait seulement que Margaux n'essaierait pas de le relancer. La patronne de *La Parisienne* n'était pas femme à renoncer facilement.

Dès le mercredi, Étienne Bénazet admonesta son employé dans sa pharmacie comme s'il s'agissait d'un gamin. Lorsque tous deux se retrouvèrent après la fermeture dans l'arrière-boutique, il ne le ménagea pas.

– Qu'est-ce que j'apprends ? tempêta-t-il tout en enlevant sa blouse. Des rumeurs circulent à votre sujet, Octave… Et je vous prie de croire qu'elles ne me plaisent pas ! On raconte que vous êtes un homme rustre et brutal. Vous auriez essayé d'abuser de Margaux. Dieu merci, personne ne vous accuse de l'avoir violée, mais c'est grave tout de même. On vous suspecterait de gestes déplacés qui l'auraient humiliée. Quand on me l'a rapporté, j'étais abasourdi ! Ce comportement est inadmissible. Consternant. Je vous imaginais en gentleman. Votre éducation, vos origines, vos compétences, votre raffinement, tout y contribuait ! Depuis votre installation à Villefranche, on vous appréciait. On recherchait votre compagnie dans les réceptions… Et quand j'entends que…

Les poings serrés, il ne décolérait pas.

– Vous me décevez, Octave ! Quand vos parents le sauront, ils en seront atterrés.

Abasourdi, Octave riposta aussitôt :

– On raconte n'importe quoi ! On cherche à me traîner dans la boue. Vous me connaissez ! Je suis un homme honnête qui ne se permettrait pas d'humilier Margaux par des gestes déplacés. Je n'ai jamais essayé d'abuser d'elle ! Bien au contraire, c'est Margaux qui me poursuit ! Elle s'acharne à vouloir m'épouser, mais je n'éprouve pas de sentiments pour cette femme…

– Les sentiments ? Vous plaisantez ! Je n'avais rencontré ma femme qu'à deux ou trois reprises avant de l'épouser, mais nous nous sommes très bien entendus… Croyez-moi, Octave ! C'est plus important que la passion. Si vous le souhaitiez, vous vous entendriez également, et les sentiments viendraient peut-être dans quelques années. Réfléchissez calmement ! Les Delacourt sont fortunés, puissants, respectés et même redoutés à Villefranche. Pour vous, une pareille occasion de mariage ne se retrouvera pas. Tout pourrait peut-être s'arranger si vous le vouliez. Songez à votre avenir !

– Mon avenir ? Mais c'est tout réfléchi ! Je ne me marierai pas pour de l'argent et des intérêts, mais par amour…

Les sourcils froncés, Étienne Bénazet le regarda fixement :

– Mais les rumeurs ne s'arrêtent pas là… Il y a bien plus grave encore pour la réputation de cette maison. On se moque de vos mœurs légères. On prétend que vous passez des soirées dans des bordels de Montauban ou de Toulouse…

– Ce sont des bobards ! rétorqua Octave. On m'accuse sans disposer de la moindre preuve. Je vous le répète : on cherche à me nuire !

Sans s'attarder sur sa réponse, le pharmacien poursuivit :

– On raconte également que vous avez une maîtresse. Vous fréquentez de plus en plus souvent la boutique de la chapelière sur l'esplanade de la République. Ne le contestez pas, Octave ! Villefranche n'est qu'une bourgade. On ne peut pas y fréquenter une femme sans que les habitants l'apprennent puis en répandent la nouvelle.

Octave encaissa sans broncher.

– Cette petite chapelière est-elle devenue votre maîtresse ? demanda-t-il avec insistance.

– Amélie Delmas deviendra bientôt ma femme parce que je souhaite l'épouser ! répondit calmement Octave.

– Malheureux ! tempêta-t-il. Vous n'y pensez pas. Tout le monde se souvient à Villefranche de son premier fiancé. Un ancien « poilu » ! C'était un ivrogne. Et vous le savez bien, Octave.

Puis il ajouta :

– Vous méritez bien mieux que cette petite modiste !

– Ne vous mêlez pas de ma vie privée ! ordonna Octave qui ne supportait pas son jugement à l'emporte-pièce sur Amélie et sur ses amours. Elle ne vous regarde pas.

– Détrompez-vous ! Votre vie privée me regarde parce que vous êtes mon employé, répliqua-t-il. Et je n'accepterai pas que des racontars nuisent à la réputation de ma pharmacie…

Ils n'en reparlèrent pas, mais de la distance s'instaura entre les deux hommes. Octave remarqua rapidement que les notables fréquentant la pharmacie gardaient désormais leurs distances. Ils n'engageaient plus la conversation au comptoir et ils affichaient à son encontre une froideur surprenante. Ils ne le saluaient plus s'ils le croisaient dans les ruelles et détournaient leur regard s'ils ne pouvaient pas l'éviter. Octave avait l'impression d'être victime d'un complot : cherchait-on à l'exclure des cercles où Étienne Bénazet l'avait introduit, après son arrivée à Villefranche ? Lorsque la réception des bridgeurs rassembla à nouveau tout ce beau monde au *Grand Café du Globe*, les Delacourt et leurs proches se comportèrent d'une manière désagréable. Dès l'instant où ils le repérèrent dans les salons, ils le dévisagèrent ironiquement. Puis ils se répandirent parmi les convives pour commenter les désillusions de Margaux et, surtout, la prétendue inconduite de son soupirant. De réputation, les Delacourt avaient un caractère rancunier. Si on ne leur obéissait pas, ils colportaient des calomnies. Octave était désormais leur cible préférée. Leurs rancœurs le poussèrent à ne plus fréquenter les lieux où la bonne société se retrouvait. La compagnie de ces notables, inféodés aux Delacourt, ne l'intéressait plus.

Désormais, il ne fréquentait plus qu'Amélie. Et il s'appliqua à la protéger de son mieux des rumeurs qui circulaient. Il ne les évoquait jamais et ne laissait pas paraître son inquiétude. Octave craignait que la jeune femme leur accorde de l'importance, le suspecte d'infidélité et soit assaillie par le doute. Depuis des semaines, leur relation avait transformé son existence. Deux fois par jour, au déjeuner et en fin de journée, ils se retrouvaient dans son arrière-boutique et discutaient de tout et de rien. Ces discussions les entraînaient souvent sur des terrains plus secrets. La jeune femme s'exprimait en toute confiance. Elle n'avait pas dissimulé à Octave les espérances, les déceptions et les souffrances de sa première expérience amoureuse avec Julien. Octave comprenait la profondeur de ses blessures qui cicatrisaient lentement…

Et sitôt qu'Amélie repartait pour Bellegarde, Octave ne pouvait s'empêcher de lui écrire. Elle conservait ses lettres auprès d'elle, en reprenait la lecture avant de s'endormir. Octave y manifestait toujours de petites attentions touchantes et une pointe d'humour qui adoucissait les contrariétés de la journée. Et dès son retour, chaque mercredi, il l'accueillait à sa descente de l'autobus. Le terminus des autobus avait déménagé de l'esplanade de la République pour se rapprocher des bâtiments de la compagnie ferroviaire. Octave s'en réjouissait. Maintenant, il pouvait attendre la jeune modiste sans déclencher les commentaires désobligeants des habitués du *Globe*. Mais il redoublait de prudence en s'éloignant de la foule pour stationner à distance, près des entrepôts. Dès qu'elle avait récupéré son bagage, il la conduisait jusqu'à son trois-pièces et l'aidait à monter ses paquets. Elle habitait un immeuble sur l'esplanade de la République, au-dessus de la principale quincaillerie. On pouvait y accéder depuis le chemin qui desservait le terminus des autobus. Tous deux s'y retrouvaient désormais en toute discrétion après leur journée. Un mercredi, elle s'exclama en enlevant son chapeau et son manteau :

– C'est une grande journée, Octave !

L'entourant de ses bras, elle murmura à son oreille :

– J'aimerais que tu m'écoutes ! C'est important…

– Une heureuse nouvelle ? demanda-t-il.

– Naturellement !

Il supposa aussitôt qu'elle concernait son activité de modiste.

– Certains notables se décoincent et t'achètent des chapeaux pour les festivités de la Saint-Jean… Ils se sont déplacés jusqu'à Bellegarde cette semaine pour qu'on ne les remarque pas dans ta boutique de Villefranche.

– Tu te trompes, Octave, et tu rêves ! répondit-elle. Ils ne changeront pas facilement de boutique.

– Ils y viendront peut-être.

– Nous ne pouvons pas l'exclure, mais…

Elle le regarda fixement avant de continuer :

– Mes magasins et mes chapeaux, c'est secondaire…

Son brusque désintérêt pour une passion qui l'habitait depuis son enfance le déconcerta.

– Tu capitulerais devant *La Parisienne* ?

Elle le rassura aussitôt :

– Capituler ? Non ! Ne t'inquiète pas. Je ne renoncerai jamais à cette boutique de Villefranche… Je m'accrocherai, je patienterai, je travaillerai sans relâche, mais je ne m'inclinerai pas. Si Margaux Delacourt cherche la bagarre, elle me trouvera sur son chemin…

Octave retrouva le sourire. Soulagé. Il redoutait qu'Amélie déménage comme elle en avait exprimé l'intention en décembre.

– Mais je considère qu'il y a plus important pour le moment et tu ne me contrediras pas !

Octave redoubla d'attention pour l'écouter.

– L'essentiel ? C'est notre amour. Notre avenir…

Soudain, son visage s'illumina. Elle chuchota :

– Souhaites-tu toujours m'épouser ?

La question semblait saugrenue pour Octave qui répondit :

– T'épouser ? Plus que jamais ! Pourquoi un homme amoureux changerait-il d'opinion ?

Une bouffée de bonheur envahit Octave.

– Quand nous marierons-nous ? la pressa-t-il.

Maintenant qu'Amélie consentait à l'épouser, il manifestait son impatience à officialiser leurs relations et à partager son quotidien. Il ne pouvait plus se satisfaire de ces rendez-vous clandestins ou à la sauvette. C'était déplaisant. Le mariage mettrait un terme à tout cela.

– À l'automne ?

– C'est trop précipité !

– Pourquoi ? Nous avons encore du temps devant nous.

– Ne nous pressons pas !

Elle expliqua à Octave qu'ils pourraient célébrer leurs fiançailles à l'automne et leur mariage au printemps prochain. Elle ne craignait pas les réactions de son père. Elle pourrait organiser dès la semaine prochaine un déjeuner à Bellegarde pour que tous deux l'informent de leurs intentions. Henri Delmas avait de l'estime pour Octave, même si les deux hommes ne s'étaient plus rencontrés depuis le dimanche des festivités de Bellegarde où Julien s'était tristement distingué à la terrasse de l'auberge. Le négociant demandait de temps en temps de ses nouvelles. Si la jeune modiste avait confirmé qu'elle le comptait à nouveau parmi sa clientèle, elle n'avait pas fait allusion à leurs relations. Mais l'annonce de leur mariage ne le surprendrait peut-être pas. Octave occupait souvent les discussions le dimanche lorsqu'elle rapportait leurs échanges sur l'automobile, les progrès de l'aviation et la modernité.

– Cette nouvelle le comblera ! souligna-t-elle. Il redoutait que je demeure célibataire en remâchant de mauvais souvenirs… Et il t'accueillera dignement !

En revanche, Amélie nourrissait des inquiétudes à propos de la manière dont les parents d'Octave réagiraient.

– Mais toi, tu ne crains pas que tes parents essaient de s'opposer à notre mariage ?

– Pourquoi n'y consentiraient-ils pas ?

– Dans les familles de notables, on n'épouse sûrement pas des modistes. C'est une mésalliance ! Un déshonneur peut-être. Comment le prendront-ils ?

– C'est mon choix ! Ils ne pourront pas le discuter.

– Mais tes parents chercheront peut-être à te faire changer d'avis. Ils ne manqueront pas d'arguments pour te dissuader de m'épouser… Reconnais que nous sommes très différents.

– Qu'importe ! Nous nous aimons. C'est l'essentiel. À trente-et-un ans, je peux décider librement de mon avenir. Ils ne pourront pas me le contester. Nous nous marierons, quoi qu'il advienne.

– Je t'en supplie, Octave ! N'impose pas notre mariage à tes parents sans discussion. Ils se braqueraient, vous vous fâcheriez et tu le regretterais. Les brouilles sont souvent stupides dans les familles. On en souffre toujours ! Tu leur exposeras calmement la situation, mais tu prendras le temps de les écouter. Prépare-les à accepter notre mariage. N'hésite pas à revenir souvent à Cahors si c'est nécessaire… Même si ça te demande des semaines, ne te décourage pas !

– Ils s'accrochent aux principes d'autrefois, répondit Octave. Nous nous expliquerons, ils y réfléchiront, puis ils admettront que les temps changent. Surtout, je voudrais qu'ils comprennent pourquoi je t'épouse… Ils me consi-dèrent souvent comme un fantaisiste et un *bèque-lune**. Je leur montrerai que notre mariage n'est pas une foucade…

* Rêveur

24

Tout se mélangeait dans les pensées d'Octave en ce dimanche de visite à Cahors. Certes, il était heureux de retrouver sa maison et sa famille, mais il appréhendait le moment où il dévoilerait à ses parents l'existence d'Amélie. Comment réagiraient-ils à l'annonce de leur mariage ? Déterminé à épouser la jeune femme même s'ils s'y opposaient, il redoutait cependant que leurs discussions s'enveniment et qu'ils se brouillent. Comment pourrait-il arracher leur consentement ? En cette fin de matinée, des familles entières, de retour de la messe, avaient envahi le boulevard Gambetta. Ses parents étaient occupés à l'officine, au rez-de-chaussée de la maison familiale. Comme il n'avait pas l'intention de les déranger, Octave s'accorda le temps d'admirer la demeure à deux étages que les Fournier habitaient depuis le début du XIXe siècle. Il se rappelait encore les immenses combles que ses grands-parents avaient aménagés pour héberger la nourrice de leurs enfants, leur cuisinière et leur palefrenier. Dans son enfance, comme ils n'abritaient plus que la chambre de la cuisinière, ils regorgeaient de coffres et de malles de voyage, dont Octave explorait les trésors pendant les après-midi pluvieux. Dès l'adolescence, il avait toujours éprouvé de la fascination pour la pharmacie menée de main de maître par

Charles Fournier et sa femme Camille. Elle paraissait inchangée depuis sa construction avec son enseigne en ferronnerie, ses deux devantures en boiseries, ses bocaux en faïence, ses mortiers, ses balances et ses alambics. Très jeune, Octave avait manifesté son impatience à s'installer un jour derrière le comptoir de l'officine. Il s'était tout naturellement dirigé vers des études de pharmacie. Et une fois sa période de stage chez un confrère terminée, il avait été convenu, entre son père et lui, qu'il viendrait le seconder à l'officine.

– Vous m'expliquerez vos préparations personnelles, tout ce que les professeurs n'enseignent pas ! Je m'enrichirai de votre expérience...

Charles Fournier avait aussitôt accepté.

– C'est d'accord. Je te guiderai ! Mais ne t'imagine pas que je m'incrusterai au comptoir jusqu'à soixante-quinze ans comme ton grand-père... Tu te souviens ? Il redoutait de s'ennuyer sans ses balances et ses faïences... Je rangerai ma blouse avant que je ne vieillisse trop... Et j'en profiterai ! Je chasserai les lièvres et les faisans, je pêcherai les gardons et les tanches. Surtout, je me consacrerai à notre domaine de Douelle. Je bichonnerai le vignoble pendant que tu t'occuperas de la pharmacie comme tu l'entendras.

Octave ne ressentait plus aujourd'hui la nécessité d'emménager aussi vite à Cahors. Son prochain mariage le confrontait à une situation nouvelle. À cinquante-sept ans, son père pouvait continuer à assurer la direction de l'officine. Et Octave ne voulait pas contrarier les ambitions d'Amélie. Il ne souhaitait pas qu'elle abandonne sa profession et qu'elle déménage de Villefranche au lendemain de leur mariage... Sa réussite exigerait des années d'efforts. Sa notoriété conquise, ils pourraient organiser leur existence à leur guise.

– Nous nous établirons plus tard à Cahors ! avait-il expliqué à Amélie. Je reprendrai la pharmacie comme convenu et, toi, tu fabriqueras toujours des chapeaux...

– En inaugurant ma troisième boutique ! avait-elle répondu en manifestant un enthousiasme qui avait conforté Octave dans ses convictions. C'est dans la logique ! J'y songeais depuis Pâques. Mes deux meilleures employées dirigeraient les boutiques de l'Aveyron : Angélina à Bellegarde et Giuliana à Villefranche. Elles en sont très capables, elles me secondent déjà ! Notre clientèle ne s'en plaindrait sûrement pas.

Soudain, elle s'était inquiétée pour Octave. Que deviendrait-il à Villefranche en attendant ?

– Je me débrouillerai ! Si Étienne Bénazet ne m'accepte pas comme assistant, je solliciterai ses confrères de Villefranche. Ou je chercherai aux alentours, à Rieupeyroux, Villeneuve, La Salvetat et Lanuéjouls si c'est nécessaire… Une vingtaine de kilomètres à parcourir pour travailler ? Je m'y habituerai même si les chemins sont souvent truffés d'ornières. Ces distances n'effraient pas les médecins de campagne ! Ils n'hésitent pas à prendre leur voiture ou leur attelage par tous les temps si les familles les appellent… Qu'importe si c'est du provisoire ! Je m'en contenterai pour que tu réussisses.

Octave se souvint de cette discussion au moment où il traversa la chaussée pour pénétrer dans l'immeuble. Comme à l'adolescence, il emprunta l'escalier de service pour surprendre la cuisinière derrière le fourneau. En revenant du lycée, il passait toujours par la cuisine pour soulever les couvercles des casseroles de Madeleine, chaparder un morceau de volaille ou de saucisse, tremper des lichettes de pain dans des sauces. Gourmand, Octave s'en délectait dans l'attente du déjeuner que les derniers clients de la matinée retardaient souvent. Une odeur de beurre fondu, de pommes, de gâteau croustillant, de caramel et d'alcool de prune baignait aujourd'hui la cuisine.

– Madeleine s'est surpassée ! s'exclama-t-il en enlevant son chapeau. Comme d'habitude.

La cuisinière se précipita à sa rencontre en séchant ses mains sur son tablier, puis elle l'embrassa.

– Nous ne vous recevons pas souvent, Octave !

Madeleine le connaissait depuis sa naissance. Âgée d'une soixantaine d'années, ses compétences et son dévouement étaient appréciés de tous. Camille et Charles Fournier l'avaient engagée après leur mariage pour s'occuper de la maison. Généreuse et indulgente, tout en rondeurs, elle avait entouré de son affection leurs trois enfants. Pour accueillir Octave, Madeleine avait préparé un feuilleté aux pommes parfumé à l'eau-de-vie que les familles réservaient aux dimanches et aux journées festives dans le Quercy. C'était le dessert préféré d'Octave.

– Nous allons nous régaler ! murmura-t-il.

Elle le regarda fixement.

– Madame et Monsieur sont grognons… Ils s'emportent pour des peccadilles depuis quelque temps. Que se passe-t-il ?

Ainsi, les craintes d'Octave étaient peut-être justifiées. Ses parents avaient dû être prévenus des rumeurs qui continuaient à circuler à son propos. Depuis son installation à Villefranche, il avait toujours soupçonné Étienne Bénazet de les renseigner régulièrement sur son apprentissage et son comportement.

– Que se passe-t-il, Octave ? insista Madeleine.

– Patiente ! Tu le sauras bientôt ! répondit Octave en baissant la voix. C'est une très bonne nouvelle !

– Vous allez vous marier, c'est ça ? Félicitations ! Il était temps que vous vous décidiez…

Comme les deux battants de la cuisine étaient grands ouverts, ils entendirent soudain quelqu'un pénétrer dans le vestibule dont les parquets grincèrent.

– Madeleine ! Madeleine !

Ils reconnurent aussitôt Camille Fournier. On approchait de treize heures. L'affluence retombait à la pharmacie et elle retrouvait ses appartements.

– Monsieur Octave s'est-il manifesté ? demanda-t-elle.

– Il est monté, Madame !

– Déjà ? Quelle discrétion !

Depuis la cuisine, il confirma sa présence par un bonjour joyeux.

L'humeur revêche de sa mère le frappa aussitôt tandis qu'elle l'accueillait. Elle avait le regard noir. C'était inhabituel, elle était d'ordinaire une femme souriante et coquette.

– Madeleine ! Vous nous servirez dès que Monsieur arrivera ! ordonna-t-elle.

Camille et Octave s'enfermèrent dans la salle à manger. Leur conversation eut du mal à démarrer. Enfoncé dans les coussins d'une bergère, il promena un regard attendri sur les gouaches et les portraits de ses ancêtres qui trônaient au-dessus de la cheminée. Il s'attarda sur les tableaux, commandés par ses grands-parents à une célébrité de Cahors, qui leur rappelaient les lumières éclatantes du « château » de Douelle. Ce dimanche, Octave s'imaginait dans leur vignoble lorsque son père apparut. Comme son épouse, le pharmacien se comporta froidement et ne l'embrassa pas.

– La cuisinière est prévenue que nous pouvons déjeuner ! se contenta-t-il de préciser à l'attention de Camille.

Il avait le physique des radicaux du Sud-Ouest : la bedaine, la barbichette, la moustache et le complet trois-pièces.

– Installez-vous ! Installez-vous !

Charles Fournier paraissait nerveux, contrôlant la bouteille que Madeleine avait ouverte dans la matinée sur ses instructions avant de la déposer sur un guéridon.

– Ne nous retardons pas !

Surprise, sa femme le regarda.

– Pourquoi nous presser, Charles ?

– Nous sommes dimanche ! enchaîna Octave. Et les journées sont longues en cette saison… Je ne repartirai à Villefranche que dans l'après-midi.

Charles Fournier ne répondit pas. Il présidait déjà la table immense qui pouvait accueillir une vingtaine d'invités mais qui semblait disproportionnée pour trois personnes. Observer aujourd'hui le décorum et l'étiquette était absurde. Octave se demanda pourquoi ils ne s'étaient pas installés dans la petite salle à manger où ses parents avaient l'habitude de déjeuner en semaine et le dimanche lorsqu'ils ne recevaient pas.

Lorsque la cuisinière apporta les entrées et qu'ils dégustèrent le premier verre de château Fournier, il s'appliqua à détendre l'atmosphère en interrogeant son père sur les vendanges de l'automne, leur vinification, les réserves du domaine et les conditions que les négociants consentaient en cette année 1921. Ses questions ne trouvèrent aucune réponse. Le visage sévère, Charles s'était enfermé dans ses pensées. Camille ? Elle semblait concentrer son attention sur le mobilier et les tableaux pour échapper aux regards d'Octave.

Pendant le déjeuner, on n'entendit dans la salle à manger que l'horloge égrener les quarts d'heure, les mâchoires mastiquer, les fourchettes et les couteaux s'entrechoquer sur les assiettes. Ces crispations empêchèrent Octave d'apprécier les spécialités de la cuisinière qui s'était démenée pour le régaler.

Lorsqu'elle débarrassa, Camille et Charles la prévinrent :

– Que personne ne nous dérange !

– Même pour une urgence ?

Des parents et des proches de malades sollicitaient souvent Charles le dimanche après-midi en se présentant à son domicile lorsque les médecins l'estimaient nécessaire après une consultation.

– S'il y a une urgence, vous l'enverrez chez un confrère.

Dès qu'elle disparut, Charles attaqua :

– Étienne nous a raconté des choses très désagréables à ton sujet, Octave ! Il était temps que tu viennes nous voir pour qu'on s'explique. Tu ne te serais pas déplacé aujourd'hui que je t'aurais rendu visite à Villefranche dans la semaine… Toutes ces histoires nous déshonorent.

Il le regarda durement avant de continuer :

– On prétend à Villefranche que tu es devenu un habitué des maisons de passe. Quelle honte !

Octave protesta aussitôt. Il avait l'impression de se retrouver devant un tribunal, comme le jour où Étienne Bénazet l'avait admonesté après les premiers racontars.

– Ce sont des mensonges ! Certains répandent de fausses nouvelles pour souiller mon honneur…

– Ne cherche pas à nous égarer. Ces mauvaise habitudes, tu les as ramenées de tes années de guerre, tu n'arrives pas à t'en débarrasser, mais tu ne veux pas le reconnaître.

Devant ces accusations injustifiées, Octave s'emporta :

– Pourquoi me reprocher des habitudes que je n'ai pas et que je n'ai jamais eues ? On ne risque pas de me rencontrer dans des lupanars à Montauban ou à Toulouse comme les rumeurs l'affirment : je n'y vais jamais !

Comme son père ne semblait pas convaincu, il lui demanda sèchement :

– Douteriez-vous de ma sincérité ?

Les sourcils froncés, il ne répondit pas. Quant à sa mère, elle baissait les yeux. Gênée.

Charles Fournier ne se démonta pas. Déjà il enchaînait sur les gestes déplacés qu'Octave aurait eus envers Margaux.

– Comment les justifies-tu ? Même si cette femme t'attirait, tu pouvais la respecter. C'était bien le moins ! Un jeune homme de bonne famille ne se conduit pas comme un soudard. Jamais on ne l'aurait imaginé de toi ! Un enfant modèle. Un étudiant brillant... Un infirmier dévoué au front... Un pharmacien compétent... Nous ne comprenons pas pourquoi tu as abusé de cette femme alors que tu étais son invité. C'est scandaleux !

Camille partageait l'opinion de son époux. Rouge de honte, elle plongea son visage entre ses mains pour pleurer.

– Si tu continues à te conduire comme ça, tu enverras ta mère au cimetière !

– Cette histoire de gestes déplacés envers Margaux est une invention ! répliqua vivement Octave. Ce ne sont que des ragots ! Margaux cherche à se venger de moi. Elle est furieuse que je n'accepte pas de l'épouser ! Cette femme a l'habitude de tout régenter. Elle espérait me séduire avec sa fortune... Le jour où elle m'a fait sa déclaration, elle a cherché à m'embrasser, et je l'ai repoussée sans trop de précaution, je le reconnais, mais je m'en suis excusé... Je peux vous assurer que c'est la vérité ! Je n'ai pas abusé d'elle... Pourquoi s'acharner auprès d'une femme pour laquelle on n'éprouve aucun sentiment ? C'est stupide !

Malgré ses explications, son père demeura sceptique.

– Il y a souvent un fond de vérité dans les rumeurs et…

– Et vous pensez que je maquille la vérité à ma manière pour me défausser ! s'insurgea Octave. Comment vous prouver que je n'ai pas abusé de cette femme ? Il n'y avait pas de témoins… C'est ma parole contre les ragots. Pourquoi gobez-vous tout ce que vous raconte Étienne Bénazet ? Pourquoi refusez-vous de m'écouter ? Vous n'avez plus confiance en moi ?

Soudain, sa mère rompit son silence. Elle éprouva le besoin d'exprimer son embarras :

– Ces histoires sont très fâcheuses, elles nous attristent ! Nous ne savons plus que penser. Si ce n'étaient que des bobards, mais… Étienne ne nous en aurait jamais parlé s'il avait estimé que c'était de la calomnie. Et, tout de même, ces racontars persistent…

– La petite chapelière devenue ta maîtresse, c'est aussi une invention ? demanda soudain son père, avec ironie.

– Ah, j'attendais ça ! Eh bien, c'est vrai, je fréquente une jeune modiste. Elle s'appelle Amélie Delmas. Ce n'est pas ma maîtresse, protesta Octave. Parce que je compte l'épouser.

– L'épouser ? Vraiment ? s'exclama sa mère, abasourdie.

– Oui, l'épouser ! Et je suis venu aujourd'hui vous l'annoncer et vous demander votre accord.

– Même si Étienne nous l'avait affirmé, nous ne pensions pas que tu pourrais…

Contrariée, sa mère se rembrunit encore plus. Elle avait espéré que leur relation serait une simple passade. Qu'Octave convole avec une modiste, même par amour, était contraire à leurs principes. Charles le rappela fermement à Octave.

– Un pharmacien n'épouse pas une chapelière ! C'est une mésalliance et on n'en compte pas chez les Fournier… C'est le moment de te ressaisir ! Réfléchis… Renonce à ce coup de folie. Ne t'affiche plus avec cette femme. Ne cherche pas à la revoir. Envoie-lui dès demain une lettre de rupture. Les femmes sérieuses ne manquent pas dans notre monde…

– Certaines familles de Cahors nous demandent souvent de tes nouvelles ! poursuivit sa mère. Les Bonald, les Dupiech, les

Duèze, les Magny… Tu te souviens de Jeanne, Cécile, Irène, Claire, Laure, Estelle ! Elles étaient encore gamines lorsque leurs parents nous recevaient. Ce sont des femmes aujourd'hui, elles cherchent un époux. Il est difficile de conclure un mariage depuis la guerre. Tous les hommes ne sont pas revenus des tranchées. Les infirmes ne se marieront jamais… Si tu souhaitais rencontrer l'une de ces femmes de bonne famille, nous pourrions arranger rapidement des rendez-vous… Elles sont devenues des femmes charmantes et raffinées ! Nous les côtoyons de temps en temps dans leurs familles et nous les apprécions. L'une d'entre elles devrait bien te convenir. C'est un mariage dont des hommes rêveraient…

– Sûrement ! répliqua Octave. Je ne le conteste pas, mais… N'insistez pas ! Je ne reviendrai pas sur ma décision. J'aime Amélie et elle m'aime. Nous nous marierons.

– Tu ne l'épouseras pas ! s'emporta son père avant d'abattre son poing sur la table pour manifester son désaccord. C'est une chapelière ! Et elle a très mauvaise réputation… Cette femme a été fiancée à un homme qui est mort dans une bagarre d'ivrognes, Étienne nous l'a appris ! Pour s'être amourachée de cet homme, elle n'a vraiment aucune éducation ni aucune jugeote.

– Aucune éducation ? Ni aucune jugeote ? s'offusqua Octave en l'entendant. Mais comment pouvez-vous l'affirmer ? Vous ne la connaissez pas ! C'est une femme sérieuse qui se débrouille bien dans ses boutiques et qui ne gaspille pas son argent dans des frivolités. Elle ne cherche pas à aguicher les hommes même si elle est coquette. Surtout, elle a un esprit très éveillé ! Amélie dévore les journaux que j'achète. Dans nos familles, les femmes ne sont pas toujours si curieuses. C'est dommage, mais je reconnais que les traditions et l'éducation ne les y poussent guère. On ne leur demande que de s'occuper de leurs enfants et de leur ménage… Amélie vous surprendrait si vous acceptiez de la recevoir…

– La recevoir chez nous ? Mais tu n'y penses pas ! répondit aussitôt Charles qui devenait de plus en plus nerveux. Il n'en est pas question. Si tu nous l'amenais, nous ne la recevrions pas. Tu es prévenu ! Nous te le répétons, Octave : cette femme ne t'est pas destinée…

– Ton père a raison ! surenchérit Camille. Ne t'entête pas ! Il y a tellement de différences entre vous que vous n'arriverez jamais à vous entendre. Cette femme ne te comprendra pas, vous vous disputerez souvent… Et vous vous séparerez. Tu en souffriras…

– Le monde a changé depuis la guerre ! expliqua Octave qui employait tous les arguments possibles pour essayer d'infléchir leur intransigeance. Et on ne se préoccupe plus comme autrefois de préjugés stupides et de barrières sociales… Aujourd'hui, c'est l'amour qui compte.

– L'amour ! L'amour ! Il n'y a pas que l'amour qui compte dans la réussite d'un mariage ! protesta Charles. Il y a surtout la fidélité, la loyauté, la confiance.

– Réfléchis, Octave ! ajouta Camille. Ne gâche pas ta vie…

– C'est tout réfléchi ! répondit Octave. Nous nous marierons.

Soudain, Charles éclata de colère.

– Si tu épouses cette femme, je ne la recevrai pas ! le prévint-il. Et je t'interdirai même de revenir dans cette maison !

Camille s'efforça de le calmer.

– Charles ! Tu exagères ! Octave n'est plus un gamin… Il a trente-et-un ans ! Même si ce mariage ne nous convient pas, tu ne peux pas le rejeter. C'est toujours notre enfant quoiqu'il arrive. Nous ferions une bêtise de le couper de la famille. Ce serait injuste… Et ça me rendrait malade.

Inflexible, son père réitéra sa menace.

– Tu ne reviendras pas dans cette maison et dans la famille si tu épouses cette modiste.

Les réactions d'Octave fusèrent aussitôt.

– Vous ne voulez pas recevoir Amélie ? C'est dommage. Je le regrette… Mais ça ne changera rien à notre décision ! Nous nous marierons quand même. Parce que nous nous aimons… Et parce que je n'accepterai pas de sacrifier mon bonheur à des principes d'autrefois.

À ces mots, Octave quitta sa place autour de la table. Blême, le visage crispé et la gorge nouée, il disparut en claquant la porte de la salle à manger.

Camille le rattrapa dans l'escalier.

– Octave, reviens ! Je t'en supplie.

Il se retourna pour l'écouter.

– Prends le temps de réfléchir ! Ne t'engage pas à la légère ! Le mariage, c'est pour toute une vie…

– C'est tout réfléchi, maman. Et tant pis si vous ne pouvez pas le comprendre !

25

C'était un vendredi après la Saint-Jean. On approchait de dix heures lorsque Amélie et Giuliana entendirent la clochette résonner depuis l'arrière-boutique. Elles reformaient les chapeaux que les habitants de la campagne avaient déposés le mercredi pour les reprendre à l'occasion du marché du samedi.

– J'arrive ! J'arrive ! s'exclama Amélie.

Elle délaissa ses brosses pour se précipiter à son comptoir. Une femme coquette l'attendait, qu'Amélie ne connaissait pas et qu'elle n'avait jamais rencontrée dans les rues de Villefranche. La trentaine, une silhouette gracieuse, elle contemplait les modèles originaux qui s'alignaient désormais sur les étagères proches du comptoir. Appliquant les recommandations d'Octave, Amélie et Giuliana les avaient enlevés de la devanture pour les soustraire à la tentation d'éventuels plagiaires.

– Quelle superbe collection ! s'exclama la jeune femme avec un grand sourire. J'ai entrevu ces chapeaux à travers votre vitrine en passant sur le trottoir. Ils m'ont attirée. J'ai eu envie de les voir de près ! C'est tellement inhabituel de découvrir des modèles si élégants dans une sous-préfecture… D'habitude, les magasins ne proposent que du traditionnel d'une tristesse affligeante. Félicitations !

Ses compliments ragaillardirent Amélie.

– Que pouvons-nous pour votre service, madame ?

– Beaucoup sûrement, puisque je recherche des modèles de cérémonie ! répondit-elle. Vos chapeaux à la Devonshire et vos capelines sont magnifiques. À *La Parisienne*, on ne m'a présenté que du classique. Et voilà que je tombe par hasard sur votre vitrine…

– Le plaisir est pour nous, madame !

– Madame Constant ! précisa-t-elle. Béatrice Constant. Nous emménageons à Villefranche. Bertrand Constant, mon époux, est le nouveau sous-préfet.

La femme du sous-préfet ? Cette nouvelle stupéfia aussitôt les deux modistes. Depuis le printemps, elles n'espéraient plus que la clientèle huppée les solliciterait. Plus préoccupant, elles avaient remarqué depuis quelques semaines que leur boutique était de moins en moins fréquentée à l'occasion des marchés. Giuliana s'en était inquiétée peut-être plus qu'Amélie. Certains après-midi, le magasin était désert. Elle avait cherché à en comprendre les raisons, et interrogé l'ancienne propriétaire et sa logeuse. Elles lui avaient appris les racontars qui circulaient avec insistance autour d'Amélie et Octave. Et elle avait pensé qu'ils desservaient leur commerce, y compris parmi la clientèle populaire qui était attachée à certains principes. Saisie de plus en plus par le doute, Giuliana avait essayé prudemment de s'en ouvrir à Amélie. Sans succès. Tout à sa relation avec Octave, elle s'était construit un monde coupé de la réalité. Cherchant à la protéger, Octave s'était bien gardé de la moindre allusion. Ne fréquentant personne à Villefranche, Amélie ne pouvait qu'ignorer tout ce qu'on racontait dans la ville à son sujet. Brusquement, les horizons se dégageaient d'une manière inattendue. Accueillir l'épouse du sous-préfet dans sa modeste boutique ? Comment ne pas ressentir une certaine jubilation à contenter Béatrice Constant ? C'était une belle revanche.

– Bienvenue à Villefranche, madame ! répondit Amélie.

Dans l'arrière-boutique, Giuliana avait déposé sa brosse pour les écouter. Elle retrouvait confiance. Les commandes de Mme Constant relanceraient peut-être la fréquentation de leur boutique. Depuis quelque temps, elle avait redouté que les maigres recettes n'obligent Amélie à fermer bientôt pour ne pas perdre trop d'argent.

– Nous nous installons dans une semaine, mais mon époux exerce déjà ses fonctions ! poursuivit Béatrice Constant. Surtout, nous préparons le 14 Juillet.

Depuis l'avènement de la troisième République, Villefranche célébrait le 14 Juillet par un hommage aux morts de la guerre de 1870 et une cérémonie devant le bronze de Marianne dominant l'esplanade de la République. Le sous-préfet y glorifiait toujours les principes de la République et les réalisations marquantes du gouvernement. Les Villefranchois y participaient nombreux pour applaudir les musiciens, les gymnastes et les fantassins, mais ils essayaient également de reconnaître les notables parmi la foule. Rassemblés derrière le drapeau de leur amicale, les républicains se retrouvaient ensuite pour un banquet au restaurant, tandis que des animations sportives se succédaient dans l'après-midi. À dix-huit heures, le sous-préfet et sa femme recevaient les personnalités de l'arrondissement. Bertrand Constant n'avait pas l'intention de déroger aux traditions. Son épouse souhaitait à cette occasion disposer d'une capeline pour la matinée, puis d'un chapeau à la Devonshire pour la réception.

– Que me proposeriez-vous pour une journée de 14 Juillet ? demanda-t-elle. J'aimerais de la prestance, de l'originalité et de la coquetterie. Ne regardez pas à la dépense pour les ornements ! Je ne discuterai pas vos conditions.

S'inspirant des modèles exposés et d'ébauches conservées dans l'arrière-boutique, Amélie crayonna aussitôt des esquisses que Béatrice Constant examina attentivement. Leur discussion passionnée les emmena jusqu'à la fermeture de la boutique.

– Elle aime vraiment les chapeaux ! expliqua Amélie à Giuliana après son départ. Pour les garnitures, elle veut de la légèreté, de la subtilité… Pour le 14 Juillet, elle recherchait des symboles ! Sa capeline marine, je la décorerai d'une étoffe pourpre et d'une plume d'aigrette d'une blancheur neigeuse pour rappeler les couleurs de la France. Pour son chapeau à la Devonshire, j'utiliserai des plumes d'oiseau de paradis, de marabout du Sénégal et de pintade d'Indochine.

Elles feuilletèrent ensemble le catalogue de la maison Marcilly, l'un des plumassiers les plus réputés de Paris, dont les gravures la fascinaient.

– Regarde bien ces plumes d'oiseau de paradis qui viennent de Sumatra. Elles sont soyeuses, éclatantes et colorées. Toutes les femmes en voudraient sur leurs modèles…

– Mais elles rechignent à dépenser…

– Les plus belles sont toujours les plus chères. Les modistes n'en possèdent pas dans leurs réserves. Elles les commandent spécialement pour répondre aux demandes qui sont rarissimes. Mon ancienne patronne de Montauban en employait à deux ou trois reprises dans l'année, mais nous n'en avons jamais acheté à Bellegarde. Madame Constant n'a pas discuté. Elle appartient sûrement à une grande famille pour s'autoriser ces fantaisies.

– Pourquoi associer le marabout et la pintade ? Je préférerais de l'autruche. C'est plus distingué.

– C'était dans mon intention de le lui proposer. Mais l'autruche ne pouvait pas nous satisfaire. Madame Constant souhaitait que les garnitures de son chapeau de réception illustrent la diversité de la France coloniale. Les plumes de pintade et de marabout sont importées de deux importantes colonies de l'Empire : l'Indochine et le Sénégal. Elles conviennent à Mme Constant, qui est très attachée à ces symboles. Elle m'a précisé que le sous-préfet évoquerait dans son discours le rayonnement de la France à travers le monde. Elle aimerait que les ornements de son chapeau le traduisent à leur manière…

– Personne ne s'en apercevra.

– Quelques invitées le remarqueront. Tu peux en être sûre ! Octave m'a raconté que dans les réceptions, certaines femmes observaient les toilettes. Ces plumes les intrigueront et elles interrogeront Mme Constant qui leur expliquera leurs origines…

– Et elle leur indiquera également quelle chapelière a fabriqué les chapeaux ! triompha Giuliana. Toutes ces femmes élégantes et exigeantes ne pourront qu'apprécier notre travail. Si elles sont honnêtes, elles seront bien obligées de l'admettre.

– Margaux Delacourt enragera en l'apprenant. Nous nous attirerons encore plus de jalousies…

– Mais si ces deux modèles sont réussis, quelques femmes de la bonne société reconnaîtront sûrement vos compétences et elles modifieront peut-être leurs habitudes.

– Je l'espère bien ! soupira Amélie en refermant le catalogue du plumassier. C'est l'occasion de démontrer à tous les notables que nous sommes capables de les satisfaire.

– Vous me permettriez d'y travailler ? demanda Giuliana avec insistance au moment de rejoindre son logement pour déjeuner. Ça me changerait des vieilleries de paysans.

– Bien sûr ! C'est normal ! Depuis l'ouverture de la boutique, nous partageons tous les moments difficiles et nous partagerons également les meilleurs moments.

Elles s'y attelèrent dès l'après-midi, déployant une énergie et une passion qui ne flanchèrent pas. Elles soulevèrent l'admiration d'Octave, qui rejoignait la boutique d'Amélie tous les jours après son service.

– C'est du travail d'artiste ! reconnut-il. Méticuleux. Rigoureux. Cette sous-préfète ne s'y est pas trompée en découvrant votre collection !

En dépit de ce qu'il éprouvait, Octave persistait à ne pas révéler à Amélie les rumeurs qui souillaient son honneur et leur amour, qui le blessaient dans son amour-propre en l'isolant de plus en plus. Il n'avait pas dévoilé davantage la discussion orageuse qui l'avait opposé à ses parents à propos de leur mariage. Il avait seulement précisé à la jeune femme qu'ils voulaient prendre le temps de se préparer à son arrivée dans la famille. « Ils vont y réfléchir calmement, mais je suis persuadé qu'ils s'y habitueront ! » avait-il indiqué à Amélie, soucieux de ne pas la braquer contre les Fournier.

Mme Constant confirma son passage à la boutique dans le courant de l'après-midi du 13 juillet, mais se présenta après le déjeuner. Comme Amélie l'imaginait, Béatrice Constant procéda à un examen minutieux des modèles. Elle examina les finitions, puis contrôla le soyeux des poils avant de les essayer devant la psyché.

– C'est exactement ce que je souhaitais pour cette journée ! s'exclama-t-elle. Vous pourrez me compter désormais parmi votre clientèle. Et, à l'occasion, je vous présenterai des relations…

Son enthousiasme et ses promesses réconfortèrent Amélie.

– Sans la sous-préfète, je fermais la boutique à l'automne ! confessa-t-elle à Octave. Je n'en pouvais plus d'attendre. Je ne supportais plus qu'on me méprise… C'était humiliant et révoltant. J'avais l'impression qu'on me considérait comme une pestiférée.

– La bataille n'est pas encore gagnée, mais il me semble que c'est un bon début ! répondit-il en redoublant de prudence, parce qu'il s'inquiétait encore pour ses affaires. Tu marqueras sûrement quelques points le 14 Juillet grâce à ces chapeaux, mais continue à t'accrocher… Ne te décourage pas ! Ah ! Si tu pouvais accueillir une nouvelle clientèle grâce à cette femme, ce serait formidable. Mme Constant ne te trompera pas. Elle me paraît honnête ! Elle a de l'éducation, des origines très brillantes. Un fonctionnaire de la sous-préfecture me l'a confirmé. Elle appartient à la grande bourgeoisie toulousaine. Sa famille et sa belle-famille comptent des avocats, des notaires… Son époux n'est que de passage à Villefranche. Il n'a que trente-cinq ans et on raconte qu'il est promis à une belle carrière… Mme Constant ne prendra pas position dans des bisbilles de notables. Elle ne s'y abaisserait pas. Je pense même qu'elle te défendra s'ils t'attaquent en sa présence.

Regonflée, Amélie proposa qu'il l'emmène au restaurant pour terminer cette journée.

– Profitons de cette soirée. Demain, c'est relâche !

Octave la conduisit au *Bellevue*, dans l'avenue du Ségala, où ils savourèrent en toute tranquillité les spécialités de cette maison renommée. Dorénavant, ils ne rechignaient plus à fréquenter des établissements où ils pouvaient rencontrer de manière imprévue des notabilités de Villefranche et, pourquoi pas, les parents de Margaux. Ils n'avaient pas l'intention de renoncer à leur liberté. Ils n'hésitaient plus à se promener en amoureux sur le Guiraudet et en bordure de l'Aveyron. Ils s'aimaient au grand jour ! Octave ne se préoccupait plus des racontars qui gâchaient son quotidien et il en devenait même provocant en se montrant partout au bras de la jeune modiste, au risque d'alimenter plus encore les ragots. En effet, une certitude l'habitait. Quoi qu'il advienne, même contre la volonté de ses parents, il épouserait Amélie.

En sortant du restaurant, la fatigue et les tensions accumulées depuis deux semaines ne dissuadèrent pas Amélie de rejoindre les dizaines de couples qui virevoltaient sur l'esplanade de la République recouverte de confettis et illuminée de lampions. Emportés par la musique, ils dansèrent longtemps en songeant à leur mariage qu'ils souhaitaient célébrer au printemps prochain, malgré l'absence de réponse de Camille et Charles Fournier. Octave espérait que ses parents réussiraient à surmonter leurs préjugés. Il comptait beaucoup sur sa mère, plus conciliante, pour ramener son père à la raison. Mais son silence l'inquiétait. Et il ne pouvait rien révéler à Amélie.

26

Parcourant la dernière édition du *Narrateur* après le déjeuner, Margaux Delacourt explosa de colère. Dans son reportage sur la journée hippique du 15 août, l'hebdomadaire de Villefranche consacrait un encadré élogieux à Amélie Delmas qu'il présentait comme « La » nouvelle modiste de la capitale du Rouergue méridional.

– La nouvelle modiste de Villefranche ? Quelle prétention ! s'étrangla Margaux. C'est simplement une « petite » chapelière de campagne. Ces scribouillards du *Narrateur* racontent n'importe quoi ! Elle ne proposera toujours que des chapeaux pour les cheminots, les paysans et les grands-mères. Une chapelière talentueuse ? De l'escroquerie et des boniments de journaleux ! Cette pimbêche ne fabrique pas de modèles très originaux, elle découpe des gravures dans les magazines.

Elle continua sa lecture en ne décolérant pas. « Cette journée n'a pas révélé de champions parmi les cavaliers du Villefranchois qui participaient aux compétitions, mais elle a permis à beaucoup de découvrir les chapeaux d'une nouvelle modiste ! soulignait le chroniqueur. Dès dix heures, les chevaux parqués au Saint-Jean et les jockeys aux casques bariolés amenèrent une assistance nombreuse à fréquenter les boulevards. Les élégantes s'étaient rassemblées sous les ombrages du Guiraudet, qui ressemblait à certaines promenades de Vincennes les dimanches de courses. Rivalisant de coquetterie, elles admiraient les dernières créations d'Amélie Delmas que madame la sous-préfète avait couverte de louanges auprès de ses convives à l'occasion de la réception du 14 Juillet. Amélie Delmas n'a encore que vingt-cinq ans, mais elle ne manque pas de talent… »

Exaspérée par ce reportage, Margaux enrageait ! Furibonde, elle arpentait nerveusement la salle à manger en fulminant contre *Le Narrateur*. Ses parents s'efforcèrent de la calmer.

– Les journalistes sont souvent à la recherche de sensationnel, ils ne mesurent pas toujours les conséquences de ce qu'ils écrivent, affirma son père… Les grandes familles ne tomberont pas dans le panneau. Elles nous connaissent et nous apprécient. Elles n'écouteront pas quelques épouses de fonctionnaires qui voudraient imposer à Villefranche cette chapelière sans envergure…

– Et tout le monde connaît sa réputation ! ironisa sa mère.

Soudain, Margaux s'arrêta de marcher pour regarder fixement ses parents :

– Sa réputation ? Parlons-en ! Octave et elle s'affichent ensemble pour me provoquer… Pourquoi m'a-t-il repoussée pour s'amouracher de cette femme ? Je ne comprends pas. Il a l'intention de l'épouser, d'après ce qu'on raconte… Ils ne s'entendront pas tellement ils sont différents ! Octave aurait été bien plus heureux avec moi ! Nous sommes du même milieu, on nous a élevés selon les mêmes principes et la même éducation… Cette garce a tout gâché !

Jalouse de leur bonheur, elle s'emporta :

– Qu'est-ce qu'Octave trouve à cette femme que je n'ai pas ? Elle est plus jeune que moi ? Elle est plus belle ? Suzanne l'a souvent rencontrée dans Villefranche et elle m'a soutenue qu'elle était très mignonne. J'aimerais bien voir à quoi elle ressemble et…

Soudain, une idée traversa son esprit. Elle ne termina pas sa phrase pour disparaître, sans la moindre explication, en direction de sa chambre.

Ce samedi, à son comptoir, Amélie savourait sa revanche en découvrant l'entrefilet du *Narrateur*. Enfin, la chance se décidait à tourner en sa faveur. Des commandes arriveraient, une nouvelle clientèle fréquenterait sa boutique. Elle retrouvait cette flamme qui avait toujours fasciné Octave. La veille, il l'avait exhortée une fois de plus à garder confiance :

– Embauche ! Ton personnel te déchargera de tout ce qui est fastidieux. Tu ne te consacreras qu'à tes créations. C'est ton métier ! La clientèle appréciera ta disponibilité et tes attentions. Nous réfléchirons également à ton installation sous les arcades de Notre-Dame dès qu'une boutique se libérera. Je me renseignerai pour ne pas manquer l'occasion…

Son enthousiasme la déconcertait. Octave s'intéressait à son métier mais également à ses toilettes, pour lesquelles il la conseillait.

– Octave me surprend ! confessa-t-elle à Giuliana. Il a toujours des réflexions judicieuses… Pourtant, c'est un homme d'une modestie étonnante ! Il ne ressemble pas à ces bourgeois prétentieux…

– Vous voulez parler de ses parents…

– Pas précisément. Je ne les connais pas encore… Mais il y a des jours où je les imagine comme ça. Tatillons ! Coincés… Nous attendons toujours une réponse pour notre mariage. Depuis des semaines qu'ils y réfléchissent, j'aimerais bien qu'ils se décident maintenant… Dès que nous en parlons, Octave me demande de patienter. S'ils consentaient à me recevoir et s'ils acceptaient notre mariage, je serais la plus heureuse…

Soudain, une femme pénétra en trombe dans la boutique en brandissant *Le Narrateur*.

– C'est vous la patronne de ce magasin ? demanda-t-elle en désignant Amélie.

Les joues rouges, la voix rauque, elle était essoufflée comme si elle avait traversé toute la ville en courant.

– Que pouvons-nous pour votre service, madame ? répondit calmement Amélie derrière son comptoir.

D'une trentaine d'années, la silhouette élégante et élancée, le regard sombre, la visiteuse avait perdu son chapeau en chemin.

Ou elle avait oublié de le prendre en partant. Son chignon s'était démoli dans sa course et elle ne s'était pas accordé le temps de se recoiffer. D'une rousseur éclatante, ses cheveux flottaient sur ses épaules.

– Alors c'est vous Amélie Delmas ! s'exclama-t-elle avant de la dévisager durement. La coqueluche du *Narrateur* ! La nouvelle « modiste » de Villefranche ! La préférée de la sous-préfète !

Les deux mains agrippées au comptoir, Amélie ne broncha pas. Même si elle ne l'avait jamais rencontrée, elle avait compris immédiatement que cette femme était Margaux Delacourt et que le reportage du *Narrateur* l'avait rendue furieuse. Que voulait-elle ? Amélie n'était nullement rassurée tant il y avait de violence dans ses gestes nerveux et ses propos railleurs. La patronne de *La Parisienne* souhaitait-elle constater simplement que ses modèles originaux étaient aussi élégants que l'affirmait *Le Narrateur*, ou entendait-elle la rabaisser devant son employée, et pourquoi pas devant les habituées de sa boutique, en critiquant ses ouvrages ? Margaux l'arracha à ses réflexions en s'attaquant à ses chapeaux.

– Ces journaleux du *Narrateur* sont bien des camelots et des menteurs ! tempêta-t-elle tout en balayant d'un regard féroce les modèles exposés sur les étagères, près du comptoir. Vous ne fabriquez pas de chapeaux très originaux. Vous vous contentez de reprendre des gravures des meilleures modistes parisiennes en prétendant que vous les avez dessinées spécialement pour votre clientèle. C'est de l'escroquerie ! Il n'y a aucune recherche, aucune élégance, aucune imagination… Vos médiocres imitations ne tromperont pas les amateurs de chapeaux. Ils découvriront la supercherie. Malgré ses prétentions, la « petite » chapelière de campagne ne deviendra jamais une modiste reconnue.

Que répondre à ce chapelet d'inepties ? La jalousie aveuglait Margaux. Derrière son comptoir, Amélie encaissa sans sourciller en essayant de conserver son sang-froid. Maintenant que la patronne de *La Parisienne* s'était soulagée, la jeune modiste espérait qu'elle ne s'acharnerait pas davantage et qu'elle déguerpirait. Amélie ne souhaitait pas l'affronter, tellement elle exécrait sa prétention et son arrogance. De même, Giuliana priait pour qu'elle décampe avant qu'une habituée ne se présente. Elle observait la scène à distance, prête à voler au secours d'Amélie.

Mais Margaux ne déguerpit point. Elle dévisagea à nouveau sa concurrente, mais plus longuement, d'une manière méprisante. Suzanne ne l'avait pas abusée sur sa beauté et sa fraîcheur. Ce qui exacerba ses ressentiments. Elle la regarda durement, mais Amélie ne baissa pas les yeux. Malgré ce qu'elle ressentait, elle n'entendait pas montrer la moindre faiblesse. Margaux enrageait. Elle comprenait pourquoi Octave l'avait repoussée pour Amélie.

Soudain, Margaux brandit le journal pour s'écrier :

– Ces journaleux sont incorrigibles ! Ils ne se sont pas intéressés à votre réputation et c'est bien dommage... Il y aurait tellement à raconter que certains auraient des surprises ! On vous rencontre beaucoup dans Villefranche en compagnie d'Octave Fournier.

– Ça vous dérange ? rétorqua aussitôt Amélie qui avait bien l'intention de riposter.

Margaux se contenta de sourire avant de continuer :

– C'est embêtant pour vous, mais ça vous regarde. M. Fournier est un dépravé. Il fréquente les bordels à ce qu'on affirme... Je veux bien le croire ! Ce monsieur a essayé de me forcer et si je ne m'étais pas débattue... Il m'a agressée sur notre propriété, en plus... Il ne se contrôlait plus ! Je n'imaginais pas qu'un homme de bonne famille me sauterait dessus au milieu des bois comme si j'étais une femme légère !

– Menteuse ! s'insurgea Amélie. Vous inventez des histoires pour souiller notre honneur ! Vous n'acceptez pas qu'on reconnaisse mes talents chez certaines femmes élégantes de Villefranche. La jalousie vous pousse à me démolir par tous les moyens pour m'obliger à décamper ! Mais je ne déguerpirai pas. Et vous pouvez me raconter n'importe quoi sur Octave que je ne vous croirai pas...

– C'est pourtant la vérité ! Monsieur Fournier est un cavaleur… Il vous trompe et votre naïveté vous éblouit. Ouvrez les yeux ! Il y a beaucoup de rumeurs qui circulent sur lui. À votre place, je me méfierais… Abandonnez votre boutique de temps en temps pour vous promener, vous renseigner, et vous changerez d'opinion…

– Octave est un honnête homme ! persista à affirmer Amélie, frappée par son aplomb. Il s'est toujours comporté correctement et loyalement. D'ailleurs, nous nous marierons bientôt…

– Il vous amuse avec des promesses et de belles paroles ! Il vous considérera toujours comme sa maîtresse, mais il ne vous épousera pas ! répondit-elle. Ses parents n'accepteront pas ce mariage. C'est contraire aux traditions ! Un pharmacien avec une chapelière, c'est ridicule !

Les propos de Margaux la plongèrent dans l'angoisse. Et si les parents d'Octave tardaient à donner une réponse parce qu'ils rejetaient ce mariage ? La patronne de *La Parisienne* connaissait les pratiques des familles de notables. Elle avait peut-être raison d'affirmer qu'Octave risquait de manquer à sa parole pour ne pas se brouiller avec sa famille, ne pas affronter les railleries.

– Et votre premier fiancé ? enchaîna Margaux. Ce comptable des Salaisons du Rouergue, ne prétendez pas également qu'il était honnête. Surtout pas ! Tout le monde se moquerait. C'était un ivrogne, un braillard qui insultait les braves gens ! Mais c'était encore un vicelard et vous ne le savez peut-être pas. Il avait ses habitudes chez les « petites » de Rosine. Et ailleurs peut-être ! Croyez-moi, il s'offrait du bon temps…

Abasourdie, Amélie ne répondit pas. Ses pommettes s'empourprèrent, puis la jeune femme éprouva l'impression qu'elle rougissait jusqu'aux oreilles.

– Ça vous étonne peut-être ? continua Margaux, ironique. On vous le confirmera si vous le souhaitez…

Amélie était atterrée, mais Margaux exultait.

– Pour ne vous enticher que de vicelards, vous n'êtes qu'une débauchée ! l'accusa-t-elle.

S'emparant du *Narrateur*, Margaux la frappa au visage tout en l'insultant :

– Espèce de garce ! Putain !

Cette soudaine violence déconcerta Amélie. Devant sa passivité, Giuliana trépignait d'impatience. Sa patronne était comme paralysée et ne se défendait pas. Elle s'apprêtait à intervenir pour l'arracher des griffes de cette femme lorsque Amélie répliqua. Une hargne terrible semblait l'animer. On entendit ses paumes claquer sur les joues de Margaux, qui laissa tomber son journal sur le comptoir pour porter ses mains à son visage. Sa peau était brûlante, portant la trace rouge des doigts. Mouchée, elle foudroya Amélie du regard. Mille éclairs de fureur brillaient dans ses yeux.

– Putain ! Garce ! siffla-t-elle une dernière fois entre ses dents.

Puis elle disparut en courant.

27

Amélie s'effondra en larmes après le départ de Margaux et Giuliana se précipita au comptoir.

– Quelle femme odieuse ! s'indigna-t-elle en l'entraînant dans l'arrière-boutique pour la consoler. Elle veut vous humilier.

Une question assaillait désormais Amélie. Pouvait-elle encore accorder sa confiance à Octave après ce qu'elle avait entendu de la bouche de Margaux ? Elle s'en inquiéta auprès de Giuliana.

– Tu penses que Margaux a inventé toutes ces histoires pour que je me sépare d'Octave ? Ou, alors, c'est la vérité, il aurait vraiment essayé d'abuser d'elle ? Je suis perdue… Cette femme a tellement d'aplomb ! Je me demande si Octave m'a trompée, s'il est vraiment un débauché, s'il éprouve réellement des sentiments pour moi, s'il a toujours l'intention de m'épouser. Je suis complètement déboussolée ! Si tu pouvais m'aider à y voir clair… Margaux s'est débrouillée pour mettre la pagaille. C'est ce qu'elle voulait… Et il y a peut-être aussi un fond de vérité dans ces ragots… Je ne sais pas et ça me ronge ! Je n'arrive pas à croire à ces choses-là. Est-ce que tout recommencerait ? Comme avec Julien ? Tu étais au courant des rumeurs ?

– Elles circulent depuis des mois ! concéda-t-elle. Ma logeuse m'en avait touché un mot…

– Pourquoi me l'as-tu caché ?

– J'ai bien essayé de vous en parler, mais vous étiez ailleurs. Vous ne pensiez plus qu'à Octave et j'avais l'impression que ça ne vous intéressait pas… Vous ne m'écoutiez pas !

– On affirme qu'Octave a abusé de Margaux et qu'il passe ses soirées dans les bordels ?

– C'est à peu près ça.

Effondrée, Amélie comprenait maintenant pourquoi l'affluence et les recettes avaient baissé depuis le printemps.

– Les paysannes des villages et les ménagères du quartier n'ont sûrement pas apprécié tout ce tintamarre ! en déduisit-elle. C'est miraculeux que nous ayons fabriqué des chapeaux pour la sous-préfète au moment du 14 Juillet. Si on l'avait informée, elle ne nous les aurait pas commandés et nous n'aurions pas accueilli une nouvelle clientèle…

Mais ses pensées revinrent aussitôt vers Octave.

– Qu'est-ce que tu penses ? Il se moque de moi ? Ou on cherche plutôt à le traîner dans la boue ? J'aimerais connaître ton sentiment.

– Octave… Excusez-moi ! M. Fournier est sûrement un homme honnête. Je ne crois pas qu'il cherche à vous tromper. On sent bien qu'il est sincère avec vous. Il vous aime ! Il sacrifierait beaucoup de choses pour que vous soyez heureuse. C'est vous qu'il souhaite épouser. Pour moi, il n'y a aucun doute ! S'il l'avait voulu, il serait déjà marié avec une femme de son milieu. Il vous a toujours soutenue, Amélie ! Alors, ne gâchez pas tout avec ces rumeurs. Attendez qu'il revienne de la pharmacie et vous vous expliquerez…

L'heure tournait. Elles reprirent leur ouvrage autour de la table, cherchant un peu de paix dans le travail. Mais par son audace, son habileté et ses insinuations, Margaux Delacourt avait ébranlé les certitudes d'Amélie. D'une certaine manière, elle avait accompli sa vengeance.

Lorsque Octave passa la porte de la boutique en fin de journée, Amélie, installée dans l'arrière-boutique, ne se dérangea pas pour l'accueillir. Son bonsoir le frappa par sa froideur.

– Qu'est-ce qui se passe, Amélie ? Tu es d'une pâleur !

Elle ne répondit pas.

– Amélie, dis-moi ! Que se passe-t-il ? insista-t-il.

La jeune modiste restait concentrée sur son ouvrage. Ses mains tremblaient. Puis soudain, délaissant son chapeau, elle le regarda fixement :

– Cet après-midi, Margaux Delacourt a débarqué comme une tornade dans la boutique…

– Je m'y attendais ! rétorqua-t-il. Elle s'est sûrement étranglée en découvrant que *Le Narrateur* t'encensait.

– Pas seulement ! Elle a profité de l'occasion pour tout déballer.

– Tout déballer ? s'inquiéta-t-il.

– Ne me prends pas pour une idiote, Octave ! répliqua-t-elle. Tu n'étais donc au courant de rien ? Toutes ces rumeurs qui circulent sur toi ! J'en ai appris de belles ! Il paraît que tu serais un dépravé ! Tu fréquenterais les bordels et les putains ! Et en plus, tu aurais essayé d'abuser de Margaux dans sa propriété et tout le monde le saurait… Sauf moi ! C'est effarant…

La jeune femme plongea son visage entre ses mains pour pleurer. Octave, accablé, resta muet. Jamais il n'aurait imaginé que Margaux chercherait à rencontrer Amélie. Il se rapprocha d'elle, l'entoura de ses bras et essaya de la rassurer :

– Tout ça, ce ne sont que des calomnies, Amélie ! Il faut que tu me croies ! Je ne fréquente pas les prostituées, je n'ai jamais cherché à abuser de Margaux. Cette femme est une menteuse. La vérité, c'est qu'elle m'a harcelé pour que je l'épouse, elle a tout essayé et elle ne s'en cachait même pas ! Je la rencontrais de temps en temps au *Globe*… Tout le monde me poussait dans ses bras ! À commencer par ses parents. Et même Étienne Bénazet avait l'air d'être mandaté par la famille ! Il n'a pas réussi ! Nous nous sommes expliqués avec Margaux un dimanche après-midi. Je l'ai repoussée. Mais elle n'a pas apprécié ; elle a commencé à répandre des rumeurs sur mon compte. On a cherché à m'isoler, à me rejeter de leurs cercles. Le bouquet ? C'est quand ils ont découvert nos relations. Ils se sont étranglés en apprenant que je te fréquentais. Et ils se sont déchaînés !

Amélie l'écoutait attentivement. Ses explications lui apportaient un peu de réconfort. Soudain inquiète, une idée lui traversa l'esprit :

– Tes parents sont au courant de tout cela ?

– Hélas oui ! soupira-t-il. Mon patron s'en est occupé… Il les a informés dès le début.

– Alors, je ne vois pas comment ils pourraient accepter notre mariage… Dis-moi la vérité. Vous vous êtes accrochés, le jour où tu es allé les voir à Cahors ?

– C'était inévitable ! reconnut Octave, soulagé de tout révéler. Ces racontars nous ont beaucoup desservis. Mes parents ont toute confiance en Étienne Bénazet. Ils sont persuadés qu'il y a un fond de vérité dans ces rumeurs. Pour eux, tu ne peux être qu'une femme légère. Mais ils peuvent toujours me menacer, je ne céderai pas.

– Octave, pourquoi m'as-tu caché la vérité sur tes parents ?

– Je ne voulais pas que tu en souffres.

– Mais tu en souffres bien, Octave. Quand on s'aime, on partage tout, les moments difficiles et les heureux. À deux, on se défend mieux…

– En toute franchise, j'espérais que mes parents changeraient d'opinion ! Ma mère est moins entêtée que mon père. Elle arrondit souvent les angles dans la famille. Elle me paraissait embarrassée, moins catégorique… J'imaginais qu'en prenant son temps, elle pouvait amener mon père à réfléchir, à s'habituer à la situation et à se montrer plus souple. Je me suis trompé… Il y a plus de trois mois que je me suis rendu à Cahors et elle m'a écrit deux ou trois fois. Mais il n'y avait pas la moindre allusion à notre mariage dans ses lettres.

Amélie se rembrunit à nouveau. La déception et la tristesse la submergèrent, la remplissant d'amertume devant cette intransigeance. Pourquoi leur interdisait-on le bonheur ?

Bientôt, des larmes coulèrent sur ses joues.

– Ne désespère pas ! répondit-il en essayant de la consoler. Personne ne pourra nous empêcher de nous marier. Ni mes parents. Ni les notables de cette ville.

Il la prit dans ses bras. Elle se lova contre sa poitrine. Il caressa ses cheveux et elle se détendit peu à peu.

– Je t'aime, Amélie ! chuchota-t-il. Je t'ai aimée en silence et je t'ai attendue pendant des mois... Je ne t'ai jamais trompée, je t'ai toujours soutenue, tu peux compter sur moi !

– Même si tu te brouilles avec ta famille ?

– Je t'épouserai, Amélie ! répéta-t-il.

– Nous ne pouvons plus vivre à Villefranche ! objecta-t-elle. Les notables continueront à nous harceler, ma clientèle désertera la boutique et aucune pharmacie n'acceptera de t'embaucher.

– Si c'est trop difficile, nous partirons dans une grande ville ! À Toulouse, par exemple...

- Pourquoi pas ? Personne ne nous y connaîtrait...

28

Le lendemain, un dimanche, la jeune modiste regagna Bellegarde comme chaque semaine. Depuis qu'elle avait annoncé à son père son intention d'épouser Octave, elle avait l'habitude de s'y rendre avec lui en voiture et Henri Delmas avait toujours plaisir à recevoir le jeune couple. Mais lorsqu'ils s'étaient séparés après leur discussion de la veille, Amélie l'avait dissuadé de l'accompagner.

– Ne te dérange pas demain. Je prendrai l'autobus pour Bellegarde…

Octave n'avait pas insisté. Amélie avait sûrement besoin de se retrouver au calme après les attaques de Margaux.

Au moment où elle pénétra dans la boutique, son employée remarqua son abattement. Les yeux cernés, Amélie avait perdu son entrain et son sourire.

Justine se précipita à sa rencontre :

– Que vous arrive-t-il ? Vous êtes malade ?

Pour la rassurer, Amélie s'efforça de sourire avant de déposer son bagage dans l'arrière-boutique :

– Ce n'est rien… De la fatigue. Je travaille trop. Les semaines sont longues avec deux affaires à diriger.

– Reposez-vous ! Je m'occuperai des commandes et même des comptes si vous le souhaitez… Ça vous soulagera.

Soudain, la clochette tintinnabula et la jeune femme rejoignit le comptoir. Amélie, quant à elle, s'engagea d'un pas pesant dans l'escalier qui conduisait aux étages. Jeanne s'affairait derrière son fourneau. Au passage, elle l'embrassa distraitement sans répondre à ses questions sur l'absence d'Octave. Puis elle s'enferma dans sa chambre, et soudain, elle sentit les larmes lui monter aux yeux. Lorsque Jeanne l'appela pour le déjeuner, elle descendit avec une mine de papier mâché qui inquiéta d'autant plus son père qu'il s'attendait à la trouver heureuse et confiante après le reportage du *Narrateur*. Que s'était-il donc passé ces derniers jours ? D'ailleurs, pourquoi Octave ne l'accompagnait-il pas comme les dimanches précédents ? Est-ce que cela avait un lien ? Elle semblait avoir pleuré... Pour détendre l'atmosphère, il rapporta d'une pointe d'humour quelques nouvelles du Causse qui amusaient d'ordinaire sa fille. Mais Amélie semblait ailleurs, bien loin de cette vaste salle à manger où son père avait du mal à meubler le silence. Après le déjeuner, il proposa de l'emmener en promenade. Peut-être finirait-elle par se confier...

– Tu as besoin de marcher, de prendre l'air. Tu travailles trop, Amélie ! Tu t'enfermes à longueur de journée dans ta boutique et tu ne prends pas le temps de vivre.

À son soulagement, elle accepta :

– Tu as sûrement raison. Sortons !

Henri Delmas referma son couteau et rejoignit le garage. Le temps de faire démarrer la voiture, Amélie accourait.

– Où m'emmènes-tu ? demanda-t-elle en se recoiffant.

– Qu'est-ce qui te ferait plaisir ?

– J'aimerais bien revenir dans ces villages de la vallée du Lot, entre le pont de la Madeleine et Balaguier, où tu nous conduisais souvent le dimanche après-midi avec maman. Tu te rappelles ? On s'offrait une sieste sous les arbres, au bord de la rivière, puis on se trempait les pieds dans l'eau.

Soudain, le regard d'Henri Delmas se brouilla, à l'évocation de ce souvenir. Il venait d'acheter la Bébé Peugeot. C'était au printemps 1914. Amélie retrouvait Bellegarde et la boutique familiale après son apprentissage à Montauban. Sa mère, Émilie, rayonnait de bonheur et débordait d'énergie. Chaque dimanche, après le déjeuner, la famille s'aventurait dans les villages du Causse et de la vallée. Dès que la guerre avait éclaté, ils n'y étaient plus jamais revenus. Et puis, sa femme était morte…

Ils restèrent silencieux jusqu'au Pont de la Madeleine. C'était un dimanche ensoleillé et presque étouffant. Ils baissèrent les vitres pour échapper à la chaleur qui régnait à l'intérieur de la voiture. Les moissons étaient terminées. Devant les fermes ou sur les places de villages, les gerbiers se dressaient fièrement en attendant le passage de la batteuse. Ils exhalaient, sous le soleil brûlant, une odeur qui rappela à Amélie le parfum de la paille d'Italie. Ils retrouvèrent facilement la prairie, en bordure de la rivière, où ils avaient l'habitude avant guerre de se reposer sous les peupliers. Ils se laissèrent glisser au pied d'un arbre sur l'herbe jaune et grillée. A cet endroit de la vallée, le paysage dégageait une impression de quiétude. Ils s'assirent côte à côte, sur les berges de la rivière qui miroitait au soleil. Ils écoutèrent le chant des oiseaux et le murmure du courant.

Depuis le déjeuner, Henri se retenait de poser les questions qui l'obsédaient. Il ne souhaitait pas se montrer indiscret. Sa fille restait perdue dans ses pensées, avec cet air abattu qui ne l'avait pas quitté depuis son arrivée. Bien sûr, il était toujours délicat pour une jeune femme de se confier à son père. Ils allaient reprendre le chemin de Bellegarde, lorsque soudain, il ne se retint plus et l'interrogea :

– Qu'est-ce qui se passe, Amélie ?

Elle ne répondit pas.

Il la regarda tendrement, espérant la mettre en confiance.

– Si tu m'expliquais ce qui t'inquiète, je pourrais peut-être t'aider.

Elle tergiversa un moment puis finit par parler. Elle chercha ses mots pour raconter le passage de Margaux à la boutique, l'esclandre qu'elle avait provoqué. Elle ne s'attarda pas sur les horreurs qu'elle avait débitées à l'encontre d'Octave, c'était trop douloureux. Mais son père comprit qu'une nouvelle fois, des rumeurs venaient salir la réputation de l'homme qu'elle aimait.

Il s'écoula un moment de silence pendant lequel il songea à ses dernières rencontres avec Octave. Depuis qu'il accompagnait Amélie chaque dimanche à Bellegarde, Henri appréciait toujours plus son comportement. Il estimait cet homme affable et cultivé, qui restait toujours très simple dans ses rapports avec les autres. Ce dont on l'accusait le stupéfiait. Ces racontars étaient-ils fondés ? Henri était perplexe. Il avait toute confiance en Octave. Mais il ne pouvait pas oublier le drame vécu avec Julien. Les apparences ne l'avaient-elles pas abusé ?

– Octave s'est-il expliqué ? demanda-t-il.

– Il conteste les rumeurs ! continua-t-elle. Et il a toujours l'intention de m'épouser alors que ses parents s'y opposent encore.

– C'est la preuve qu'il t'aime…

– Je veux y croire… Mais il y a des moments où je doute de tout, d'Octave, de ses promesses, de nos projets d'avenir. Je ne veux pas souffrir à nouveau…

Elle semblait tellement désemparée que son père l'exhorta à s'accorder du temps. Elle pouvait prendre le temps de la réflexion avant de s'engager ou même de rompre, s'il n'y avait pas d'autre issue. Puis Amélie évoqua ses soucis professionnels.

– Je finis par perdre espoir, soupira-t-elle. Margaux et sa famille dominent tout dans cette ville. Je n'arriverai jamais à m'imposer.

– Ne désespère pas ! répondit-il. Grâce au reportage du *Narrateur*, tu finiras bien par attirer une nouvelle clientèle.

– Peut-être. Nous verrons. Il y a des moments où je voudrais tout bazarder pour m'installer à Toulouse ou à Montauban…

– Ne t'emballe pas, Amélie ! Tu pourrais le regretter… Patiente ! Ta boutique n'est ouverte que depuis quelques mois. Dans le commerce, les choses ne sont jamais simples. Souvent, on a besoin de temps pour accrocher la clientèle, la satisfaire, la fidéliser. Ça réclame parfois des années…

Puis il la regarda avant d'ajouter :

– Quoi qu'il t'arrive, tu pourras compter sur moi. Et puis, j'ai toujours eu confiance en toi.

Après cette excursion dans la vallée, Amélie s'attabla ce soir-là avec un semblant d'appétit. Puis, une fois dans sa chambre, elle s'endormit presque aussitôt. Au réveil, elle prit la décision de prolonger son séjour à Bellegarde. Une semaine dans la maison natale lui ferait du bien. Elle avait tant besoin d'oublier les derniers événements ! L'air de la campagne, le calme du village, la présence attentive de son père, lui permettraient sûrement de réfléchir à sa situation. Aussitôt, elle envoya un courrier à Giuliana pour l'en informer. « Depuis quelque temps, ma famille me manque ! écrivit-elle. Il y a des cousins que je n'ai pas revus depuis des années. Ils sont mariés et je ne connais pas leurs femmes. Il est grand temps. Mon père me consacrera deux ou trois après-midi pour m'emmener dans leurs villages... » Quant à Octave, elle ne pouvait pas ne pas l'en informer, mais sa lettre fut bien plus laconique. Ce qui l'alarma. Il y répondit dès sa réception. « Je suis inquiet pour toi, Amélie. Je comprends combien ces dernières semaines ont été très éprouvantes pour toi. Repose-toi bien, écris-moi. Il n'y a que toi qui compte dans ma vie... » Octave espérait recevoir en retour une lettre d'Amélie, mais au bout de plusieurs jours, son silence renforça son inquiétude. Il alla à la boutique demander des nouvelles à Giuliana. La jeune femme n'osa trop rien dire, elle lâcha simplement qu'Amélie avait besoin de repos et que Bellegarde était le lieu idéal pour ça. Il se rongea les sangs. Les rumeurs avaient peut-être bien touché leur cible. On cherchait à les séparer et Amélie était tombée dans le piège. Ne résistant plus à l'angoisse, il débarqua à Bellegarde le dimanche après-midi. Il se présenta à trois heures chez les Delmas. Henri veilla à l'accueillir aussi chaleureusement que d'habitude. Jeanne leur servit une tasse de café dans la salle à manger. Ils essayèrent d'entamer une discussion sur les dernières aventures en Afrique des aviateurs préférés d'Octave, Roget et Coli, que les journaux avaient rapportées cette semaine, mais Octave avait la tête ailleurs. Une porte claqua dans la maison, il sursauta. Puis, n'y tenant plus, il interrogea son hôte :

– Comment va-t-elle ? Elle n'a pas répondu à ma lettre. Ça m'inquiète.

– Après l'esclandre de Margaux et son déballage, vous vous imaginez bien qu'elle avait besoin de changer d'horizon.

– Je comprends, mais nous nous sommes expliqués sur tous ces racontars, et même très franchement. J'espérais l'avoir rassurée.

– Ce n'était peut-être pas aussi évident pour elle…

Puis il le mit en garde :

– Je vous préviens, Octave ! N'abusez pas de sa confiance. Elle a déjà souffert. Vous auriez affaire à moi…

Mais Octave enchaînait déjà :

– Dites-moi où elle est, s'il vous plaît. Sauf si elle ne veut pas me revoir…

Devant son insistance, Henri Delmas ne pouvait pas le lui cacher plus longtemps :

– Elle se promène dans les bosquets près du village comme vous en aviez l'habitude le dimanche…

Octave disparaissait déjà en direction du vestibule lorsque Henri le mit en garde une dernière fois :

– Ménagez-la, Octave ! Toutes ces histoires l'ont secouée…

Il la découvrit sur le chemin aux murets de pierres où ils s'étaient rencontrés la première fois, après sa démobilisation.

– Amélie ! Amélie ! s'écria-t-il en pressant l'allure et en agitant son canotier.

Lorsqu'il la prit dans ses bras, la jeune femme resta silencieuse et immobile, et ne marqua aucun étonnement, aucun sentiment.

– J'étais tellement inquiet de n'avoir aucune nouvelle de toi, avoua-t-il en la pressant contre lui.

Elle se dégagea avec douceur de son étreinte, puis esquissa un drôle de sourire qui le désarma.

– Pourquoi t'alarmer ? Je me reposais, c'est tout…

– Amélie, je t'en supplie, il ne faut pas que tu doutes de moi ! répondit-il tout en la couvrant de baisers. Je n'ai jamais cessé de t'aimer. Oublie toutes ces calomnies ! Tu ne vas pas les laisser détruire notre amour ! Elles nous salissent toi et moi. Pourquoi t'aurais-je attendue pendant des mois et des mois, si je ne tenais pas à toi ? Je voudrais que nous soyons heureux. Je suis prêt à tout pour toi, dis-moi ce que tu souhaites...

– Accorde-moi encore du temps, Octave. Il me faut du temps, tu entends...

Amélie ne regagna Villefranche que dans le courant de la semaine suivante. Quoique plus détendue, elle demeurait encore nerveuse. Lorsqu'elle pénétra dans sa boutique, l'esclandre avec Margaux remonta aussitôt dans sa mémoire. Comment aurait-elle pu l'oublier ? Les premiers jours, elle demanda à Guiliana d'accueillir les clients à sa place, elle préférait demeurer dans l'arrière-boutique. De même, elle inventait tous les prétextes pour refuser à Octave une promenade sur les bords de l'Aveyron, ou pour repousser ses invitations au restaurant comme si elle redoutait de croiser Margaux ou quelqu'un de son entourage. Le séjour à Bellegarde, les retrouvailles avec Octave n'avaient pas apaisé ses inquiétudes. Réussirait-elle un jour à vivre sereinement à Villefranche ?

29

Une matinée de septembre, le préposé des Postes déposa à la boutique une enveloppe ornée d'une vignette élégante : un chapeau de femme décoré d'une plume. Incrédule, Amélie en découvrit l'en-tête : « Caroline Reboux, Modiste ». Cette femme était l'une des modistes les plus célèbres de la capitale. Occupant un immeuble du faubourg Saint-Honoré, elle employait près de deux cents personnes qui travaillaient pour la bourgeoisie et l'aristocratie.

Elle décacheta l'enveloppe d'un doigt impatient pour parcourir le message que Madeleine Raimbourg, directrice adjointe, avait rédigé à son attention d'une écriture élégante.

« Mademoiselle,

« Nous avons rencontré récemment madame la sous-préfète de Villefranche. Elle nous a été présentée par sa cousine qui est une de nos clientes. Le jour de sa visite, elle portait l'un de vos chapeaux. C'est un travail soigné dont je vous félicite. Nous n'imaginions pas qu'une sous-préfecture de l'Aveyron puisse posséder une chapelière ausi talentueuse. Je dois me rendre à Toulouse en octobre et j'ai pensé que je pourrais faire un détour par Villefranche avant de regagner la capitale. Cela nous permettrait de faire connaissance. Accepteriez-vous de m'accueillir dans votre boutique ? J'aimerais découvrir votre travail et discuter de l'éventualité d'une collaboration… »

Sous le coup de l'émotion, Amélie s'attarda sur la signature de Madeleine Raimbourg, puis lut une deuxième fois la lettre. Une des plus grandes modistes de Paris souhaitait faire sa connaissance ? Que lui voulait-on ? Un instant, elle soupçonna un canular, mais le courrier portait bien l'en-tête de la maison ! Elle connaissait cette grande maison au travers des magazines de mode qui la faisaient tant rêver depuis qu'elle était petite. Elle avait si souvent imaginé les ateliers, la boutique, que cette adresse luxueuse lui était devenue familière. Elle demeura longtemps immobile et songeuse derrière le comptoir, avant que l'arrivée d'une cliente ne la ramène à la réalité.

Quand les cloches des églises de la ville sonnèrent l'angélus de midi, Amélie s'empressa d'éteindre les lampes, obligeant Giuliana à déserter l'arrière-boutique où elle reformait un chapeau.

– Je ne le termine pas ? s'étonna-t-elle.

– Tu le reprendras cet après-midi.

Elles se séparèrent devant la boutique et Giuliana regarda sa patronne traverser l'esplanade en trottinant. « Elle est drôlement pressée aujourd'hui ! » pensa-t-elle. La jeune modiste grimpa quatre à quatre les escaliers de son immeuble. Elle se précipita sur l'armoire de la chambre où elle entreposait la collection du *Magazine de la Chapellerie*. Elle la feuilleta fébrilement jusqu'à retrouver le reportage consacré à Caroline Reboux qu'elle avait conservé en mémoire. Un sourire sur les lèvres, elle le parcourut en arpentant son logement. Elle s'attarda sur les illustrations, apprécia chacune des créations de la célèbre modiste parisienne. Elle se représentait l'immeuble somptueux, la boutique au rez-de-chaussée, les vendeuses accueillant les clientes élégantes, les ouvrières qui s'activaient par dizaines dans les étages. De temps en temps, la jeune modiste s'arrêtait devant l'une des fenêtres de son appartement pour observer les maisons de Villefranche. Les toits de Paris étaient-ils également en tuiles rouges ? Elle rêva des ponts sur la Seine, des grandes avenues débouchant sur des places immenses...

Puis Amélie s'installa dans une bergère qu'elle avait ramenée de Bellegarde. Se replongeant à nouveau dans la lettre, elle se demanda quelle collaboration souhaitait réellement Madeleine Raimbourg. Peut-être lui proposerait-on de dessiner des modèles pour une collection, peut-être même de les fabriquer à Villefranche. Elle imagina également de rejoindre le faubourg Saint-Honoré si on l'engageait dans cette grande maison. L'idée ne l'aurait sûrement pas effleurée au début de l'été. Mais maintenant... Certes, Amélie recevait dans sa boutique une nouvelle clientèle grâce à la sous-préfète, mais les attaques de Margaux, les accusations proférées contre la réputation d'Octave et la concurrence de *La Parisienne* étaient si pesantes à vivre. Alors, pourquoi ne pas partir à Paris et changer de vie ? L'idée était séduisante. Mais, pour échapper à l'atmosphère insupportable de Villefranche, elle pouvait dans le même temps perdre Octave s'il refusait de la suivre. Or, elle l'aimait toujours.

Elle s'accorda une semaine de réflexion avant de répondre à Madeleine Raimbourg, mais elle n'en informa personne dans son entourage. La veille de son arrivée, elle se contenta de prévenir Giuliana et la nouvelle vendeuse en mercerie. Cette annonce abasourdit Giuliana.

– La directrice adjointe de Caroline Reboux nous rend visite ? s'exclama-t-elle. Caroline Reboux, la célèbre modiste ? C'est à peine croyable. Je n'en reviens pas.

Amélie confirma la nouvelle stupéfiante :

– C'est bien la modiste dont tu admires souvent les modèles dans *Le Magazine de la Chapellerie*. Sa boutique du faubourg Saint-Honoré est, paraît-il, une merveille.

Elle entreprit de leur expliquer comment cette grande maison avait découvert leurs chapeaux.

– La sous-préfète ne nous en a rien dit ! s'étonna Giuliana. Elle comptait peut-être nous réserver cette surprise.

– Ah ! Si maman était encore parmi nous… Comme elle serait heureuse et fière !

Il s'écoula un moment de silence durant lequel des souvenirs d'enfance remontèrent à sa mémoire.

Ses deux employées ne tardèrent pas à l'enlever à l'émotion qui l'étreignait. Elles la pressèrent de questions :

– Mais que veut-elle ? Que vous travailliez pour elle ?

Amélie essaya de dissiper leurs craintes.

– Ne vous alarmez surtout pas ! J'ignore encore ce qu'on me proposera. Elle ne le précise pas dans sa lettre. Elle souhaite peut-être simplement voir mes créations.

Songeuse, elle les regarda fixement avant d'affirmer :

– Quoi qu'il advienne, je ne me séparerai jamais de mes deux boutiques !

30

En ce mercredi d'octobre, de nombreux voyageurs avaient emprunté l'express depuis Toulouse pour rejoindre Villefranche dans la soirée. Le lendemain était journée de marché et les étalages des camelots occuperaient les moindres placettes dès sept heures, ce qui expliquait l'affluence inhabituelle sur le quai de la gare. Dans la foule des négociants aux blouses sombres, des ambulants et des représentants de commerce aux costumes disparates, la présence de Madeleine Raimbourg n'échappa à personne. Des lampistes aux manœuvres et aux préposés aux bagages, tous les employés de la Compagnie la remarquèrent. Quelle distinction ! « C'est sûrement une Parisienne ! » chuchotaient-ils en la dévisageant. Madeleine Raimbourg en imposait. Svelte et élégante, elle surpassait les quelques femmes qui descendaient des compartiments. Dès qu'elle apparut sur le marchepied dans la lumière jaunâtre des réverbères, Amélie ne s'y trompa pas. Son chapeau était décoré d'une plume bleue, la « marque » de Caroline Reboux. Elle bouscula les employés de la Compagnie qui chargeaient des paquets dans les fourgons, pour se précipiter dans sa direction en s'exclamant :

– Madame Raimbourg ! Madame Raimbourg !

Depuis qu'elle avait répondu à sa lettre, la jeune femme avait longuement réfléchi à son avenir. Ses commandes de modèles élégants étaient satisfaisantes, car le reportage du *Narrateur* avait incité certaines familles à venir, au moins par curiosité, visiter sa boutique. Que des femmes raffinées comme la sous-préfète, des épouses de fonctionnaires et des châtelaines osent la fréquenter, démentait la mauvaise réputation dont certains avaient accablé Amélie. Désormais, des notables du quartier la saluaient s'ils la rencontraient sur l'esplanade alors qu'ils l'avaient toujours ignorée. Ces premiers revirements ne l'empêchaient pas de rester lucide. Cette relative accalmie n'était peut-être que de courte durée. La semaine précédente encore, Octave ne suggérait-il pas à nouveau qu'ils pourraient s'installer dans une grande ville si on continuait à s'acharner après eux ? Mais leur avenir restait toujours aussi imprécis. Et, sans trop savoir pourquoi, elle lui avait caché la visite de Madeleine Raimbourg.

Amélie était très intimidée de rencontrer cette femme. Elle la retrouva près de ses bagages. Elle semblait se délecter de l'animation qui s'était emparée de la gare.

– Quelle joyeuse pagaille ! s'exclama-t-elle aussitôt après les présentations. J'imaginais que Villefranche était une bourgade déjà assoupie à cette heure de la journée et je la découvre bien animée… Que se passe-t-il ? Des festivités ? Une exposition agricole ?

– On prépare seulement le grand marché de demain ! précisa Amélie, prenant un peu d'assurance. C'est le rendez-vous le plus important de la semaine.

En apprenant que les boutiques connaîtraient de l'affluence le lendemain, Madeleine Raimbourg redouta qu'Amélie n'ait pas trop de temps à consacrer à leurs discussions.

– Je suppose que c'est excellent pour votre commerce, mais on vous accaparera toute la journée…

La jeune modiste balaya ses craintes.

– Ne vous inquiétez surtout pas, madame ! Dans une journée de marché, il n'y a pas que des moments de « presse »… Les employées me remplaceront et personne ne viendra nous déranger.

Le lendemain, les habitués de la maison la repérèrent sitôt qu'elle pénétra dans la boutique, en pleine affluence de la matinée. La présence d'une femme aussi élégante paraissait incongrue parmi la clientèle populaire. Certains se demandèrent si elle ne s'était pas trompée d'adresse, mais ils se ravisèrent en constatant qu'elle ne manifestait aucune surprise en promenant son regard sur les étagères. Quelques ménagères la reluquèrent pour satisfaire leur curiosité avant de reprendre leurs bavardages. Madeleine Raimbourg ne prêta pas attention à leur manège. C'étaient les chapeaux d'Amélie qui l'intéressaient. Elle consacra le reste de la matinée à découvrir les modèles exposés sur les étagères et en devanture. Elle examina également les dizaines de dessins qu'Amélie avait conservés depuis son apprentissage. Elle l'observa de manière attentive lorsqu'elle crayonna les garnitures d'une capeline à la demande d'une châtelaine des environs. Pendant tout ce temps, Madeleine Raimbourg demeura d'une discrétion étonnante.

Dès que l'affluence retomba, les deux femmes rejoignirent un restaurant pour déjeuner. La conversation porta sur Villefranche, son architecture, son patrimoine, mais Madeleine ne fit pas la moindre allusion aux créations d'Amélie. Ni à la raison de son déplacement à Villefranche ! Pourtant, cette dernière était très impatiente de connaître son jugement et ses intentions. C'est lorsqu'elles se retrouvèrent dans l'intimité de l'appartement d'Amélie, pour prendre une tasse de café avant de rejoindre la boutique, que Madeleine Raimbourg se dévoila enfin.

– Notre maison a besoin de vous, Amélie ! Elle a besoin de jeunes talents pour lui apporter un souffle de liberté et de fraîcheur, renouveler ses collections, répondre aux souhaits de la clientèle, surprendre ces femmes coquettes qui nous demandent toujours de la nouveauté... Dans vos modèles, tout me montre que vous pourriez travailler pour Caroline Reboux. Il y a de l'harmonie, de la recherche, de l'originalité. C'était déjà mon intuition en découvrant le chapeau de la sous-préfète... Comment voyez-vous votre avenir ?

Ces compliments redonnèrent confiance à Amélie.

– Je voudrais me consacrer au chapeau, rien qu'au chapeau ! répondit-elle, les joues rosies par l'émotion. Ne plus vendre d'articles de mercerie… Et devenir une vraie modiste ! Le chapeau, c'est ma passion. J'en ai hérité de ma mère. J'ai grandi dans son atelier au milieu des feutres et de la paille d'Italie…

– Votre mère était chapelière ?

– Elle avait aussi des talents de modiste ! précisa fièrement Amélie. Elle dessinait des modèles, mais personne, ou presque, n'en profitait. C'est dommage parce que je les trouve modernes pour l'époque. Mais elle ne pouvait proposer que du classique à des femmes de la campagne…

– Elle ne travaillait pas à Villefranche ?

– Non ! Elle était installée à une quinzaine de kilomètres, dans une bourgade. Hélas ! Elle nous a quittés, mais sa boutique est toujours là…

– Vous vous en occupez également ?

– C'est une affaire de famille ! Nous n'avons pas l'intention de nous en séparer.

– Si je comprends votre situation, Amélie, vos semaines sont très chargées, à vous partager entre deux magasins ! Cela ne vous laisse que peu de temps pour votre travail de création.

Elle avait touché un point sensible. Amélie ne répondit pas. Déjà, Madeleine enchaînait :

– Aimeriez-vous ne dessiner que des chapeaux et participer à des collections ?

– Bien sûr ! Je n'aurais jamais osé rêver de cela !

– Aimeriez-vous vivre à Paris ?

La jeune femme hésita. Elle ignorait tout de Paris…

– La grande ville vous effraie peut-être ?

– Vous savez, je suis née dans un petit bourg…

Certes, elle avait passé trois ans à Montauban, à l'occasion de son apprentissage, mais la préfecture du Tarn-et-Garonne n'était qu'une minuscule bourgade comparée à Paris.

Madeleine Raimbourg s'attendait à cette réaction. Elle essaya de la rassurer.

– Vous vous y habituerez ! Certaines de nos modistes sont arrivées de province à dix-huit ans comme apprenties et ne voudraient pas y retourner aujourd'hui ! expliqua-t-elle. On ne vous laissera pas seule. Vous vous ferez des amies.

– Sûrement. Mais il y a aussi le travail…

– Qu'est-ce qui vous inquiète, Amélie ?

– Je ne connais pas les goûts et les exigences de votre clientèle. Tout est différent ici… Je me demande si je saurai traduire les envies des Parisiennes.

– Mais vous y arriverez ! protesta Madeleine. Vous en avez l'étoffe. On vous conseillera, on vous formera…

Comme elle percevait un flottement chez Amélie, elle s'appliqua à la mettre en confiance. Pourquoi ne viendrait-elle pas à Paris pendant une semaine ? Elle découvrirait la maison, rencontrerait les modistes et la clientèle…

– Venez huit jours à Paris ! insista-t-elle. Si notre manière de travailler, l'ambiance des ateliers et du quartier vous plaisent, nous pourrons sûrement nous entendre…

Une semaine chez Caroline Reboux ? Cela la confronterait aux réalités quotidiennes de la capitale et d'une grande maison. Amélie pourrait ainsi prendre une décision en connaissance de cause. Cela dissiperait certaines illusions aussi… Et puis, il fallait d'abord qu'elle ait une discussion sérieuse avec Octave, peut-être même avec son père.

– Passer huit jours dans votre maison ? Oui… Pourquoi pas ? Mais je voudrais y réfléchir.

– Prenez tout votre temps ! Mais pensez aussi à l'avenir, à votre avenir !

Madeleine Raimbourg reprenait l'express de 19 h 45. Amélie la raccompagna. Elles discutèrent encore en chemin, dans la salle des pas perdus puis sur le quai avant l'arrivée du train. Jusqu'au dernier moment, la directrice adjointe de Caroline Reboux s'attacha à la convaincre.

– J'ai eu beaucoup de plaisir à vous rencontrer, lui dit-elle avec conviction et gentillesse. Et je ne doute pas que vous puissiez vous épanouir, en travaillant pour nous. N'ayez pas peur. On vous aidera…

La jeune femme attendit que la locomotive s'éloigne avant de quitter le quai. Elle habitait à trois cents mètres environ de la gare, mais elle ne voulait pas encore rentrer. La soirée était douce et les rues avaient retrouvé leur quiétude après l'agitation du marché. Amélie traversa l'esplanade et le pont des Consuls, remonta l'avenue de platanes du Saint-Jean. Elle ne rencontra que quelques pauvres bougres farfouillant dans les immondices abandonnés par les camelots. Tout en marchant, elle repensa aux discussions de la journée. Que souhaitait-elle vraiment ? Elle ne savait pas si elle devait quitter Villefranche pour rejoindre la capitale. Paris l'attirait et l'effrayait à la fois ! À bientôt 26 ans, Amélie n'avait jamais voyagé. Certes, le monde de la mode exerçait sur elle une fascination, mais elle craignait de ne pas s'y sentir à l'aise. Madeleine Raimbourg n'avait pas dissipé toutes ses inquiétudes. Elle n'était guère habituée à fréquenter les femmes de la grande bourgeoisie. Et comment les modistes l'accueilleraient-elles ? S'épanouirait-elle réellement dans une maison sans la liberté de décider et de diriger ? Reprenant la direction de l'esplanade, elle fit un détour par le Guiraudet pour s'arrêter devant l'immeuble où habitait Octave. Des lampes étaient allumées à son étage. Que faisait-il à cette heure ? Elle lui avait demandé de ne pas venir la retrouver à la boutique après sa journée. Il en avait été surpris, mais elle lui avait vaguement donné comme explication des courses à faire… Il était temps qu'elle le mette au courant du passage de Madeleine Raimbourg et de ses propositions. Comment allait-il réagir ? La pousserait-il à accepter ou l'en dissuaderait-il ?

Le lendemain, reprenant ses habitudes, Octave la rejoignit au moment de la fermeture. Amélie était seule. Giuliana et la jeune vendeuse venaient de terminer leur journée.

– Je peux te parler ? demanda-t-elle à Octave en décrochant son manteau.

– Maintenant ? s'étonna-t-il.

– Oui. C'est important.

Octave l'observa attentivement.

– Que se passe-t-il ? Quelque chose de grave ?

– Non ! Rassure-toi. Mais...

– On s'installe dans ton bric-à-brac ?

Le bric-à-brac ? Octave appelait ainsi l'arrière-boutique où ils se réfugiaient souvent au milieu du désordre.

– Si nous marchions plutôt ? suggéra-t-elle.

C'était une belle soirée d'octobre. À cette heure, les quartiers avaient retrouvé leur tranquillité. Les commerces fermaient, les hommes désertaient le comptoir pour regagner leurs foyers, les femmes mettaient le couvert. Le vent d'autan s'était levé dans la journée. Même s'il était encore modéré, il apportait un souffle de tiédeur en arrachant doucement les feuilles qui tournoyaient avant de retomber sur la chaussée et les trottoirs pour en recouvrir les ornières. Elles craquèrent sous les souliers d'Octave et d'Amélie lorsqu'ils traversèrent le Saint-Jean. Leur bruit sec se mêlait au murmure de la rivière qui coulait en contrebas. Ils marchèrent tous deux en silence. Octave attendait qu'Amélie parle. La jeune femme cherchait encore ses mots. Ils avaient remonté lentement la promenade du Villeneuve qu'elle ne les avait pas encore trouvés et il s'en inquiéta. Qu'avait-elle de si délicat ou de fâcheux à révéler ? Soudain, Amélie se risqua à parler. Ils avaient contourné la ville haute pour arriver devant la chapelle des Pénitents Noirs. Elle s'arrêta à proximité d'un réverbère.

– C'est à propos de mon avenir, Octave...

Il la regardait tendrement dans la lumière jaunâtre de la lampe.

– Comment t'expliquer ?

Devant ses hésitations, il l'encouragea à poursuivre.

– J'ai reçu, hier, la directrice adjointe de Caroline Reboux ! dévoila-t-elle enfin. Elle aimerait que je travaille dans ses ateliers. C'est l'une des plus grandes maisons de Paris.

Octave qui connaissait la réputation de cette modiste marqua un temps de surprise avant de s'exclamer :

– Mais c'est incroyable ! Raconte-moi tout. Comment as-tu fait sa connaissance ?

Amélie raconta alors l'arrivée de la lettre, la visite de Madeleine Raimbourg, son désir de l'engager... Aussitôt, il se rembrunit.

– Tu partirais seule ?

Encore indécise, Amélie ne répondit pas à sa question, ce qui accentua ses craintes. Octave chercha sa main et ne la lâcha plus comme s'il avait peur de la perdre.

– Pourquoi m'as-tu caché cette visite ? s'étonna-t-il.

– Que t'aurais-je dit ? Je ne savais pas ce qu'elle voulait. Il n'y avait aucun détail dans sa lettre.

– Que comptes-tu faire ?

– Madeleine Raimbourg ne me propose pas une embauche dans l'immédiat, mais de...

– Mais alors ? Que veut-elle ?

– Madeleine Raimbourg souhaite que je découvre la maison pendant une semaine. Pour la place, nous en discuterons après si ça me convient.

– C'est raisonnable ! dit-il. Tu auras une idée de Paris et de ton travail avant de décider...

– Je n'ai pas encore accepté ! souligna-t-elle. Je voudrais que nous y pensions tous les deux avant que je donne ma réponse. Tu n'étais pas opposé à ce que nous déménagions de Villefranche et que nous nous installions ailleurs si on continuait à s'acharner contre nous...

– Pourquoi pas ! Nous devrions peut-être y réfléchir...

Ils poursuivirent leur promenade au travers des ruelles de la bastide pour rejoindre l'esplanade de la République et l'immeuble d'Amélie. La partie basse de la ville baignait, ce soir-là, dans une odeur de vin nouveau. Les vendanges s'étaient achevées cette semaine-là pour les habitants du quartier qui cultivaient leur parcelle de vigne sur les collines. Ils avaient entassé devant les maisons des résidus de grappes qui répandaient une senteur de moût. Il s'y mêlait celle des premiers feux de bois de la saison. Malgré son visage urbain, Villefranche avait conservé ses traditions paysannes. En embrassant Octave devant son immeuble, Amélie se demanda comment étaient les boulevards de la capitale et s'ils ne dormaient jamais, comme les journalistes l'affirmaient.

Lorsqu'elle retourna à Bellegarde, Amélie confia ses tiraillements à son père. Que la directrice adjointe d'une grande maison remarquât ses qualités ne pouvait que satisfaire Henri Delmas.

– Comme ta mère nous manque aujourd'hui ! soupira-t-il. Elle aurait été si heureuse de ta réussite…

Mais il comprenait son déchirement. Elle ne choisirait pas la facilité si elle se séparait de sa famille et de son pays pour s'installer à Paris. Dans le même temps, il était conscient que c'était une chance pour sa carrière de modiste.

– Que risques-tu en te rendant à Paris ? Pas grand-chose ! Si ça ne te convient pas, tu pourras toujours refuser de t'engager dans cette maison. Je pense que tu jugeras en huit jours… Et, au moins, tu n'auras pas de regrets.

Elle n'attendit pas pour aborder à nouveau la question avec Octave. Elle ne souhaitait pas laisser Madeleine Raimbourg trop longtemps dans l'incertitude. Elle retrouva Villefranche et sa boutique un mercredi après-midi. Octave la rejoignit en début de soirée. Il pleuvait, le temps était froid. Ils se réfugièrent autour du poêle, où les derniers morceaux de charbon achevaient de se consumer.

– J'ai longuement réfléchi à mon avenir, Octave ! expliqua-t-elle.

Elle le regarda fixement avant de continuer :

– Une semaine chez Caroline Reboux ? Personne ne peut refuser une proposition pareille… C'est l'occasion ou jamais. Beaucoup de chapelières m'envieraient… Même si ça me fait peur, il faut que j'aille à Paris.

Octave était persuadé qu'elle accepterait. Il se contenta de sourire tandis qu'elle enchaînait :

– Si je décidais de travailler à Paris, tu me suivrais ?

– Si je te suivrais à Paris ? Bien sûr ! dit-il. Je t'ai aimée dès le premier regard, je t'ai aimée en silence, je t'ai attendue pendant des mois… Qu'importe si c'est à Paris ou ailleurs. Je ne pourrais pas vivre sans toi, Amélie.

Cette discussion les ressouda. Dans la chaleur du poêle, la jeune femme se blottit tendrement contre la poitrine d'Octave, qui l'entoura de ses bras. À Paris ou ailleurs, avait-il dit… Mais ensemble.

31

Depuis des semaines, Margaux était d'une humeur exécrable. Chaque nuit, des cauchemars l'assaillaient et l'épuisaient. Elle rêvait d'Octave et d'Amélie se promenant en amoureux sur le Guiraudet, sur le chemin du Calvaire, sur les bords de l'Aveyron ou sous les arcades de la place Notre-Dame… Ils s'étreignaient et ils s'embrassaient sous ses yeux pour la provoquer. Elle se réveillait brusquement au moment où ils s'approchaient d'elle… Ses parents, qui s'alarmaient de son humeur, l'emmenaient chaque semaine dans leur domaine de Clarmont pour qu'elle profite de la propriété, loin de Villefranche. Ils y organisaient des réceptions. Mais Margaux était de plus en plus acariâtre. Octave et Amélie étaient devenus son obsession. Ils revenaient toujours dans ses conversations. Elle les accablait d'insultes. Ses parents finissaient par en être lassés.

Le brouillard enveloppait la campagne ce dimanche-là. On ne distinguait pas les grilles d'entrée du château ni même les arbres. Dès qu'elle découvrit cette grisaille derrière les rideaux, Margaux s'emporta.

– Encore une journée pourrie ! Ça ne change pas depuis trois jours. De la bruine, de la crasse… On grelotte et c'est sinistre !

Elle soupira longuement.

– Je monterai quand même ! prévint-elle.

Elle avait déjà endossé son costume d'écuyère et n'avait qu'à chausser ses bottes.

Ses parents essayèrent de l'en dissuader, mais en vain. Margaux appuya sur la sonnette. L'instant d'après, Alexandra se débarrassait de son tablier et désertait la souillarde pour se précipiter dans la petite salle à manger. C'était la femme de Vladimir. En l'absence de ses maîtres, elle entretenait le château. Aujourd'hui, les Delacourt recevaient une brochette de notables à déjeuner et elle secondait la cuisinière engagée à cette occasion.

– Madame m'a appelée ? demanda-t-elle, essoufflée.

Margaux transmit ses consignes pour Vladimir, puis reprocha à Alexandra le goût du pain et la fadeur du café. Confuse, cette dernière balbutia des excuses.

– On ne réussit pas toujours le pain, madame ! Le four n'était peut-être pas assez chaud… Ou la pâte pas assez levée…

Thérèse abrégea son supplice en la renvoyant à la cuisine.

Après son départ, les Delacourt se fâchèrent :

– Tu exagères ! Quand cesseras-tu de critiquer pour le plaisir ? Si ça continue, le personnel se lassera. Et il refusera de travailler pour nous.

Dès que Margaux disparut pour rejoindre Vladimir dans les écuries, sa mère ne décoléra pas :

– Margaux est de plus en plus insupportable ! Et je ne n'accepterai plus qu'elle nous ressasse en permanence les mêmes histoires sur Octave Fournier et cette Amélie Delmas. Elle a alimenté les rumeurs pendant des mois pour les traîner dans la boue. Tout ce qu'elle a raconté sur eux n'est pas à son honneur. Ça nous desservira…

– Elle a besoin de repos ! décréta son père.

– Et de changer d'horizon ! compléta Thérèse. En s'éloignant de Villefranche, elle s'assagirait peut-être.

– Si nous demandions à Laurence et à Édouard de la recevoir en Sologne ? proposa-t-il.

Édouard Delacourt, cousin de Zéphirin, possédait un domaine près de Romorantin. Il partageait son temps entre la

Sologne et la capitale, mais séjournait toujours dans sa propriété à l'automne.

– Il ne manque pas d'activités en Sologne à cette époque de l'année ! expliqua Zéphirin. On organise des réceptions dans les châteaux après les journées de chasse. Des relations d'Édouard et de Laurence l'inviteront sûrement. Elle pourra monter à cheval. Les sous-bois sont très beaux, paraît-il, en cette saison ! Elle pourra assister à des chasses à courre... Elle ne s'ennuiera pas ! Il faudrait écrire aux cousins ou les appeler pour leur expliquer la situation. Ils accepteront sûrement de l'accueillir.

Aux écuries, Margaux se montra aussi odieuse. Elle procéda à une inspection tatillonne de la sellerie et des stalles, puis s'intéressa à la manière dont Vladimir avait préparé sa jument. Elle l'obligea à la brosser à nouveau, à nettoyer ses sabots à la perfection et à l'harnacher comme pour assister à une parade. C'en était ridicule. Vladimir s'exécuta à contrecœur. Ancien officier, il n'appréciait pas les manières de cette femme, mais il ne protesta pas. Elle galopa sans retenue dans les sous-bois en cravachant sa monture comme si elle disputait une course. Le palefrenier ne parvenait pas à soutenir son rythme et il redoutait l'accident dans le brouillard. Au grand galop, la cavalière et sa jument pouvaient rencontrer un sanglier sur leur chemin ou heurter une branche basse. Lorsqu'ils rentrèrent à l'écurie, l'animal était exténué. En le pansant, Vladimir constata une légère boiterie. Margaux ne s'en préoccupa guère. Elle était triomphante :

– Cette jument s'était encroûtée, Vladimir ! Maintenant, elle est en pleine forme.

En réponse, il la foudroya du regard.

Cette course à cheval ne l'avait pas apaisée. Elle apparut tout aussi hautaine et cassante devant les convives. Les Delacourt avaient rassemblé pour ce déjeuner quelques notabilités de Villefranche dont le sous-préfet et sa femme. Ils ne les avaient jamais invités depuis leur arrivée en Aveyron, à la Saint-Jean. À cette occasion, Zéphirin comptait instaurer avec Bertrand et

Béatrice Constant les mêmes relations cordiales qu'avec les précédents sous-préfets et leurs épouses. Il déchanta lorsque Margaux entreprit de brocarder les femmes élégantes qui fréquentaient la boutique d'Amélie Delmas.

– Elles n'ont pas de goût ! ricana-t-elle. On n'achète jamais de chapeaux dans un magasin aussi populaire ! Il y a plus recherché à Villefranche… Et cette « petite » n'a pas de talent. Elle recopie les modèles dans les journaux et elle prétend ensuite qu'elle les a dessinés…

En l'entendant, la sous-préfète se rembrunit. Ces critiques ne pouvaient qu'être dirigées contre elle. Parmi les convives, Béatrice Constant était la seule à témoigner sa confiance à Amélie. Elle réagit vivement :

– Quand cesserez-vous, madame, de dénigrer cette modiste qui a bien des qualités et qui pourrait travailler dans de grandes maisons ? répliqua-t-elle.

Margaux répondit d'un sourire ironique tandis que ses parents, embarrassés, essayaient d'aiguiller la conversation sur la saison de chasse. Sans grand succès ! Ils ne parvinrent pas à restaurer un semblant de sérénité dans cette magnifique salle à manger où régnait une douce chaleur grâce au calorifère, mais où l'ambiance était glaciale. Personne ne l'approuvait, y compris le pharmacien Étienne Bénazet qui se montrait toujours indulgent devant ses fantaisies. L'entourage des Delacourt ressentait aujourd'hui de plus en plus d'agacement devant les foucades de la jeune femme.

Les crispations perdurèrent, le déjeuner ne s'éternisa pas. Les Constant invoquèrent un prétexte pour regagner Villefranche. Sur le perron du château, devant leur voiture, les parents de Margaux se confondirent en excuses.

– Nous sommes désolés, se sentirent-ils obligés de dire. Notre fille ne s'est pas bien remise de sa maladie de l'hiver dernier. Son humeur en est souvent affectée. Nous espérons que vous ne lui en tiendrez pas rigueur…

Le sous-préfet et sa femme les écoutèrent poliment, puis firent leurs adieux rapidement. Ce dimanche-là, personne ne s'attarda à Clarmont. Même les Bénazet étaient pressés.

– Votre fille devrait être plus prudente, soulignèrent-ils devant Zéphirin et Thérèse avant de rejoindre Villefranche. Margaux profite de toutes les occasions pour prendre la mouche… Son comportement finit par lasser tout le monde, et si elle continue, personne ne la recevra plus, ni à Villefranche ni dans les environs.

Après le départ des derniers invités, les Delacourt s'inquiétèrent de la disparition de Margaux. Elle s'était éclipsée un peu avant le dessert. Ils fouillèrent le château, mais ne la trouvèrent pas. Puis Vladimir remarqua qu'un cheval avait disparu des écuries, et tout le monde s'alarma. Les deux hommes s'élancèrent à sa rencontre sur les chemins de la propriété. Ils l'appelèrent à chaque carrefour, tandis que Vladimir sonnait de la trompe. Tous deux craignaient l'accident dans le brouillard qui s'était renforcé. Ils rentrèrent au château exténués et bredouilles. Vladimir s'occupait des animaux quand Margaux déboula dans les écuries. Les mains éraflées et des bleus au visage, son pantalon déchiré, elle avait fait une chute. Mais ses blessures n'avaient rien d'inquiétant. Furieux après elle, son père lui ordonna :

– Soigne-toi, change-toi et attends-nous au salon ! Il est grand temps que nous parlions.

Un quart d'heure plus tard, elle essuyait la colère de ses parents.

– Quelle insolence ! Quelle incorrection ! tempêta Zéphirin qui, indigné, arpentait le salon d'un pas nerveux tout en martelant ses paroles. À 28 ans, tu te comportes comme une gamine ! Nous sommes fatigués d'entendre ces histoires. Tu nous ridiculises ! Les Constant doivent avoir une piètre idée de nous… Et tous nos amis sont outrés ! Cette comédie ne peut plus durer, sinon tout le monde nous rejettera. Et même nos affaires vont en pâtir.

Il s'arrêta soudain de marcher pour la regarder fixement :

– Il faudrait que tu te fasses oublier !

– Tu as besoin de repos ! insista sa mère sans élever la voix. De grand calme…

Enfoncée dans une bergère, Margaux ne bronchait pas. Elle paraissait éteinte comme si elle avait dépensé toutes ses forces dans sa sortie à cheval, expurgé de son corps toute sa hargne.

– Nous avons bien réfléchi à la situation avec ta mère, et voilà ce que nous avons décidé ! continua Zéphirin. Nous appellerons Édouard et Laurence, cette semaine, pour qu'ils t'accueillent dans leur propriété de Sologne.

À cette annonce, ils redoutaient des réactions virulentes. Mais, à leur surprise, elle ne se rebella pas. Elle accepta sans discuter, comme si ce départ était la seule issue.

– Et ne t'inquiète pas pour ta boutique ! la rassura sa mère. Nous nous sommes très bien débrouillés pendant ta varicelle… Tu pourras te reposer pendant plusieurs semaines si tu le souhaites…

– Tu pourras te distraire ! indiqua son père. C'est la saison de la chasse ; il y a des bals, des soirées…

– Nous te retrouverons chez les cousins dans le courant de l'automne, ajouta sa mère. Nous ne voyageons jamais. C'est une occasion.

Comme Margaux restait silencieuse, Zéphirin lui demanda :

– Ça te convient ?

Plongée dans ses pensées, elle ne répondit pas. Toutefois, elle semblait comme soulagée qu'on l'éloignât de Villefranche et de ses tourments.

Dès le dimanche suivant, ses parents la conduisirent à la gare. Pour rejoindre la Sologne, Margaux avait souhaité emprunter *le Parisien* de 9 h 22 qui la déposerait à Vierzon dans le courant de l'après-midi. Devant les guichets, les Delacourt croisèrent Amélie et Octave qui traversaient la salle des pas perdus. Pendant quelques secondes, Margaux et Amélie se toisèrent des pieds à la tête, mais aucune ne baissa les yeux. Chez l'héritière des Delacourt, il y avait la même rage froide et la même rancune que le samedi où elle avait humilié sa concurrente dans sa boutique. Amélie frissonna avant de chercher la main d'Octave pour y trouver du réconfort. Dans l'attente de l'arrivée de l'express, toutes deux continuèrent à s'observer à distance. Dès que *le Parisien* s'arrêta, Amélie grimpa dans un compartiment de deuxième classe où Octave déposa son bagage après s'être assuré que Margaux était montée en première. Heureusement, elles ne voyageraient pas dans la même voiture ! Quand le sifflet du chef de gare retentit, Amélie, encore troublée par cette rencontre, s'installa devant sa fenêtre, puis baissa le carreau pour dire adieu à Octave. Lorsque le train démarra, il marcha jusqu'au bout du quai, jusqu'à ne plus distinguer son écharpe de soie rouge. Amélie partait pour Paris. Lui reviendrait-elle ?

32

Quelle aventure ! C'était à croire que Paris se trouvait au bout du monde. Le voyage en train fut interminable. *Le Parisien* s'arrêtait souvent pour renouveler sa provision d'eau, laisser descendre et monter des passagers, pendant que des employés chargeaient ou déchargeaient des paquets. Il était minuit quand la locomotive pénétra sous la verrière d'Austerlitz. Le chauffeur actionna joyeusement le sifflet, les voyageurs rassemblèrent leurs bagages, endossèrent avec impatience leurs manteaux. Seule Amélie semblait comme pétrifiée sur sa banquette. Puis, dans un sursaut, elle sauta sur le quai...

La gare grouillait de monde, mais personne ne l'attendait. La jeune femme éprouva une sensation de vertige en essayant de se frayer un passage parmi la foule pour gagner la cour de la gare. Une chambre avait été réservée pour elle près de l'immeuble de la maison Caroline Reboux, dans le quartier de la Madeleine. Dans le taxi qui la conduisait d'Austerlitz à son hôtel de la rue d'Anjou, elle s'étonna de l'animation. On circulait encore beaucoup malgré l'heure tardive. Dans les avenues, les trottoirs étaient envahis par des passants qui marchaient d'un pas pressé vers une station de métro. Les brasseries continuaient à recevoir la clientèle. Malgré la fatigue, la traversée du centre de Paris enchanta Amélie. Elle fut émerveillée par les boulevards, leurs lumières nocturnes, les enseignes colorées des théâtres et des cinémas, les devantures des grands magasins...

Le lendemain matin, elle n'avait rendez-vous qu'à neuf heures, mais elle rejoignit le faubourg Saint-Honoré bien avant, impatiente de découvrir de l'extérieur l'immeuble de la maison Caroline Reboux. Le bâtiment de cinq étages l'impressionna par ses larges et hautes fenêtres, ses pierres de taille et ses moulures. C'était bien plus imposant et luxueux qu'elle ne l'avait imaginé. Elle s'attarda un moment devant la boutique du rez-de-chaussée, encore fermée à cette heure, dont la devanture constituait une attraction. Comme Amélie, beaucoup de femmes s'arrêtaient pour admirer les créations de Caroline Reboux, à défaut de pouvoir se les acheter. Les modèles les plus originaux étaient exposés sur des marottes qui étonnèrent la jeune modiste. Elles étaient animées ! En effet, leur constructeur les avait équipées d'un mécanisme d'horlogerie pour leur permettre d'effectuer une rotation complète. C'était une manière de capter l'attention des passants. Il y avait tant de magie dans ces vitrines qu'Amélie resta de longues minutes à les observer, étudiant chancun des chapeaux, leurs ornements et leurs formes, admirant l'association des couleurs, la richesse des détails. Elle s'arracha bientôt à sa contemplation en entendant l'horloge de la Madeleine égrener neuf coups. Elle se présenta aussitôt chez la concierge qui l'accompagna au premier étage, par un escalier de marbre. Dans un grand couloir au parquet en damier, deux chaises avaient été disposées de chaque côté d'une porte au chambranle doré.

– Voici le bureau de madame Raimbourg ! annonça la concierge. Si c'est pour une place, je vous souhaite bonne chance.

Elle avait à peine disparu sur la pointe des pieds que la porte s'ouvrait. Madeleine Raimbourg l'accueillit avec chaleur.

– Quel plaisir de vous revoir ! s'exclama-t-elle. Je suis heureuse que vous ayez accepté de passer cette semaine avec nous.

Elle la précéda dans un bureau baigné par une lumière douce. La pièce était meublée avec goût. Les sièges croulaient sous les modèles et les catalogues, excepté deux fauteuils. Le premier était occupé par une jeune femme blonde et souriante qui se leva pour saluer Amélie. La trentaine, les yeux couleur céladon et les mains fines, elle était très élégante, tout comme Madeleine. Malgré sa beauté naturelle, elle était maquillée. Amélie n'y était pas habituée. Elle en ressentit de la confusion tellement son propre manteau, sa toilette et même son chapeau paraissaient quelconques en comparaison. Pourtant, elle avait emporté sa garde-robe la plus coquette.

Madeleine l'enleva à ses réflexions en lui présentant Agathe :

– C'est l'une de nos premières. Elle s'occupera de vous cette semaine. Elle vous expliquera ce que nous attendons de vous si vous acceptez de travailler pour la maison… Et elle répondra à vos questions.

Toute la matinée puis après le déjeuner, Agathe la conduisit à travers les étages pour que cette maison n'ait pas de secret pour elle. Partout, autour des formes et des tables, les ouvrières s'affairaient à fabriquer les chapeaux dessinés par les modistes. L'ambiance y était laborieuse mais détendue. Agathe l'emmena ensuite rencontrer le responsable du « magasin » des ornements qui renfermait notamment d'étonnantes et précieuses collections de plumes. Comme Caroline Reboux produisait des centaines de modèles chaque semaine, elle en possédait autant ou presque plus que les plumassiers. C'était l'un des rares hommes de la maison qui veillait sur ces petits trésors. Austère, exigeant, la soixantaine, la démarche athlétique, il avait de la prestance en chemise blanche, cravate noire et grand tablier de couleur marine, comme les cavistes. Il consacra son après-midi à Amélie, que les ornements de chapeaux fascinaient. Sur les étagères s'alignaient des dizaines de boîtes en carton qui contenaient la réserve des plumes de « fantaisie ». Depuis l'oiseau de paradis de Sumatra et le marabout du Sénégal jusqu'à la petite autruche d'Amérique en passant par la pintade chinoise, elles regroupaient quasiment toutes les variétés d'oiseaux à travers le monde. Amélie mesura son privilège de découvrir cet ensemble aussi diversifié sous la direction d'un homme d'expérience.

– Cela me passionne toujours de l'entendre ! reconnut Agathe.

Il leur présenta, entre autres, le plumage d'une espèce qu'elle ne croiserait jamais dans l'Aveyron : le héron d'Orient.

– Sa couleur rappelle l'ébène ! Elle est d'une pureté et d'une densité inégalées. C'est inimitable.

Elles le constatèrent, émerveillées.

– Touchez ! C'est très soyeux.

Amélie contempla également des plumes de martin-pêcheur où le bleu se mêlait au roux et au blanc, de cygne crème, de coq rouge, d'oie vert pastel, de héron cendré. Elle admira encore les différents plumages de l'oiseau de paradis qui constituaient toute une riche palette de blancs, de jaunes, de gris, de roux. Puis elle s'intéressa aux plumes d'autruche, dont la gamme très étendue allait du bleu et du noir jusqu'au mauve et au jaspe.

– Les gravures d'un catalogue ne pourront jamais traduire ces nuances de couleur ! indiqua-t-il.

– Toutes les modistes de la maison peuvent trouver dans ce magasin ce qu'elles cherchent pour leurs garnitures de chapeaux et ce qui convient aux goûts de leurs clientes ! souligna fièrement Agathe. Elles prennent leur temps pour examiner les plumes et comparer les couleurs. Certaines clientes veulent même choisir sur pièce.

Devant le contenu de ces dizaines de boîtes, Amélie imagina combien elle pourrait diversifier les ornements de ses chapeaux si elle disposait d'une infime partie de ces collections.

Le lendemain, une nouvelle surprise l'attendait. Un étage entier était réservé aux meilleures clientes. Elle découvrit toute une enfilade de salons d'essayage brillamment éclairés même s'ils étaient encore déserts. Ils étaient meublés de grands miroirs et de guéridons, de fauteuils aux tapisseries brodées. Amélie y remarqua de beaux portraits de femmes illustrant les thèmes de la coiffure et du chapeau à travers les siècles. Quel monde ! À l'entrée de chaque pièce, elle écarquillait les yeux, fascinée par tant de luxe.

– Comme vous, tout m'a éblouie dans ces salons lorsque je les ai visités ! reconnut Agathe. J'arrivais de Bourges, ma patronne ne recevait pas dans des salons aussi beaux. Et vous verrez, tout à l'heure, quand les femmes d'industriels, de ministres et de banquiers arriveront. On se croira dans un palace. Elles portent des bijoux et des toilettes qui coûtent des fortunes ! Ça surprend, mais vous vous y habituerez…

Dès onze heures, les salons s'animèrent, comme l'avait annoncé Agathe. Les modistes y accueillaient les habituées de la maison pour leur proposer de nouveaux modèles et en esquisser à leur demande, leur soumettre des suggestions pour les garnitures ou les retouches d'un chapeau. Agathe n'avait pas exagéré en les décrivant ! Elles se retrouvaient chez Caroline Reboux comme à une réception mondaine. Elles s'embrassaient dans le vestibule, échangeaient des nouvelles, s'installaient dans des fauteuils pour commencer une conversation passionnée sur une exposition de peinture, ou un spectacle. Depuis les couloirs, on entendait leurs éclats de voix et leurs rires joyeux, leurs allées et venues. Pendant ce temps, les modistes travaillaient à leurs tables en acajou. Quand elles consultaient leurs clientes pour une esquisse, une couleur ou des ornements, certaines d'entre elles mêlaient leurs amies à la discussion. Elles déclenchaient une cacophonie qui ruisselait en cascade jusqu'à la dernière marche de l'escalier. Observant ces femmes distinguées et leurs toilettes luxueuses, Amélie se demanda si elle réussirait à trouver sa place dans un tel milieu, si éloigné de celui qu'elle fréquentait d'ordinaire…

L'après-midi, Agathe lui demanda de l'assister. Une épouse de banquier devait passer essayer un chapeau pour un mariage. C'était une femme d'une cinquantaine d'années, imposante, très droite dans son maintien, et cassante dans le ton de sa voix. Amélie se tenait aux côtés d'Agathe, observant avec beaucoup d'attention la conversation et les essayages. La banquière hésitait, et Agathe faisait preuve à son égard d'une patience remarquable, lui présentant des chapeaux les uns après les autres. Aucun ne semblait trouver grâce à ses yeux. Soudain, Agathe, se tournant vers Amélie, lui demanda son avis. Intimidée, Amélie chercha ses mots. Elle avait remarqué dans l'atelier une très belle capeline, légère, qui serait idéale pour un mariage. La cliente marqua un temps d'hésitation, puis accepta de l'essayer. Elle semblait lui plaire. Mais alors que ses clientes de Villefranche s'exprimaient toujours avec beaucoup de naturel lorsque Amélie leur proposait un chapeau qui leur plaisait, la banquière resta d'une froideur qui la désarçonna. Quelque chose dans le comportement d'Amélie lui avait-il déplu ? Peut-être son accent, ses expressions qui trahissaient ses ascendances méridionales. Plus tard, lorsque la banquière fut partie, Agathe la félicita pour la pertinence de sa proposition. Cette cliente était tellement difficile à satisfaire ! Mais Amélie garda de cet après-midi un sentiment bizarre. Est-ce qu'elle saurait un jour parler sans rougir, et avec assurance, à cette clientèle huppée ? Saurait-elle s'habiller, se maquiller avec distinction, comme ces dizaines de modistes qu'elles croisaient dans les couloirs ? Pourrait-elle un jour devenir l'une d'entre elles ?

Cette semaine parisienne passa à une telle vitesse qu'Amélie crut avoir rêvé son séjour. Chaque midi, elle déjeunait en compagnie d'Agathe et d'autres modistes. Elles s'installaient à une table, à l'arrière d'un restaurant du quartier. Leur temps était compté parce qu'il leur fallait retourner rapidement à leur poste. Mais ces femmes parlaient entre elles avec une vivacité et une liberté d'esprit qui séduisirent Amélie. Elles racontaient la dernière pièce de théâtre où s'était fait remarquer une jeune actrice, la toilette scandaleuse d'une femme de la haute société, dont tout Paris se gaussait. Leur vie semblait être un tourbillon : toujours pressées, elles consultaient sans cesse leur montre ou l'horloge, il y avait les instructions tatillonnes de leur direction, les exigences sans cesse renouvelées des clientes. On était bien loin de la quiétude du causse !

Un soir, à la demande de Madeleine Raimbourg, inquiète à l'idée qu'Amélie passe ses soirées seule à l'hôtel, Agathe l'entraîna à Montmartre. Au milieu d'une nuée de pigeons, elles montèrent une à une les marches menant à la butte. Il faisait déjà frais. Elles s'accoudèrent à une balustrade, sur le parvis du Sacré-Cœur. Puis Agathe s'amusa à lui faire découvrir, en contrebas, la coupole de l'Institut, les tours de Notre-Dame, et la flèche de la tour Eiffel. Paris était à leurs pieds ! Petit à petit, tandis que la ville entrait dans la nuit, les grandes avenues éclairées se dessinèrent sous leurs yeux. Agathe raconta son arrivée à Paris, dix ans auparavant, depuis sa province. Elle aussi, dans un premier temps, s'était sentie dépaysée. Et puis, elle s'était donnée avec passion à son métier ! Elle avait trouvé, parmi les modistes de la maison, d'autres jeunes femmes venues de Clermont, de Toulouse, de Bretagne, avec qui elle avait maintenant noué des amitiés. Plus tard, elles flânèrent sur la place du Tertre et dînèrent chez *La Mère Catherine*, le célèbre restaurant du quartier. À côté d'elles, une couple d'amoureux semblait insensible au bruit des conversations du restaurant bondé. Où donc était Octave, à cet instant ? Elle aurait tant de choses à lui raconter à son retour. Est-ce qu'un jour ils seraient, eux aussi, attablés un soir à la table d'un restaurant parisien, à s'échanger des confidences ?

Lorsque la semaine se termina, Madeleine Raimbourg la reçut dans son bureau. Elle renouvela sa proposition de l'embaucher, à la date qui lui convenait. Agathe avait été très élogieuse sur le comportement d'Amélie, sa curiosité, son talent. Aussi la directrice adjointe souhaitait-elle connaître son sentiment. Amélie fut embarrassée pour lui répondre. Bien sûr, elle avait pris beaucoup de plaisir à être plongée, ainsi, dans l'ambiance de cette maison prestigieuse. Elle avait été très bien accueillie, mais…

– Alors, qu'est-ce qui vous retient ? l'interrogea Madeleine Raimbourg. Lorsqu'on arrive de province, Paris surprend toujours ! On ne s'y habitue pas en huit jours. Ne vous inquiétez pas ! Agathe vous l'a confirmé. Il faut du temps !

Comme Amélie demeurait hésitante, elle insista :

– Qu'est-ce qui vous chagrine ?

Elle percevait un flottement qui ne provenait pas simplement de ses impressions sur la maison ou sur Paris.

Alors, Amélie réussit enfin à exprimer ce qui lui pesait, depuis le début. Paris était une ville fascinante, bien sûr, mais supporterait-elle le déracinement ? L'agitation, la foule, le bruit permanent, tout cela la gênait ! Et puis il y avait Octave... Avait-il vraiment envie de vivre à Paris ? Il était prêt à tout pour elle... Mais ne serait-ce pas un trop grand sacrifice, qu'ils paieraient tous les deux ?

– Il n'y a pas que les boutiques et les chapeaux dans ma vie, finit par avouer Amélie. Il y a ma famille, mes proches... Mon pays compte aussi beaucoup pour moi...

Sentant combien Amélie était embarrassée et indécise, Madeleine Raimbourg la rassura.

– Vous n'êtes pas obligée de me donner une réponse aujourd'hui, Amélie ! Revenez à nouveau en janvier si vous le souhaitez, et puis vous déciderez, suggéra-t-elle. Je vous comprends, mais réfléchissez bien !

Le lendemain, Amélie rejoignait Villefranche. Octave l'attendait à sa descente de l'express, dans la fraîcheur du début de soirée. Malgré la fatigue du voyage, elle avait le sourire.

– Comme je suis heureuse de te retrouver ! s'exclama-t-elle. De retrouver l'Aveyron et tous ceux que j'aime... À Paris, cette semaine, vous m'avez beaucoup manqué...

33

Cet après-midi-là, Octave préparait un onguent dans l'arrière-boutique. C'était l'heure où l'officine était déserte, surtout en cette saison. Étienne Bénazet s'affairait dans le bureau attenant quand, soudain, une sonnerie rompit le silence. Octave sursauta. Il entendit le pharmacien décrocher, puis, après les formules de politesse, parler d'une voix soudain grave.

– Octave ! Venez vite ! l'appela-t-il.

Intrigué, Octave rejoignit aussitôt le bureau de son patron.

Il s'empara du combiné tandis qu'Étienne s'éclipsait.

– Allô !… Allô !… Allô !…

Il distingua une voix de femme qui sanglotait.

– Béatrice ? s'étonna-t-il.

Sa sœur ! Que s'était-il donc passé de grave pour qu'elle l'appelle à la pharmacie ?

– C'est papa qui…

Mais elle n'acheva pas sa phrase.

– Papa ? Mais parle ! la pressa-t-il, l'angoisse au cœur.

Béatrice rassembla son courage, puis murmura :

– Papa a eu un malaise, ce matin… Le médecin est arrivé trop tard…

Pris de vertige, Octave s'agrippa au fauteuil d'Étienne Bénazet pour ne pas tomber. Le souffle coupé, la gorge nouée, il ne put rien répondre. Pendant quelques secondes, sa sœur se demanda s'il n'avait pas reposé le combiné.

– Allô ! Octave ! Tu es là ?

Elle l'entendit sangloter, et à son tour elle s'effondra, se laissa envahir par la douleur et les pleurs.

Puis elle se ressaisit :

– On t'attend, Octave. Je suis déjà à Cahors. Maman est effondrée…

Octave entendit Étienne Bénazet s'approcher de lui. Le pharmacien avait compris.

– Octave, quel malheur ! J'avais tant d'amitié pour votre père. Un homme si robuste. C'est à peine croyable ! s'exclama-t-il. Partez vite !

Déjà, Octave décrochait son chapeau et son manteau.

– Tenez-moi au courant, pour le jour de l'enterrement. Et transmettez à votre mère toutes mes condoléances, dites-lui combien je pense à elle…

Octave courut chez lui, rassembla quelques affaires avant de retrouver sa Peugeot sur la promenade du Guiraudet. Il remontait le boulevard de ka Douve et s'engageait dans la direction de Cahors lorsque, soudain, il fit demi-tour. Il fallait qu'il apprenne la tragique nouvelle à Amélie. Dès qu'il pénétra dans la boutique, la jeune modiste comprit que quelque chose s'était produit. Le visage d'Octave était décomposé.

– C'est terrible ! sanglota-t-il. Mon père…

Il ne termina pas sa phrase, s'effondra en larmes.

Elle l'emmena dans l'arrière-boutique où s'affairaient Giuliana et la vendeuse, qui s'éclipsèrent. Entourant Octave de ses bras, elle s'efforça de l'apaiser. Les muscles tendus, il tremblait. Elle resserra tendrement son étreinte et il réussit enfin à murmurer :

– Il est mort sans qu'on se revoie.

Pourquoi n'avait-il pas provoqué une rencontre à Cahors ou à Douelle pour qu'ils s'expliquent ?

– Je me le reprocherai toujours, poursuivit-il, n'arrivant pas à retenir son émotion.

Le jour s'était soudain obscurci, et de gros flocons de neige commençaient à tomber. Amélie le dissuada de se rendre à Cahors en voiture.

– Je t'en supplie, Octave ! Ne prends pas de risques. Dans l'état où tu es… Prends l'express !

Comme soulagé, Octave accepta sans discuter. La Peugeot les amena à la gare. Il conduisit lentement, la chaussée devenait de plus en plus glissante. Ils se séparèrent sur le quai, devant le marchepied de sa voiture.

La locomotive s'éloignait à peine de Villefranche que, déjà, les brassées de souvenirs remontaient à sa mémoire. Et l'évocation de ces souvenirs heureux renforçait la douleur de la perte. Il se revoyait dans l'officine familiale lorsqu'enfant, il regardait son père préparer ses potions. Ils avaient partagé tant de choses. La passion de leur métier, mais aussi l'amour de la terre. Chaque année, son père l'entraînait dans le vignoble de Douelle, ensemble ils examinaient la qualité des raisins, puis goûtaient le vin nouveau. Leur dispute avait tout gâché. Octave se rappellerait toujours ces paroles terribles : « Tu ne reviendras pas dans cette maison si tu épouses cette femme… » Il y revenait aujourd'hui pour pleurer la mort de son père.

À son arrivée à Cahors, il pleuvait. Le vent soufflait en rafales. Le quartier était lugubre dans la brume du soir. Octave remonta lentement le boulevard Gambetta pour rejoindre l'immeuble de la famille Fournier. De grandes tentures funèbres recouvraient déjà la devanture de la pharmacie, comme après la disparition de son grand-père. Il prit l'escalier de service, et rejoignit la cuisine, comme il l'avait toujours fait. Madeleine s'affairait devant son fourneau. Elle essuya ses mains mouillées pour prendre Octave dans ses bras.

– Octave ! Octave ! se lamenta-t-elle. C'est un grand malheur qui nous frappe…

La famille était au salon, Octave entendait des murmures. Sur le pas de la porte, il resta comme pétrifié. Assise dans un fauteuil, encadrée par ses filles, sa mère semblait figée dans ses habits de deuil. Leurs regards se croisèrent. Il s'approcha vivement d'elle, se pencha, et lentement elle le serra contre sa poitrine.

– Octave, mon petit ! Tu es là…

Puis elle murmura :

– Je souhaitais tellement que tu reviennes à la maison… Mais dans d'autres conditions… Dieu en a décidé autrement ! Ton père nous a quittés si brutalement…

Ses deux sœurs, Béatrice et Sophie, l'étreignirent en silence, puis ses deux beaux-frères s'approchèrent, et lui firent leurs condoléances. Le drame s'était déroulé dans cette pièce. Charles Fournier feuilletait rapidement le journal, après son petit-déjeuner, quand soudain sa femme l'avait vaguement entendu appeler. Elle était occupée dans la cuisine avec Madeleine. Le temps d'arriver, il avait perdu connaissance. Elle l'avait trouvé affalé dans son fauteuil. Madeleine avait couru chercher le médecin, pendant ce temps il s'était éteint sans bruit. Dans les bras de sa femme.

Octave promena son regard sur le mobilier qui les entourait. Le fauteuil, près de la table basse où il entassait ses journaux. Il frissonna en imaginant les derniers moments de son père, les yeux remplis de larmes. Béatrice tenait la main de sa mère, et de temps en temps se penchait à son oreille pour lui murmurer sûrement des mots d'apaisement.

Ses sœurs et sa mère le conduisirent ensuite dans la chambre, où son père reposait. Il avait le visage lisse et serein. Les cierges éclairaient la pièce d'une lumière vacillante. Il s'agenouilla alors sur le parquet pour pleurer. Elles comprirent son désir de s'abandonner au deuil et se retirèrent pour le laisser seul.

Octave et ses deux sœurs veillèrent leur père jusqu'à l'aube. Ils avaient dû tempêter pour que leur mère se repose. Malgré son comportement stoïque, on sentait qu'elle pouvait s'effondrer à tout moment. Il s'échappait à intervalles réguliers de la chambre mortuaire pour se réfugier dans la bibliothèque. Tantôt Béatrice, tantôt Sophie, le rejoignaient. Ils parlèrent à mi-voix de leur enfance. Ils évoquèrent la messe d'enterrement, qui se tiendrait à la cathédrale, sûrement en présence d'une nombreuse assemblée, puis l'inhumation dans le caveau familial. Il faudrait ensuite recevoir les proches à la maison. Ils luttèrent contre le sommeil jusqu'à six heures du matin, au moment où des cousines les remplacèrent. Octave eut du mal à s'endormir. Dans l'obscurité de sa chambre d'enfance, longtemps le visage de son père l'obséda. Son père était parti sans qu'ils puissent se retrouver et faire la paix. Il était le fils unique, l'aîné. Pourrait-il un jour se le pardonner ?

On enterra Charles Fournier en grande pompe. Derrière les musiciens de l'harmonie municipale, les deux chevaux harnachés et le corbillard aux lourdes tentures brodées d'argent, le cortège remonta lentement le boulevard Gambetta. Puis il prit la direction de la cathédrale Saint-Étienne. Le régisseur du domaine de Douelle et quelques habitants de la bourgade s'étaient déplacés. Les plus anciens tenaient les cordons du premier drap mortuaire, soucieux d'honorer le défunt qu'ils considéraient comme l'un des leurs. Quant à ses confrères pharmaciens, ils portaient les cordons du second drap. La famille Fournier marchait aussitôt après, ployant sous le chagrin. Octave ouvrait la marche, le visage fermé. Au bras de ses filles, Camille Fournier avançait à pas mesurés. Sa voilette la protégeait des regards dans la tristesse de cet après-midi de novembre. Sur leur passage, de nombreux Cadurciens s'arrêtèrent pour enlever leur chapeau et réciter une prière. Charles Fournier avait accueilli et conseillé nombre d'entre eux, dans son officine. Pour certains, il avait même été un confident, comme l'avaient été en leurs temps son grand-père et son père. Pour beaucoup, la confiance et la fidélité remontaient à des générations. Ils ne reverraient plus M. Fournier en blouse blanche derrière son comptoir… Les notables de Cahors et des environs attendaient le cortège devant la cathédrale. Ils s'étaient rassemblés devant les portails d'entrée, reconnaissables à leurs barbichettes et à leurs costumes sombres, impassibles dans le brouillard. Charles Fournier avait exercé les fonctions de conseiller général de

Douelle et d'adjoint au maire de Cahors jusqu'à l'après-guerre. Il avait perpétué la tradition familiale en succédant à son père. La population l'avait plébiscité à chaque élection et il ne se connaissait pas beaucoup d'adversaires, passant pour un homme pondéré et un radical très modéré. Le maire de Cahors, le président du conseil général et le préfet du Lot le rappelèrent dans de vibrantes allocutions avant que l'archiprêtre ne célèbre son absoute.

Après la cathédrale, les proches se retrouvèrent devant le caveau des Fournier. Ils avaient souhaité enterrer Charles Fournier dans l'intimité. Béatrice et Sophie soutenaient leur mère. Celle-ci montrait un courage surprenant, mais toute couleur semblait s'être retirée de son visage. Et elle qu'on avait longtemps admirée pour sa prestance et sa vivacité, semblait avoir en deux jours vieilli de vingt ans. Son mari lui avait été arraché si brutalement ! Et si jeune finalement ! Il commençait tout juste à accepter l'idée qu'il lui faudrait un jour se retirer, transmettre la pharmacie… Octave se tenait au-devant du caveau, seul, les cheveux au vent et le col de son manteau relevé. Fils aîné du fils aîné, il était désormais le chef de famille. Il le mesura vraiment au moment où les fossoyeurs descendirent le cercueil tandis que le sacristain et les chantres entonnaient les prières des morts. Une page de sa vie se tournait.

34

Lorsque Octave descendit tôt le lendemain matin de sa chambre, il flottait au premier étage une odeur de gâteau chaud. Madeleine s'affairait déjà derrière son fourneau. Dans la cuisine, Octave avala une tasse de café en silence. Il décrocha ensuite son chapeau et son manteau à la patère du vestibule avant de disparaître sur le boulevard. Il ne pleuvait plus, mais le temps était froid. Octave marcha au hasard dans les quartiers du vieux centre où le ramenaient des souvenirs. Il s'arrêta un moment devant le portail de son ancien lycée. Il poussa la porte d'un café où il avait l'habitude de retrouver ses copains à l'occasion des vacances, lorsqu'il faisait ses études à Toulouse. Les patrons le reconnurent. Ils parlèrent de son père autour d'un petit noir. Ils lui demandèrent quels étaient ses projets, maintenant que son père n'était plus là. Octave abrégea la conversation.

Il ne réapparut qu'au moment où les cloches sonnaient midi. Dans la maisonnée, les femmes s'alarmaient de son absence.

– Mais où étais-tu passé ? s'inquiéta Béatrice.

– Il ne pleuvait plus ! expliqua-t-il. J'avais besoin de marcher. Et il y avait très longtemps que je ne m'étais pas promené dans Cahors.

Le déjeuner fut rapide. Dans la petite salle à manger, chacun semblait plongé dans ses pensées. Camille disparut avant le dessert pour se reposer dans sa chambre. La cuisinière débarrassa tandis qu'Octave, ses sœurs et leurs maris se réfugiaient dans le salon pour prendre le café. Peu à peu, dans la quiétude douillette de cette pièce, l'atmosphère se décrispa. Ils échangèrent des nouvelles de la nombreuse parentèle qui s'était déplacée pour les obsèques. Des deux sœurs, Béatrice se montra, comme toujours, la plus loquace. Souriante, potelée et coquette, elle ressemblait beaucoup à sa mère. Gabriel, son époux, était aussi volubile. À trente-cinq ans, cet amateur de cigares et de banquets se passionnait pour la généalogie. En revanche, Sophie et son époux, Guilhem, étaient beaucoup plus réservés. Sophie avait grandi dans l'ombre de Béatrice au point qu'elle continuait à s'effacer devant sa sœur aînée. Elle possédait cependant plus de charme. Elle avait vingt ans à peine quand un ingénieur toulousain l'avait courtisée. Elle avait épousé sans hésiter cet homme brillant qui s'intéressait à la technique et aux pionniers de l'aviation, ce qui avait contribué à le rapprocher d'Octave.

Rares étaient les occasions où ils se retrouvaient tous réunis. Béatrice et Gabriel interrogèrent Octave sur sa vie à Villefranche, l'officine où il travaillait. Se plaisait-il dans cette petite bourgade de l'Aveyron ? Octave fut évasif. Ses sœurs étaient, bien sûr, au courant du différend qui l'avait opposé à ses parents. Béatrice avait essayé à plusieurs reprises d'y faire allusion dans les lettres qu'ils s'échangeaient régulièrement. Octave avait même espéré qu'elles serviraient, un jour, d'intermédiaires, pour amener les parents à plus de compréhension. Cet après-midi-là, personne n'osa cependant prononcer le nom d'Amélie. Tous étaient encore assommés par cette disparition brutale, et parler de l'avenir aurait pu sembler indécent.

Le lendemain, Béatrice surprit Octave dans la cuisine. Il dégustait une tasse de chocolat en discutant avec Madeleine. Il avait, ce matin-là aussi, l'intention de partir en promenade, et elle lui proposa de l'accompagner. Chaque samedi, Cahors accueillait un marché dans ses ruelles et sur ses places. Les paysans accouraient des hameaux des environs pour vendre leurs produits tandis que les camelots déballaient leurs caisses. Toute la matinée, ils animaient d'une ambiance chaleureuse les abords de la cathédrale et de la préfecture. Comme dans leur enfance, lorsqu'ils accompagnaient la cuisinière, Béatrice et Octave déambulèrent entre les étalages. Ils se plongèrent, avec une sorte de soulagement, dans cette atmosphère qui leur rappelait une époque insouciante. Ils échangèrent même quelques souvenirs qui les forcèrent à chasser leurs idées noires. Ils s'arrêtèrent devant la devanture de la modiste la plus réputée de Cahors. Béatrice s'accorda le temps d'admirer des modèles élégants avant de regarder Octave :

– J'aimerais découvrir les chapeaux d'Amélie ! Mais j'aimerais également la rencontrer… Nous sommes impatients de la connaître…

Le visage d'Octave s'illumina à l'évocation de celle qu'il aimait.

– Je commande mes chapeaux chez son ancienne patronne ! poursuivit-elle. Elle n'a que d'excellents souvenirs d'elle. C'était une apprentie passionnée, m'a-t-elle dit. Elle se rappelle encore que cette « petite » de l'Aveyron avait toujours du goût pour embellir les modèles. Elle la regrette…

Ses confidences réconfortèrent Octave.

– Tu l'aimes vraiment ? demanda-t-elle.

Il esquissa un sourire. Que pouvait-il répondre ? Qu'elle était tout pour lui, depuis les premières fois, quand il venait s'asseoir dans sa boutique de Bellegarde, chaque semaine ? Qu'il avait déployé des trésors de patience, de tendresse pour qu'enfin elle oublie ce Julien, qui l'avait tant fait souffrir ?

– Comment t'expliquer ? Amélie ne ressemble à aucune des femmes qu'il m'est arrivé de côtoyer, réussit-il enfin à dire.

Sa sœur comprit. L'amour pouvait se dire en peu de mots.

Ils rentrèrent sans se presser. Béatrice poussa la porte d'une mercerie pour se procurer des boutons, tandis qu'Octave acheta des soldats de plomb pour son neveu Émilien dans un magasin de jouets. Lorsqu'ils arrivèrent à la maison, Camille les attendait au salon. Il alla vers sa mère, tira une chaise pour s'asseoir auprès d'elle, et se pencha vers elle.

– Cela me fait du bien de retrouver Cahors, chuchota-t-il.

Sa mère ne répondit pas. Elle semblait un automate, vidée de toute émotion. Après le déjeuner, elle disparut à nouveau.

Le temps s'assombrit, les averses reprirent. Dans l'après-midi, Octave s'éclipsa bientôt de la bibliothèque où ses sœurs et leurs époux s'étaient rassemblés. Il descendit à la pharmacie. Les tentures funèbres n'avaient pas été enlevées, elles recouvriraient la devanture jusqu'à la semaine suivante. Il alluma les lampes et la lumière se refléta sur les bocaux en faïence, les boiseries, les cuivres, les dorures des baguettes, les serpents des caducées. C'était un spectacle qui le captivait toujours depuis que l'immeuble possédait l'électricité. Pour mieux l'apprécier encore, il s'installa sur l'une des chaises où les habitués attendaient les pastilles, les potions et les pilules en échangeant des nouvelles. Il se revoyait enfant à cette même place lorsque les grosses journées de la semaine s'achevaient et que l'affluence retombait. Il passait des heures à observer chaque geste de son père, à repérer la place de chaque chose, les baumes de Fidraventi, les sirops iodotanniques, les onguents et les bouteilles de quinquina. Octave était capable de les trouver en quelques secondes. Les faïences qui s'alignaient par dizaines sur les étagères ainsi que les meubles à tiroirs le fascinaient plus encore. Ils regorgeaient de feuilles, de racines et d'écorces dont beaucoup avaient voyagé. Il imaginait leur traversée des océans dans un bateau dont les entrailles recélaient des trésors. Son père trônait derrière le comptoir fabriqué dans un superbe noyer de leur domaine de Douelle. Entouré de ses deux employés, Charles remplissait des sachets et des flacons, étiquetait des bouteilles, renseignait la clientèle et demandait des nouvelles de chacun. La moustache et la barbichette soignées, il avait de la prestance dans sa chemise empesée, sa cravate et sa blouse blanche. Longtemps, Octave resta là, à humer les odeurs de l'officine, à se complaire dans ses souvenirs.

La matinée du dimanche les ramena à la cathédrale, pour assister à la grand-messe. Ils se recueillirent ensuite devant le tombeau des Fournier. Ces trois jours avaient vite passé, et ils allaient devoir se séparer. Chacun allait repartir chez soi : Béatrice et Gabriel à Montauban, Sophie et Guilhem à Toulouse, Octave à Villefranche. Soudain, la maison allait se vider. Camille s'était bien efforcée de s'y préparer depuis la veille, mais elle ne s'y résignait pas. Après le départ de ses enfants, elle devrait affronter l'absence de Charles et la solitude. Depuis l'enterrement, elle cherchait à avoir une conversation avec Octave, mais à chaque fois les mots n'arrivaient pas à passer ses lèvres. Comment parler à son fils ? Elle craignait à nouveau un affrontement, qu'elle ne pourrait pas supporter. Pourtant, il lui fallait prendre en main les affaires familiales, maintenant que son mari n'était plus là. Comment fonctionnerait la pharmacie désormais ? Un confrère de Charles s'était proposé pour assurer une présence régulière auprès de la clientèle et superviser la préparation de certains médicaments dans l'attente du règlement de la succession. Mais après ? Engager un jeune diplômé n'était pas une solution que Charles aurait approuvée.

Aussi, dès que la cuisinière débarrassa, Camille demanda-t-elle à Octave et à ses sœurs de la retrouver dans la bibliothèque. Chacun avait la gorge nouée, dans l'attente des adieux. Ils comprirent cependant que Camille souhaitait leur parler. Elle semblait avoir repris un peu d'énergie, après ces quelques jours où ses enfants avaient craint qu'elle ne puisse surmonter sa douleur. Ils s'assirent autour d'elle. Son regard passait de l'un à l'autre. Ses deux filles chéries, qui lui avaient offert quatre petits-enfants magnifiques. Ce fils aîné, qui ressemblait tant à son père par certains côtés, à la fois conscient de ses responsabilités et intransigeant. Pourquoi donc n'avaient-ils pas réussi à surmonter, l'un et l'autre, cette dispute idiote ? Par fierté d'hommes ?

C'était à son fils qu'elle devait parler, et la présence de ses filles la réconfortait. Dans l'épreuve, une famille devait être unie.

– Octave… dit-elle, refoulant son émotion. Reviens dès que tu pourras ! Cette maison est la tienne. Nous y étions si heureux avant…

Puis elle chuchota :

– J'aimerais également rencontrer Amélie…

Incapable de répondre, tellement cette nouvelle le bouleversait, Octave alla vers elle pour l'embrasser. Camille poursuivit :

– L'amènerais-tu à Cahors un de ces dimanches pour me la présenter ? Ou peut-être même viendrait-elle au moment des fêtes ? Nous pourrions tous nous retrouver, pour le repas de Noël…

Lorsque Octave se retrouva dans l'express, la dernière phrase de sa mère tournait encore dans sa tête. Tant de choses s'étaient passées en si peu de temps, qui le bouleversaient. Il entrait maintenant dans la période du deuil. Elle serait longue, sûrement. Il avait averti Amélie de l'heure de son retour, et elle serait là, sur le quai, à l'attendre. Il pensa à elle avec émotion. Sans doute apprendrait-elle avec soulagement que désormais sa mère ne lui fermait plus les portes de la maison. Ils pourraient donc se marier. Mais ensuite ? Rien n'était décidé de leur avenir. Amélie restait toujours floue au sujet de ses projets professionnels. Elle n'avait dit ni oui ni non à la proposition de retourner passer une semaine chez Caroline Reboux. La jeune femme semblait laisser ouverte cette possibilité d'aller s'installer à Paris. Mais maintenant que son père avait disparu, Octave ne pouvait plus ignorer que depuis toujours son destin était de reprendre l'officine familiale. Depuis l'enfance, c'était son rêve ; il l'avait poursuivi sur les bancs de la faculté de pharmacie.

Jusqu'à l'arrivée à Villefranche, Octave se débattit dans ses pensées. Partir à Paris… S'installer à Cahors… Il était certain d'une chose : il ne voulait pas perdre Amélie. Mais elle, de quoi serait-elle capable, par amour pour lui ?

Avant même que le train ne s'arrête, Octave était à la porte du wagon, prêt à sauter sur le quai. Amélie était là, le cherchant des yeux, chaudement habillée pour affronter les rafales glaciales qui balayaient le quai et les dernières feuilles mortes de l'automne. Quelques flocons de neige tombaient. Ils se pressèrent de rejoindre la voiture d'Octave, à proximité de la lampisterie. Le quartier était lugubre dans cette grisaille. Déjà blanche de neige, la Peugeot était devenue une glacière. Amélie essaya de dégager le pare-brise tandis qu'Octave s'acharnait à démarrer le véhicule à la manivelle. Une fois seuls à l'intérieur, Octave observa tendrement Amélie.

– Je voulais te dire…

Ils se rapprochèrent et il enroula un bras autour de son épaule avant de continuer :

– Ma mère aimerait te rencontrer, elle accepte de te recevoir… Elle propose que je te conduise à Cahors un de ces dimanches. Ou même au moment de Noël si tu préfères…

– Quelle nouvelle, Octave ! Je n'y comptais plus ! Mais toi, comment vas-tu ? Tu as l'air à bout de forces. J'aurais voulu être auprès de toi dans cette épreuve…

Les flocons tombaient de plus en plus drus. Protégés de la tempête qui redoublait, Octave et Amélie étaient coupés du monde, mais ils ne s'en souciaient pas. Comme le moteur continuait à tourner, une douce chaleur se répandait à l'intérieur.

– Comment t'expliquer ? déclara-t-il. Je suis si bien avec toi…

Hésitant, il cherchait ses mots.

– J'ai beaucoup réfléchi pendant tous ces jours… Voilà ! Mon père est mort, la pharmacie n'a plus de patron…

Amélie poursuivit à sa place :

– Tu sais, il y a longtemps que j'ai compris que tu espérais un jour prendre la succession de ton père… Je ne me trompe pas, Octave ? Ne t'inquiète pas pour ma carrière… Ce qui compte, c'est nous…

La neige tombait encore, mais fondait déjà par endroits sur la chaussée. Octave déposa Amélie devant son immeuble, mais il s'empressa de descendre pour l'embrasser dans la pénombre. Elle le regarda ensuite traverser le pont sur l'Aveyron et s'engager en direction du Guiraudet, jusqu'à ne plus distinguer sa voiture…

35

Lorsque Amélie arriva à Cahors, le jour de Noël, avec l'express de dix heures, Octave, qui avait rejoint sa famille depuis le milieu de la semaine, l'attendait sur le quai de la gare. Amélie était nerveuse. Elle redoutait tellement cette première rencontre qu'elle n'en dormait plus depuis quelques jours. C'était comme un examen de passage. Il dissipa ses craintes.

– Ne t'inquiète pas ! Ça se passera bien… Tout le monde est impatient de te connaître. Même les enfants ! Les filles de Sophie ne parlent plus que de chapeaux…

En l'écoutant, elle se détendit et retrouva son sourire.

Ils remontèrent le boulevard Gambetta. Octave cherchait à la distraire. Il lui parla de Cahors, expliqua l'histoire de la pharmacie. Mais lorsqu'ils empruntèrent le grand escalier aux marches de pierre patinées par le temps, Amélie était nouée par l'angoisse. Comment allaient-ils la recevoir ? Avec chaleur ou réserve ? Dans l'attente de l'arrivée d'Amélie, toute la maisonnée était rassemblée dans le salon, de la grand-mère aux petits-enfants. Sur le tapis, les enfants jouaient tranquillement : les filles à la poupée, les garçons aux soldats de plomb. Quant à leurs parents, ils discutaient à mi-voix. Feuilletant les journaux parisiens, les hommes commentaient les derniers combats du champion Georges Carpentier sur les rings américains. Béatrice et Sophie échangeaient leurs points de vue sur le film *L'Atlantide*, de Jacques Feyder, qu'elles avaient découvert à l'automne. Leur mère, Camille, s'était réfugiée à l'écart, dans un fauteuil. Lorsque Octave et Amélie entrèrent dans le salon, elle se leva immédiatement et traversa la pièce pour l'accueillir d'une voix douce :

– Bienvenue dans cette maison, mademoiselle, et dans notre famille !

Puis elle l'embrassa.

L'instant d'après, parents et enfants l'imitaient.

Madeleine avait préparé un gâteau. Camille le découpa et servit chacun d'entre eux, dans une ambiance trop empesée au goût d'Amélie. L'ombre de Charles semblait encore très présente, et il y avait de la solennité dans les attitudes de chacun, petit ou grand. Heureusement, Octave l'arracha vite à sa famille, en lui proposant de visiter la maison. Ils traversèrent des couloirs qu'Amélie trouva labyrinthiques, des pièces meublées avec goût. La maison était vaste ! Mais c'étaient les combles, une véritable glacière, qui avaient été le territoire préféré d'Octave pendant son enfance. Ils renfermaient toujours les mêmes coffres et malles de voyage dont il exhiba fièrement les trésors pour Amélie. Il ponctua cette découverte d'anecdotes qui l'amusèrent comme toujours, même si elle en connaissait certaines.

– Comment trouves-tu cette maison ? s'inquiéta-t-il.

– On sent qu'elle est chargée de souvenirs... Même les petits bibelots semblent raconter une histoire...

– Sois franche avec moi. Est-ce qu'elle te plaît ?

– C'est toi qui me plais, répondit Amélie, en lui caressant la joue.

Puis ils visitèrent l'officine familiale. Amélie la trouva plus spacieuse, lumineuse et attrayante que la pharmacie d'Étienne Bénazet, à l'exiguïté presque légendaire. Octave entreprit de détailler tout ce que recélaient les bocaux et les meubles à tiroirs. Dans le laboratoire, il expliqua comment un pharmacien préparait ses potions, ses sirops, ses pilules et ses pommades. Curieuse, la jeune femme l'accabla de questions et il répondit même aux plus saugrenues, en y ajoutant une pointe d'humour comme d'habitude. Ici, il est heureux, pensa Amélie, il est chez lui, dans son élément.

Cela allait être l'heure de déjeuner. À table, Béatrice se plaça d'emblée à la gauche d'Amélie et, à peine assise, entama avec elle une discussion sur les chapeaux, sur Montauban, où Amélie avait vécu lors de son apprentissage. Amélie en fut soulagée, l'atmosphère devint rapidement plus naturelle, et Octave s'engagea dans une conversation volubile avec le mari de Béatrice. Quant à Sophie et à Guilhem, ils campaient sur leur réserve. Elle ne s'en étonna pas, Octave l'avait prévenue. Camille, qui trônait en bout de table, semblait absente même si elle observait Amélie à la dérobée dès que cette dernière réussissait à placer un mot. Béatrice était une grande bavarde ! Elle ne s'arracha à son mutisme qu'au moment du dessert. Elle se leva. Sa robe noire et droite, au col en dentelle, lui donnait une solennité impressionnante.

– Mes chers enfants, commença-t-elle, en scrutant chacun des visages les uns après les autres. Je voulais vous dire tout le réconfort que m'apporte votre présence, lors de ces fêtes de Noël. Votre père nous manque tant…

Sa voix, submergée par l'émotion, se cassa. Mais elle reprit immédiatement :

– Nous avons aussi le bonheur d'accueillir Amélie, et de faire sa connaissance. Je lui souhaite, au nom de tous, bienvenue dans notre maison. Mais c'est à Octave que je dois laisser la parole… Il a quelque chose d'important à vous annoncer… Octave, c'est à toi.

Octave, qui était à la droite d'Amélie, serra discrètement sa main sous la table. Puis, repoussant sa serviette, il se leva lui aussi :

– Oh, c'est très simple, se lança-t-il sans se troubler, avec naturel. J'aime Amélie et nous nous aimons. Alors, nous avons l'intention de nous marier…

Les enfants, qui s'étaient éloignés de la table, furent là en un instant. Ils se mirent à applaudir, comme au spectacle ! Ils avaient bien compris ! Leur oncle Octave allait se marier ! Et il l'aimait bien, cet oncle qui leur racontait des histoires drôles et arrivait chaque Noël avec des cadeaux somptueux ! Et devant le bonheur des enfants, les adultes se laissèrent aller au leur. Déjà, Béatrice avait pris Amélie dans ses bras et l'embrassait. Camille s'approcha aussi et Amélie vit qu'elle avait les yeux mouillés de larmes. Alors, la jeune femme lui prit simplement les mains et déclara :

– Madame, je suis si heureuse d'entrer dans votre famille…

Mais déjà Octave tapait avec son couteau sur un verre pour réclamer un peu d'attention.

– S'il vous plaît, je n'ai pas fini… J'ai décidé également de reprendre la pharmacie… C'est la tradition familiale, n'est-ce pas ? Après Pâques, sûrement, quand j'en aurai terminé avec mon emploi à Villefranche…

Un moment de silence s'écoula, puis Octave ajouta :

– Bien sûr, nous viendrons vivre à Cahors avec Amélie. Et nous prévoyons de nous installer dans cette maison si personne ne s'y oppose…

Le visage de Camille s'éclaira d'un timide sourire. Certes, son fils l'avait informée, depuis plusieurs jours, de ses projets. Soudain, c'était comme si la parenthèse de tous ces événements dramatiques se renfermait. La mémoire de Charles était préservée, la tradition et la bonne entente familiale retrouvées. Mais une question brûlait toutes les lèvres, autour de la table. Quand pourrait-on célébrer ce mariage ? La famille était en deuil. Imposerait-on à Octave et à Amélie de patienter deux ans avant de pouvoir convoler ? Il n'y avait que Camille pour décider. Tous étaient impatients de connaître son sentiment. Et c'est Béatrice, comme toujours, qui osa prendre la parole :

– Puisque nous sommes tous réunis, nous pourrions déjà réfléchir à la préparation de ce mariage… Même si nous sommes en deuil… Maman, qu'en pensez-vous ?

Un silence écrasant s'écoula avant qu'elle ne réponde. Amélie et Octave s'échangèrent un regard angoissé. Leur bonheur était à portée de main. Mais Camille était tellement attachée aux principes qu'ils redoutaient qu'elle refuse de déroger aux usages…

Tous étaient tournés vers elle au moment même où elle s'adressa à Octave et à Amélie.

– Mes enfants, vous n'attendrez pas que nous ayons enlevé nos voilettes et nos brassards. Vous avez déjà montré beaucoup de patience… Vous avez aussi beaucoup souffert. Le mariage pourrait avoir lieu à l'automne, cela me semble raisonnable.

Tous apprécièrent ce compromis qui respectait les coutumes et la mémoire de Charles sans trop retarder l'installation du jeune couple. Octave et Amélie y décelèrent la volonté de Camille de restaurer la concorde chez les Fournier après tout ce qui les avait opposés. Cette décision ne pouvait que les satisfaire. Certes, ils devraient encore patienter avant de convoler, mais ils se marieraient avec l'accord de leurs familles, comme ils l'avaient souhaité.

Ils rejoignirent tous la bibliothèque où les enfants s'amusaient maintenant sous la surveillance de Madeleine. À peine installée dans son fauteuil, Amélie cristallisa l'attention des deux filles de Sophie. Pendant le déjeuner, Gabrielle et Hortense l'avaient longuement observée. Occupées près des rayonnages, elles délaissèrent aussitôt leurs poupées pour se rapprocher d'elle. C'étaient deux fillettes éveillées, aux cheveux châtains et bouclés, gracieuses dans leur robe marine. À genoux sur le parquet, les mains agrippées aux accoudoirs du fauteuil, elles l'accablèrent de questions sur les chapeaux. La jeune femme y répondit avec plaisir. Ses prunelles s'allumèrent en décrivant la manière dont les modistes travaillaient. Il y avait comme de la magie dans ses paroles. Les fillettes étaient si captivées que les garçons se joignirent à elles. Leurs parents les imitèrent, puis leur grand-mère. Amélie était au centre des regards et de l'attention de tous. Octave, qui ne quittait pas des yeux celle qui bientôt deviendrait sa femme, était comblé. Le cercle familial était reconstitué, et Amélie y avait trouvé naturellement sa place.

Hortense, qui ressemblait beaucoup à sa mère par sa vivacité, avait maintenant grimpé sur les genoux d'Amélie. Elle l'avait adoptée !

– Dis, tu nous ramèneras des chapeaux quand tu reviendras ? Tu promets ? n'arrêtait-elle pas de lui demander. Et tu pourrais en fabriquer pour mes poupées ?

– Pour notre mariage, vous aimeriez des canotiers en paille blonde ? leur demanda-t-elle.

Les yeux des petites filles brillèrent.

– Tu y mettras des rubans et même des fleurs comme sur les chapeaux de maman ? demanda Gabrielle.

– Bien sûr ! répondit Amélie. Les fillettes doivent être aussi élégantes que leur maman, un jour comme celui-là.

Et Octave, qui se tenait aux côtés d'Amélie, prit les deux fillettes à témoin de leur bonheur.

– Vous verrez, ce sera un très beau mariage…

Épilogue

À Pâques 1922, comme convenu, Octave s'installa à Cahors pour prendre la direction de l'officine familiale. Chaque semaine, jusqu'au moment de leur mariage, Amélie le retrouva fidèlement dans la capitale du Quercy. Elle le rejoignait le samedi après-midi pour ne regagner Villefranche que deux jours plus tard, n'hésitant pas à s'absenter de la boutique où Giuliana avait l'habitude de la remplacer. Depuis le début de l'année 1922, les deux modistes travaillaient sereinement. Leur principale concurrente était moins combative. Margaux n'était pas réapparue dans les rayonnages de *La Parisienne* depuis l'automne. Son absence avait contribué à apaiser les tensions. L'héritière des Delacourt ne reviendrait plus à *La Parisienne*, ni peut-être même à Villefranche. *Le Narrateur* avait annoncé son prochain mariage. Elle avait rencontré en Sologne un constructeur de machines agricoles. On le présentait comme un homme très fortuné, mais également malchanceux. Des éclats de ferraille l'avaient défiguré dans les tranchées. Ces étranges épousailles alimentèrent pendant des semaines les conversations à Villefranche. On prétendit que Margaux n'épousait cet industriel que pour s'éloigner à jamais de Villefranche et échapper au souvenir d'Octave.

Lorsque l'automne approcha, Octave et Amélie s'affairèrent à préparer leur mariage qu'ils avaient l'intention de célébrer dans la discrétion et l'intimité. Un samedi ensoleillé d'octobre, Bellegarde accueillit leurs plus proches parents. Henri Delmas avait obtenu de maître Maffre d'officier à la mairie. On ressentit l'absence de Charles tout au long de la journée, mais on remarqua surtout le bonheur des jeunes mariés. Ils étaient rayonnants dans leurs costumes de cérémonie. Dès le lendemain, leur voyage de noces les entraînait jusqu'à Biarritz. Puis ils rejoignirent la demeure familiale de Cahors où une nouvelle existence les attendait. Dès leur arrivée, Camille décida de s'effacer dans la maison pour que sa belle-fille y trouve sa place. L'intention était très louable. Mais c'était ne pas connaître Amélie que de la cantonner à la fonction d'intendante. À l'automne 1923, à quelques centaines de mètres seulement de la pharmacie d'Octave, elle inaugurait sa boutique de chapeaux élégants, de parapluies, d'ombrelles, de cannes et de gants de Millau. Les relations de sa belle-famille constituèrent sa première clientèle, que le bouche à oreille ne manqua pas de renforcer bientôt. Elle y déclencha les passions en exposant les premiers chapeaux cloches que les femmes aux cheveux courts et aux mœurs libérées s'arrachaient dans la capitale.

En octobre 1924, la naissance de Charles-Henri marqua à sa manière le premier anniversaire de l'ouverture de sa boutique de Cahors. Le succès ne se démentait pas. Une jeune modiste et une vendeuse la secondaient déjà. Une ouvrière les rejoignit à l'approche du printemps. Grâce à leur présence, Amélie pouvait se consacrer à Charles-Henri tout en dessinant des modèles et séjourner de temps en temps dans l'Aveyron où la ramenaient ses proches ainsi que ses deux autres magasins. Elle recevait son père à Cahors quand ses tournées l'amenaient en Quercy. Camille s'était habituée à la jovialité et à la faconde du négociant qui rappelaient la volubilité de son gendre Gabriel. Quant à Octave, il était heureux de l'accueillir pour l'entretenir de la manière dont il comptait améliorer la qualité du vignoble de Douelle. Amélie s'était attachée au domaine. Bénéficiant de l'expérience de Camille, qui ne rechignait pas à la conseiller, elle s'était proposée d'organiser désormais le pique-nique annuel de la famille Fournier et le banquet des vendanges. Elle préférait sans hésiter Douelle à Cahors, au point d'y accoucher de Virginie en septembre 1926, au moment où les journaliers achevaient de presser la nouvelle récolte du domaine. Elle s'y trouvait également à la Pentecôte 1928 lorsque le médecin de Luzech, consulté pour un malaise, l'informa qu'elle attendait un troisième enfant. La famille s'agrandit pour leur plus grand bonheur. Charles-Henri et Virginie accueillirent Blandine dans leur demeure de Cahors par une matinée neigeuse de février 1929.

Malgré ses charges de famille, Amélie trouvait du temps pour imaginer des chapeaux originaux pour sa clientèle cadurcienne et villefranchoise. Elle essayait de satisfaire les plus fidèles comme la sous-préfète de Villefranche qui avait déménagé à Strasbourg, où elle avait persuadé quelques femmes de notables d'adopter les chapeaux d'Amélie. Lorsque son ancienne patronne de Montauban souhaita qu'elle reprenne la boutique de sa cousine, à Toulouse, dont elle connaissait la réputation, elle ne s'accorda pas une seule journée de réflexion. Elle recevait à peine son courrier qu'elle envoyait un « bleu » pour accepter aussitôt. Depuis des années, Sophie et Guilhem cherchaient à la convaincre que ses modèles séduiraient les femmes raffinées de Toulouse. C'était l'occasion de s'installer dans une capitale régionale, de s'y imposer. Amélie n'y résista pas. C'était en 1935, l'année où Octave devint le nouveau conseiller général de Douelle. Épaulée par Giuliana qui travaillait désormais à Toulouse, elle ne regretta pas son audace devant le succès que ses chapeaux s'y attirèrent.

Les années de guerre freinèrent ses ambitions. La raréfaction des matières premières et les restrictions l'obligèrent à redoubler d'ingéniosité pour fabriquer ses modèles pendant cette période tragique. Mais elle instilla la passion du métier à ses deux filles qui avaient grandi au milieu des feutres, de la paille d'Italie et des gravures de mode. Comme leur frère Charles-Henri qui se destinait à prendre la relève de son père derrière le comptoir de l'officine, elles décidèrent de seconder leur mère dans ses boutiques. À la Libération, elles entrèrent chez

Caroline Reboux pour compléter leur apprentissage. Malgré sa décision de ne pas rejoindre cette grande maison, Amélie y avait conservé des relations après son mariage. Dès qu'elles revinrent, Virginie et Blandine apportèrent leur fougue et leur esprit inventif dans les affaires. Mais leur mère demeura présente encore longtemps, continuant à dessiner des modèles d'une modernité surprenante jusqu'à son dernier souffle, à l'automne 1980…

Ouvrage réalisé par le Studio graphique des Éditions du Rouergue

Reproduit et achevé d'imprimer par l'imprimerie France Quercy à Mercuès,
en septembre 2007.
N dimpression : 71988/
Dépôt légal : octobre 2007
ISBN : 978-2-8415-6872-7